C. M. Spoerri

Davyan – 3

AF204114

Davyan 3: Schneeweiß

Hundert Jahre der Trennung liegen hinter Davyan und seiner großen Liebe. Jahre, in denen nicht nur er sich verändert hat. Dennoch ist eines gleich geblieben: die Loyalität seinen Freunden gegenüber. Und somit ist für ihn auch klar, dass er alles daransetzen muss, seinen ehemaligen Kampfgefährten aus der Gefangenschaft zu befreien, in die dieser erneut geraten ist. Die Suche nach dem verschollenen Elfen führt ihn tief ins Talmerengebirge, wo allerdings Begegnungen warten, die mehr Fragen aufwerfen, als Antworten zu liefern. Und die ihm aufs Neue klarmachen, dass das Leben alles ist ... bloß kein Märchen.

Die Autorin

C. M. Spoerri wurde 1983 geboren und lebt in der Schweiz. Sie studierte Psychologie und promovierte im Frühling 2013 in Klinischer Psychologie und Psychotherapie. Seit Ende 2014 hat sie sich jedoch voll und ganz dem Schreiben gewidmet. Ihre Fantasy-Jugendromane (›Alia-Saga‹, ›Greifen-Saga‹) wurden bereits tausendfach verkauft, zudem schreibt sie erfolgreich Liebesromane. Im Herbst 2015 gründete sie mit ihrem Mann den Sternensand Verlag.

DAVYAN
SCHNEEWEISS

C. M. SPOERRI

www.sternensand-verlag.ch I info@sternensand-verlag.ch

1. Auflage, April 2024
© Sternensand Verlag GmbH, Zürich 2024
Umschlaggestaltung: Alexander Kopainski
Korrektorat: Lektorat Laaksonen I Stefan Wilhelms
Korrektorat 2: Sternensand Verlag GmbH
Satz: Sternensand Verlag GmbH
Druck und Bindung: Smilkov Print Ltd.

ISBN-13: 978-3-03896-313-4
ISBN-10: 3-03896-313-4

Denk daran,
du bist derjenige,
der die Welt mit Sonnenschein
füllen kann.

- Disney, 1937

Inhaltsverzeichnis

REGION FAYL

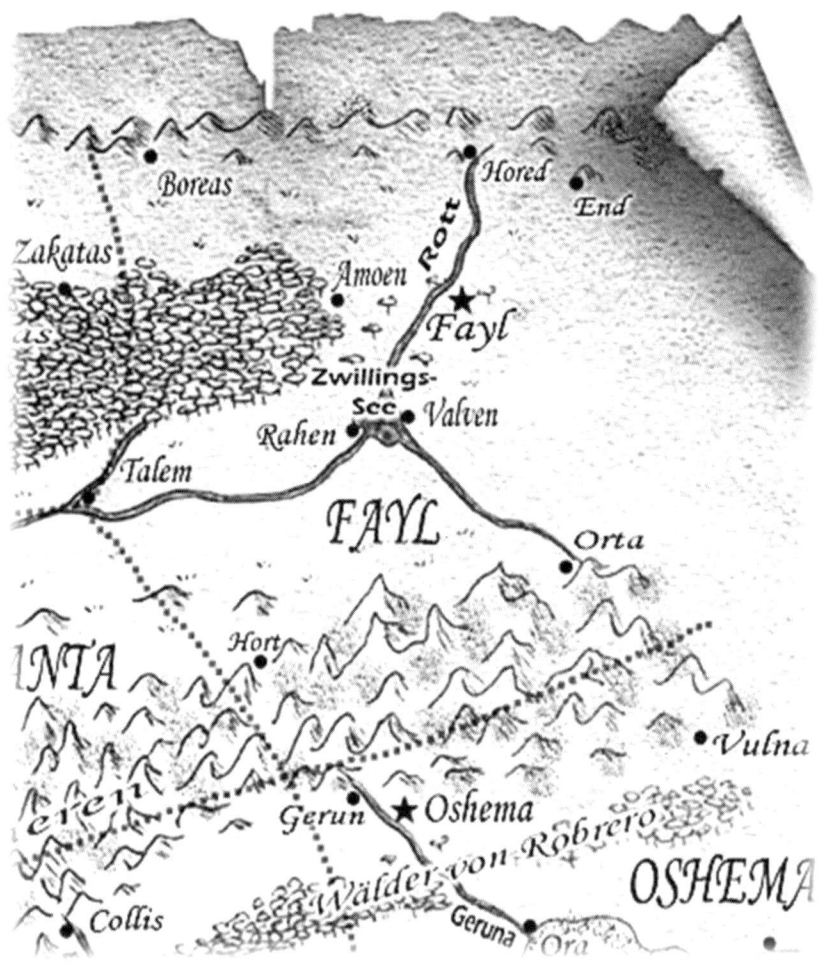

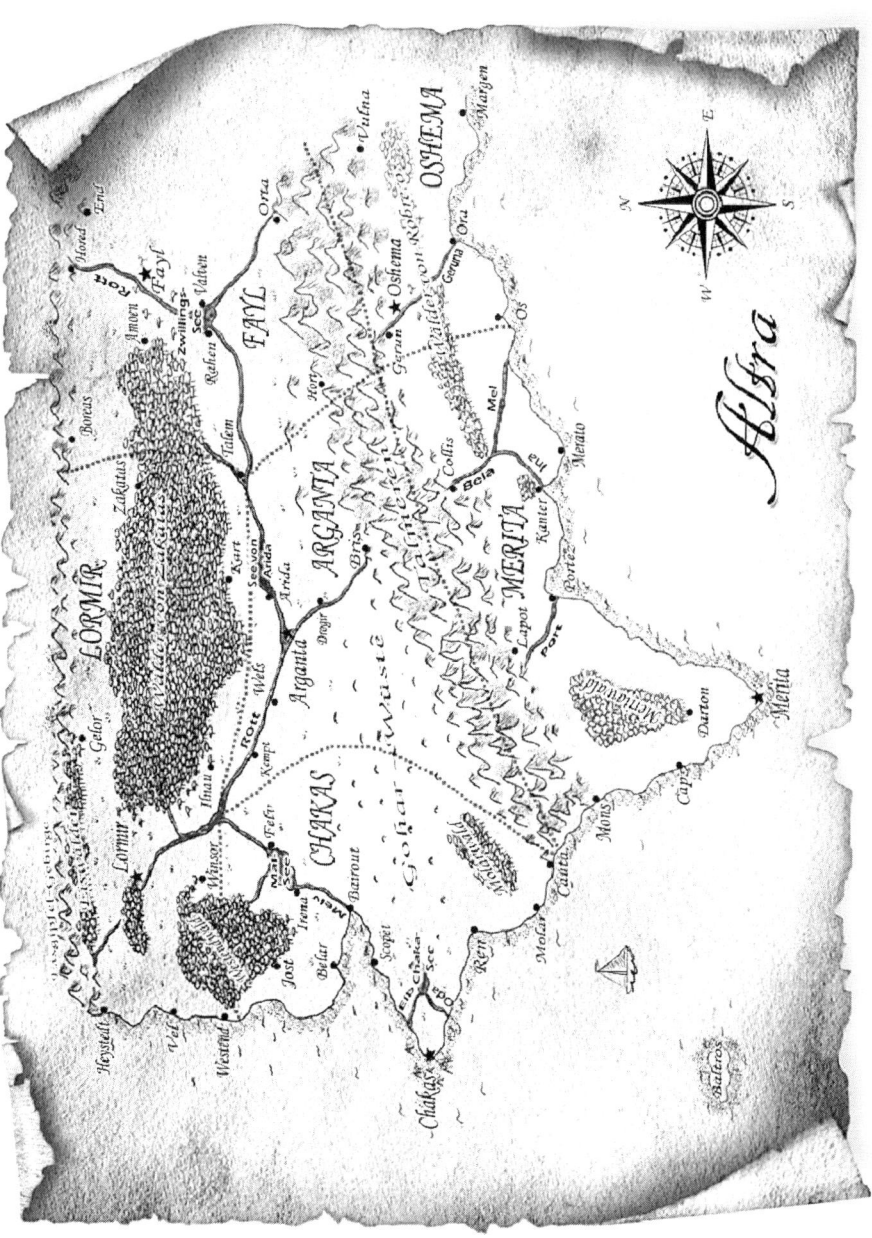

PROLOG

MAURYCE

Tag 23, Monat 8, 1 EP 11 247

Sechs Tage zuvor …

Mir ist nicht wohl bei dem Gedanken, Davyan in diesem mysteriösen Schloss im ewigen Schnee zu lassen. Bei diesem … Biest, das mich töten wollte, bloß weil ich zwei Rosen gepflückt habe.

Wie schlimm kann das schon sein? Die wachsen doch wieder nach …

Obgleich ich den Drang verspüre, umzukehren und Davyan beizustehen, bringen mich meine Füße fast automatisch durch den hohen Schnee in die Richtung, in der das Portal im Schlossgarten flimmert. Ich gehe an schwarzen Rosenranken vorbei, bis ich beim Pavillon ankomme, der einsam und verlassen in der kalten Schneelandschaft steht.

Noch einmal drehe ich mich zum Schloss um.

Es ragt groß und düster hinter mir auf, als wollte es über mich herfallen, sollte ich zu ihm zurückkehren.

»Ich hoffe, das war die richtige Entscheidung«, murmle ich.

Dann wende ich mich dem Portal zu und schreite hindurch.

Wie erwartet, finde ich mich im Talmerengebirge wieder, wo warmer Sonnenschein einen Kontrast zu der eisigen Kälte bildet, die beim Schloss herrschte.

Wo es wohl liegen mag? Im höheren Talmerengebirge? Oder gar in einer anderen Welt?

Auf jeden Fall muss ich mir diese Stelle hier so genau wie möglich merken, denn ich werde mein Versprechen einhalten, Davyan in einem Jahr abzuholen.

Er ist im vergangenen Jahrhundert zu meinem Freund geworden, hat sich sogar an meiner statt dem Biest verpflichtet, damit ich nach Hause zu meinem Volk kehren kann. Zu den Elfen in den Wäldern von Zakatas.

Ein Schauer rinnt über meinen Rücken, als ich zum ersten Mal begreife, dass ich tatsächlich frei bin. Ich kann gehen, wo immer ich hinwill. Die Zeit als Kämpfer der Arena ist endgültig vorbei.

Welch absurder und gleichzeitig schöner Gedanke!

Mein Herz wird leicht wie eine Feder, als ich die kühle Luft tief einatme. Es riecht nach Herbst, womöglich fällt tatsächlich bald der erste Schnee im Talmerengebirge, obwohl es in den unteren Ebenen noch Sommer ist.

Zeit, dass ich aufbreche, um die Berge zu verlassen, ehe ich gegen Schneegestöber ankämpfen muss.

So schnell ich kann, kehre ich zum Lager zurück, das Davyan und ich errichtet haben. Viel ist es nicht, das ich mitnehmen kann. Etwas Holz und Proviant.

Sobald ich in einer Ortschaft bin, werde ich einen Weg finden müssen, mich besser auszurüsten. Vielleicht etwas Geld verdienen, indem ich Aufgaben für die Dorfbewohner erledige – und mir damit eine Überfahrt über den Fluss Rott leisten kann.

Es ist bereits Abend, daher beschließe ich, die Nacht nochmals hier zu verbringen und morgen weiterzuziehen.

Hätte ich mich bloß anders entschieden, denn keine Stunde später werde ich von Fackeln umringt und ein Mann schreitet aus der Menge heraus, den ich während meiner Zeit in der Arena mehr als jeden anderen Menschen zu hassen gelernt habe.

Karakal …

1

FREIHEIT

DAVYAN

Tag 29, Monat 8, 1 EP 11 247

Gegenwart

Immer, wenn ich Vögel beobachtet habe, stellte ich mir vor, wie sie die Welt wohl sehen. Wie es ist, dort oben zu fliegen und auf alles hinunterzublicken, ohne davon tangiert zu sein. Menschen werden zu kleinen Punkten, Gebäude zu viereckigen Formationen, Bäume und Wiesen zu einem grünen Teppich.

Doch nie hätte ich es für möglich gehalten, dass eines hier am Himmel alles andere übertrumpft: Das Gefühl purer Freiheit, das einen erfüllt, wenn man durch die Luft pflügt.

Sombren hält mich mit beiden Pranken fest, während er mit kräftigen Flügelschlägen auf das Talmerengebirge zusteuert, wo sich derzeit Karakals Reich befindet. Dorthin wurde mein Elfengefährte Mauryce gebracht, der auf der Flucht leider Karakal und seinen Gefolgsleuten in die Hände fiel.

Aber er wird nicht lange in der Gefangenschaft ausharren müssen – Sombren und ich werden ihn befreien. Ich kann nicht zulassen, dass er abermals das Leben eines Arenakämpfers fristen muss. Nur schon, weil ich ihm für immer dankbar dafür bin, dass er durch das magische Portal schritt und ich dadurch zu Sombren fand, als ich ihm folgte. Sombren, dessen Fluch es war, in Gestalt eines Biestes in einem Schloss und ewigem Winter verbannt zu sein.

Ein Schauer durchrinnt mich allein bei dem Gedanken, was geschehen wäre, hätte ich ihn nicht rechtzeitig gefunden und von seinem Fluch befreit.

Er wäre auf ewig dort als Bestie gefangen gewesen …

Doch dank unserer Liebe gelang es der Nymphe Silia, seinen Fluch so zu verändern, dass er sich sogar aktiv in ein Biest verwandeln kann, wann immer ihm der Sinn danach steht.

Daher trägt er mich nun auch in seiner Bestiengestalt durch die Lüfte.

Zugegeben, es ist gewöhnungsbedürftig, ihn in dieser Form zu sehen. Die eindrucksvollen Hörner auf der Stirn, die gewaltigen Schwingen … Aber es ist nun mal der Mann, dem mein Herz gehört und dabei ist es mir gleichgültig, wie sein Äußeres ist. Zumal ich auch seinem Bestienkörper immer mehr abgewinnen kann.

Nachdem wir das Schloss hinter uns gelassen haben, hat das Gebäude sich kurzerhand in Luft aufgelöst, als wäre es nie da gewesen.

Der Laut, der Sombren entfuhr, während er zurückblickte, war eine Mischung aus Knurren und Seufzen. Für ihn bedeutete dieser Ort hundert Jahre Gefangenschaft. Ich kann nur allzu gut nachempfinden, wie befreit er sich fühlen muss, ihm endlich den Rücken zu kehren. Mir ging es ähnlich, als ich vor wenigen Tagen aus Karakals Arena entkam.

Da es kühler wird, je weiter er in die Höhe steigt und je mehr wir uns dem Gebirge nähern, hält Sombren sich unterhalb der Wolken.

Damit kommen wir zwar langsamer voran, aber laufen nicht Gefahr, unterwegs zu erfrieren. Eine Gefahr, die im Grunde allein für mich gilt, denn Sombrens Körper wird von dem dichten dunkelbraunen Fell bedeckt.

Wir werden alle Kräfte noch brauchen, sobald wir an unserem Ziel ankommen. Bis zu den Talmeren ist es ein ziemliches Stück, es wird wohl mehrere Tage dauern, bis wir dort sind.

»Weißt du überhaupt, wo sich diese Arena befindet?«, höre ich Sombren über mir fragen.

Ich runzle die Stirn. »Hm, so genau weiß ich es ehrlich gesagt nicht«, gestehe ich. »Aber ungefähr.«

»Ungefähr«, wiederholt er grummelnd.

»Wenn ich den Ort finde, wo Mauryce und ich mit der Harpyie gelandet sind, werde ich mich orientieren können.«

»Harpyie?«

»Längere Geschichte.«

»Mhm. Du weißt schon, dass das Talmerengebirge riesig ist?«

Ich kann ihm in der Position, in der ich bin, zwar nicht in das Bestiengesicht schauen, weiß aber auch so, dass er gerade die Augen verdreht.

»Jap, die gigantischen Ausmaße der Talmeren kann ich klar und deutlich vor uns sehen«, erwidere ich. »Wir hätten den Zauberspiegel mitnehmen sollen. Vielleicht hätte er uns die Richtung weisen können, in die wir zu fliegen haben.«

»Damit ich den auch noch mitschleppen muss?« Sombren stößt ein Schnauben aus. »Du bist schon schwer genug.«

»Du bist ein Biest.«

»Ich weiß.«

»Das war doppeldeutig gemeint.«

Zur Antwort packen mich seine Klauen fester, sodass sie mir beinahe schmerzhaft in die Rüstung drücken. »Au, sei etwas feinfühliger«, beschwere ich mich.

»Dito«, erwidert er.

Ich schüttle den Kopf, kann ein Schmunzeln aber nicht verhindern. Es tut gut, sich wieder Wortgefechte mit Sombren liefern zu können, denn das bedeutet, dass er hier ist. Bei mir.

Götter, ich liebe ihn und seine mürrisch-düstere Art, hinter der sich ein Herz aus Gold verbirgt. Nie habe ich einen vielschichtigeren, tiefgründigeren, geradlinigeren und aufrichtigeren Menschen kennengelernt. Er ist klug und handelt überlegt. Dennoch ist da dieses Temperament, diese Leidenschaft, die er scheinbar nach Belieben freilassen kann, sodass sie ungezügelt über mich hereinbricht.

Ich genieße den Flug mit ihm und schließe eine Weile die Augen, um mich voll und ganz dem Gefühl der Schwerelosigkeit hinzugeben.

Allerdings werde ich jäh von Sombrens Knurren unterbrochen.

»Verdammte Scheiße«, höre ich ihn fluchen.

»Was?« Ich blinzle und blicke zu ihm hoch.

»Fällt dir was auf?«, stellt er eine Gegenfrage.

Ich schaue mich um. Unter uns zieht die Landschaft vorbei, die größtenteils aus Wiesen und Wäldern besteht. Nichts Ungewöhnliches …

»Was?«, wiederhole ich daher.

»Der Sonnenstand.«

»Hm?«

Noch immer verstehe ich nicht, worauf er hinauswill.

»Wir fliegen nach Norden, nicht nach Süden«, erläutert er endlich.

Stirnrunzelnd betrachte ich die Sonne, die sich zu unserer Rechten befindet. Es ist früher Vormittag, das bedeutet …

»Oh!«, stoße ich verwundert aus.

»Ja, oh«, brummt Sombren.

»Dann …« Ich plustere die Wangen auf. »Dann befand sich das Schloss im Süden der Talmeren?«

Keine Ahnung warum, aber irgendwie habe ich angenommen, das Schloss, in dem Sombren gefangen war, läge in Fayl. Also nördlich des gewaltigen Gebirgszuges, der Altra in zwei Hälften trennt.

»Scheint so«, bestätigt Sombren.

»Scheiße.«

»Das kannst du laut sagen.«

»Dann ist das unter uns Oshema?«

»Oder Merita, keine Ahnung.« Er zuckt mit den Schultern, was zur Folge hat, dass ich kurz enger an seinen Körper gezogen werde.

So ein Mist. Das bedeutet, wir müssen das gesamte Talmerengebirge überfliegen, um zu dem Ort zu gelangen, an dem sich Karakals Arena befindet. Denn dieser war nördlich der Talmeren, in Fayl. Soweit bin ich mir sicher.

»Das wird eine längere Reise«, bemerke ich.

»Wird es.« Sombren stößt ein leises Knurren aus, ehe er schweigend weiterfliegt.

Ich atme tief ein und aus. Eigentlich hatte ich gehofft, dass wir in ein, zwei Tagen am Rande des Gebirges angelangen würden und es von da aus ein Leichtes wäre, die Arena aufzuspüren. Dass wir nun so lange unterwegs sein werden, hinterlässt ein ungutes Gefühl in mir. Vielleicht wäre es doch besser gewesen, das Portal zu suchen, das uns in die Nähe der Arena gebracht hätte? Aber als wir auf dem Balkon des Schlosses standen, habe ich beim besten Willen kein Portal mehr gesehen. Wahrscheinlich hat es sich ebenso wie der Schnee in Luft aufgelöst.

Dennoch ... es könnte sein, dass wir Mauryce erst in ein paar Wochen zu befreien vermögen. Hoffentlich ist es dann nicht zu spät.

»Wir sollten mal irgendwo landen«, meint Sombren, nachdem wir ungefähr drei Stunden geflogen sind, wie ich am Sonnenstand feststellen kann. »Meine Flügel sind nicht darauf trainiert, ewig zu fliegen. Ich brauche eine Pause.«

»Ja, klar«, antworte ich umgehend und schaue mich auf der Fläche, über die wir fliegen, suchend nach einer geeigneten Stelle um. »Dort gibt es eine Wiese«, rufe ich ihm zu. »Siehst du sie? Direkt zwischen den beiden größeren Waldstücken.«

Auch wenn ich nicht genau weiß, welche Jahreszeit herrscht, da so etwas in Karakals Arena keine Rolle spielte, so schätze ich diese auf Mitte, Ende Sommer. Die Sonne scheint noch warm genug, dass wir im Freien übernachten können – zumindest, solange wir uns nicht mitten im Hochgebirge befinden. Denn die Ausläufer davon sind bereits mit einer leichten Schneeschicht bedeckt. Aber der Sommer ist in den Talmeren ohnehin viel kürzer, als ich es noch von meiner Zeit auf dem Weingut kenne. Zum Glück waren wir vorausschauend genug und haben uns im Schloss warme Kleidung herbeigezaubert, die ich in einem der beiden Rucksäcke trage.

»Mhm. Seh die Wiese.« Sombren sinkt langsam nach unten.

So sehr ich die Freiheit am Himmel auch genoss – nun dem Boden entgegenzukommen, bringt meinen Bauch zum Kribbeln. Ich habe keine Ahnung, ob Sombren mit mir in den Pranken landen kann, da er so etwas ziemlich sicher noch nie gemacht hat.

Doch meine Sorge erweist sich glücklicherweise als unbegründet.

Er sinkt elegant, und erst, nachdem beide Hinterbeine fest auf dem Gras stehen, gibt er mich frei. Ich lasse die zwei Rucksäcke, die ich vorne an der Brust befestigt habe, zu Boden gleiten.

»Phu, bin auch froh um eine kleine Rast«, murmle ich, während ich mich strecke und die Glieder dehne.

Unsere Ausrüstung ist nicht gerade leicht, und sie hing die ganze Zeit an meinem Körper. In einem der beiden Rucksäcke befindet sich Sombrens Rüstung, die ein gehöriges Gewicht mit sich bringt. Ganz zu schweigen davon, dass durch die aufrechte Position das Blut in meine Beine schoss, die sich nun seltsam kribbelig anfühlen.

Mit einem erleichterten Seufzen drehe ich mich zu meinem Biest um.

Er hat die Flügel wieder eingefahren und das braune Fell glänzt im Sonnenschein, als wäre es gerade erst gestriegelt worden. Ein leichter Rotstich schimmert darin. Die schwarze Mähne umrahmt seine Fratze, die ebenso wie sein hin und her peitschender Schwanz an einen Löwen erinnert. Er ist in dieser Erscheinung so groß, dass ich ihm nur knapp bis zum Bauch reiche.

Ich lege den Kopf schief, derweil ich ihn mustere. »Willst du die Pause als Biest oder als Mensch verbringen?«

»Rate mal.« Er lässt seine dunklen Bestienaugen funkeln, die, bis auf die Fellfarbe, als Einziges Gemeinsamkeiten mit seiner Menschengestalt aufweisen.

Noch während er spricht, beginnt sein Gesicht sich zu verwandeln, der Pelz verschwindet, sein ganzer Körper wird kleiner, bis ein breitschultriger Mann vor mir steht, der mich noch immer ein Stück überragt. Nackt, so wie die Götter ihn erschaffen haben, was mir einen atemberaubenden Ausblick auf seine Muskeln beschert, die unter der bleichen Haut spielen. Das schwarze Amulett, das er auch in seiner Bestiengestalt trägt, glänzt geheimnisvoll auf seiner behaarten Brust.

»Hach, jedes Mal eine Augenweide«, seufze ich und trete auf ihn zu.

Zärtlich lege ich ihm beide Hände um den Nacken, der von den langen dunklen Haarsträhnen bedeckt ist, die er in der Mitte seines Hauptes wachsen lässt. An den Seiten sind die Haare kurz getrimmt.

»Küss mich, mein schönes Biest«, flüstere ich.

Er schiebt die beinahe schwarzen Brauen zusammen, neigt aber widerstandslos den Kopf zu mir herunter und legt seine Lippen auf meine, während ich mich fest an ihn drücke. Sein Dreitagebart schabt über mein Kinn, als ich den Mund öffne, um den Kuss zu vertiefen.

Sombren zu küssen ist … Keine Ahnung, wie ich das beschreiben soll. Es mutet an, als würde mein ganzer Leib von Feuer erfasst, und gleichzeitig kribbelt mein Bauch wie verrückt.

Der Druck seiner Lippen ist sanft, fast schon zurückhaltend – und das stachelt mich noch weiter an, ihm zu zeigen, wie sehr ich ihn begehre.

»Lass mich meine Kleidung anziehen«, raunt er, nachdem er den Kuss beendet hat. »Es ist scheißekalt.«

»Meinetwegen darfst du gern so bleiben.« Ich grinse ihn an, derweil ich das goldene Schwert abschnalle, das ich von der Nymphe des Schwertlied-Teiches geschenkt bekommen habe.

Es besitzt mystische Kräfte, und solange ich es trage, können Sombren und ich uns sogar nachts im Traum im ehemaligen Saal des Schlosses treffen – ganz gleich, wie weit wir voneinander entfernt sind.

Nun schenkt er mir einen langen dunklen Blick, ehe er kopfschüttelnd zu einem der Rucksäcke geht und Hemd sowie Hose seiner Ausrüstung überstreift. Auf Stiefel verzichtet er, das ist bei dem weichen Gras, in dem wir gelandet sind, aber auch nicht notwendig.

Zudem ist es nicht ›scheißekalt‹, die Sonne scheint warm auf uns herunter.

»Such bitte ein paar Äste zusammen, dann mache ich ein Lagerfeuer«, weist er mich an.

Gut, ihm ist offenbar doch kalt.

Womöglich ist das darauf zurückzuführen, dass er bis eben noch ein dichtes Fell trug und daher nun der Temperaturunterschied für ihn um einiges größer ist. Es ist zwar schönes Wetter, aber da wir uns so nahe an den Talmeren befinden, weht ein kühler Wind. Demnach ist ein Feuer nicht verkehrt, um uns ein wenig aufzuwärmen.

»Aye.« Ich salutiere noch immer lächelnd und schicke mich an, seiner Aufforderung nachzukommen, indes er die Rucksäcke nach Proviant durchsucht.

Kurz darauf sitzen wir nebeneinander vor den prasselnden Flammen und essen Äpfel, Dörrobst und Trockenfleisch, die wir uns im Schloss gewünscht haben.

»Wir hatten bisher noch keine richtige Gelegenheit, über alles zu sprechen«, bemerkt Sombren, während er mit einem Stock in der Glut stochert, die er mit seiner Feuermagie schürt.

»Was meinst du mit ›alles‹?«, hake ich nach und werfe das Kerngehäuse meines Apfels in hohem Bogen weg. Es landet etwa ein Dutzend Schritt weit entfernt im Gras und wird bestimmt irgendein Nagetier oder einen Vogel erfreuen.

Sombren, der mit seinem Apfel vor mir fertig war, und diesen komplett aufgegessen hat, hebt den Blick. Nachdenklich mustert er mich. »Ich sagte dir im Schloss bereits, ich habe so einige Fragen an dich. Deine Magie zum Beispiel, woher kommt sie? Was ist das für eine Fähigkeit, dich wiederzubeleben? Was hast du in den vergangenen hundert Jahren alles durchgemacht? Was verdammt noch mal sollte vorhin die Anspielung mit dieser Harpyie? Was geschieht, nachdem wir Mauryce befreit haben? Such es dir gern aus.«

2

EIN GESPRÄCH ÜBER

(FAST) ALLES

DAVYAN

»Phu, das ist echt eine Menge, da gebe ich dir recht.« Ich plustere die Wangen auf und greife nach meinem Wasserschlauch, um einen Schluck zu trinken. »Hm, wo soll ich beginnen?«

Seine Augen verengen sich. »Warum kannst du aus Feuer wiedergeboren werden wie ein Phoenix?«

»Weil ich ein Prunati bin«, erkläre ich frei heraus.

»Ein Prunati?« Er legt die Stirn in Falten. »Nie gehört.«

»Ja, ich denke, die wenigsten wissen, was das ist«, bestätige ich. »Nicht einmal in deiner riesigen Bibliothek im verzauberten Schloss bin ich fündig geworden, es existieren also keine Niederschriften darüber – zumindest keine, die von einem Menschen verfasst worden wären. Das, was ich selbst darüber weiß, habe ich nur durch meine Mutter erfahren.«

Verwunderung erobert seine Miene. »Deine Mutter? Ich dachte, du bist bei deinem Ziehvater aufgewachsen?«

Ich lege den Wasserschlauch zur Seite und schlinge stattdessen einen Arm um mein Bein, das ich anwinkle. »Das stimmt. Ich wuchs auf dem Weingut bei Elzgar auf, da meine Mutter starb, als ich noch sehr klein war. Aber wenn ich selbst sterbe, gelange ich sozusagen in eine Art Zwischenwelt. Und dort kann ich die Vorgängerin meiner Prunati-Linie treffen – also meine Mutter. Denn *sie* ist es, die mir dieses … Talent … Wesen … Fähigkeiten … Kräfte … wie auch immer man es nennen mag … vererbt hat.«

Sombren nickt langsam, während er mich gedankenversunken betrachtet. »Und dein leiblicher Vater?«

Ich zucke mit den Schultern. »Keine Ahnung. Mutter weiß nichts mehr über ihn, da sie ihn vergessen hat. Wir Prunati vergessen alles, was bedeutsam oder schön war, wenn wir sterben.«

Er senkt den Blick zurück zu den Flammen. »Scheiße.«

»Jap.« Ich seufze und beobachte, wie er das Feuer höher brennen lässt.

Bilde ich es mir gerade nur ein, oder umgibt ihn eine dunkle Aura, als er mehr Magie wirkt? Doch als ich blinzle, ist der Eindruck verschwunden.

Komisch.

Ich schüttle den Kopf, um die Sinnestäuschung zu vertreiben. »Hätte ich *dich* nicht, wäre ich wohl wieder an dem Punkt angelangt, wo ich keine Ahnung mehr habe, warum ich hier bin. Und wer du bist. Vielleicht wüsste ich nicht einmal mehr, wer *ich* bin. Bei jedem Mal, als ich starb, habe ich ein bisschen mehr vergessen.«

»Hättest du *mich* nicht, wärst du gar nicht erst nochmals gestorben«, erinnert er mich an die Tatsache, dass er mich im verwunschenen Schloss als Biest angefallen und getötet hat.

Die Flammen vor uns lodern heftiger, da Sombren sie wohl unbewusst mit den Gewissensbissen nährt, die er noch immer für seine Tat empfindet.

Doch. Da ist eine düstere Aura um ihn. Oder täusche ich mich?

»Hm, auch wieder wahr.« Ich lege den Kopf schief. »Aber der Tod war es auf jeden Fall wert, jetzt erinnere ich mich an alles, da ich dir bei meiner Wiederbelebung in die Augen blicken konnte.«

»Du nimmst deinen Tod für meinen Geschmack etwas zu sehr auf die leichte Schulter«, brummt Sombren.

»Nun ja, was soll ich denn machen?« Ich wedle mit einer Hand in der Luft. »Als ich zum ersten Mal starb, dachte ich: Das war's. Aber mittlerweile freue ich mich schon fast darauf, meine Mutter wiederzusehen.«

Sombren sieht mich gedankenversunken an. »Das erste Mal … wann war das?«

»Als dieser riesige Bär den Kutscher sowie den Erdmagier tötete, den ich zum Weingut hätte mitbringen sollen«, antworte ich. »Das war so ein sinnloser Tod. Also der von Theras und dem Kutscher.«

»Hm.« Er nickt grübelnd. »Das erklärt, warum Niclas mir erzählte, du hättest unter Gedächtnisverlust gelitten.«

»Ja, er kam auf das Weingut und ich erkannte deinen Freund leider nicht wieder«, bestätige ich. »Das war … ziemlich blöd.«

»Er ist nicht mein Freund«, widerspricht Sombren fast schon mechanisch.

»Nicht?« Ich ziehe eine Braue in die Höhe.

»Nein.«

»Aber ihr wirktet so vertraut, als ihr zum zweiten Mal aufs Weingut gekommen seid«, halte ich dagegen.

Sombren schüttelt zur Antwort bloß den Kopf. »Das war … Du standest direkt vor mir, als du mit Niclas gesprochen hast«, erinnert er sich. »Warum hast du dich mir nicht zugewandt? Dich mir offenbart?«

Ich beiße mir verlegen auf der Unterlippe herum. »Weil ich … Ich hatte Angst«, gestehe ich.

»Angst?«

»Ja … Ich dachte, du stehst auf Frauen und ich wollte nicht …«

Er seufzt leise und unterbricht damit mein Stammeln. »Scheiße, Davyan«, murmelt er und wirft mir einen unergründlichen Blick zu. »Wir hätten so viele Dinge verhindern können.«

»Hm.« Ich schaue nachdenklich in die Flammen vor uns.

Ja, er hat recht. Hätten wir – *ich* – von Anfang an mit offenen Karten gespielt, wäre uns einiges erspart geblieben. Aber das Leben lässt sich nun mal nur in eine Richtung leben: vorwärts. Was hinter einem liegt, ist unveränderbar, daher sollte man Fehler auch nicht endlos zerdenken, sondern sie akzeptieren und im besten Fall daraus lernen.

»Und hast du deine Erinnerungen damals wiederbekommen?«, hakt er nach, als ich mehrere Minuten nichts mehr sage.

Ich blinzle kurz, da ich ein paar Sekunden brauche, um seinem Gedankengang zu folgen. Er spricht von meinem ersten Tod und dem damit zusammenhängenden Gedächtnisverlust.

»Das habe ich«, bestätige ich. »Sie waren plötzlich wieder …« Ich unterbreche mich und klatsche mir mit der Hand gegen die Stirn, als mich die Erkenntnis überkommt. »Du! *Du* warst der Grund. Du warst damals auf dem Weingut, oder? Also beim ersten Mal, als du den Wein für den Ball organisiert hast. Und da hast du mich in meiner Arrestzelle im Keller aufgesucht.«

Er verengt die Augen und nickt. »Ich hatte einen seltsamen … Traum … Vision … keine Ahnung, was das genau war. Ich habe eine schwarze Gestalt gesehen, die mich in den Keller führte. Als ich dieser Spur nachging, fand ich die Zelle allerdings verlassen vor.«

»Ja, weil Silia mich dummerweise in genau diesem Moment an ihren Teich teleportiert hat, als du die Tür der Zelle geöffnet hast. Aber du hast mir in die Augen geschaut vorher. Daher wusste ich mit einem Mal wieder alles.«

»Silia hat dich an ihren Teich teleportiert?« Er sieht mich verwirrt an. »Wie war das denn möglich? Hattest du da schon ihr Schwert, das diese Verbindung zwischen euch ermöglichte?«

»Nein. Aber durch unsere erste Begegnung an ihrem Teich wurde sie erweckt«, erkläre ich. »Das war, als du und Jala in der Nacht dort waren, nachdem sie von einem Besuch bei eurer Mutter zurückkehrte und du ihr entgegengeritten bist. Du hast mich geschlagen, weil sie mich geküsst hat.«

»Mhm.«

Meine ich es nur, oder liegt da Schmerz in Sombrens Blick?

Doch beim nächsten Blinzeln ist die Regung fort. »Dass ich dich geschlagen habe, ist … Es tut mir unendlich leid, Davyan. Ich hätte nicht …«

»Du wolltest Jala beschützen«, unterbreche ich ihn sanft. »Das verstehe ich inzwischen. Zudem hast du dich bereits dafür entschuldigt, als wir uns auf dem zweiten Ball getroffen haben.«

Seine Miene wirkt undurchsichtig, doch dann nickt er. »Diese Begegnung am Teich hat also Silia erweckt?«

»Genau«, bestätige ich. »Seither bestand eine Verbindung zwischen dir und mir. Ich denke, da unsere Seelen sich so nahe waren, als du mich eine Woche später auf dem Weingut in der Zelle fandest, hatte sie genügend Energie, mich zu sich zu holen und zu heilen.«

Sombrens Gesicht wird finster. »Heilen? Warst du verletzt?«

»Ja, ich …« Scharf hole ich Luft, als unvermittelt die Bilder von damals über mich hereinprasseln.

Wie ich auf dem Innenhof des Weingutes vor aller Augen ausgepeitscht wurde. Nackt … gedemütigt … hilflos … den Boshaftigkeiten meiner Stiefmutter Libella und ihren Söhnen ausgeliefert.

»Davyan.« Sombrens Stimme ist behutsam und voller Wärme.

Ich blinzle und schüttle den Kopf, um die Erinnerungen loszuwerden. Vergebens. Sie sind immer noch da, lassen meinen Körper erschaudern.

Mit einem Mal spüre ich Sombrens Hand, die sich auf meine Schulter legt. »Schau mich an«, sagt er sanft.

Wieder blinzle ich, muss alle Kraft aufbringen, meinen Blick auf ihn zu fokussieren. Die Erinnerungen sind jedoch zu schrecklich, sie wollen mich in ihren Fängen behalten.

Warum sie erst jetzt, nach hundert Jahren, über mich hereinbrechen, weiß ich nicht. So lange hatte ich nicht daran gedacht, doch nun suchen sie mich mit umso mehr Grauen heim. Womöglich liegt es an der Tatsache, dass ich emotional abgestumpft war während meiner Zeit in der Arena – oder aber einen Großteil davon vergessen habe. Wie auch immer. Ich kann mich kaum gegen das Entsetzen wehren, das sie in mir wachrütteln.

»Davyan«, wiederholt Sombren eindringlich. »Das, was damals geschehen ist, ist Vergangenheit. Du bist jetzt hier, bei mir. Und ich werde nicht zulassen, dass dich jemals wieder jemand quält oder foltert. Hast du das verstanden?«

Ich nicke mechanisch. Versuche, seine Worte zu begreifen, mich daran festzuhalten.

Er hat wohl eins und eins zusammengezählt, ohne dass ich ihm mehr über die abscheulichen Taten meiner Stiefmutter erzählen musste. Und dafür, dass er nicht nachhakt, liebe ich ihn noch mehr.

»Es war … eine schlimme Zeit«, flüstere ich und atme zittrig ein.

»Eine Zeit, die hinter dir liegt«, sagt er ebenso leise.

Dann legt er den Arm um mich und zieht mich nahe an sich.

Ich spüre seine Muskeln, seine Wärme – und die Geborgenheit, die er ausstrahlt. So ist es jedes Mal, wenn ich ihm nahe bin. Sombren gibt mir den Halt, den ich in meinem Leben so lange vermisst habe. Es braucht keine Worte. Seine Stärke, seine schiere Präsenz erden mich und helfen mir, alles Schlimme zu vertreiben.

Ja, er hat recht. Diese Zeit liegt hinter mir. Im Hier und Jetzt gibt es kein Weingut mehr. Keine Libella, die mich quält. Ich kann mich zudem wehren, habe gelernt, zu kämpfen. Nie wieder werde ich zulassen, dass mich jemand derart misshandelt und erniedrigt.

Eine Weile sitzen wir schweigend da, ehe Sombren mir einen leichten Kuss auf den Scheitel drückt, was mich den Blick heben lässt.

Seine Miene ist nachdenklich. »Wie oft bist du denn schon gestorben?«

»Mit dem letzten Mal im Schloss sind es vier Male. Vorher war es einmal durch den Bären, einmal als ich von den Sklavenhändlern entführt wurde ... und einmal in der Arena, als Karakal wissen wollte, ob ich tatsächlich in Flammen wiedergeboren werden kann.«

»Viermal.« Er presst die Lippen zusammen. Ich spüre, wie sein Griff um mich eine Spur stärker wird. »Und ... wie oft kannst du dich wiederbeleben?«

»Keine Ahnung.« Ich senke den Blick und betrachte die Flammen vor uns. »Mutter meinte, meine Kräfte seien stark, aber Prunati können nicht unendlich oft sterben. Irgendwann ... ist es das letzte Mal.«

»Dann werden wir dafür sorgen, dass es nie mehr so weit kommt«, sagt Sombren entschlossen.

»Das wäre ganz in meinem Interesse.« Ich schenke ihm ein leichtes Lächeln.

»Deine Magie«, meint er gedehnt und die Falte auf seiner Nasenwurzel vertieft sich ein wenig. »Somit sind das sogenannte Prunati-Kräfte, die dir innewohnen?«

»Mag sein.« Ich zucke mit den Schultern und falte die Hände ineinander. »Mutter hat mir nichts darüber gesagt. Mauryce meinte allerdings, dass wahrscheinlich Elfenkräfte in mir schlummern.«

»Elfenkräfte ...« Sombren sieht mich grübelnd an. »Du hast mir bereits im Schloss erzählt, dass deine Magie elfischen Ursprungs sein könnte. Aber wenn dem wirklich so ist, wird dir der magische Zirkel nicht dabei helfen können, sie beherrschen zu lernen. Elfenmagie unterscheidet sich von der menschlichen.«

»Hm.«

Er kaut eine Weile auf der Unterlippe herum, ehe er leise Luft holt. »Wirst du dennoch in Erwägung ziehen, mit mir in den Magierzirkel zu kommen, sobald wir Mauryce in seine Heimat begleitet haben?«

Ich plustere die Wangen auf und nicke. »Ich will bei dir bleiben, Sombren«, erkläre ich. »Und wenn dein Weg in den Magierzirkel führt, komme ich mit. Obgleich ich mich dort wahrscheinlich verloren fühle.«

Der Feuermagier zieht mich noch etwas fester an sich. Dann legt er seine freie Hand auf meine und drückt sie sanft. »Das wirst du nicht, ich bin bei dir«, verspricht er.

»Aber nicht immer.« Ich schenke ihm ein freudloses Lächeln.

»Nicht immer, das stimmt.« Er zieht die Stirn kraus, während er mich forschend anschaut. »Hast du Angst vor dem Magierzirkel?«

»Ein wenig«, gestehe ich und atme tief ein und aus, suche seinen Blick. »Sombren, ich … Die ersten dreißig Jahre meines Lebens war ich nur auf dem Schwertlied-Weingut. Und danach hundert Jahre als Kämpfer in der Arena. Ja, dort bin ich auf Menschen getroffen, doch ich habe vor allem gegen sie gekämpft. Es ist … Ich fühle mich nicht wohl bei dem Gedanken, an einem Ort zu sein, wo es so viele Leute gibt.«

»Ich mag Menschen auch nicht«, murmelt er, ehe er mich loslässt und sich wieder seinem Stock widmet, um damit im Feuer zu stochern.

»Nicht?« Ich hebe die Brauen.

»Nein. Ich bin eigentlich am liebsten für mich allein«, eröffnet er mir.

»Wie … hast du es dann so lange im Magierzirkel ausgehalten?«

Jetzt ist es an *ihm*, mit den Schultern zu zucken. »Meine Familie lebt … lebte dort.« Ein Schatten gleitet über seine Züge und ich werde hellhörig.

»Lebte?«

Sombren kann mich nicht weiter ansehen, sondern schwenkt den Blick über die Wiese. »Nur noch mein Vater. Meine Mutter wohnt in Orta, einem Dorf in den Talmeren. Und meine Schwester …« Seine Stimme bricht und er schließt die Lider.

»Sombren«, flüstere ich, während mich ein ungutes Gefühl beschleicht. »Was ist mit Jala?«

»Sie ist … tot.« Er stößt das letzte Wort mit einem Schwall Luft aus. »Ich … Ich habe sie vor hundert Jahren getötet.«

»Du hast … WAS?« Ich reiße entgeistert die Augen auf.

Sombren schüttelt den Kopf, scheint nicht genau zu wissen, wohin er schauen soll. Schließlich bleibt sein Blick auf den Flammen haften, die vor uns in die Höhe züngeln. Wieder wird die Aura um ihn herum düsterer. »Ich war nicht ich selbst … ich war … Die Bestie hat mich übermannt, so wie sie mich im Schloss übermannt hat.« Er seufzt und gleitet in Gedanken Jahrzehnte zurück, wie ich an seiner Miene erkennen kann. »Damals, als du an diesem Morgen nach unserer gemeinsamen Nacht mit einem Mal wie vom Erdboden verschwunden warst«, sagt er leise. »Da wollte ich aufbrechen, um dich zu suchen. Und Jala hat sich mir in den Weg gestellt, mich provoziert … ich … konnte es nicht verhindern, dass die Bestie dadurch …« Er bricht ab und schließt erneut die Lider, während sein Gesicht von Schmerz gezeichnet ist.

»Bei den Göttern … Sombren …«, murmle ich betroffen.

Ich weiß, wie viel Jala ihm bedeutet hat und dass er sie eigenhändig umgebracht hat …

Ein Wunder, dass er den Verstand nicht verlor.

»Ich werde dafür gradestehen«, sagt er mit festerer Stimme.

»Möchtest du daher zurück in den Zirkel?«, hake ich behutsam nach.

»Daher und … weil ich dort meinen Platz habe. In Fayl. In der Hauptstadt.«

»Niemand weiß, dass du noch lebst. Du könntest ... Du könntest überall hin. Neu anfangen. Mit mir zusammen.«

»Nein.« Ein energischer Zug bildet sich um seinen Mund. »Ich muss Vater sagen, was ich getan habe. Und meine gerechte Strafe entgegennehmen. Das bin ich Jala schuldig.«

»Aber ... sie könnten dich dafür hängen, Sombren«, werfe ich verzweifelt ein.

»Das werde ich akzeptieren.«

»Und ich?« Ich fuchtle mit den Händen in der Luft herum. »Was wird aus mir? Denkst du auch nur eine einzige Sekunde daran?«

»Ich denke die *ganze* Zeit daran, seit du wieder in meinem Leben bist«, brummt er.

»Dann mach es nicht«, flehe ich ihn an. »Erzähl Zirkelleiter Venero nichts davon.«

»Das geht nicht«, erwidert er. »Ich könnte ihm nie mehr in die Augen sehen, wenn ich ihm verschweige, dass *ich* es war, der seine Tochter getötet hat.«

»Aber das warst nicht *du*. Das war die Bestie in dir. Das Biest, das du nun kontrollieren kannst.«

»Bist du sicher, dass ich wirklich die Kontrolle darüber habe?« Er hebt eine Braue und wirft mir einen skeptischen Blick zu. »Was, wenn sie mich wieder übermannt? Was, wenn ich wieder blindlings töte?«

»Das wird nicht geschehen«, erwidere ich bestimmt.

»Und wenn doch?«

»Dann bin *ich* da. Ich kann die Bestie bezwingen, das hast du mir erzählt. Sobald ich dir in die Augen schaue, verschwindet sie.«

»Ja, aber wenn du nicht zur Stelle bist?«

»Sombren!« Ich lasse eine Hand auf mein Knie niedersausen. »Hör auf, alles zu hinterfragen! Du wirst nicht wieder blindlings morden, dafür hat Silia gesorgt, als sie dir die Kontrolle über das Biest gab. Und damit Ende der Geschichte!«

Er scheint nicht überzeugt zu sein, wendet aber immerhin nichts mehr ein.

Eine Weile sitzen wir still am Feuer und hängen unseren Gedanken nach. Ich weiß nicht, ob es tatsächlich das Richtige ist, Venero die Wahrheit zu sagen. Natürlich, Sombren würde sein Gewissen dadurch erleichtern. Doch Jala bringt es nicht zurück. Und womöglich treibt Sombrens Geständnis einen Keil zwischen Vater und Sohn.

Ist es das wert? Bringt ihn das weiter? Keine Ahnung …

Wie er sich auch entscheiden wird – ich werde an seiner Seite bleiben und das mit ihm zusammen durchstehen. Und sollten sie ihn wirklich zum Tode verurteilen, werde ich kämpfen. Für ihn und sein Leben. Niemand nimmt mir Sombren weg, auch keine Zirkelmagier, die glauben, über Gerechtigkeit urteilen zu müssen.

3

JETZT UND HIER

SOMBREN

Davyans Worte hallen in mir nach, aber wie ich es auch drehe und wende … es führt kein Weg daran vorbei, mit Vater zu reden. Ich muss ihm sagen, was geschehen ist, er soll wissen, woran er bei mir ist. Und dafür muss ich ihm alles erzählen. Alles.

Und dann … gibt es da noch die Option, die mein Herz gefrieren lässt.

Es könnte sein, dass Venero längst tot ist und jemand anderes den Zirkel leitet. Es wäre möglich. Vater war zwar ein mächtiger Magier, aber nicht unsterblich.

Wer garantiert mir, dass er überhaupt noch in Fayl wohnt, falls er denn noch lebt?

Ich verfluche mich dafür, dass ich den Zauberspiegel nicht nach Vater gefragt habe, als ich die Gelegenheit dazu hatte. Dann wüsste ich, was mich in meiner Heimatstadt erwartet. So allerdings werde ich blindlings dorthin reisen, sobald wir diesen Elfen befreit haben. Ein hundert Jahre lang verschollener Magier, der seine Schwester auf dem Gewissen hat … Nicht gerade eine gute Grundlage dafür, mit offenen Armen empfangen zu werden.

»Der Totengott«, murmle ich leise, ohne vom Feuer hochzusehen. »Er hat mich im Schloss besucht.«

Ich höre, wie Davyan neben mir die Luft scharf einsaugt, doch er bleibt still, wartet darauf, dass ich weiterspreche.

»Ich bin mir nicht ganz sicher, wieso, aber er hat mir ein letztes Gespräch mit Jala ermöglicht. Damit sie ihren Frieden findet.«

Warum ich Davyan nichts von dem Pakt berichte, den ich mit ihm geschlossen habe, weiß ich nicht. Es fühlt sich einfach nicht richtig an, ihm das auch noch zu erzählen. Allein schon, dass ich überhaupt das Treffen mit dem Totengott erwähne, hinterlässt einen bitteren Geschmack in meinem Mund. Fast so, als hätte ich die Worte nicht aussprechen dürfen.

Bilde ich mir das nur ein oder rieche ich wieder den Duft von Rosen?

»Dann konntest du dich von ihr verabschieden?«, fragt Davyan sanft.

Ich nicke langsam. »Ja. Trotzdem schmälert das nicht, was ich getan habe.«

»Hm, wenn die Götter ihre Finger im Spiel haben, hat das bestimmt einen Grund«, murmelt er nachdenklich. »Ich habe zwar schon davon gehört, dass sich ab und an ein Gott den Menschen zeigt, aber es für ein Ammenmärchen gehalten.«

Ich hebe den Blick und sehe ihm in die ungleich gefärbten Augen. »Glaub mir, der Totengott ist alles andere als eine märchenhafte Gestalt.«

»Wie ist er denn so?« Er legt den Kopf schief, und ein paar seiner schwarzen Locken fallen ihm dabei über die Wange. Unwillkürlich hebe ich die Hand, um sie ihm zur Seite zu streichen, und bemerke, wie er unter meiner Berührung erschaudert.

»Er ist … mächtig«, murmle ich und fahre ihm mit dem Daumen sanft über den Wangenknochen. »Ich glaube, das ist das richtige Wort, ihn zu beschreiben.«

Ich lasse ihn los und widme mich wieder dem Feuer, mit dessen Flammen ich mithilfe meiner Magie ein wenig spiele. Behutsam nähre ich sie, sodass sie in die Höhe züngeln und nach meinem Willen tanzen.

»Alles an ihm strahlt diese Aura der Macht aus«, fahre ich leise fort. »Äußerlich wirkt er wie ein junger Mann, aber ein Blick in seine pechschwarzen Augen genügt, jeden Lügen zu strafen, der das von ihm denkt. Er ist uralt und … gerissen. Ich glaube, er hegt seine ganz eigenen Pläne, von denen nicht einmal die anderen Götter wissen.«

»Hm, klingt nicht so, als wollte ich ihm unbedingt über den Weg laufen«, meint Davyan stirnrunzelnd.

»Nein, das willst du ganz bestimmt nicht.« Ich mahle mit dem Kiefer.

Er schaut mich zaghaft an. »Darf ich dich etwas fragen?«

»Du darfst mich *alles* fragen«, erwidere ich und lehne mich ein wenig zurück.

Er zögert, dann weicht die Unsicherheit aus seiner Miene. »Was ist damals auf dem Schwertlied-Weingut geschehen? Also nachdem ich von Karakals Männern entführt wurde?«

»Wenn du deinen Ziehvater meinst. Er wurde von Silia … erlöst«, antworte ich vorsichtig.

Der Ausdruck in seinen ungleichen Iriden wirkt überrascht. »Erlöst?«

»Er hat sie darum gebeten, seinem Leben ein Ende zu bereiten. Sie hat ihm diesen letzten Wunsch erfüllt, und wir haben ihn unter einem Lindenbaum begraben.«

»Hm.«

Ich versuche in seiner Miene zu ergründen, ob ihn die Worte treffen. Er wirkt gefasster, als ich gedacht hätte. Womöglich hat er sich ohnehin längst damit abgefunden, dass alle Menschen, die er auf dem Weingut gekannt hat, inzwischen tot sein müssen. Niemand von ihnen trug Magie, um sich zu verjüngen.

»Und …« Sein Blick wird wieder unsteter. »Wie starben die Knechte? Libella und ihre Söhne?«

Für ein paar Herzschläge schaue ich ihn einfach nur an, dann seufze ich. »Du kannst dir mittlerweile wohl denken, wie es geschah.« Die Galle steigt in mir hoch bei der Erinnerung an das Blutbad, das ich auf dem Weingut angerichtet habe.

Seine Augen verweilen ausdruckslos auf meinem Gesicht, ehe er nickt und den Kopf senkt. »Ich habe es mir schon zusammengereimt. Aber ich musste es von dir selbst hören.«

»Hasst du mich deswegen?« Meine Stimme ist rau geworden.

»Was?« Er hebt umgehend wieder den Blick. »Nein. Wie könnte ich?« Tief holt er Luft, dann neigt er den Kopf. »Es ist nur … Ich habe mir oft gewünscht, sie wären tot und ich sie damit los. Doch nun, da ich weiß, auf welch grausame Art sie starben … Niemand sollte so sterben.«

»Es tut mir …«

»Nein«, unterbricht er mich. »Entschuldige dich bitte nicht dafür. Wie ich bei Jala schon sagte: Das warst nicht du, sondern deine Bestie. Ich nehme an, sie wurde entfesselt, als du mich in dem Karren voller Blut gesehen hast? Du meintest ja, dass Blut die Bestie hervorlockt. Also sobald du entweder Blut riechst oder dein eigenes in Wallung gerät.«

Ich nicke langsam. »Dem ist so. Aber um ehrlich zu sein … Selbst wenn ich gekonnt hätte, hätte ich damals die Bestie nicht daran gehindert, Rache zu üben für das, was Libella und ihre Knechte dir angetan haben.«

»Hm.« Ein nachdenklicher Zug erscheint auf seinem anmutigen Gesicht. »Womöglich hätte ich an deiner Stelle gleich gehandelt, wärst *du* es gewesen, der diese Misshandlungen ertragen musste.«

»Nein.« Ich schüttle mit Bestimmtheit den Kopf. »Du hättest anders gehandelt. Mit Sicherheit. Du hast ein reines Herz. Du bist *gut*, Davyan.«

»Bin ich nicht«, erwidert er und weicht meiner Musterung aus. »Auch *ich* habe gemordet. Unzählige Male.«

»Als Arenakämpfer. Weil dieser Karakal dich dazu gezwungen hat und du dich verteidigen musstest.« Ich warte, bis er mich wieder ansieht. »Zudem hast du nicht gemordet. Du hast getötet. Das ist ein Unterschied.«

»Das Ergebnis ist dasselbe.« Er seufzt leise und schließt kurz die Lider.

»Aber das Motiv nicht«, halte ich dagegen.

»Das gilt bei dir genauso.« Er schenkt mir einen vielsagenden Blick.

»Ja, ich … ich weiß.« Nun ist es an mir, zu seufzen. »Einigen wir uns darauf, dass wir Dinge getan haben, die wir bereuen und die wir dennoch nicht ungeschehen machen können.«

»Klingt nach einer vernünftigen Vereinbarung.« Ein leichtes Lächeln erobert seine Lippen. »Wichtig ist, dass wir ab sofort nach vorne schauen. Versuchen, anders zu handeln. Besser zu werden und zu sein.«

»Wenn du *noch* besser wirst, wird dein Herz ein Goldklotz.« Ich grunze leise, was ihn unvermittelt zum Lachen bringt.

Götter, wie ich dieses Lachen liebe …

»Dann hättest du tatsächlich einen Grund, dich über mein Gewicht zu beschweren, wenn wir fliegen«, sagt er mit funkelnden Augen.

Nun muss ich ebenfalls schmunzeln. »Ein Aschenprinz ist mir bei weitem lieber als ein Goldjunge, glaub mir.«

»Das tue ich sogar, mein schönes Biest.« Er lächelt mich voller Wärme an.

Dass er sich so rasch fangen kann und von jetzt auf gleich dieses Strahlen sein Gesicht erobert, ist ein weiterer Grund, warum ich ihn so gernhabe.

Trotz all der Scheiße, die ihm im Leben passiert ist, hat er nie aufgehört, das Positive zu sehen. Keine Ahnung, ob mir das an seiner Stelle auch so gut gelungen wäre, und ich bin froh, dass ich es nicht herausfinden muss.

Davyans Stärke beeindruckt mich immer wieder aufs Neue.

»Wir sollten uns noch ein, zwei Stunden ausruhen, dann fliegen wir weiter«, sage ich und lege mich der Länge nach ins Gras, verschränke die Hände hinter dem Kopf.

Keine Sekunde später hat sich Davyan zu mir gesellt und schlingt einen Arm um meinen Bauch, während er den Kopf auf meine Brust bettet. Seine Hand wandert über meinen Körper und nach unten zu meinem Schritt, wo er mich sanft streichelt. »Bist du sicher, dass du dich gleich ausruhen möchtest und nicht erst noch ein wenig ...«

»Davyan«, sage ich mahnend, halte ihn jedoch nicht auf, da sich seine Berührung viel zu gut anfühlt, als dass ich sie unterbrechen will. »Was habe ich da bloß für ein Monster erschaffen?« Ich höre selbst, wie heiser meine Stimme unter seiner Zärtlichkeit geworden ist.

»Ein Monster, das dich mehr als alles andere will«, flüstert er über mir und küsst mich auf die Wange. »Ebenso wie du *mich* willst, das kannst du nicht verleugnen. Dein Körper reagiert viel zu heftig.«

Ich bemerke tatsächlich, wie immer mehr Blut in meine Lenden schießt, da er nicht aufhört, mich mit den Fingern zu liebkosen.

»Wir sollten ...«, beginne ich, werde aber von ihm unterbrochen.

»Wir sollten den Moment genießen. *Diesen* Moment, der nur uns beiden gehört. Wer weiß, wann wir wieder die Gelegenheit dazu haben werden. Was noch alles auf uns zukommt, sobald wir in Karakals Reich sind. Doch das hier ... das nimmt uns niemand.«

Ich muss ihm recht geben. Wir haben hundert Jahre aufeinander gewartet, da scheint jeder Augenblick, den wir ungenutzt verstreichen lassen, einer zu viel zu sein.

Und ja, ich will ihn. Jetzt und hier. Daher widerspreche ich ihm nicht weiter, sondern lasse ihn gewähren.

»Ich möchte mit dir schlafen«, flüstert Davyan. »Mit deinem Menschenkörper. Bisher habe ich das nur im Traum getan, nicht in der realen Welt …«

»Hat sich aber ziemlich real angefühlt«, murmle ich und schließe die Augen, als er meine Männlichkeit aus der Hose befreit und sie sanft zu massieren beginnt.

»Hmmm«, summt er und drückt mir einen Kuss auf den Mund. »Ich habe soeben beschlossen, dass ich dich heute in *mir* haben möchte, nicht umgekehrt.«

»So? Hast du das beschlossen?« Ich grunze belustigt, ohne die Lider zu öffnen.

»Jap. Das andere holen wir das nächste Mal nach. Hast du noch von diesem magischen Öl?«

»Ist im Rucksack.«

»Bin gleich wieder da.«

Als er mich loslässt, vermisse ich seine Berührung umgehend, aber ich muss nicht lange darauf warten, bis ich seine Finger erneut dort spüre, wo sich meine Lust gesammelt hat. Er verreibt das Öl auf meinem Schaft und ich stöhne unter seiner Behandlung erregt auf.

Verdammt, wie sehr ich es liebe, dass ich mich bei ihm so fallenlassen kann …

Ich öffne die Augen und bemerke, dass er seine Hose ausgezogen hat. Ohne zu zögern, setzt er sich auf meine Mitte und positioniert meine Männlichkeit an seinem Hintern.

»Kein Vorspiel?«, frage ich mit erhobenen Brauen.

»Kein Vorspiel«, raunt er. »Meine Magie erledigt das.«

»Hm, ziemlich praktisch«, kann ich gerade noch sagen, da spüre ich auch schon, wie ich dank des Öls und seinen magischen Kräften mühelos in ihn gleite.

Wir stoßen gleichzeitig ein Stöhnen aus und Davyan wirft den Kopf in den Nacken, derweil er mich Stück für Stück in sich aufnimmt.

Verflucht, dieses Gefühl ist unvergleichlich ...

In sein wunderschönes Antlitz zu blicken, während er sich mit mir vereint, gibt mir den Rest. Ich muss mich echt zusammenreißen, nicht meinerseits das Becken gegen ihn zu stoßen und direkt mit dem Liebesspiel zu starten.

Noch hat er nicht genügend Erfahrung, er soll sich Zeit lassen, sich an die neuen Empfindungen gewöhnen. Sich ausprobieren und herausfinden, was ihm gefällt. Wenn ich dabei als Versuchsobjekt herhalten muss, kann ich das zweifellos verkraften.

Ich will die Arme lösen und ihn zu mir herunterziehen, um ihn zu küssen. Aber er legt eine Hand auf meine Brust und hält mich damit auf.

»Bleib genau so, Arme zurück hinter den Kopf«, sagt er, während er sich selbst stimuliert. »Ich möchte bestimmen, wie rasch du kommst.«

»Erst beschließt du, wie du mich haben willst, und dann, wie rasch ich kommen darf?« Ich hebe amüsiert einen Mundwinkel, derweil ich seiner Aufforderung Folge leiste und die Arme wieder hinter meinem Kopf verschränke.

Ich habe keinerlei Probleme damit, auch mal das Ruder abzugeben. So sehr ich es mag, Davyan zu zeigen, was er noch alles von mir lernen kann, so sehr liebe ich es auch, wenn er seine eigenen Erfahrungen sammelt. Und immer selbstsicherer dabei wird.

»Du gibst also gern den Ton an?«, schicke ich belustigt hinterher.

»Anscheinend.« Er grinst auf mich herunter.

Dann beginnt er sich auf mir zu bewegen und ich schließe wieder die Lider, lasse mich von ihm in dem Rhythmus reiten, den er vorgibt.

Es ist der pure Wahnsinn, was Davyan in mir auslöst. Zu welcher Ekstase er mich treiben kann. Aber vor allem hilft er mir, die trüben Gedanken zu verscheuchen.

Ich denke nicht mehr daran, was sein wird, wenn wir den Elfen befreit haben. Alles rückt in den Hintergrund und selbst die Zeit wird bedeutungslos. Es gibt nur noch Davyan und mich. Und diese Lust, die über uns ebenso zusammenbricht wie er, nachdem er mein Hemd nach oben geschoben und sich auf meinem Bauch ergossen hat, bevor ich meinen Höhepunkt in ihm erlebe.

Nein, ich werde nicht genug von ihm bekommen. Niemals. Auch nicht, wenn wir noch Hunderte von Jahren zusammen verbringen – was wir hoffentlich tun werden.

4

FEUERPROBE

DAVYAN

Obwohl ich nur kurz die Augen schließen wollte, bin ich tief und fest eingeschlafen, wie ich feststelle, als Sombren mich mit einem zärtlichen Kuss weckt.

»Wir sollten weiter«, murmelt er über mir.

Ich rapple mich auf und reibe mir die Müdigkeit aus dem Gesicht. »Wie lange haben wir ausgeruht?« Ein Blick auf das Lagerfeuer zeigt mir, dass dieses heruntergebrannt ist.

»Dem Sonnenstand nach zu schließen etwa zwei Stunden«, antwortet er und erhebt sich. »Komm.« Er streckt mir die Hand entgegen.

»Erst solltest du dich entkleiden«, bemerke ich grinsend, während ich mich von ihm auf die Beine ziehen lasse.

»Dieser Part gefällt dir am besten daran, dass ich mich in eine Bestie verwandeln kann, oder?« Er funkelt mich mit seinen dunklen Iriden an.

»Lässt sich nicht verleugnen.« Ich zucke unschuldig mit den Schultern.

Er verdreht die Augen und schickt sich an, seine Kleidung loszuwerden, derweil ich meine Rüstung prüfe. Die Hose habe ich zum Schlafen wieder angezogen, das wäre schräg gewesen, untenrum nackt im Freien zu liegen – und vor allem kalt.

»Hier.« Er drückt mir seine Sachen in die Hände und ich verstaue sie mit einem breiten Lächeln in einem der Rucksäcke. »Dir macht das für meinen Geschmack etwas zu viel Spaß«, kommentiert er meine Mimik.

»Ach komm, hab dich nicht so«, entgegne ich vergnügt. »Wir mussten lange genug auf Spaß verzichten, da nehme ich alles, was ich kriegen kann.«

Sombren brummt etwas, bevor er sich in die Bestie verwandelt.

»Das ging viel schneller als beim letzten Mal«, bemerke ich erstaunt.

»Langsam hab ich den Dreh raus«, bestätigt er und schaut an seinem pelzigen Körper herunter.

»Stell dir mal vor, du könntest dich auf einen Feind stürzen und noch während des Sprungs von einem Menschen in ein Biest verwandeln.« Ich sehe ihn aufgeregt an. »Das wäre total episch.«

»Hol deinen Wasserschlauch hervor«, brummt er.

»Warum?« Ich sehe ihn verdattert an und bücke mich nach meinem Rucksack.

»Deine Fantasie brennt gerade – und zwar mit dir durch.« Er lässt seine Flügel aus dem Rücken wachsen.

»Dein Humor ist echt herrlich«, kommentiere ich grinsend, derweil ich den Rucksack wieder loslasse.

Er verengt die Augen und verzieht die Schnauze zu einem Zähnefletschen. »Nimm unser Gepäck, dann fliegen wir weiter.«

»Aye.«

»Warum sagst du das ständig?«

»Aye?«

»Genau das. Wir sind nicht auf See.«

»Was soll ich sonst sagen? ›Zu Befehl, mein Gebieter‹?« Ich lache leise.

Sombren schüttelt den Löwenkopf und streckt seine Pranke nach mir aus. »Wenn du das auch nur ein einziges Mal sagst, werde ich dich so lange vögeln, bis du jedes Wort vergessen hast.«

»Also bis ich tot bin?« Ich hebe belustigt die Brauen. »Du willst mich zu Tode vögeln?« Nun lache ich etwas lauter, während seine Miene sich immer mehr verfinstert, was meiner Belustigung noch zusätzlichen Zunder liefert. »Ehrlich, Sombren … wenn ich wüsste, wie oft ich sterben kann, würde ich das glatt riskieren. Dann bekäme ›vor Lust verglühen‹ gleich eine ganz andere Bedeutung.«

»Schluss jetzt, lass uns losfliegen«, grollt er und fletscht abermals die Zähne.

Noch immer lachend ergreife ich die Rucksäcke und trete zu ihm. »Zu Tode vögeln«, pruste ich. »Meine letzten Worte wären: Götter, ich komme!«

»Davyan«, knurrt er.

»Oder ich würde vielleicht Sterne sehen«, fahre ich unbeirrt fort und halte mir den Bauch vor Lachen. »Oh, oder ich schreie ›Um Himmels willen‹ und zack, bin ich …«

»Davyan!« Seine Bestienstimme dringt mir durch Mark und Bein, doch ich schaffe es nicht, mit dem Lachen aufzuhören.

Schlussendlich packt er mich kurzerhand und hebt mit mir ab, während ich mir noch die Lachtränen aus den Augen wische.

Hach, es tut so gut, endlich so befreit und vor allem bei der grummeligsten Bestie der Welt zu sein, der mein Herz gehört.

Wir fliegen etwa drei Stunden, ehe Sombren erneut eine Pause benötigt.

»Der Muskelkater an meinem Rücken morgen wird hässlich«, stöhnt er über mir, als er auf einer Lichtung inmitten eines Waldes landet.

Ja, es mag ungewohnt und schmerzhaft für ihn sein, aber es ist ein Glück, dass wir fliegen können. Dadurch kommen wir viel schneller voran, als wenn wir den gesamten Weg über die Talmeren zu Fuß zurücklegen müssten. Wir wären Wochen unterwegs – so sind es nur einige Tage. Hoffentlich.

»Ich kann deinen Muskelkater mit Magie vertreiben«, schlage ich vor und warte, bis er mich loslässt, nachdem er auf dem Boden aufgesetzt hat.

»Das werde ich womöglich in Anspruch nehmen.« Er verwandelt sich innerhalb eines Lidschlags zurück in einen Menschen und dehnt die Rückenmuskeln, indem er die Arme streckt.

»Mein armes Biest«, murmle ich, während ich ihm die Hände an die Brust lege. »Brauchst du jetzt schon etwas von meiner Magie?«

»Spar deine Kräfte«, winkt er ab. »Wir sollten uns erst um ein Lager für die Nacht kümmern. Verdammt, ist das kalt …« Er schlingt die Arme um seinen nackten Leib und blickt prüfend in den Himmel über uns, wo bereits die ersten Sterne zu sehen sind.

»Dann kleide dich an und ich suche derweil Holz für ein Feuer zusammen«, schlage ich vor.

»Guter Plan.« Er bückt sich nach seinem Rucksack und verzieht dabei das Gesicht, da ihm der Flug wohl stärker zugesetzt hat, als er vor mir zugeben will.

Kopfschüttelnd wende ich mich ab und nehme mir vor, ihm das Angebot mit meinen heilenden Kräften später nochmals zu unterbreiten.

Nachdem ich genügend Holz zusammengesucht habe, bringe ich es zu Sombren, der bereits einen Kreis aus Steinen am Boden gebildet hat, um zu verhindern, dass das Feuer auf die Bäume um uns herum übergreift.

Er zeigt mir, wie ich es aufschichten soll, dann sieht er mich abwägend an. »Du beherrschst ebenfalls Magie. Kannst du ein Feuer entzünden?«

»Ich … kann eine Flamme bilden«, bestätige ich.

»Heilen und Feuer machen.« Er betrachtet mich nachdenklich. »Du hast vielleicht wirklich elfische Anteile in dir, wenn du über mehrere Elemente gleichzeitig verfügst. Oder aber …«

»Was?«

»Oder aber du trägst zwei Elemente in dir, wovon eines bei der Aufnahmezeremonie in den Zirkel gelöscht worden wäre.«

»Gelöscht?« Ich starre ihn entgeistert an.

»Ja.« Sombren nickt nachdenklich. »Wenn ein Mensch zwei Elemente in sich trägt, muss er sich bei der Aufnahmezeremonie in die Elementgilden für eines entscheiden.«

»Wieso?« Das ergibt keinen Sinn für mich.

»Weil …« Sombren macht eine fahrige Geste. »So sind nun mal die Regeln.«

»Keine gute Begründung«, kommentiere ich.

»Das stimmt.« Er hebt die Schultern. »Aber wenn du tatsächlich elfische Anteile in dir trägst, solltest du auch andere Zauber wirken können, die mit der Natur und Lebewesen zusammenhängen. Zum Beispiel Wasser aus der Erde holen oder Gedankenlesen. Hast du etwas davon schon mal ausprobiert?«

Ich schüttle verneinend den Kopf. »Mir kam das nie in den Sinn«, gestehe ich.

»Zeig mir, wie du das machst«, meint er und verschränkt die Arme vor der Brust.

»Was?«

»Eine Flamme bilden«, präzisiert er.

»Jetzt?«

»Jetzt.« Er sieht mich abwartend an. »Vielleicht kann ich dir, trotz der Tatsache, dass sich deine Magie offenbar von meiner unterscheidet, ein paar Tipps geben.«

»Nun … es ist ein Jahrhundert her, seit ich das getan habe«, murmle ich und hebe meine Hand, betrachte sie, während ich sie hin und her drehe. »Was, wenn ich den Wald abfackle?«

»Ich bin ein Feuermagier, vergessen?« Er wartet, bis ich ihn wieder anschaue. »Ich kann das Feuer eindämmen, sollte es sich deiner Kontrolle entziehen.«

»Ja, aber in dem Fall wäre ein Wassermagier wohl vorteilhafter«, gebe ich zu bedenken.

»Tja, einen Wassermagier haben wir hier nicht, also …« Er macht eine auffordernde Handbewegung. »Los, zeig mir, wie du eine Flamme erschaffst.«

Zögernd taste ich nach der Magie in meinem Inneren und schließe die Augen, konzentriere mich auf das Feuer. Obwohl es so lange her ist, finde ich mühelos den Quell meiner Kräfte und verbinde sie mit dem Element des Feuers.

»Stell dir vor, was eine Flamme ausmacht«, höre ich Sombrens tiefe Stimme neben mir. »Was nährt sie, was lässt sie brennen?«

Ich schiebe die Brauen zusammen, während ich seiner Aufforderung nachkomme – und spüre, wie beinahe augenblicklich eine Flamme an einer meiner Fingerspitzen zu züngeln beginnt.

»Sehr gut«, lobt Sombren. »Du kannst die Lider jetzt öffnen. Schick die Flamme zum Holz.«

Ich lasse den Funken zu den aufgeschichteten Scheiten hüpfen und schaue zu, wie er sich darüber hermacht, größer wird und schließlich ein warmes Feuer vor uns prasselt.

»Du beherrschst deine Kräfte erstaunlich gut«, bemerkt Sombren und ich hebe den Kopf, um ihn anzusehen.

»Wirklich?«, frage ich verdutzt.

»Wirklich.« Er nickt und ein Lächeln zupft an seinen Lippen. »Ich habe selten einen Magierlehrling gesehen, der mit Feuer so gezielt umzugehen versteht. Du hast genau die richtige Dosierung deiner

Wärme in den Zauber gegeben. Hast du dir das alles allein beigebracht?«

Ich nicke bestätigend. »Hab ich. Es hat aber eine Weile gedauert. Vor allem, da ich nur heimlich üben konnte. Hätten meine Stiefmutter oder die anderen Knechte etwas darüber erfahren …« Ich beiße mir auf die Unterlippe und richte den Blick wieder zum Feuer, das vor sich hin prasselt.

»Ich wünschte, ich könnte die Zeit zurückdrehen und dich eher von diesem verdammten Weingut wegholen«, knurrt Sombren und als ich ihn ansehe, bemerke ich, dass seine Kiefermuskeln mahlen.

»Das geht aber leider nicht«, sage ich und trete auf ihn zu, lege ihm eine Hand auf den Oberarm. »Zudem wären wir dann vielleicht nicht da, wo wir jetzt sind. Es hat schon alles seine Richtigkeit. Auch wenn der Weg zugegebenermaßen an Steinen kaum zu überbieten war.«

Er presst die Lippen aufeinander, bevor er sich ein wenig entspannt. »Lass uns essen und anschließend schlafen«, meint er.

»Zusammen?« Ein Lächeln erobert mein Gesicht.

Er verdreht die Augen, aber ein Schmunzeln zeichnet auch seine Züge. »Davyan, so unersättlich wie du kann ein Mensch gar nicht sein.«

»Ich *bin* auch kein Mensch.« Ich grinse und setze mich ans Feuer.

Sombren gesellt sich mit einem Seufzen dazu. »Entschuldige, daran muss ich mich erst noch gewöhnen.«

»Ein Succubus, nun ein Prunati …« Ich werfe ihm einen schiefen Blick zu. »Hattest du eigentlich jemals etwas mit einem nicht-mystischen Wesen?«

»Davyan«, knurrt er mahnend.

Ich liebe es, wenn er das tut.

»Hm?« Unschuldig schaue ich ihn an.

Er holt Luft, als wollte er etwas hinzufügen, dann wendet er sich kopfschüttelnd ab und kramt in den Rucksäcken nach unserem

Abendessen. Ein paar Scheiben Zwieback und Trockenfleisch sowie Nüsse und Äpfel sind unser Mahl.

»Morgen sollten wir jagen, um frisches Fleisch zu haben«, sage ich kauend.

»Kannst du denn jagen?« Er hebt eine Augenbraue, während er ein Stück Zwieback abbricht.

Ich ziehe grübelnd die Mundwinkel nach unten und betrachte das Trockenfleisch, das ich in kleine Teile zerrissen habe, um es besser essen zu können. »Ich … So schwer kann das nicht sein, oder?«

»Ohne Luftbegabung ist es gar nicht mal so einfach«, meint Sombren, der einen Schluck Wasser trinkt, da der Zwieback echt trocken ist. »Ich selbst habe keine Erfahrung damit. Das Problem, wenn man ein privilegiertes Leben hatte.«

»Hm, auch in meinem Leben musste ich nie auf die Jagd gehen«, sage ich nachdenklich und esse mein Trockenfleisch zu Ende. »Aber Mauryce könnte es … er ist ja schließlich ein Elf.«

»Er ist allerdings nicht hier.« Sombren seufzt, verschließt den Wasserschlauch und stopft ihn zurück in den Rucksack. »Bleibt uns also nur zu hoffen, dass ein Tier so dumm ist, sich in unsere Nähe zu wagen. Mit Magie oder einer Klinge kann ich was erlegen, aber von Fährtenlesen und Fallen stellen habe ich keine Ahnung.«

»Ich werde morgen während des Fliegens nach wilden Tieren Ausschau halten, die infrage kämen«, biete ich an, derweil ich die Reste meines Essens ebenfalls verstaue.

»Das wäre hilfreich.« Sombren legt sich in die Nähe des Feuers und verschränkt die Arme hinter dem Kopf.

Ich ziehe die Rucksäcke näher zu uns, dann lege ich mich neben ihn und bette meine Wange auf seine Schulter. Inzwischen ist die Nacht hereingebrochen und über uns kann ich die Sterne erkennen sowie den Mond, der mit seinem fahlen Schein unsere Umgebung erhellt. Die Luft ist erfüllt vom Gesang der Nacht – Grillen zirpen, Äste knacken, der Schrei einer Eule erklingt …

Ich schließe die Augen und lausche dem Prasseln des Feuers, das uns wärmt.

»Es ist so friedlich hier«, murmelt Sombren.

»Das stimmt.« Ich atme die kühle Nachtluft ein. »Wunderschön.«

»Mhm.« Er holt ebenfalls tief Luft. »Aber dennoch könnten Gefahren lauern.«

»Meinst du, wir sollten Wachen einteilen?«, frage ich und hebe den Kopf ein wenig, um ihn zu mustern.

»Das wäre vielleicht keine schlechte Idee«, bestätigt er. »Ich übernehme die erste Wache und wecke dich, wenn ich müde werde.«

»Du *bist* müde«, erinnere ich ihn.

»Körperlich … nicht geistig.«

»Dann heile ich dich aber erst noch. Also deinen Muskelkater.« Ich lege ihm eine Hand auf die Brust, dabei streife ich die Erhebung, wo sich sein Amulett unter der Kleidung abbildet. Sanft umfasse ich es und spüre, wie sich Sombren bei der Berührung versteift. »Was hat es damit eigentlich auf sich?« Ich schaue ihm ins Gesicht.

Die eine Hälfte seines Antlitzes wird vom Feuer beschienen, die andere liegt in den Schatten. Er presst die Lippen zusammen, ehe er die Augen schließt.

»Ich hatte gehofft, dass du diese Frage niemals stellen wirst«, meint er leise.

»Wieso?« Verdattert sehe ich auf ihn herunter.

»Weil … Es gibt Dinge, die ich dir …« Er holt tief Luft, dann öffnet er die Lider und sucht meinen Blick. »Ich bin ein Schwarzmagier.«

5

WAS DU ÜBER MICH NOCH WISSEN SOLLTEST ...

DAVYAN

Ich erstarre mitten in der Bewegung und versuche, meine Gesichtszüge daran zu hindern, zu entgleisen.

»Du bist ...« Die Worte ersterben in meinem Mund zu einem Krächzen.

Schwarze Magie ... die verbotene Magie ... Ich weiß nicht viel darüber, nur dass sie böse ist. Denn ein Schwarzmagier entzieht anderen Lebewesen die Wärme, um seine Zauber zu verstärken. Tötet sie im schlimmsten Fall.

Es ist abartig, grausam ... und ... Sombren soll genau das tun? Ich schaffe es nicht, das eben Gehörte mit dem Mann zu verbinden, den ich liebe. Der gerade neben mir liegt und mich abwägend mustert.

»Ich hatte Angst vor diesem Moment«, sagt er mit heiserer Stimme. »Davor, dass du mich genau so ansiehst, wie du es jetzt tust.«

»Ich …« Noch immer schaffe ich es nicht, einen klaren Gedanken zu fassen.

Abrupt lasse ich ihn los und setze mich auf. Ich greife mir in die Haare, die mir ins Gesicht gefallen sind, streiche sie mit einer fahrigen Bewegung nach hinten. Dann starre ich in den Himmel und versuche, irgendwie zu begreifen, was Sombren mir eröffnet hat.

Schwarzmagier … schwarze Magie …!

»Hör zu, Davyan«, sagt Sombren und richtet sich ebenfalls ein wenig auf, stützt sich mit den Ellbogen ab. »Das mag auf den ersten Blick schlimm anmuten, aber …«

»Du bist ein Schwarzmagier!«, unterbreche ich ihn und höre selbst, wie hysterisch ich klinge. »Ein … verdammter Schwarzmagier!«

»Davyan …«

»Nein.« Ich weiche unvermittelt vor ihm zurück, als er sich zu mir beugt. »Das … Wie … Wann hattest du vor, mir das zu sagen? Warum hast du das vor mir verheimlicht?!«

»Weil es keine Rolle spielt.« Sein Blick ist eindringlich.

»Doch! Doch, das tut es. Du … Du benutzt die Magie anderer Lebewesen! Hast du … Hast du auch *meine* Körperwärme verwendet? Ist das der Grund, warum du mit mir zusammen bist? Willst du …«

»Genug!«, unterbricht er mich polternd und ich verstumme, da seine Augen förmlich glühen.

Er hat sich mittlerweile ganz aufgesetzt und positioniert sich so, dass er eine Armlänge von mir entfernt ist. Ein Bein zieht er an und stützt den Unterarm darauf, während er sichtlich versucht, sich zu sammeln.

Fassungslos sehe ich den dunkelhaarigen Magier an und habe das Gefühl, ihn gar nicht zu kennen.

»Bitte, lass mich erklären«, sagt er etwas ruhiger.

»Nur zu«, erwidere ich und merke, dass ich mich langsam wieder fange. »Bin gespannt, was deine Ausrede ist.«

»Ausrede?« Er schnaubt leise. »Es gibt keine Ausrede, warum man sich der schwarzen Magie verschreibt. Aber es gibt Gründe.«

»Nenn mir nur einen, der gut genug ist, eine derart schändliche Magie zu betreiben.«

»Ich betreibe nicht …« Er fährt sich mit der Hand über das Gesicht. »Ich bin kein richtiger Schwarzmagier.«

»Halbschwarze Magie gibt es aber nicht«, erwidere ich und stütze mich mit einer Hand im Gras ab.

»Da hast du recht.« Sein Blick wird dunkler. »Aber ich praktiziere keine schwarze Magie. Das wollte ich damit sagen.«

»Dann entziehst du den Lebewesen keine Wärme?«

»Nein. Und ich bediene mich auch keiner schwarzmagischen Zauber.« Er holt das schwarze Amulett unter seiner Kleidung hervor und als er es anhebt, glänzt es mystisch in seinen Händen. Es wirkt wie ein einfacher ovaler Stein. »Das hier verhindert, dass ich die Wärme anderer Lebewesen entziehe, wenn ich Magie wirke«, erklärt er. Kurz darauf bildet er eine Flamme in seiner Hand und hält sie mir vors Gesicht. »Siehst du? Ich zaubere, ohne dass deine Wärme überhaupt nur angetastet wird.«

Das Amulett ist nun von einem leichten Leuchten erfüllt, was mich erschaudern lässt. Gleichzeitig ist da wieder diese düstere Aura um Sombren.

Ich habe es mir also nicht eingebildet. Das geschieht, wenn er Magie wirkt. Schwarze Magie.

»Wie ist das möglich?«, will ich perplex wissen.

Sombren lässt die Flamme erlöschen, anschließend winkelt er auch das zweite Bein an und blickt ins Feuer, während er die Arme auf den Knien positioniert. »Alle Zirkelleiter Altras betreiben schwarze Magie, daher wurden von Lesath diese Amulette hier erschaffen, um dies zu verbergen«, erklärt er und ich ziehe scharf die Luft ein ob dieser Information.

»Wie bitte?«

Er schließt kurz die Lider, dann schaut er mich wieder an. »Lesath – der Herrscher Altras …«

»Ich weiß, wer das ist«, falle ich ihm ins Wort. »Und ich mag diesen Tyrannen nicht. Jetzt noch viel weniger!«

»Sag das nicht zu laut«, ermahnt mich Sombren. »Er hat seine Augen und Ohren überall.«

»Kennst du ihn?«

»Ich bin ihm ein paarmal begegnet«, bestätigt er. »Ist allerdings schon länger her.«

Ich sehe ihn skeptisch an. »Warum hast du überhaupt ein Amulett? Du bist kein Zirkelleiter.«

Sombrens Miene verschließt sich. »Das bin ich nicht, das stimmt. Aber es gibt … Möglichkeiten. Mein Vater hat es für mich besorgt.«

»Und was genau macht es?«

»Es verhindert, dass meine schwarzmagischen Kräfte andere verletzen. Zudem kann es mit Magie aufgeladen werden.«

»Es kann … was?!« Ich starre ihn mit großen Augen an, anschließend das Amulett, und eine Gänsehaut überzieht meine Unterarme. »Dann sind darin die Kräfte anderer Lebewesen?«

»Nein.« Sombren schüttelt den Kopf. Er greift nach einem Grashalm, den er ausreißt und in den Händen hin und her wendet. »Zumindest nicht in meinem. Ich verwende nur meine eigene Körperwärme, um zu zaubern.«

Ich verlagere mein Gewicht ein wenig und setze mich im Schneidersitz hin. »Aber dein Vater … Venero … Verwendet er die Wärme anderer Menschen?«

Sombren zögert kurz, ehe er den Grashalm mit Magie anzündet und ins Feuer wirft. Die Flammen fallen umgehend darüber her. »Als Zirkelleiter muss er das tun.«

»Muss?« Entsetzen ergreift von mir Besitz.

»Wie viel weißt du über die Aufnahmerituale des Zirkels?« Sombren sieht mich abwägend an.

»So gut wie nichts«, erkläre ich frei heraus.

Er fährt sich bedächtig mit der Hand über das Kinn. »Nun, bei jeder Aufnahmezeremonie werden die Anwärter für den Magierzirkel vom Zirkelleiter geprüft«, erklärt er. »Dafür wird ihnen ein kleiner Teil ihrer Magie entzogen. Das geschieht mittels schwarzer Magie – die anderen Magier wissen das nicht, sie glauben, es sei ein ganz spezieller Zauber, der nur den Zirkelleitern bekannt ist.«

»Venero entzieht den Magierlehrlingen Magie?« Ich versuche, meine Gesichtszüge daran zu hindern, außer Kontrolle zu geraten. »Warum?«

»Jeder Magier trägt unterschiedlich viel Magie in sich«, erläutert Sombren. »Du kannst es dir so vorstellen wie ein Sack Reis, der unterschiedlich stark gefüllt ist. Venero greift quasi in den Reissack und nimmt eine Handvoll heraus, um zu testen, ob noch genug drin bleibt, damit sie als Magier ausgebildet werden können.« Er presst die Lippen zusammen.

»Aber … was geschieht, wenn sie zu wenig Magie haben?« Ein ungutes Gefühl beschleicht mich.

»Dann entzieht Venero ihnen alles und sie werden in die normalen Elementgilden geschickt.«

Immerhin … Sie werden nicht getötet. Zugetraut hätte ich diesen Magiern inzwischen alles.

»Und die Magie verwahrt er in seinem Amulett?«, hake ich nach.

Er nickt stumm zur Antwort.

»Was wäre mit mir geschehen, wenn …?« Ich schaffe es nicht, die Frage zu Ende zu stellen, da ich unwillkürlich fröstle.

Sombren sieht mich gedankenversunken an. »Ich habe keine Ahnung«, gesteht er nach einer kurzen Pause. »Da deine Magie nicht menschlich ist, hättest du wahrscheinlich die Aufnahme in den

Zirkel nicht bestanden. Aber da du mehrere Elemente beherrschst …« Er macht eine uneindeutige Bewegung mit der Hand. »Ich weiß es ehrlich gesagt nicht, was Venero beschlossen hätte. Und im Nachhinein bin ich froh, dass du nicht bei der Aufnahmezeremonie dabei warst damals.«

»Ich auch«, murmle ich. Nachdenklich sehe ich auf meine Hände, die ich im Schoß gefaltet habe. »Ihr seid also alles Schwarzmagier«, wiederhole ich die Tatsache, die er mir eröffnete. »Du, dein Vater, deine Schwester …«

»Jala wusste nichts davon«, fällt er mir ins Wort. »Nur Vater und ich.«

»Warum hat Venero dich da reingezogen?«

»Weil er mir vertraute. Ein Geheimnis wie dieses allein zu tragen ist … Es kann schwer wiegen.«

»Ach, und da dachte er sich einfach: Lassen wir doch meinen Sohn auch einen Schwarzmagier werden, dann ist das Leben leichter?« Ich lache zynisch auf.

»So einfach ist das nicht.« Er schiebt die Brauen zusammen. »Es war für ihn leichter, die Magierlehrlinge zu Jungmagiern aufsteigen zu lassen, wenn jemand über sein Geheimnis Bescheid wusste.«

»Oh, noch eine Zeremonie?« Meine Kinnlade sackt nach unten.

»Mhm.« Sombren formt die Augen zu schmalen Schlitzen. »Nach drei Jahren durchlaufen die Magierlehrlinge das Ritual zu Jungmagiern. Dies geschieht, indem sie quasi ihren ganzen Sack Reis leeren. Meist durch einen mächtigen Zauber, der ihre Kräfte übersteigt.«

Grauen erfasst mich. »Aber dann erfrieren sie, oder?«

»Das tun sie«, bestätigt Sombren. »Doch ehe sie sterben, wird ihr Reissack neu gefüllt und damit ihr gesamtes Potential als Magier entfaltet.«

»Gefüllt? Ihnen wird also Magie gegeben?« Meine Verblüffung steigt ins Unermessliche.

»Exakt.«

»Von wem? Venero?«

»Von Venero und den anderen Zirkelräten, die bei der Zeremonie dabei sind.« Sombren massiert seine Nasenwurzel mit Daumen und Zeigefinger. »Der Magierzirkel ist nicht so schillernd, wie er sich gerne präsentiert, Davyan«, murmelt er.

»Das habe ich soeben gemerkt.« Ich sehe ihn noch immer entgeistert an.

»Hör zu«, sagt Sombren und sucht meinen Blick. »Müsste ich mich heute nochmals entscheiden, ich würde es nicht mehr tun. Mich der schwarzen Magie verschreiben, meine ich. Aber damals …« Er seufzt und kaut ein paar Sekunden auf seiner Unterlippe herum. »Damals war ich ein junger Magier, der nach mehr Macht dürstete. Verblendet und arrogant.«

»Dann hör doch einfach damit auf.«

»Das geht nicht.« Er schüttelt bedauernd den Kopf. »Wenn man sich einmal für die schwarze Magie entschieden hat, gibt es kein Zurück.«

Ich ziehe scharf die Luft ein. »Somit bleibst du also für immer ein Schwarzmagier?«

»Für immer.« Er nickt langsam und ich bemerke, wie sich seine Kiefermuskeln anspannen.

»Ein Schwarzmagier, ein Biest …« Ich sehe ihn verstört an. »Gibt es sonst noch etwas, das ich über dich wissen sollte? Wachsen dir nachts Pilze aus den Ohren? Hast du Schwimmhäute, wenn du ins Wasser gehst? Wirst du …«

»Davyan«, unterbricht er mich. »Hör auf damit, es ins Lächerliche zu ziehen.«

»Oh, siehst du mich etwa lachen?«

»Es tut mir leid.« Er kratzt sich am Kinn. »Ich hätte dir das alles viel eher sagen sollen.«

»Hättest du!«

»Tut mir …«

»Sich tausendmal zu entschuldigen, ändert nichts daran.«

Er schnaubt bedauernd. »Ich weiß. Ich hatte einfach Angst, dass es einen Keil zwischen uns treibt.«

»Deine Angst war berechtigt«, sage ich, angewidert von dem, was ich soeben gehört habe.

»Bitte …« Sein Blick wird beinahe flehend.

»Warum hast du nicht spätestens in dem Moment etwas gesagt, als ich dich zum ersten Mal geheilt habe?«, fahre ich ihn an. »Mir hätte sonst was geschehen können! Wer weiß, was schwarzmagische Kräfte zu tun vermögen!«

»Das stimmt, das war in Kriyas Welt, als sie mich mit ihrem Feuer verwundet hat. Ich war kaum mehr am Leben und du hast …« Er schüttelt zerknirscht den Kopf. »Ich wollte dich aufhalten, aber als du mich geheilt hast, ohne mit der Wimper zu zucken …« Er atmet leise durch. »Im Magierzirkel müssen die Erdmagier eine spezielle Schulung durchlaufen, um Zirkelleiter heilen zu können. Nur den wenigsten gelingt es – nur den begabtesten.«

»Und das sagst du mir JETZT?!« Fassungslos starre ich ihn an.

»Wie erwähnt, ich wollte dich aufhalten. Doch dann gelang es dir ohne Probleme und … ich dachte, es wäre vielleicht darauf zurückzuführen, dass ich in der Bestienform war.«

»Wenn du als Bestie kein Schwarzmagier wärst, hättest du wohl kaum das Amulett in deiner Bestienform«, halte ich dagegen.

»Da ist was Wahres dran.« Er sieht mich an und die Unsicherheit, die ich in seinem Blick bemerke, lässt mein Herz gefrieren. »Kannst du mir jemals verzeihen?«

»Keine Ahnung.« Ich schnaube leise und lege mich auf den Rücken. »Ich werde jetzt erst mal darüber schlafen und versuchen, die Informationen zu verdauen.«

»Bitte hasse mich nicht.«

»Das … tue ich nicht. Gute Nacht.«

»Gute Nacht, Davyan.«

»Hmpf.«

Damit drehe ich mich von ihm weg, ziehe einen der Rucksäcke als Kissen heran und starre in die Dunkelheit.

Ich starre noch sehr lange vor mich hin, ehe ich es endlich schaffe, die Augen zu schließen.

6

KEIN GUTER RASTPLATZ

SOMBREN

Verflucht noch mal, warum habe ich so lange damit gewartet, Davyan die Wahrheit zu sagen? Die Wahrheit über meine Magie? Über den ganzen Scheiß, der im Magierzirkel geschieht?

Ich drehe das Amulett in den Händen hin und her und bin versucht, es einfach in die Nacht hinauszuschmeißen.

Aber dann wäre Davyan meinen schwarzmagischen Kräften hilflos ausgeliefert und nicht nur Vater, sondern auch Lesath würden es sofort spüren, sobald ich mich der schwarzen Magie bediene.

Was das für Auswirkungen hätte … Ich darf gar nicht daran denken.

Daher verberge ich das Amulett nach einer Weile wieder unter der Kleidung, aber es brennt sich förmlich in meine Brust, während ich in die Flammen starre.

Davyan liegt still neben mir und ich weiß nicht, ob er bereits schläft. Stirnrunzelnd betrachte ich seinen Rücken, den er mir zugekehrt hat.

Ich habe ihm wehgetan. Etwas, das ich niemals tun wollte.

Wie er mich angesehen hat ... als würde er einem Fremden gegenübersitzen. Da war keine Wärme mehr in seinen ungleichen Augen. Nur noch Misstrauen.

Werde ich es schaffen, jemals wieder sein Vertrauen ... seine Liebe ... zu erlangen? Ich werde alle Hebel in Bewegung setzen, denn ohne seine Liebe erscheint mir das Leben nicht mehr lebenswert.

Götter ... wie wenig wir uns kennen, wird mir erst jetzt klar. Wir haben kaum Zeit miteinander verbracht und dennoch ist da diese Verbindung zwischen uns. Vom ersten Moment an, als ich meinen verkleideten Aschenprinzen auf dem Ball im Magierzirkel erblickte, war ich von seinem Wesen fasziniert. War ich ihm unwiderruflich verfallen.

Hoffentlich habe ich durch mein Geständnis nichts zunichtegemacht.

Als mir nach einigen Stunden die Augen im Sekundentakt zufallen, wecke ich ihn und er übernimmt die zweite Wache, ohne auch nur ein Wort mit mir zu wechseln.

Obwohl ich hundemüde bin, gelingt es mir nur langsam, in den Schlaf zu sinken – und dann werde ich von dunklen Träumen geplagt, die mich hochschrecken lassen.

Davyan sieht mich zwar stirnrunzelnd an, kommentiert meinen unruhigen Schlaf jedoch nicht. Und je länger er schweigt, desto stärker überkommt mich die Empfindung, dass ich gerade dabei bin, ihn zu verlieren. Was wiederum dazu führt, dass ich noch schlechter schlafe.

Entsprechend gerädert fühle ich mich am nächsten Morgen, als sich die Sonne langsam über die Kronen der Bäume um uns herum erhebt.

»Guten Morgen«, murmle ich und reibe mir den Schlaf aus den Augen.

Meine Rückenmuskeln rebellieren, als ich mich aufsetze, und ich unterdrücke ein Stöhnen. Etwas heilende Magie wäre jetzt wirklich hilfreich, doch ich wage es nicht, Davyan, der sich ein paar Schritte entfernt positioniert hat und in den Wald blickt, darum zu bitten.

Er wendet sich mir nicht zu, sondern steht einfach nur mit gezücktem Schwert da und scheint etwas zu betrachten. Oder zu lauschen.

»Davyan?«, frage ich stirnrunzelnd.

»Schht«, erwidert er und macht mit der freien Hand eine wedelnde Bewegung, welche diesen Laut unterstreicht.

Ich erhebe mich besorgt und trete neben ihn. Doch so sehr ich mich auch bemühe, ich kann weder etwas sehen noch hören.

Als ich Davyan einen fragenden Blick zuwerfe, schaut er mich endlich an. »Wir sind nicht allein«, raunt er.

»Gefahr?«, erwidere ich ebenfalls mit gesenkter Stimme.

Er zuckt zur Antwort mit den Schultern.

Ich betrachte ihn für ein paar Sekunden. »Ich schaue mir das mal an.«

»Nein.« Er legt mir umgehend die Hand auf den Unterarm, um mich zurückzuhalten. »Was auch immer es ist, es kommt nicht näher. Daher sollten wir uns ihm ebenfalls nicht nähern«, flüstert er.

»Wie lange ist es denn schon da?«, hake ich leise nach.

»Zwei, drei Stunden?« Er zuckt erneut mit den Schultern und macht mit dem Schwert eine unbestimmte Bewegung. »Als es auftauchte, war es noch dunkel.«

»Und du hast mich nicht geweckt?«

»War nicht notwendig.« Ein drittes Schulterzucken folgt.

Ich presse die Lippen zusammen, um nichts zu erwidern.

Jetzt ist nicht der richtige Zeitpunkt, mit ihm über die Art, wie er ›Wache‹ interpretiert, zu streiten.

Nochmals lausche ich in den Wald und versuche, etwas zwischen den dicht gewachsenen Bäumen zu erkennen, aber vergebens.

Davyan scheint um einiges besser zu hören als ich, was vielleicht wirklich an der Tatsache liegt, dass er über Elfenblut verfügt.

Unwillkürlich fällt mein Blick auf seine Ohren, die spitzer sind als bei normalen Menschen.

»Lass uns aufbrechen«, murmle ich schließlich.

Davyan sieht mich wieder an. »Räum schon mal alles zusammen, ich warte hier.«

Ich nicke und mache mich daran, unsere Rucksäcke zu packen. Als ich damit fertig bin, zögere ich.

»Vielleicht sollte ich mich nicht so offensichtlich, mitten auf einer Waldlichtung in ein Biest verwandeln«, sage ich leise an Davyan gewandt. »Was immer zwischen den Bäumen lauert, es könnte auch ein Mensch sein. Und wenn er sieht, wie ich zur Bestie werde, wüsste er über mein Geheimnis Bescheid.«

Davyan, der mir weiterhin den Rücken zugedreht hat, vollführt eine abwinkende Geste. »Es ist kein Mensch.«

Woher er das wissen will, ist mir zwar schleierhaft, aber ich nicke ergeben und beginne, mich auszuziehen. Nun wirft Davyan doch noch einen Blick über die Schulter, als er hingegen merkt, wie ich ihn dabei ertappe, dreht er sich sofort wieder weg.

Ich beiße mir auf die Unterlippe, während ich meine Kleidung in einem der Rucksäcke verstaue.

Verdammt, er ist mir immer noch böse wegen dem, was er gestern über mich erfahren hat.

Mit einem tiefen Atemzug verwandle ich mich in meinen Bestienkörper – und vernehme gleichzeitig ein ohrenbetäubendes Brüllen, das aus dem Wald schallt.

Blitzschnell bilde ich einen Schutzschild um mich und bin mit ein paar großen Schritten bei Davyan, der unter dem Laut zusammengezuckt ist. Umgehend habe ich den Schild auch über ihn ausgeweitet und stelle mich schützend vor ihn.

»Was ist das?«, knurre ich mit meiner Bestienstimme.

Davyan kommt nicht dazu, mir zu antworten, da stürzt bereits ein monströses Wesen zwischen den Bäumen hervor.

Auf den ersten Blick wirkt es wie ein riesiger Affe, hat jedoch zottiges graues Fell, das viel länger ist als bei Affen üblich. Ich weiß, was da vor uns steht, da ich schon einige Male in Büchern darüber gelesen habe: Ein Waldahn – eine äußerst seltene Affenart. Er ist etwa so groß wie zwei Männer zusammen und überragt damit auch mich in meiner Bestiengestalt. Der Schädel ist gigantisch und das Maul hat er weit aufgerissen, präsentiert uns ein Gebiss, das ein bisschen an einen Hai erinnert. Spitze Zähne in mehreren Reihen befinden sich darin und ich bezweifle keine Sekunde, dass sie hässliche Wunden verursachen können.

Das Vieh ist definitiv kein Pflanzenfresser.

Ohne zu zögern, prescht der Riesenaffe auf uns zu und ich bemerke, dass er klauenartige Hände mit Krallen besitzt, vor denen man sich ebenfalls in Acht nehmen muss.

Meine Überraschung dauert nur eine Sekunde, da habe ich bereits einen Feuerball gebildet, den ich dem Monster entgegenschleudere. Er verfehlt allerdings sein Ziel, da der Affe behände zur Seite springt.

»Bleib dicht bei mir, ich halte ihn mit Magie fern«, rufe ich Davyan zu.

Dann bilde ich einen Kreis aus Feuer um uns herum und nähre die Flammen, sodass sie hoch auflodern. Sofort sind wir umgeben von sengender Hitze, obwohl der Flammenkreis etwa einen Durchmesser von fünf Schritt hat.

Der Affe brüllt markerschütternd vor Wut, da er inzwischen bei uns angelangt ist, durch die Feuerwand jedoch davon abgehalten wird, sich auf uns zu stürzen.

Ich spüre, wie Davyan sich an meinen Rücken drückt, und wende mich ihm zu, schlinge die Arme um ihn. »Zeit, zu verschwinden«, brumme ich, ehe ich meine Flügel hervorhole.

Da meine Schwingen zu groß sind, berühren sie das Feuer, als ich sie ausbreite. Den Schmerz, der mir der erste Flügelschlag verursacht, verdränge ich, so gut es geht. Mein Körper heilt die Stellen sofort, die durch die Flammen versengt werden.

»Warte, die Rucksäcke«, höre ich Davyan rufen, da hebe ich allerdings schon mit ihm zusammen ab.

Das Brüllen des Affen dröhnt uns in den Ohren, während ich meinen Muskelkater ignorierend weiter hinaufsteige, über die Baumkronen hinaus, Davyan fest in meinen Armen.

Gleichzeitig lasse ich den Zauber, der das Feuer genährt hat, versiegen, gewahre jedoch, dass die Flammen weiterhin über den Boden züngeln. Daher ziehe ich einmal einen Kreis über der Stelle und ersticke sie mit meiner Magie, ehe sie noch einen Waldbrand verursachen.

Der Affe tobt auf der Lichtung, hat aber keine Chance, uns zu erreichen.

»Wir sollten ihn töten«, höre ich Davyan sagen.

»Nein«, erwidere ich. »Ich fliege uns zu einer sicheren Stelle und in einer Stunde kehren wir zurück, um die Rucksäcke zu holen.«

Davyan wendet nichts dagegen ein, daher verfolge ich meinen Plan und lasse die Lichtung hinter uns, um auf eine Anhöhe in der Nähe zuzuhalten.

7

ZEIT FÜR EINE
ENTSCHULDIGUNG

SOMBREN

Wenig später lande ich auf einer felsigen Plattform, von der aus wir den Wald, der sich in einiger Entfernung befindet, noch gut sehen können. Hinter uns gibt es mehrere Bäume, während es vom Felsen steil nach unten geht.

Nachdem ich Davyan losgelassen habe, steckt er das Schwert, das er die ganze Zeit in der Hand gehalten hat, in die Scheide, welche er an der Hüfte trägt.

»Wir hätten gegen das Biest kämpfen sollen«, brummt er, ehe er zum Rand der Plattform tritt und hinunterblickt.

»Wozu?«

Er wendet sich mir wieder zu und sieht mich an, als hätte ich die dümmste Frage aller Zeiten gestellt. »Um es zu töten.«

»Davyan«, sage ich leise und lasse meine Flügel verschwinden. »Wenn es sich vermeiden lässt, sollte man nicht töten. Zumal ich noch daran zweifle, dass die Bestie in mir tatsächlich ruhig bleibt, sobald sie Blut riecht.«

»Und wennschon.« Er zuckt mit den Schultern, wie er es so oft tut, ehe er mit langen Schritten zu mir zurückkehrt. »Du kannst deine Bestie in meiner Gegenwart kontrollieren. Zudem glaube ich nicht daran, dass du noch deinen Bestieninstinkten unterliegst.«

»Selbst wenn du recht hast – ich bin kein Freund davon, einfach mal so irgendwelche Tiere zu töten«, erwidere ich und setze mich auf einen etwa zwei Meter breiten Stein, von denen es auf der Plattform einige gibt.

»Dieses Monster hat uns angegriffen!«, hält er dagegen.

Ich beobachte, wie er vor mir hin und her geht. »Weil es sich von meiner Bestiengestalt bedroht gefühlt hat. Hätte es uns töten wollen, hätte es nicht drei Stunden zwischen den Bäumen gewartet.«

»Woher willst du das wissen?«, erwidert er angefressen und bleibt stehen.

»Weil es ein Waldahn war«, erkläre ich.

»Ein Waldahn?« Davyan sieht mich stirnrunzelnd an.

»Eine Affenart«, präzisiere ich. »Es gibt so gut wie kaum Sichtungen von ihnen, da sie zurückgezogen in den Wäldern leben und sich nur selten einem Menschen zeigen.«

Davyan nimmt seine unruhige Wanderung wieder auf. »Wie ein schüchternes Reh hat dieses Ungetüm aber nicht gewirkt.«

»Wie gesagt, es hat sich bedroht gefühlt.«

»Das entschuldigt nicht, dass es uns angegriffen hat«, erwidert er kühl.

Ich seufze und fahre mir mit der Pranke über das Gesicht. »Du bist gerade sehr streitlustig«, bemerke ich.

»Na und?« Er bleibt erneut stehen und funkelt mich an.

»Hör zu«, sage ich betont ruhig. »Wenn es wegen dem ist, was ich dir gestern über mich erzählt habe …«

»Weswegen denn sonst?« Er fuchtelt mit den Händen durch die Luft. »Glaubst du, man steckt es einfach so weg, wenn man erfährt, dass der Mann, dem man sein Herz geschenkt hat, ein verfluchter Schwarzmagier ist?!« Er bleibt vor mir stehen und sieht mich mit schmalen Augen an. »Du wirkst schwarze Magie und das finde ich absolut nicht in Ordnung! Dennoch bleibt mir nichts anderes übrig, als es zu akzeptieren, da es sich nicht mehr rückgängig machen lässt. Aber eben das fällt mir verdammt schwer!«

»Ich weiß.« Betreten senke ich den Blick. »Glaub mir, das tut mir unendlich leid.«

»Sollte es auch«, faucht er und wendet sich wieder von mir ab.

Schwermütig betrachte ich seinen Rücken, den er mir zugewandt hat, während er abermals an den Rand der Plattform tritt, und mit vor der Brust verschränkten Armen über das Tal schaut. Höhenangst scheint er nicht zu kennen, so nahe wie er sich am Abgrund positioniert hat.

Nach kurzem Zögern verwandle ich mich zurück in meine Menschengestalt und erhebe mich.

Langsam gehe ich auf Davyan zu und bleibe dicht hinter ihm stehen. Einen Lidschlag halte ich inne, dann lege ich ihm vorsichtig eine Hand auf die Schulter. Er zuckt nicht einmal ob der Geste zusammen, entzieht sich mir allerdings auch nicht. Daher wage ich es, ihn mit der anderen Hand ebenfalls zu berühren und ihn sanft an meine Brust zu ziehen.

Nun spüre ich, wie er sich in meinen Armen versteift, doch ich halte ihn fest, lasse ihn nicht mehr los.

»Davyan«, raune ich nahe an seinem Ohr. »Ich bin immer noch derselbe Mann wie damals in der Bibliothek. Damals, als du genau so vor mir gestanden hast. Als ich mich in dich verliebt habe – und du dich in mich.« Kurz warte ich, aber er erwidert nichts und ich fahre leise fort. »Ich liebe dich, Davyan. Ich liebe dich mehr als mein Leben, mehr als ich je für möglich gehalten hätte. Das wird nichts und niemand auf dieser Welt je ändern. Selbst dann nicht, wenn du mich nicht mehr so lieben kannst, wie du es getan hast.«

Ich spüre, wie er tief Luft holt, ehe sein Körper sich ein wenig entspannt.

Eine Weile bleibt er stumm, dann schüttelt er kaum merklich den Kopf. »Meine Liebe zu dir ist ungebrochen, Sombren«, murmelt er und klingt nun um einiges gefasster als vorhin. »Das ist ja gerade das Vertrackte an der Sache.«

Seufzend dreht er sich zu mir um und ich lasse ihn los. Mit seinen ungleichen Iriden mustert er mich nachdenklich.

»Ich liebe dich«, wiederholt er und seine Stimme ist wehmütig. »Aber ich kann nicht länger behaupten, dass ich ›alles‹ an dir liebe. Denn deine schwarzmagischen Kräfte …«, er blickt auf meine nackte Brust, wo sich das Amulett befindet, »die kann und werde ich nicht lieben.«

»Das verlange ich auch nicht von dir«, murmle ich und lege ihm eine Hand an die Wange, die von feinen Bartstoppeln überzogen ist. Mit dem Daumen fahre ich zärtlich darüber. »Denn ich mag diese Kräfte ebenfalls nicht an mir. Sie sind wie ein Eiterklumpen, den ich nicht mehr loswerde.«

»Iiih, was für ein Vergleich.« Er verzieht angeekelt das Gesicht, was mich schmunzeln lässt.

»Darf ich dich trotzdem küssen?«, frage ich sachte.

Er schaut mir in die Augen, dann nickt er knapp.

Behutsam beuge ich mich zu ihm hinunter und lege die Lippen auf seine. Als er den Druck erwidert und seine Hände um meinen Nacken schlingt, vertiefe ich den Kuss, erobere seinen Mund mit der Zunge. Sanft umfasse ich mit den Armen seine schlanke Taille und ziehe ihn näher an mich.

Der Kuss ist langsam und intensiv. Wir merken beide, wie sehr wir uns vermisst haben, obwohl unser Disput nur eine Nacht dauerte.

»Lass uns bitte nie wieder streiten«, murmle ich, als ich meine Lippen von seinen löse.

Davyan schaut mich aus verschleiertem Blick an und will etwas erwidern, da werde ich so heftig in den Rücken gestoßen, dass es mir die Luft aus den Lungen treibt. Mein Körper wird durch die Wucht nach vorne geschleudert und ich kann Davyan glücklicherweise noch packen, da fliegen wir auch schon zusammen über den Rand der Plattform in die Tiefe.

Geistesgegenwärtig verwandle ich mich im freien Fall in die Bestienform und schaffe es gerade so, die Schwingen auszubreiten, bevor wir auf dem Boden zerschellt wären.

Mit einem kräftigen Flügelschlag, der meine Rückenmuskeln zum Schreien bringt, fange ich unseren Sturz ab und gleite in die Höhe, während ich Davyan fest umklammere.

Mein Herz rast wie verrückt von dem Schrecken, dass wir fast gestorben wären.

»Scheiße noch mal«, höre ich Davyan gegen meine Bestienbrust rufen. »Was war das?!«

Ich steige höher in die Luft und gewahre am Rande der Plattform, wo wir uns befunden haben, einen Steinbock. Er ist viel größer als für diese Tiere üblich und blickt angriffslustig zu uns hinauf, als wollte er uns erneut rammen.

»Da hatte wohl jemand keine Freude daran, dass wir uns in seinem Revier befinden«, erkenne ich, während ich langsame Kreise ziehe und dabei versuche, meinen Puls zu beruhigen.

Davyan hat den Kopf aus meinem Fell gelöst und betrachtet nun ebenfalls das Tier, das uns beinahe in den Tod gestürzt hätte. »Erst ein Riesenaffe, jetzt ein Riesensteinbock«, sagt er. »Diese Gegend geizt nicht mit Viechern, die sie uns auf den Hals hetzt. Was kommt als Nächstes? Riesenspinne?«

»Wir sollten zusehen, dass wir von hier verschwinden«, brumme ich.

»Die Rucksäcke«, ermahnt er mich.

»Verdammt.« Ich seufze und blicke nach unten. »Na gut, wir warten noch ein paar Minuten, dann kehren wir zur Lichtung zurück.«

»In der Luft?« Davyan klingt skeptisch.

»Warten?«

»Mhm.«

Ich zucke mit den Schultern. »Scheint mir am sichersten.«

»Aber dein Muskelkater«, wendet er ein.

»Geht schon.«

»Lass mich das …«

Kurz darauf spüre ich, wie seine heilende Magie in mich dringt, und schließe reflexartig die Lider.

Es fühlt sich so gut an, wenn er das macht. Behutsam nimmt er mir die Schmerzen, sodass die Flügelschläge nicht mehr wehtun.

»Danke«, murmle ich.

»Gern geschehen.«

Seine Magie verweilt in mir und mit einem Mal bemerke ich, wie seine Kräfte in Richtung meines Unterleibs gleiten.

Ich reiße die Augen auf. »Davyan«, sage ich mahnend, als ich feststelle, wie mein Puls sich dort unten beschleunigt.

»Hm?« Er hebt den Blick und sieht mich unschuldig an.

»Was tust du da?«

»Dafür sorgen, dass die Wartezeit etwas schneller vorbeigeht.« Kurzerhand schlingt er die Beine um meine Hüften.

»Du trägst noch deine Kleidung.«

»Es geht auch nicht um *mich*, sondern um dich«, erwidert er. »Sieh es als Entschuldigung dafür, dass ich dich so blöd angezickt habe.«

Ehe ich etwas erwidern kann, verstärkt er seine Magie und meine Männlichkeit wird förmlich damit durchflutet. Es ist ein so intensives Gefühl, dass mir ein Knurren entfährt, was Davyan leise lachen lässt.

»Nur zu, brüll deine Lust heraus«, meint er und nährt den Zauber, den er durch meinen Unterleib jagt. »Ich sorge auch dafür, dass du keine Sauerei verursachst. Super, was Magie alles kann, oder?«

Ich vermag ihm nicht mehr zu antworten, denn da schießen bereits tausend Blitze durch mein Becken und ich taumle vor Erregung.

»Abstürzen solltest du allerdings nicht«, kommentiert Davyan mein Schlingern amüsiert. »Sonst bist *du* es, dessen letzte Worte ›Götter, ich komme‹ sein werden.«

8

SAG ES!

DAVYAN

Schwer atmend liegt Sombren in seiner Menschengestalt neben mir im Gras, und ich grinse auf seinen nackten Körper hinunter. Irgendwann hielt er es nicht mehr aus und ist gelandet, ehe ich ihm einen Höhepunkt bescherte, der noch immer in ihm pulsiert.

Ich beuge mich über ihn und drücke ihm einen Kuss auf den Mund, was dazu führt, dass er umso heftiger durch die Nase schnauft.

»Du … Spinner …«, keucht er, als ich ihn freigebe.

»War gut, oder?« Ich stütze mich auf seiner Brust ab.

Sombren blinzelt mich an. »Gut? Das … beschreibt es … nicht mal … annähernd.«

Mein Lächeln wird eine Spur breiter. »Fein. Dann sollten wir uns wieder aufs Wesentliche konzentrieren: unsere Rucksäcke holen und weiter in Richtung Talmerengebirge fliegen, um Mauryce zu retten.«

»Gibt mir … noch … ein paar … Sekunden …«, japst Sombren, der nach wie vor um Luft ringt.

»Mein armes Biest.« Ich streiche ihm über die verschwitzte Haut. »Tut mir leid, wenn ich dich so überfordert habe.«

»Tut es … nicht.«

»Stimmt.« Ich klatsche ihm mit der flachen Hand auf die Brust, was ihm ein weiteres Keuchen entlockt. »Also dann, hoch mit dir. Hier auf dem Boden ist es nicht sicher, wie wir bemerkt haben.«

Sombren stößt ein widerwilliges Brummen aus, folgt allerdings meiner Aufforderung und einen Lidschlag später hat er sich wieder in die Bestie verwandelt.

Noch einmal holt er tief Luft, ehe er mich anschaut. »Das schreit nach einer Revanche«, knurrt er.

»Gern.« Ich trete auf ihn zu. »Aber erst die Arbeit, dann das Vergnügen.«

Ohne ein weiteres Wort packt er mich und steigt in die Luft, während ich meinen Kopf an seine behaarte Brust bette. Sein Puls geht immer noch schneller als üblich und ich lächle in mich hinein.

Ja, ich liebe ihn. Trotz der Tatsache, dass er mir seine tiefsten Abgründe offenbart hat. Aber er hat recht – es ändert nichts an dem Mann, dem ich mein Herz geschenkt habe.

Kurz darauf kreisen wir über der Lichtung, auf der wir dem Waldahn begegnet sind.

»Oh, nein«, stoße ich betrübt aus, als ich das Durcheinander sehe, das der Riesenaffe dort hinterlassen hat.

»Scheiße«, entfährt es Sombren, ehe er auf dem Boden landet.

Rund um uns verteilt liegen unsere Habseligkeiten.

Das Essen ist weg oder so zermatscht, dass es nicht mehr genießbar ist. Der Riesenaffe hat seiner Wut anscheinend freien Lauf gelassen.

Von dem Untier selbst ist keine Spur zu hören oder zu sehen, es hat sich in die Wälder verkrochen.

»Wenigstens ist ein Teil meiner Rüstung noch intakt«, bemerkt Sombren, der sich zurück in seine Menschengestalt verwandelt hat, während er das Chaos durchsucht.

In dem Hemd, das er in die Höhe hält, klafft zwar ein kleiner Riss, Hose und Brustpanzer sind aber ebenso wie die Stiefel heil geblieben.

»Hier, der Rucksack ist auch noch einigermaßen ganz.« Ich hebe einen unserer beiden Rucksäcke auf, der nicht allzu viel abbekommen hat. Nur einer der Träger ist eingerissen. »Gib her, ich pack deine Rüstung da rein.«

Sombren reicht mir seine Kleidung, ehe wir uns nochmals in dem Durcheinander umsehen und ein paar Sachen zusammensuchen, die wir für die weitere Reise benötigen können.

»Ha, das Öl hat auch überlebt.« Ich halte triumphierend das Fläschchen hoch, in dem diese spezielle Tinktur ist, die unsere Schäferstündchen angenehmer gestalten.

Sombren verzieht den Mund zu einem Schmunzeln. »Warum habe ich das Gefühl, dass du dich darüber mehr freust als über meine intakte Rüstung?«

Ich grinse ihn an. »Weil du mich langsam kennst.«

»Langsam?« Er schenkt mir einen seiner dunklen Blicke.

»Langsam.« Mein Grinsen wird breiter. »Du könntest manchmal schneller von Begriff sein, mein Lieber. Muss wohl am Alter liegen.«

»Sagt der Hundertsiebenundzwanzigjährige, der ständig sein Gedächtnis verliert.« Er grunzt.

»Joah, bin aber immer noch über zweihundert Jahre jünger als du, mein Schnuckelhase.« Ich strecke ihm die Zunge heraus.

»Schnuckelhase?« Seine dunklen Brauen ziehen sich zusammen. »Das nimmst du zurück!«

»Sonst was?« Ich lasse mich nicht von ihm einschüchtern, als er mit grimmiger Miene auf mich zukommt.

In seinen funkelnden Augen erkenne ich, dass er mir nicht wirklich böse wegen dieses Spitznamens ist. Er mag es ebenso wie ich, wenn wir uns Wortgefechte liefern.

»Willst du kämpfen?«, sage ich, als er sich vor mir zur vollen Größe aufbaut. Dass er dabei noch immer nackt ist, lenkt zugegebenermaßen meine Aufmerksamkeit ein wenig ab. »Nur zu. Du hast keine Chance gegen mich.«

»Das werden wir ja gleich sehen.«

Ich schaffe es gerade noch, den Rucksack zu Boden gleiten zu lassen, da hat er sich auch schon auf mich gestürzt.

Lachend weiche ich seiner Attacke aus, indem ich mich mit einem leichtfüßigen Sprung aus der Gefahrenzone begebe.

»Da ist eine Schildkröte ja schneller, du alter Sack«, höhne ich.

Die Jahrzehnte in der Arena haben mich so wendig werden lassen, dass Sombren vergebens versucht, mich zu packen.

»Alter Sack?!«, grollt er und greift ein weiteres Mal daneben, da ich ihm abermals ausweiche. »Bleib gefälligst stehen!«

Ich denke nicht daran, sondern rolle mich elegant ab, als er auf mich zu hechtet. Schon bin ich wieder auf den Beinen und tänzle um ihn herum.

»Viel zu langsam«, kommentiere ich seine Bemühungen, mich zu fangen.

Schweißperlen bilden sich auf seiner Brust und ich nehme mir einen Moment Zeit, seinen attraktiven Körper zu bewundern.

»Hör auf, rumzuhopsen, und stell dich mir wie ein Mann«, knurrt er und lässt seine Augen blitzen.

»Ich glaube nicht, dass du das wirklich willst«, erwidere ich und verschränke die Arme vor der Brust.

Zur Antwort schnaubt Sombren, ehe er sich erneut auf mich stürzt.

Er will es tatsächlich wissen …

Na gut, somit erteile ich ihm eben eine Lektion darin, dass man sich nicht mit einem der besten Arenakämpfer anlegen sollte.

Ich warte, bis er bei mir ist, dann stelle ich ihm flink ein Bein, drehe mich fast gleichzeitig ab und rolle über seinen Rücken, bevor ich ihm meinen Ellbogen in die Seite ramme.

Sombren keucht auf und fällt der Länge nach zu Boden.

Ich lasse ihm keine Zeit, sich aufzurappeln. Schon bin ich über ihm und drehe seinen Arm nach hinten, während ich ihm ein Knie ins Kreuz drücke und ihn mit der anderen Hand am Nacken packe.

Er ist zwar größer als ich, aber er hat keine Möglichkeit, sich aus meinem Griff zu befreien, obwohl er sich mit aller Kraft unter mir windet.

»Ich würde sagen, der Gewinner steht fest«, bemerke ich schmunzelnd über ihm, derweil er ins Gras flucht.

»Oh, nein«, knurrt er.

»Oh, do…«

Weiter komme ich nicht, da hat er sich bereits in seine Bestiengestalt verwandelt und bäumt sich auf. Von der Wucht seiner Bewegung werde ich weggeschleudert und lande auf dem Hintern.

»He, das ist unfair!«, rufe ich ihm zu.

In rasender Geschwindigkeit ist Sombren über mir und drückt mich mit seinen Pfoten zu Boden. »Unfair?«, knurrt er mit seiner Bestienstimme. »Das ist mehr als fair!«

Er packt meine Handgelenke und fixiert meine Arme rechts und links.

»Du nennst dich Bestienbezwinger?« Er fletscht die Zähne. »Jetzt bezwing deine Bestie!« Provokant leckt er mit seiner rauen Zunge über mein Gesicht.

»Iiiih, du sabberst!«, rufe ich, ekle mich aber nicht wirklich.

Vielmehr genieße ich unsere kleine Rangelei, da sie mir zeigt, wie nahe wir uns sind. Wie gut wir miteinander harmonieren – wir mögen es, unsere Kräfte zu messen, das erkenne ich in seinem Blick, der auch in der Bestienform ein amüsiertes Leuchten enthält.

Zur Antwort leckt Sombren noch dreimal über mein Gesicht und ich kann nicht anders, als zu lachen.

»Das reicht, aufhören!« Erfolglos versuche ich, mich aus seinem Griff zu winden.

»Erst, wenn du sagst, dass ich gewonnen habe«, knurrt er mir entgegen.

»Niemals!« Ich funkle ihn herausfordernd an. »Du bist bloß größer und schwerer – und hast mich überrumpelt. Das zählt nicht!«

»Und ob es das tut. Du liegst schließlich unter mir.« Seine Augen blitzen.

»Na gut, wenn du zu unlauteren Mitteln greifst, dann …«

Ich lasse den Satz unbeendet, stattdessen hole ich tief Luft, konzentriere meine Magie in mir – und schieße sie mit einem Schwall gegen seine Brust.

Sombren keucht auf und wird von dem Magiestoß nach hinten katapultiert. Dabei muss er meine Hände loslassen und ich springe rasch auf die Füße. Er kann gerade so das Gleichgewicht halten und starrt mich verblüfft an.

»Woher kannst du …?«, beginnt er, während er sich die Brust reibt.

Aber ich lasse ihn die Frage nicht zu Ende stellen, sondern hechte auf ihn zu, packe ihn am Nacken und schwinge mich auf seinen Rücken. Es geht alles so schnell, dass er keine Zeit findet, sich gegen mich zu wehren, da habe ich schon seine Hörner umfasst und schlinge die Beine um seine Kehle.

Sombren will mich abschütteln, aber ich klammere mich mit aller Kraft an ihm fest, schnüre ihm die Luft ab.

Japsend geht er nach ein paar Sekunden zu Boden und hebt eine Pranke.

»Das … reicht!«, röchelt er. »Ich … gebe … auf.«

»Sag es«, fordere ich und drücke die Beine fester zusammen.

Sombren ringt um Atem. »Du … hast gewonnen.«

»So ist's brav.« Ich lasse ihn los und springe behände von seinem Nacken. »War das so schwer?«

Er hustet und verwandelt sich zurück in seine Menschengestalt. »Scheiße, Davyan, du hast mich fast erwürgt.«

»Nur fast.« Ich lege den Kopf schief und betrachte ihn, wie er die Hände auf die Oberschenkel stützt. »Sieh es als kleinen Ansporn, mich nie wieder zu einem Duell herauszufordern. Ich bin und bleibe ein Bestienbezwinger.«

Er richtet sich auf und massiert sich die Kehle. Ich bemerke einen großen dunklen Fleck, der sich auf seiner Brust bildet. »Heilen.«

»Hm?«

»Heilen.« Er deutet auf Brust und Hals.

»Da fehlt ein Zauberwörtchen.«

»Dein Ernst?« Er funkelt mich an.

»Mhm.«

»Verd… In Ordnung.« Er holt tief Luft. »*Bitte* heilen.«

Ich lächle und trete auf ihn zu. Dann lege ich ihm eine Hand an die Brust und schicke meine heilenden Kräfte in ihn. Nach wenigen Sekunden ist nichts mehr zu sehen und er bekommt auch wieder problemlos Luft.

»Besser?«, frage ich.

»Besser.« Er sieht mit schmalen Augen auf mich herunter. »Seit wann kannst du das mit dem Magiestoß?«

»Seit gerade eben.« Ich zucke mit den Schultern.

»Jungmagier brauchen *Monate*, das zu lernen«, hält er dagegen. »Es handelt sich dabei um einen ersten Schritt in Richtung Kampfmagie.«

»Bin eben ein Naturtalent.«

Sein Blick verdunkelt sich, während er langsam den Kopf schüttelt. »Nein, Davyan. Du ... In dir steckt wahrscheinlich viel mehr Magie, als du glaubst. Wir sollten das trainieren, sonst könnte es sein, dass du noch jemanden unabsichtlich verletzt.«

Ich seufze ergeben. »Na gut, aber nicht hier und jetzt.«

»Einverstanden.« Er nickt und geht zum Rucksack. »Lass uns verschwinden, ehe dieser Waldahn nochmals auf die Idee kommt, die Lichtung zu inspizieren.«

Schon hat er sich in das Biest verwandelt und hält mir auffordernd den Rucksack entgegen.

Ich nehme ihn an mich und kurz darauf sind wir wieder in der Luft.

9

NATURTALENT AM PLÄNE SCHMIEDEN

DAVYAN

»Zum tausendsten Mal: Ich habe keine Ahnung, wie das gehen soll.« Ich stemme die Hände in die Hüften und blicke Sombren entnervt an, der sich im Schneidersitz vor mir im Gras befindet.

Er hat sich wieder in die Menschengestalt verwandelt und die Rüstung angezogen, sieht erwartungsvoll zu mir hoch.

»Du hast es noch gar nicht richtig probiert«, hält er dagegen.

»Weil ich keine Ahnung habe, wie«, wiederhole ich und werfe die Hände in der Luft. »Du bist auch nicht gerade eine Hilfe.«

»Weil ich kein Luftmagier bin.« Er hält meinem Blick stand, ohne zu blinzeln.

»Ich auch nicht!«

»Du bist ein Elf.«

»Nein.«

»Doch.«

»Sombren!« Ich setze mich mit einem Seufzen neben ihn auf die Wiese, auf der wir gelandet sind und unser Lager für die Nacht errichtet haben. »Mauryce hat bloß von elfischen *Anteilen* gesprochen. Ich bin kein Elf.«

»Dann eben ein Halbelf«, erwidert er ungerührt.

»Halbelfen gibt es nicht«, widerspreche ich.

»Wer sagt, dass Prunati keine Kinder mit Elfen zeugen können?« Er zieht eine Augenbraue in die Höhe.

»Ich …« Ratlos plustere ich die Wangen auf und stoße die Luft aus. »Keine Ahnung.«

Ich lasse meinen Blick zum kleinen Wald gleiten, der sich in einiger Entfernung befindet. Davor fließt ein Bach, wir haben aber beschlossen, etwas weiter weg davon bei einer Steinformation zu übernachten. Erstens übertönt das Rauschen des Wassers Geräusche möglicher Gefahren und zweitens bieten uns die mannshohen Felsen sowohl Sicht- als auch Windschutz. Wir sind dem Talmerengebirge nun näher und die Temperaturen sinken merklich.

»Na siehst du.« Er deutet mit dem Zeigefinger auf mich. »Wenn du also ein Halbelf bist, solltest du alles können, was Elfen auch können.«

»Oder nur die Hälfte?« Ich hebe zynisch einen Mundwinkel.

Sombren schüttelt schmunzelnd den Kopf, bevor er zu dem Kaninchen greift, das wir unterwegs erlegt haben und das unser Abendessen sein wird. Er verwandelt seine Hand zur Klaue, was ich fasziniert beobachte. Ich wusste nicht, dass er nur einzelne Teile seiner Bestiengestalt hervorrufen kann.

»Wenn du es nicht ausprobierst, wissen wir es nicht«, meint er und beginnt, das Kaninchen auszunehmen.

Eine blutige Angelegenheit, aber er wird nicht von seinen Bestieninstinkten übermannt, was ich als gutes Zeichen werte.

»In Ordnung«, seufze ich, während ich dabei zuschaue, wie er das Tier fachmännisch ausweidet. »Zum zwanzigtausendsten Mal: Ich weiß nicht, wie ich es ausprobieren soll, wenn ich keine Ahnung habe, wie das geht.«

»So schwer kann Gedankenlesen nicht sein«, ist seine hilfreiche Bemerkung und ich schnaube unwirsch.

»Dann mach *du* es doch!«

»Ich bin kein Elf.« Er legt die Innereien neben die Feuerstelle, die noch nicht brennt.

»Ich auch nicht.«

»Davyan.« Er sieht mich streng an und hält inne, das Tier fürs Abendessen vorzubereiten. »Wir drehen uns gerade im Kreis.«

»Weil du Dinge von mir forderst, die ich schlicht und ergreifend nicht kann«, erkläre ich. »Wir müssen erst Mauryce befreien, vielleicht kann *er* es mir beibringen.«

»Wie war das mit dem ›Naturtalent‹?« Er hebt eine Braue und beginnt damit, dem Kaninchen das Fell abzuziehen.

»Das … Keine Ahnung.« Ich fahre mir mit beiden Händen durch die Locken, streife sie nach hinten. »Ich habe aus einem Reflex gehandelt, als ich den Magiestoß vollführte.«

Er schenkt mir einen eindringlichen Blick. »Dann wiederhole es.«

»Wie?«

»Bündle deine Magie und stoße sie von dir.«

»Und wenn ich dich verletze?«

»Du musst ja nicht auf *mich* zielen.« Er verdreht die Augen, ehe er das Fell des Kaninchens ebenfalls neben die Feuerstelle legt und nach dem Holzspieß greift, den er zuvor geschnitzt hat.

»Auch wieder wahr …«

Ich beobachte, wie er das Kaninchen aufspießt und sich anschließend erhebt, um die Vorrichtung über dem Lagerfeuer zu prüfen, die aus zwei in den Boden gerammten Ästen mit V-artiger Verzweigung besteht. Anschließend legt er den Spieß quer darüber und vergewissert sich, dass er auch hält.

Ich sauge die Unterlippe zwischen die Zähne und kaue darauf herum, bevor ich mich gerader hinsetze. »Also … Magie bündeln«, murmle ich nachdenklich und versuche, mich zu erinnern, was ich vor ein paar Stunden getan habe, als ich Sombren von mir stieß.

»Es fühlt sich ein bisschen an, als würde man tief einatmen«, erklärt er und blickt auf mich herunter. »Nur dass man es mit seinem Zentrum tut. Der Quelle der Magie. Und dann lässt du sie mit einem Schwall los. Hab allerdings keine Ahnung, ob das mit Elfenmagie ähnlich funktioniert.«

»Hm.« Ich horche in mich hinein und bemühe mich, seine Anweisung zu befolgen.

Sombren geht derweil zum Bach, um seine Hände zu waschen, die wieder menschlich sind.

Aber auch als er zurück ist, habe ich es noch nicht geschafft, meine Magie so zu bündeln, dass ich sie zu einem Stoß formen kann. Ich finde zwar zu meinem Zentrum, doch wenn ich sie loslassen will, gelingt es nicht.

Wie bei den Göttern habe ich das vorhin bloß zustande gebracht?

»Vielleicht gelingt es, wenn du dich auf einen Gegenstand konzentrierst?«, versucht Sombren mir zu helfen. »So handhaben wir es mit den Jungmagiern im Zirkel. Hier, nimm diesen Stock.« Er greift nach einem Stück Holz und rammt es ins Gras. »Stoß ihn weg.«

Ich schiebe die Augenbrauen zusammen und fokussiere den Blick auf den kurzen Ast, während ich meine Magie sammle.

»Nicht auf mich schießen«, ermahnt mich Sombren.

»Schhht«, murmle ich. »Muss mich konzentrieren.«

Doch so sehr ich mich auch bemühe, ich schaffe es nicht, genügend Magie zu einen, um sie zu einem Bündel zu formen.

»Geht nicht«, brumme ich nach einer Weile und stoße entnervt die Luft aus, die ich unbewusst angehalten habe.

»Mist.« Sombren, der wieder neben mir im Gras sitzt, sieht mich stirnrunzelnd an.

»Das kannst du laut sagen«, seufze ich und blicke in den Himmel hinauf, der sich in den letzten Sonnenstrahlen blutrot verfärbt hat. »Ich schaffe es also nur, Magiestöße zu vollführen, wenn ich mich bedrängt fühle. Prima. Nicht.«

»Dann … versuch nochmals, das Feuer zu entzünden.« Sombren deutet auf die Holzscheite, über denen der Hase auf dem Spieß darauf wartet, zum Braten zu werden.

»Das kann ich, das muss ich nicht üben«, murmle ich.

Kurzerhand bilde ich eine Flamme und schicke sie auf das Holz los. In Windeseile frisst sie sich hinein und bald schon prasselt das Lagerfeuer.

Sombren erhebt sich, um den Spieß erneut zu prüfen, danach setzt er sich wieder neben mich und lehnt sich mit dem Rücken gegen den Felsen hinter uns.

»Womöglich fallen dir Zauber einfacher, die mit der Natur verbunden sind?«, denkt er laut nach.

»Mag sein.« Ich zucke mit den Schultern und starre in die Flammen.

»Dann solltest du auch Wasser aus der Erde holen können. Das vermögen alle Elfen zu tun.«

»Nicht noch ein Zauber, bitte«, stöhne ich, während mir der Duft des Kaninchens in die Nase steigt. »Für heute reicht es doch, es ist bereits spät und ich hab Hunger.« Mein Magen knurrt bestätigend Beifall.

»Wir üben erst seit einer Stunde«, hält Sombren dagegen. »Im Magierzirkel hättest du den ganzen Tag Unterricht. Viele Stunden lang.«

»Langsam bin ich froh, dem entgangen zu sein.« Ich schürze unwillig die Lippen.

»Das sind die dümmsten Worte, die du bisher gesagt hast«, kommt es von der Seite.

»Wie war das?« Ich wende mich vom Feuer ab und schaue Sombren perplex an.

»Du musst deine Kräfte beherrschen lernen«, sagt er mit ernster Miene. »Das muss *jeder* Magier.«

»Ich bin aber kein …«

»Egal, was du bist«, unterbricht er mich unwirsch, und sein Blick wird streng. »Du trägst Magie in dir und Magie ist eine Waffe. Man lässt ja auch nicht ein Kleinkind mit einem Messer in der Gegend rumlaufen.«

Ich schnappe entgeistert nach Luft. »Du vergleichst mich jetzt nicht wirklich mit einem Kleinkind, oder?!«

»Dann verhalte dich wie ein Erwachsener.« Er sieht mich ungerührt an.

»Sombren.« Ich seufze ungehalten. »Du magst stundenlangen Unterricht vielleicht gewohnt sein, ich bin es nicht. Ich bin eher ein Mann der Tat, nicht der Theorie.«

Er zuckt mit den breiten Schultern. »Ich habe von dir auch keine Theorie gefordert, sondern dass du Wasser aus dem Boden ziehst. Tat also.«

»Boah, deine Schüler müssen dich gehasst haben.« Ich verziehe missgestimmt das Gesicht.

Er hebt einen Mundwinkel. »Ich war einer der beliebtesten Lehrer.«

»Nur weil du gut aussiehst«, behaupte ich angesäuert.

Sombrens Miene verfinstert sich wieder. »Genug der Komplimente. Probier den Zauber aus, dann gibt es Essen.«

»Das ist Erpressung.«

»Meinetwegen.«

Ich stöhne. »In Ordnung. Ich probiere es. Aber wenn dein Hintern nachher nass ist, weil ich keine Ahnung habe, wo und wie viel Wasser ich aus dem Boden ziehe, knurrst du mich nicht an.«

Er schmunzelt. »Vielleicht solltest du den Zauber ohnehin besser ein paar Schritt entfernt von der Stelle üben, wo wir später schlafen wollen.«

»Ist ja gut, Herr Lehrer«, brumme ich und stehe auf, um mich etwas weiter weg ins Gras zu setzen.

Mit einem Seufzen schließe ich die Augen und lege eine Hand auf den Boden. Dann suche ich nach der magischen Quelle in mir und überlege, was ich als Nächstes tun kann, um zum Wasser zu gelangen.

Ich habe keine Ahnung, wie ich das bewerkstelligen soll, aber es widerstrebt mir gleichzeitig, dass ich die Kräfte, die ich in mir trage, so überhaupt gar nicht verstehe. Sombren hat ja recht: Ohne Übung werde ich nie begreifen, was ich kann und vor allem, wie meine Magie funktioniert.

Daher konzentriere ich mich auf meine Handflächen, das weiche Gras unter mir und schicke die magischen Kräfte dorthin. Interessanterweise gelingt es mir mühelos, ich fühle den Boden mit einem Mal intensiver, kann sogar die Erde riechen, als läge ich direkt auf der Wiese.

Ich habe offenbar tatsächlich eine angeborene Verbindung zur Natur.

Ähnlich, als würde ich meine heilenden Kräfte aktivieren, lasse ich meine Magie vordringen, tiefer in das Erdreich unter mir, an Wurzeln und Steinen vorbei. Ich schlängle mich hinein, immer weiter runter. Spüre Würmer, Käfer, Spinnen, die vor mir davonstieben, doch ich beachte sie nicht.

Mein Ziel ist Wasser. Nur Wasser.

Keine Ahnung, wie viele Schritt ich bereits hinter mich gebracht habe, da bemerke ich, wie die Feuchtigkeit der Erde zunimmt.

So … und jetzt? Wie bündle ich das Wasser und vor allem, wie bringe ich es an die Oberfläche?

Aus einer Eingebung heraus forme ich mit der Magie eine Art Schüssel, stelle mir vor, sie sammle die Wassertropfen, die sich um mich herum befinden. Und tatsächlich … je länger ich das probiere, desto mehr Wasser befindet sich in meiner Reichweite. Ich ziehe meine Magie nach oben – und das Wasser folgt mir. Immer näher zur Oberfläche.

»Wir hätten eine Mulde graben sollen«, vernehme ich Sombrens Stimme und schlage die Augen auf. Er steht breitbeinig neben mir und starrt auf mich herunter.

Als mein Blick auf den Boden fällt, merke ich, dass meine Hand mitten in einer großen Pfütze liegt – ebenso wie mein Hintern.

»Na prima.« Ich springe auf die Beine. »Du hättest mir sagen können, dass ich gerade einen Teich um mich herum bilde.«

»Es ging zu schnell«, meint Sombren und verschränkt die Arme vor der Brust. »Die Magiedosierung musst du wohl noch ein bisschen üben.«

»Muss ich wohl.« Ich wische mir über den Hosenboden.

Es wird eine Weile dauern, bis das wieder trocken ist.

Sombren tritt zu mir und legt eine Hand auf meine Schulter. »Du hast es geschafft, Davyan. Das war … sehr beeindruckend.«

»Jetzt bekommt Naturtalent eine ganz andere Note, oder?« Ich schenke ihm ein schiefes Grinsen.

»In der Tat.« Er beugt sich herunter und drückt mir einen kurzen Kuss auf den Mund.

»Hast du deine Schüler auch immer so belohnt?«, frage ich, als seine Lippen sich von meinen gelöst haben.

Sombrens Mundwinkel zucken. »Nur diejenigen, die es schafften, mich zu Boden zu ringen.«

Ich grunze. »Also jeden?«

Er lacht leise. »Niemanden.« Seine dunklen Augen glitzern amüsiert und er deutet zum Lagerfeuer. »Zeit für dein Abendessen, Naturbursche.«

»Talent. Natur*talent*«, korrigiere ich ihn, folge ihm aber zurück zu den Felsen.

Etwas später liegen wir mit vollem Magen nebeneinander im Gras und blicken in den Sternenhimmel über uns.

»Das dort ist Cassiope«, erkläre ich und deute auf ein Sternenbild, das wie ein W anmutet. »Hat mir Silia beigebracht.«

»Warum?«

»Damit ich weiß, wann Mitternacht ist.«

»Der Ball?«

»Genau.« Ich seufze. »Selbst wenn seither nicht hundert Jahre vergangen wären, würde es sich anfühlen, als wäre es in einem anderen Leben geschehen.«

»Ich weiß, was du meinst«, murmelt er versonnen.

Für ein paar Minuten hängen wir beide unseren Gedanken nach, dann ergreift Sombren wieder das Wort.

»Du solltest morgen die wärmere Kleidung anziehen. Ich denke, wenn wir früh genug aufbrechen, werden wir gegen Mittag den Rand des Talmerengebirges erreicht haben«, meint er.

»Sobald wir in die nördlichen Regionen der Berge gelangen, geht die Suche nach Karakals Reich los.«

»Hast du irgendwelche Anhaltspunkte?« Er wendet mir den Kopf zu, wie ich aus dem Augenwinkel registriere.

»Ein paar«, bestätige ich. »Aber ich durfte den Unterschlupf nie verlassen, daher kann ich mich nur auf die Informationen beziehen, die ich während unseren Reisen erfuhr.«

»Wir könnten uns in der nächsten Ortschaft umhören, ob jemand von der Arena weiß«, schlägt er vor.

Ich schüttle umgehend den Kopf. »Keine gute Idee. Karakal ist zwielichtig und falls wir nach einem zwielichtigen Mann fragen, werden die Leute skeptisch. Womöglich dringt sogar zu ihm durch, dass sich zwei Männer nach seiner Arena erkunden. Das können wir nicht riskieren, wenn wir Mauryce befreien wollen. Karakal vermag im Handumdrehen Hackfleisch aus ihm machen zu lassen, es braucht nur ein Fingerschnippen. Wir müssen bedacht vorgehen.«

»Auch wieder wahr …« Er seufzt. »Hast du einen Plan, wie wir Mauryce überhaupt da rausholen sollen, wenn wir die Arena einmal gefunden haben?«

»Hm.« Ich kaue nachdenklich auf der Innenseite meiner Wange herum.

»Wie seid ihr von da weggekommen?«, fragt Sombren, als ich ihm nach mehreren Sekunden die Antwort schuldig bleibe.

»Mit der Harpyie.« Ich drehe ihm den Kopf zu.

»Harpy… ah …« Erkenntnis zeigt sich auf seinem Gesicht. »Also geflogen?«

»Geflogen.« Ich nicke. »Die Arena befindet sich in einem Berg, ist aber nach oben hin offen.«

»Denkst du, wir können da hineinfliegen?«

»Können schon.« Ich sehe ihn stirnrunzelnd an. »Aber effektiv wäre das nicht. Wir würden uns in einem direkten Kampf stellen müssen – und vielleicht nicht nur gegen Karakals Gefolgsleute, sondern auch gegen seine Monster. Er kann beliebig viele davon in die Arena schicken. Würde ziemlich blutig.«

Er presst die Lippen kurz zusammen. »Verstanden. Subtil ist anders.«

»Genau.« Ich wende den Blick wieder zum Sternenhimmel. »Allenfalls könnten wir …« Ich unterbreche mich und schiebe die Augenbrauen gegeneinander.

»Was?«

»Ich könnte mich wieder als Arenakämpfer ausgeben«, erkläre ich, ohne ihn anzusehen.

»Was?! Nein, kommt nicht infrage!« Er richtet sich auf und sein Gesicht erscheint über mir.

»Es *wäre* subtil«, halte ich dagegen, während ich ihm in die Augen schaue. »Ich könnte so tun, als wollte ich Mauryce befreien und mich von seinen Leuten gefangen nehmen lassen.«

Sein Gesicht wird von Sorge gezeichnet. »Und wenn du getötet wirst?«

»Dann … musst du schnell zur Stelle sein, damit ich meine Erinnerungen wiedererhalte.«

»Beschissener Plan«, brummt er auf mich herunter.

»Hast du einen besseren?«

Sombren sieht mich ein paar Sekunden abwägend an. »Nein, verdammt«, sagt er angefressen und lässt sich wieder neben mich sinken.

»Siehst du.« Ich blicke erneut zu den Sternen hinauf. »Karakal wird es sich nicht nehmen und Mauryce und mich gegeneinander antreten lassen. Dann kommst du ins Spiel. Du fliegst in die Arena und holst uns da raus.«

»Dir ist klar, dass dieser Plan an allen Ecken und Enden Schwächen hat?«

»So klar wie Kloßbrühe. Aber solange wir keinen besseren Plan haben, sollten wir weiter an diesem hier feilen.«

Zur Antwort knurrt Sombren verstimmt. Er scheint sich noch nicht damit abfinden zu wollen, doch so sehr ich mir auch das Hirn zermartere, mir fällt kein anderer Plan ein.

10

So viel Sonnenschein am Morgen ...

Sombren

Ich betrachte Davyan, der neben mir in einen ruhigen Schlaf gefallen ist, während ich die erste Wache übernehme.

Er wirkt so jung, wie er so daliegt, das Gesicht vom Lagerfeuer abgewandt, welches scharfe Schatten auf sein Profil wirft. Und dennoch ist er bereits über hundert Jahre alt. Trägt Magie in sich, die weder er noch ich vollständig verstehen. Und er hat es sogar geschafft, mich zu überwältigen.

Er steckt voller Überraschungen und da ist eine Macht in ihm, die Davyan selbst wohl gar nicht richtig bewusst ist.

Trotz allem spüre ich den Drang, ihn zu beschützen. Er ist mir das Liebste auf der Welt, und dass er sich, ohne mit der Wimper zu zucken, in Gefahr begeben will, behagt mir nicht. Es muss einen anderen Weg geben. Einen besseren. Einen, mit dem er nicht riskiert, getötet zu werden.

Wenngleich er sich wiederbeleben kann, garantiert das nicht, dass ich rechtzeitig zur Stelle sein werde, damit er seine Erinnerungen wiedererhält.

Es könnte sein, dass Karakal ihn für alle Zeiten bei sich behalten will. Selbst wenn ich die Arena auseinandernehme … Es gibt keine Garantie, dass ich es schaffe, ihn zu befreien.

Nein … dieser Plan hat zu viele Schwächen. Viel zu viele.

Als ich müde werde, wecke ich Davyan und lege mich hin. Aber es dauert eine Weile, bis ich meine Gedanken davon abbringen kann, an einem alternativen Plan zu feilen.

»Gut geschlafen?«, weckt mich Davyan am nächsten Morgen.

Ich spüre seine Lippen auf meinen und atme seinen Geruch nach Moos und Rauch ein.

»Nein«, murmle ich, nachdem er sich von mir gelöst hat, und blinzle gegen die Sonne, die über den Horizont steigt.

»So siehst du auch aus.« Er tätschelt sanft meine Wange. »Hoch mit dir, mein Großer, es wartet Frühstück.«

»Frühstück?« Ich hebe gähnend eine Augenbraue.

»Frühstück.« Er grinst auf mich herunter. »War Bären sammeln.«

»Du meinst Beeren.«

»Nein, Bären.« Er lacht leise. »Keine Sorge, nur ein Waschbär, der sich zu nahe an unser Lager getraut hat. Aber er gibt ein hervorragendes Frühstück ab.«

Nun fällt mir der Geruch von gebratenem Fleisch auf und mein Magen knurrt erwartungsvoll.

»Hast du Bärenhunger?« Davyans Laune scheint gerade erst zur Hochform aufzulaufen.

Ich reibe mir den Schlaf aus den Augen. »So viel Sonnenschein am Morgen ist …«

»Blendend?«, unterbricht er mich amüsiert.

»Wie kannst du schon so fit sein?« Ich blinzle ihn an und stütze mich mit den Unterarmen ab.

»Dreißig Jahre Knecht, fast hundert Jahre Arenakämpfer.« Er schenkt mir eines seiner bezauberndsten Lächeln. »Ich habe nicht auf der faulen Haut herumgelegen wie du, mein schönes Biest.«

»Als ob ich das freiwillig tat«, brumme ich und setze mich nun richtig auf, um meine Arme zu strecken.

»Du hättest trainieren können«, sagt er mit schief gelegtem Kopf, ehe er den Braten vom Spieß nimmt, an dem gestern das Kaninchen garte.

»Hab ich auch.« Ich gehe ein paar Schritte vom Lager weg, um meine Blase bei einem Busch zu entleeren.

»Eine Stunde am Tag?«, ruft er mir hinterher. »Wenn du nicht geschlafen hast?«

»Davyan.« Ich sehe ihn warnend über die Schulter an. »Ich war nicht zum Vergnügen in diesem verdammten Schloss.«

»Das ist mir klar.« Er lächelt mich noch immer an, als ich wieder zu ihm zurückkehre. »Hier. Bärenbraten.« Er schneidet mit dem Dolch, den er aus der Scheide an seinem Gurt zieht, ein Stück ab und hält es mir hin.

»Danke.« Ich nehme es entgegen und merke, dass es etwas zu gut durchgebraten ist. Aber lieber so als andersherum. Waschbären sind nicht die reinlichsten Tiere.

»Bitte.« Er lässt seine Zähne blitzen. »Siehst du, wie gut deine Manieren inzwischen sind? Ich sagte doch, ich mache noch einen Kavalier aus Tier.«

»Dir.«

»Tier.« Er grinst und schneidet sich ebenfalls ein Stück Fleisch ab. »Isch liebe unschere Wortgefeschte«, verkündet er mit vollem Mund.

»Das merke ich.« Ich habe mein Fleisch in Sekundenschnelle verdrückt. »Wenn du damit zumindest bis nach dem Frühstück warten könntest, wäre ich dir allerdings sehr verbunden.«

»Aye, mein Gebieter.« Er salutiert lachend.

Ich blecke die Zähne. »Gebieter? Du weißt, was das bedeutet?«

»Als ob du schon wach genug wärst, mich zu Tode zu vögeln.«

»Dein Glück.« Ich grunze und deute auf den Braten. »Gibt es noch mehr?«

»Bärstimmt.«

»Jetzt übertreibst du's.«

Er lacht und schneidet ein weiteres Stück Fleisch für mich ab.

Eine Weile essen wir schweigend.

»Ich habe nochmals über deinen Plan nachgedacht«, sage ich, als ich keinen Bissen mehr herunterbekomme.

»Den von gestern?« Davyan greift nach dem Wasserschlauch, den wir nach der Waldahn-Attacke bergen konnten.

»Hast du noch andere Pläne?« Ich sehe ihn verwundert an.

Seine Augen glänzen verheißungsvoll. »Nun ja, das mit dem Vögeln wär schon …«

»Davyan«, falle ich ihm ins Wort. »Bitte, versuch zumindest mal kurz ernst zu sein.«

»He, ich meine das *absolut* ernst.« Er reicht mir den Trinkschlauch.

Ich nehme ihn entgegen und unterdrücke ein Augenrollen. »Mir ist nicht wohl dabei, wenn du dich in Gefahr begibst«, erkläre ich, nachdem ich einige Schlucke getrunken habe. »Auch nicht für einen guten Freund.«

»Er würde dasselbe für mich tun«, hält er dagegen und sieht mich entschlossen an.

Nachdenklich betrachte ich ihn. »Selbst wenn … es gibt eine andere Möglichkeit, wie wir ihn da rausholen können.«

»Ah, daher deine Augenringe.« Davyan schenkt mir einen vielsagenden Blick.

Ich schnaube leise. »Könntest du bitte einfach zuhören?«

Er vollführt eine Geste, als würde er sich den Mund verschließen und den Schlüssel über die Schulter ins Gras werfen.

»Danke.« Ich trinke nochmals einen Schluck Wasser, bevor ich ihm fest in die Augen sehe. »*Ich* werde in die Arena gehen.«

»Was?« Seine Brauen hüpfen in die Höhe.

»Richtig gehört. Ich gehe dorthin und stelle mich Karakal. Als Biest. Er darf mich fangen und seinem besten Arenakämpfer gegenüberstellen. Das wäre dann wohl Mauryce.«

Seine Augen weiten sich. »Du … Nein!«

»Davyan«, sage ich beschwörend. »Keine Waffe der Welt kann mich verletzen – bis auf dein Schwert oder Dämonenmagie. Keines von beidem hat Karakal in der Arena, oder?«

»Erwürgen kann man dich trotzdem«, erinnert er mich mit erhobenem Zeigefinger.

»Ich werde niemanden nah genug an mich heranlassen.«

»Mauryce wird …«

»Er kennt mich und wird eins und eins zusammenzählen«, falle ich ihm ins Wort und lege den Trinkschlauch ins Gras. »Sieh es ein, mein Plan ist sicherer als deiner.«

»Aber …« Davyans Miene verzieht sich zweifelnd, während er sich nervös durch die schwarzen Locken streicht, die er heute Morgen offen trägt, sodass sie ihm weit über die Schultern fallen. »Karakal könnte dich jahrelang gefangen halten, bevor er dich gegen Mauryce antreten lässt!«

»Wird er nicht.«

»Und wenn doch?«

»Ich werde ihn herausfordern, ihn provozieren«, erkläre ich, ehe ich mich etwas nach hinten lehne und mit den Ellbogen im Gras abstütze. »Es wird ihm nichts anderes übrigbleiben, als mich gegen Mauryce antreten zu lassen.«

Davyan mustert mich ein paar Sekunden, dann schüttelt er unzufrieden den Kopf. »Das gefällt mir nicht.«

»Es ist besser, als wenn du Gefahr läufst, getötet zu werden und dein Gedächtnis zu verlieren«, halte ich dagegen.

»Aber du könntest doch …«, beginnt er, beißt sich allerdings auf die Unterlippe, da er wohl selbst keine Ahnung hat, wie er den Satz beenden will.

»Was, falls ich nicht rechtzeitig zur Stelle bin, solltest du sterben?«, sage ich eindringlich. »Was, wenn ich dich nicht befreien kann?«

Ernüchterung macht sich auf seiner Miene breit. »Aber ich kann doch nicht einfach draußen herumhocken, während du …«

»Du kannst und du wirst«, erwidere ich energisch und richte mich wieder ein wenig auf, da die halb liegende Position meine Rückenmuskeln verkrampft. »Ich geh dort rein, stelle mich Mauryce und hole ihn raus.«

»Und falls die Decke der Arena inzwischen versperrt ist oder so?« Er sieht mich mit schmalen Augen an.

Da hat er recht, das muss ich unbedingt prüfen, ehe ich mich in die Höhle des Löwen begebe. »Ich werde vorher über die Arena fliegen und mich vergewissern, dass sie es nicht ist.«

»Ich mag den Plan nicht.« Er schiebt die schwarzen Brauen zusammen und mustert mich missmutig.

»Er ist besser, als wenn *du* dich in Gefahr begibst«, erwidere ich und erhebe mich, um den Trinkschlauch beim nahen Fluss zu füllen.

»Und wenn du tagelang dort drin gefangen bist?«, ruft er mir hinterher.

»Dann werden wir uns in unseren Träumen treffen und besprechen, was als Nächstes zu tun ist«, erkläre ich über die Schulter.

»Stimmt, der Saal im Schloss …«

»Wir schaffen das, Davyan.« Ich drehe mich zu ihm um und sehe ihn aufmunternd an. »Zudem dauert es ja noch eine Weile, ehe wir überhaupt in der Nähe der Arena sind.«

11

WOLFSBLUT

DAVYAN

»Ich glaube, dort, das kommt mir bekannt vor.« Ich deute auf einen Bach unter uns, der sich durch den felsigen Boden schlängelt, welcher von einigen Schneefeldern durchbrochen wird.

Wir sind seit vielen Tagen unterwegs, haben aber dank des Fliegens den nördlichen Teil des Talmerengebirges erreicht, den wir nun akribisch absuchen. Immer wieder halte ich nach Anhaltspunkten Ausschau, die uns einen Hinweis auf die Arena geben könnten. Bisher leider erfolglos. Es mutet fast an, als wäre sie vom Boden verschluckt – oder aber wir suchen an der komplett falschen Stelle.

»Wenn wir dem Fluss folgen, kommen wir vielleicht zu dem Ort, wo Mauryce und ich mit der Harpyie gelandet sind«, erkläre ich und mustere das Gewässer, das unter uns in Richtung Norden fließt.

»Vielleicht?«, hakt Sombren über mir nach.

Die Art, wie er es sagt, zeigt mir, dass er mit seiner Geduld langsam am Ende ist.

»Nun, es sieht hier alles sehr ähnlich aus«, verteidige ich mich.

Seine Bestienstimme knurrt, als er antwortet. »Wir hätten in dem Dorf vorhin nachfragen sollen.«

Bisher haben wir um Ortschaften einen Bogen gemacht, um so wenig Aufmerksamkeit wie möglich auf uns zu ziehen. Nur einmal hielten wir bei einer Siedlung an, um zu erfahren, wo wir eigentlich sind. Die Auskunft der Bewohner bestätigte unsere Annahme, dass sich das verwunschene Schloss in Oshema befand und wir uns daher nur weiter in Richtung Norden halten müssen, um nach Fayl zu kommen. Natürlich wussten die Siedler nichts von dem Schloss, sie zeigten bloß unseren derzeitigen Standort auf einer alten Landkarte. Das war vor fünf Tagen, seither meiden wir Dörfer.

»Wir können nicht riskieren, dass Karakal von uns Wind bekommt.« Ich schnaube leise.

»Besser, als planlos über das Talmerengebirge zu fliegen in der Hoffnung, auf etwas zu stoßen, das du eventuell-vielleicht-wahrscheinlich-womöglich-allenfalls zu erkennen glaubst.«

»Boah, du und deine …« Ich unterbreche mich mitten im Satz.

»Was? Hat es dir die Sprache verschlagen?«

»Nein, aber dort unten sind Menschen«, antworte ich, während ich die Augen verenge, um besser sehen zu können.

»Wo?«

»Dort.« Ich deute zu einer Stelle, wo ich ganz deutlich vier Personen ausmachen kann, die zwischen der verschneiten Felsenlandschaft unterwegs sind. Nur ab und zu gibt es Büsche oder gar Baumgruppen. »Eine Frau, ein Mann und zwei Kinder. Mädchen.«

»Eine Familie?«, fragt Sombren.

»Scheint so.« Ich forme die Augen noch etwas stärker zu Schlitzen.

Ja, das ist eindeutig eine Familie, die dort unten durch das Tal wandert. Der Mann trägt eine warme Jägerrüstung und ist mit Pfeil und Bogen ausgestattet, sowie einem Schwert, das er in der Hand hält. Die Frau ist ebenfalls mit einem Bogen bewaffnet. Ihre Bewegungen sind anmutig und ihr schlanker Körper steckt in einer langen dunkelgrünen Robe, darüber hat sie einen dichten Pelzmantel geworfen, der sie vor der Kälte schützt. Schwarzes Haar fällt ihr bis weit über den Rücken, das sie zu einem Zopf zusammengeflochten hat. Ihr Gesicht kann ich aus der Höhe nicht genau erkennen, aber sie scheint sehr schön zu sein. Sie und der Mann sind vielleicht um die dreißig Jahre alt, die Kinder womöglich zehn – das kleinere Mädchen definitiv jünger. Sie haben das schwarze Haar ihrer Mutter geerbt und tragen einfache Kleidung unter ihren Pelzmänteln, die aus einer Robe und Hosen besteht. Waffen kann ich keine bei ihnen ausmachen.

Der Mann dreht sich gerade zu den Töchtern um und erklärt offenbar etwas. Möglicherweise unterrichtet er sie im Fährtenlesen, denn er deutet auf den schneebedeckten Boden und die Kinder kauern sich hin, um die Stelle, auf die er zeigt, genauer unter die Lupe zu nehmen.

»Sie haben uns noch nicht gesehen, flieg bitte etwas höher«, weise ich Sombren an.

»Was treiben die so ganz allein in den Talmeren?«, fragt er erstaunt, während er meiner Aufforderung nachkommt.

»Hm, scheinen auf der Jagd zu sein oder so«, bemerke ich.

»Wie kommst du darauf?«

»Ihre Ausrüstung«, erläutere ich. »Zudem gibt der Vater den Mädchen Anweisungen, als würde er sie im Jagen unterrichten.«

»Das alles vermagst du von hier oben zu erkennen?« Verblüffung ist seiner Stimme zu entnehmen.

»Hab eben gute …« Wieder unterbreche ich mich.

»Was?«

»Wölfe.«

»Du hast gute Wölfe?«

»Nein, verdammt, da *sind* Wölfe!«, rufe ich und ziehe scharf die Luft ein, als mein Blick auf eine Steinformation fällt, die vielleicht vier Dutzend Schritt von den Wanderern entfernt ist. »Und die Familie hält direkt darauf zu!«

Ich spüre, wie Sombrens Pranken mich fester packen. »Dann sollten wir sie warnen.«

»Zu spät, das Rudel hat sie längst gewittert«, teile ich meine Beobachtungen mit, denn die Wölfe heben die Köpfe in die Höhe und stoßen ein lautes Heulen aus. Die Familie ist nicht die Einzige, die auf der Jagd ist. »Flieg runter, wir müssen ihnen helfen!«, rufe ich Sombren zu.

»Denkst du, es ist eine gute Idee, wenn sie ein Biest mit einem Menschen in den Klauen landen sehen?«

»Besser, als von einem Rudel Wölfe zerfleischt zu werden«, halte ich dagegen.

Sombren brummt missmutig, setzt aber zum Sinkflug auf das Tal an.

Mittlerweile ist der Vater ebenfalls auf die Tiere aufmerksam geworden, die ohne zu zögern, in ihre Richtung losrennen.

Mein Herz rast bei der Vorstellung, dass die Familie ihnen mehr oder weniger schutzlos ausgeliefert ist. Die Wölfe sind deutlich in der Überzahl – selbst wenn die Eltern gute Schützen sind, werden sie keine Chance gegen die Viecher haben.

Sombren ist kaum gelandet, da ziehe ich schon mein Schwert und renne zwischen den Gesteinsformationen auf die Gruppe zu. Den Rucksack lasse ich achtlos in den Schnee fallen, als ich etwa ein Dutzend Schritt von ihnen entfernt bin.

Der Vater hat sich mit dem Schwert in der Hand breitbeinig vor seine Familie aufgestellt, während die Frau die Kinder hinter ihrem Rücken hält.

Mit schreckgeweiteten Augen starren die Mädchen dem Wolfsrudel entgegen, das gerade bei ihrem Vater angelangt ist. Dieser zögert nicht und schlägt mit der Klinge nach den Tieren, trifft das erste an der Flanke, was ein lautes Knurren zur Folge hat. Zähnefletschend und mit aufgestelltem Nackenfell steht der Anführer des Rudels ihm gegenüber.

Die anderen Wölfe wirken nicht minder bedrohlich, auch wenn sie noch zögern, die Familie zu attackieren.

Mir fällt auf, wie abgemagert die Tiere sind. Wahrscheinlich haben sie aufgrund des bald hereinbrechenden Winters kaum mehr Nahrung und nehmen daher alles, was sie kriegen können. In diesem Fall auch einen bewaffneten Jäger mit seiner Familie.

Gehetzt schließe ich zu ihnen auf, stelle mich neben den Mann und registriere aus dem Augenwinkel, wie Sombren im Schutz der Felsen einen Bogen um die Meute schlägt, um sie von hinten anzugreifen.

Ich wechsle einen kurzen Blick mit dem Jäger, in dessen Augen Verblüffung aufflackert, aber er erwidert das Nicken, das ich ihm schenke. Er weiß, dass ich ihm zur Seite stehen werde.

Wir haben keine Zeit, Begrüßungsworte auszutauschen, denn die Wölfe umzingeln uns in Windeseile und das Knurren wird bedrohlicher, vermischt sich mit dem leisen Weinen der Kinder in meinem Rücken.

Ich habe in der Arena oft gegen solche Tiere gekämpft, aber noch nie gegen ein ausgewachsenes Rudel von fast zwei Dutzend.

Für einen Atemzug scheint die Welt stillzustehen, dann greifen die Wölfe gemeinsam an. Ich wehre den ersten von ihnen mit einem Schwerthieb ab, während der Mann an meiner Seite dasselbe tut. Durch die Wucht des Angriffs verliere ich beinahe die Balance und wirble herum, um eine Attacke in meine Flanke zu verhindern.

Mit einem Mal ist Sombren hinter ihnen und schlägt mit seinen Klauen die Tiere zur Seite, als bestünden sie aus Federn.

Ein Schrei erklingt, der von der Frau stammen muss. Ihre Stimme ist voller Entsetzen, wahrscheinlich, weil sie Sombren ebenfalls entdeckt hat.

»Er tut Euch nichts!«, rufe ich ihr zu. »Er ist auf unserer Seite.«

Ein Teil des Rudels wendet sich nun Sombren zu. Insgeheim hatte ich gehofft, dass seine Bestiengestalt dazu führt, dass sie vor Angst das Weite suchen, leider ist aber das Gegenteil der Fall. Sie verbeißen sich in seinen Armen und Beinen, scheinen vor Blutdurst nicht zu realisieren, dass er ihnen um Längen überlegen ist. Und sie ihn mit ihren Fängen nicht verletzen können.

Sombren stößt ein lautes Brüllen aus und schleudert sie von sich, doch schon sind die nächsten Wölfe da, die ihm die Zähne ins Fell schlagen.

Ich habe keine Zeit, ihn zu beobachten, denn die Tiere stürmen auf den Jäger und seine Familie ebenfalls mit ungebremster Heftigkeit zu.

Eine weitere Kreatur greift mich an und ich kann ihre Attacke gerade so parieren. Plötzlich erscheint ein Feuerstrahl am Rande meines Blickfeldes – offenbar ist Sombren dazu übergegangen, den Wölfen mit seiner Magie einzuheizen.

»Flieh mit den Mädchen!«, ruft der Jäger seiner Frau zu, als ein besonders großes Tier ihn beinahe zu Boden wirft.

»Nein!«, schreie ich, doch es ist zu spät.

Als ich einen Blick nach hinten werfe, erkenne ich, dass seine Gemahlin das jüngere Mädchen auf die Arme gehoben und die Hand des älteren ergriffen hat. Sie rennt von unserer Gruppe davon – und weckt dadurch den Jagdinstinkt des blutrünstigen Rudels.

Die Frau kommt keine zehn Schritt weit, da fällt einer der Wölfe sie an und reißt sie zu Boden.

»Nein!«, ruft der Mann entsetzt. Er unterbricht die Verteidigung, stürzt zu seiner Gemahlin und versucht, sie vor dem Wolf zu schützen, der seine Zähne in ihren Körper treibt.

Vergebens. Das Tier hat ihr in den Nacken gebissen und schüttelt ihren Kopf, als wäre es ein lebloses Stück Fleisch.

Weitere Wölfe kommen hinzu und der Mann hat alle Mühe, sie davon abzuhalten, die Kinder ebenfalls zu attackieren, die weinend am Boden kauern.

Ich eile zu ihnen und strecke einen der Wölfe mit einem gezielten Schwertschlag in die Seite nieder, was die anderen Tiere immerhin dazu bewegt, etwas zurückzuweichen.

Zwischen zwei gehetzten Atemzügen erhasche ich einen Blick auf den Mann, der nun mit schmerzverzerrtem Gesicht auf dem Boden kniet und offenbar nicht begreifen kann, dass seine Frau gerade von einem Wolf gerissen wurde.

Er hält das Schwert gesenkt, die Augen unverwandt auf den blutigen Leichnam gerichtet, der halb unter dem Tier liegt, das ich getötet habe.

Hinter mir höre ich, wie Sombren sich brüllend dem Rest des Rudels stellt, die ihn mit unverminderter Wucht angreifen.

Mir bleiben nur wenige Herzschläge, dann wird meine Aufmerksamkeit wieder auf die anderen Wölfe gelenkt, die uns zähnefletschend umrunden. Mit einer Finte gegen einen von ihnen verhindere ich, dass die sie den Kindern und ihrem Vater, der wie paralysiert ist, zu nahe kommen.

»Davyan, bring die Mädchen in Sicherheit!«, ruft Sombren mir zu.

Der Jäger hebt den Kopf und nickt. »Kümmert Euch bitte um meine Töchter, ich bringe das zu Ende.« Schwerfällig erhebt er sich und taumelt, als müsste er erst die Kraft finden, sich in aufrechter Position zu halten.

Ich zögere kurz. Der Mann hat keine Chance gegen die Wölfe. Aber jetzt ist keine Zeit, darüber zu diskutieren. Die Kinder müssen hier weg.

Daher stecke ich das Schwert ein. Dann schnappe ich mir die kleinere der beiden, hebe sie hoch, ehe ich die Hand des älteren Mädchens nehme.

Sie folgen mir widerstandslos, scheinen vollkommen durch den Wind zu sein, ob des Szenarios, das sie gerade mitansehen mussten.

Sombren gibt mir Deckung, indem er die Wölfe mit Feuerbällen davon abhält, uns zu folgen, während wir zu einer Gesteinsformation in der Nähe rennen, bei der wir hoffentlich Schutz finden.

12

DAS LEBEN IST EIN ARSCHLOCH

DAVYAN

Als wir beim Felsen angekommen sind, hechte ich darum herum und zerre die Mädchen mit mir. Sie wirken wie Puppen, als ich sie auf den Boden drücke und ihnen bedeute, sitzen zu bleiben.

Weinend kauern sie mit dem Rücken gegen den Stein, umschlingen sich gegenseitig.

»Nicht hinschauen«, murmle ich und verdecke mit den Händen ihre Augen, auch wenn sie von hier aus im Grunde gar nichts sehen können.

Ich spüre, wie sie unter meinen Fingern erzittern.

»Mama ...«, weint die Kleinere und ich presse selbst sowohl Lippen als auch Lider zusammen, würde mir am liebsten die Ohren zuhalten.

Das Knurren der Wölfe, Sombrens Brüllen und die Schreie des Jägers brennen sich in mein Gehirn.

Ich habe keine Ahnung, ob sie es schaffen, sich gegen die Meute zu verteidigen, kann nur hoffen, dass der Mann, den ich liebe, nicht in eben diesem Moment seinen letzten Atemzug macht. Er ist zwar unverwundbar, aber nicht unsterblich. Wer sagt, dass die Kreaturen keinen Weg finden, ihn zu töten?

Am liebsten wäre ich hinter dem Felsen hervorgestürmt und hätte dafür gesorgt, dass sie ihm nichts tun, doch ich muss auf die Mädchen aufpassen. Wenn ich sie im Stich lasse, sind sie auf sich allein gestellt und sollte sich eines der Tiere vom Rudel trennen und hierherkommen, wären sie dem sicheren Tod geweiht.

Daher öffne ich die Augen und halte durch, bete zu allen mir bekannten Göttern, dass Sombren und der Jäger sich gegen die Wölfe zu behaupten vermögen.

Ich drehe den Kopf und starre auf den Felsen, als könnte ich den Kampf dahinter dadurch verfolgen.

Jedes Mal, wenn ich das Bestienbrüllen vernehme, bin ich froh darum. Denn es bedeutet, dass Sombren noch lebt. Doch die Schreie des Jägers habe ich schon seit einigen Sekunden nicht mehr vernommen.

Ich schaudere, als ich erkenne, was das bedeuten muss.

Wie lange der Kampf dauert, kann ich nicht abschätzen, nur dass noch nicht viele Minuten vergangen sein können.

Mein Puls rast und meine Gedanken ebenso.

Irgendwann wird das Knurren der Wölfe leiser, geht in ein Jaulen über.

Und irgendwann … ist es still.

Zittrig atme ich durch und nehme die Hände von den Gesichtern der Kinder, die ich die ganze Zeit verdeckt habe. Meine Finger sind nass von ihren Tränen und sie blinzeln mich verstört an.

»Seid ihr verletzt?«, frage ich mit heiserer Stimme an die Mädchen gerichtet.

Sie schütteln wortlos den Kopf. Beide wirken vollkommen verängstigt und scheinen unter Schock zu stehen. Ihre Gesichter sind leichenblass, die Augen vor Panik weit aufgerissen.

Ich streiche ihnen sanft über das dunkle Haar und beiße mir auf die Unterlippe.

Anschließend erhebe ich mich, um den Felsen zu umrunden und mich zu vergewissern, dass es Sombren gut geht.

Es ist viel zu still.

Mein Herz rast, als ich einen ersten Schritt mache, dann noch einen.

Sombren ... bitte sei am Leben.

Schon kommt die Szene der Verwüstung in mein Blickfeld, da schnappe ich erschrocken nach Luft.

Denn vor mir steht mit einem Mal Sombrens Bestiengestalt.

»Götter«, hauche ich und starre ihn entsetzt an.

Sein Fell ist über und über mit Blut besudelt.

Seinem Blut?

Die Kinder schreien bei seinem Anblick panisch auf und ich wirble zu ihnen herum.

»Alles gut«, sage ich beruhigend. »Das ist ein Freund.«

Zur Unterstreichung meiner Worte strecke ich die Hand nach Sombren aus und berühre den feuchten, verklebten Pelz, was mich schaudern lässt.

Schnell wende ich mich ihm wieder zu. »Bist du verletzt?«

»Nein«, brummt er.

Das Blut stammt also nicht von ihm, die Wölfe konnten mit ihren Fängen nicht durch seine Haut dringen.

»Du solltest das ...«, beginne ich, doch er schiebt meine Finger von sich.

»Gleich.«

Ich nicke und wische die blutige Hand gedankenversunken an den Beinkleidern meiner Rüstung ab. Dann drehe ich mich zu den Mädchen, die uns mit schreckgeweiteten Augen anstarren.

»Die Eltern?«, flüstere ich.

Aus dem Augenwinkel erkenne ich, dass Sombren stumm den Kopf schüttelt, was mein Herz schwer werden lässt.

Verdammt. Ich hatte gehofft, dass wenigstens ihr Vater den Angriff überlebt.

Das Leben ist ein Arschloch …

»Geh mich umziehen«, murmelt Sombren und verschwindet wieder hinter dem Felsen.

Wahrscheinlich holt er den Rucksack, den ich vor dem Kampf in den Schnee habe fallen lassen.

Mit einem leisen Seufzen sinke ich vor den Mädchen in die Hocke und mustere sie besorgt. Ich habe keine Ahnung, was ich zu ihnen sagen soll, jedes Wort scheint das falsche zu sein, jede Geste zu wenig.

Sie sind noch so jung und ab sofort auf sich allein gestellt.

»Es tut mir leid«, murmle ich bedrückt.

Das ältere Mädchen hat den Arm um die jüngere Schwester geschlungen und sieht mich aus dunklen Augen an. Mir fällt auf, dass die ältere vielleicht dreizehn, vierzehn Jahre alt ist. In ihrem Blick lese ich eine Mischung aus Schmerz, Trauer und … Stärke. Ja, sie ist stark, versucht, sich für ihre kleine Schwester zusammenzureißen, die hemmungslos an ihrer Brust schluchzt. Unablässig fährt die Ältere ihr über den Rücken, murmelt beruhigende Worte.

Ich mustere sie bewundernd.

Götter … wie schafft sie es, diese Kraft aufzubringen?

Wenig später taucht Sombren wieder auf, jetzt in seiner Menschengestalt. Das Blut hat er wahrscheinlich mit dem Schnee notdürftig weggewischt, aber das meiste verdeckt nun ohnehin seine Kleidung.

Er wechselt einen stummen Blick mit mir, dann setzt er den Rucksack auf dem Boden ab und beugt sich zu den Kindern hinunter. Behutsam legt er der jüngeren Schwester eine Hand auf die Schulter. Sie erzittert unter der Berührung.

»Ihr müsst jetzt ganz stark sein«, sagt er so sanft, wie ich ihn selten sprechen höre.

»Wo sind Mama und Papa?«, hakt die Ältere nach.

Tief in sich drin kennt sie die Wahrheit, das entnehme ich ihrem Gesichtsausdruck. Aber sie muss es hören, um es zu begreifen.

Keines der Kinder scheint sich darüber zu wundern, dass sich das Biest in einen Menschen verwandelt hat. Womöglich sind sie auch einfach zu verstört, um das überhaupt wahrzunehmen.

»Sie ... sind tot«, antwortet Sombren leise.

Drei Worte, aber sie hallen in meinen Ohren nach.

Ehe einer von uns es verhindern kann, reißt sich die Jüngere plötzlich los, springt auf und rennt um den Felsen herum.

»Warte!«, rufen Sombren und ich gleichzeitig.

Er ist schneller und als ich ebenfalls um die Gesteinsformation haste, zeigt sich mir ein Bild des Grauens.

Der Schnee, der zwischen den Felsen liegt, ist blutrot verfärbt, einige tote Wölfe oder Teile von ihnen sind darauf verstreut – und mittendrin ... zwei Menschen.

Sombren ist bei der Jüngeren angekommen, welche die Szene fassungslos anstarrt.

Dann würgt sie und übergibt sich. Immer und immer wieder, bis nichts mehr in ihrem kleinen Magen ist. Sombren streicht über ihren Rücken, hält ihr schwarzes Haar davon ab, ins Gesicht zu fallen.

Mist, verdammt ... das hätte sie niemals sehen dürfen.

Hilflos stehe ich da, nicht sicher, was und ob ich etwas für sie tun kann.

Da schiebt sich mit einem Mal eine kleine Hand in meine.

Als ich nach unten schaue, hat sich die ältere Schwester neben mich gestellt und schmiegt sich eng an meine Seite.

»Ris hätte das nicht sehen sollen«, flüstert sie.

Genau das, was ich auch gerade dachte.

Ich drehe mich so, dass ich die schlimme Szene mit meinem Körper verdecke. »Ris? So heißt deine Schwester?«, frage ich behutsam.

»Damaris«, sagt das Mädchen und seine dunklen Augen begegnen den meinen. Es wirkt erstaunlich gefasst dafür, dass es soeben beide Eltern verloren hat. »Ich bin Gabriella.«

Ich lege ihr die freie Hand auf die Schulter. »Mein Name ist Davyan, das dort ist Sombren. Wo wohnt ihr? Wir bringen euch nach Hause.«

»Nicht weit von hier.« Sie hält meinem Blick stand. »Wir … können zu Fuß dorthin.«

»Mein Gefährte«, ich habe Sombren noch nie als solchen bezeichnet, wie mir auffällt, »er kann uns schnell dorthin bringen.«

»Er kann sich verwandeln, oder? In diese Bestie?«, hakt sie nach.

Ich nicke zur Antwort, danach wende ich mich zu Sombren, der inzwischen Damaris auf die Arme gehoben hat und ihr Gesicht an seiner Schulter verbirgt. Ihr schmächtiger Körper schüttelt sich unter haltlosen Schluchzern.

Langsam kommt er zu uns.

»Wir müssen hier weg«, sagt er, als er bei uns angelangt ist.

»Kannst du uns zu ihnen nach Hause fliegen?«, fragte ich.

»Keine gute Idee«, murmelt er. »Die Kleine ist komplett durch den Wind. Wenn ich mich jetzt auch noch vor ihren Augen in ein Biest verwandle, wird sie das nur noch mehr verstören.«

Das sehe ich ein. »In Ordnung, dann gehen wir zu Fuß da hin.« Ich laufe zurück zum Felsen, wo noch unser Rucksack liegt, um ihn zu schultern. »Gabriella, zeig uns den Weg«, bitte ich, als ich wieder bei ihnen bin, und reiche ihr die Hand.

Sie nickt und geht voran. Es mutet an, als würde sie sich an meinen Fingern gleichermaßen festklammern wie an ihrer Stärke, die verhindert, dass sie ebenso wie ihre Schwester zusammenbricht.

13

Schneeweiß und Rosenrot

Davyan

»Hier wohnt ihr?«, frage ich und sehe mich staunend um.

Das Tal ist schön gelegen mit ein paar Tannen und einer Wiese, die stellenweise bereits Schneehäufchen aufweist. Drei Schafe und ein Esel grasen auf der Koppel neben einer beschaulichen Holzhütte. Davor steht ein kleiner Brunnen.

»Ja, das … das ist unser Zuhause«, antwortet Gabriella. Ihre Stimme ist zaghaft und zittert ein wenig. Sie umfasst meine Finger stärker, als würde sie daran Halt suchen wollen.

Ich nicke und wechsle einen Blick mit Sombren, der noch immer die jüngere Schwester trägt. Ihr Schluchzen ist in ein leises Wimmern übergegangen, sie verbirgt das Gesicht an Sombrens Hals, hat die Arme um seinen Nacken geschlungen.

Wir denken beide dasselbe, das kann ich mühelos an seinem Ausdruck erkennen: Wie soll es mit den Mädchen nun weitergehen?

Der Winter steht bevor – sie werden ihn nicht allein hier verbringen können.

Gabriella zieht mich zum Eingang der Hütte, die unverschlossen ist. Wahrscheinlich kommen selten Reisende vorbei, daher ist es nicht nötig, die Tür zu verriegeln.

Als wir uns ihr nähern, zappelt Damaris plötzlich in Sombrens Armen und er lässt sie hinunter.

»Sie ist es immer, die die Tür öffnet, wenn Fremde hierherkommen«, erklärt Gabriella mit einem müden Lächeln, als ihre Schwester an ihr vorbeistapft und das Innere des Hauses betritt.

Sombren und ich schauen uns kurz an, ehe wir den beiden folgen. Umgehend dringt mir der Geruch von Kräutern in die Nase und ich atme unwillkürlich tief ein.

Das Haus ist gemütlich eingerichtet mit einem Tisch und Stühlen im Wohnbereich sowie einem Kamin. Dahinter erkenne ich eine Küche mit einem großen Kessel über der Feuerstätte, die ebenso wie der Kamin nicht brennt. Mehrere Kräuterbündel hängen von der Decke und verströmen ihren Duft im ganzen Raum. Es mutet ein bisschen an, als würde hier eine Kräuterhexe hausen.

»Damaris sollte sich hinlegen«, sagt Sombren, der besorgt zu der jüngeren Schwester sieht, die stocksteif mitten im Raum stehen geblieben ist.

»Dort, das ist unser Zimmer«, erklärt Gabriella, die die Tür hinter uns geschlossen hat. Sie deutet auf vier weitere Türen, die vom Wohnbereich abgehen. Wahrscheinlich führen sie zu den Schlafzimmern. »Seid Ihr so freundlich und begleitet Ris dort hinein? Ich setze einen beruhigenden Trank auf.«

Wieder bin ich verblüfft, wie fokussiert sie wirkt, obwohl sie mitansehen musste, wie ihre Eltern starben.

Ohne zu zögern, tritt sie zum Kessel, während Sombren ihrer Anweisung nachkommt.

Sanft legt er Damaris einen Arm um die Schulter, und sie lässt sich von ihm widerstandslos in ihr Zimmer bringen.

Als Gabriella mit einem Feuerstein und Zunder hantiert, gehe ich ihr zur Hand, indem ich mit meiner Magie eine Flamme erschaffe.

Verblüfft sieht sie mich an, nickt dann aber und ich entzünde die Holzscheite, die sie unter den Kessel legt.

Kurz darauf brennen sie und Gabriella gibt ein paar Kräuter in den Topf, um sie anzurösten.

»Wir brauchen Wasser«, murmelt sie.

»Ich hol welches«, biete ich an und sie nickt erneut.

Schnell laufe ich hinaus zum Brunnen und lasse den Eimer, der daneben steht, hinunter.

Das Wasser, das er zu Tage bringt, wirkt frisch und klar – und ich merke, dass ich ziemlich durstig bin. Aber erst müssen wir uns um die Mädchen kümmern.

Eiligen Schrittes gehe ich zurück zu Gabriella, die noch weitere Kräuter in den Kessel gegeben hat.

»Hier«, sage ich und sie nimmt mir den Eimer ab, gießt das Wasser sorgfältig hinein.

Es zischt und der Kräuterduft wird intensiver.

Gabriella greift nach einer Kelle, um gewissenhaft im Sud zu rühren, ehe sie nochmals eine Handvoll getrockneter Blätter hineinwirft, die sie in meiner Abwesenheit kleingehackt hat. Ich sehe ein Holzbrett und ein Messer auf der Küchenablage neben ihr. Danach öffnet sie eine Phiole, die auf einem Regalbrett steht, und schüttet ein paar Tropfen daraus in das Gebräu.

Eine Weile beobachten wir das Wasser, das vor sich hin köchelt. Sombren ist nicht wieder aufgetaucht, wahrscheinlich sitzt er bei Damaris am Bett.

»Woher weißt du, wie man einen Beruhigungstrank zubereitet?«, frage ich, um die Stille zu durchbrechen, die im Raum herrscht.

»Meine Mutter ist …«, beginnt Gabriella und stockt. Fahrig streicht sie sich über das Gesicht. »*War … sie … sie war eine Heilerin*«, erklärt sie, ohne den Blick vom Topf zu nehmen. »Sie hat Tinkturen zubereitet und …«

Ihre Stimme versagt, stattdessen rinnen Tränen über ihre Wangen.

Mit einem schnellen Schritt bin ich bei ihr und schließe sie in die Arme.

Ihr schmaler Körper schüttelt sich, während sie gegen meine Brust schluchzt.

Behutsam streiche ich ihr über den Rücken, wie sie es vorhin bei ihrer Schwester getan hat, gebe ihr den Halt, den sie gerade braucht.

Verdammt noch mal … Warum sind die Götter manchmal so grausam? Ihre Familie wurde vom einen Moment auf den anderen auseinandergerissen, hat zwei Waisen hinterlassen, die noch nicht für sich selbst sorgen können.

Die Welt ist ungerecht … so verflucht ungerecht.

Wie lange ich sie in meinen Armen halte, weiß ich nicht, irgendwann löst sich Gabriella von mir und schnieft leise. »Entschuldigt«, murmelt sie und deutet auf meine Rüstung, die nass von ihren Tränen ist.

»Du musst dich doch nicht …« Ich streiche darüber. »Wirklich, Gabriella, du musst dich nicht entschuldigen.«

Sie sieht mich aus geröteten Augen an, dann nickt sie. »Der Trank sollte fertig sein«, sagt sie und nimmt eine Kelle sowie einen Becher, in den sie den Sud füllt. »Ich bringe ihn Ris.«

Stumm folge ich ihr ins Zimmer, wo Sombren wie erwartet auf der Kante eines Bettes sitzt und der jüngeren Schwester unermüdlich über das schwarze Haar streicht. Sie hat das Gesicht in einem Kissen verborgen, das sie umschlingt, als wäre es ihr einziger Rettungsanker. Der kleine Körper erbebt unter ihrem Schluchzen und es zerreißt mir das Herz, sie so zu sehen.

Der Raum ist zweckmäßig ausgestattet. Neben einem Schrank und einer Kommode kann ich keine weiteren Möbel erkennen.

An der Wand über dem Bett, in dem die beiden Mädchen wohl gemeinsam schlafen, hängt ein selbstgemaltes Blumenbild, gegenüber lässt ein Fenster die Sonnenstrahlen ins Zimmer.

Nachdem wir eingetreten sind, hebt Sombren den Kopf und ich lese in seinen Augen denselben Schmerz, den auch ich fühle. Er erhebt sich, um für Gabriella Platz zu machen, die sich mit dem dampfenden Getränk zu ihrer Schwester setzt.

»Ris«, sagt sie leise. »Hier, das ist für dich.«

Damaris hebt den Kopf und nimmt wortlos den Trank entgegen. Gabriella hilft ihr, sich aufzusetzen, und stützt sie, während die Kleine ein paar Schlucke trinkt.

»Lassen wir sie kurz allein«, murmelt Sombren und legt eine Hand auf meine Schulter.

Ich folge ihm aus dem Zimmer und schließe die Tür hinter mir, damit sie einen Moment für sich haben.

»Scheiße, verdammt«, stößt Sombren aus, als wir nebeneinander im Wohnbereich stehen.

Er stützt sich auf einer Stuhllehne ab und starrt kopfschüttelnd auf den Tisch, auf dem Besteck liegt, das die Eltern wohl noch wegräumen wollten.

Das werden sie nun niemals tun.

Ich stoße die Luft mit einem Schwall aus und fahre mir mit beiden Händen durch die Locken, die sich aus meinem Zopf gelöst haben. Gedankenverloren binde ich ihn neu.

»Wir können sie nicht allein lassen«, spreche ich eine Tatsache aus, die ich in den vergangenen Minuten erkannt habe.

Sombren richtet sich ein wenig auf und sieht mich stirnrunzelnd an. »Da gebe ich dir recht.« Er nickt bedächtig. »Aber die Arena ...«

»Wir ...«, setze ich an, hebe allerdings verloren die Schultern.

Ich bin gerade hin- und hergerissen zwischen dem Wunsch, Mauryce zu befreien, und der Pflicht, für diese Mädchen zu sorgen.

Sombren verengt die Augen und betrachtet mich nachdenklich. »Ein Schritt nach dem anderen«, sagt er dann. »Ich gehe mir draußen am Brunnen das restliche Blut abwaschen. Bleibst du hier, damit Gabriella nicht allein ist, wenn sie rauskommt?«

»Ja, geh nur.« Ich ziehe einen Stuhl zurück und setze mich. »Bringst du etwas Wasser mit? Bin ziemlich durstig.«

Er ergreift den Eimer, der noch auf der Küchenablage steht. »Mach ich. Bis gleich.«

Mit einem letzten Blick zu mir verlässt Sombren die Hütte und ich seufze.

Verflucht ...

Nach einigen Sekunden öffnet sich die Tür zu Damaris' Zimmer und Gabriella betritt den Raum. Sie wirkt etwas gefasster, offenbar hat die Tatsache, dass sie für ihre Schwester stark sein musste, auch ihr geholfen.

Zaghaft kommt sie zu mir. »Meine Eltern ... wir müssen sie begraben.« Ihre Stimme ist immer noch ein bisschen zittrig.

»Sombren und ich werden ihre Leichname bergen und ihnen ein Grab errichten«, verspreche ich und erhebe mich, um zu ihr zu gehen.

»In Ordnung.« Sie sieht mich nicht an, sondern starrt wie Sombren vorhin auf die Tischplatte.

Eine Weile weiß ich nicht, was ich tun oder sagen soll, dann taucht Sombren zum Glück wieder auf. Er hat alle Blutreste von sich gewaschen und sein Haar hängt in nassen Strähnen herunter, da er wohl kurzerhand den Eimer über sich ausgeschüttet hat, bevor er ihn nochmals mit frischem Wasser füllte, das er nun hereinbringt. Er trägt nur die Hose und das Hemd der Rüstung, die lederverstärkte Weste hat er über dem Arm und hängt sie an einen Haken neben der Tür.

Er stellt den Eimer auf den Tisch und mustert Gabriella prüfend, ehe er sich zu ihr hinunterbeugt. »Wie geht es Damaris?«

Er spricht wieder so sanft und einfühlsam, dass ich ein Kribbeln im Magen verspüre. Wenngleich er oft knurrt und verschlossen wirkt, so ist da diese fürsorgliche, liebevolle Seite an ihm, die er nur wenigen Menschen zeigt.

Die ältere Schwester hebt den Blick und ihre dunklen Augen begegnen den seinen. »Sie … Es war alles etwas viel für sie, ich weiß nicht, ob der Trank hilft.«

Sombren nickt verstehend. »Ich gehe zu ihr und kümmere mich um sie.« Er wendet sich mir zu. »Du bist bei Davyan in guten Händen, Gabriella.«

Dann verschwindet er in Damaris' Zimmer.

»Möchtest du etwas an die frische Luft?«, frage ich an die ältere Schwester gerichtet, die Sombren ebenso wie ich stumm hinterhergesehen hat.

Sie nickt zaghaft.

Behutsam lege ich den Arm um ihre Schulter und gehe mit ihr nach draußen, wo uns Sonnenschein empfängt. Die Sonne neigt sich dem Horizont zu und verabschiedet den Tag, schickt letzte Strahlen über das Tal. Die Szenerie mutet so idyllisch an, dass mir die Tragödie, die sich hier gerade zuträgt, wie ein schlimmer Albtraum vorkommt. Nur die Kälte, die die hereinbrechende Nacht mit sich bringt, spiegelt wider, was in mir fühle.

»Wir sollten in den Garten.« Gabriella deutet hinter das Haus.

Ich sehe sie stirnrunzelnd an. »Warum?«

»Weil … wenn Ihr meine Eltern begrabt, dann …« Sie ergreift meine Hand und zieht mich mit sich.

Gefügig folge ich ihr um das Haus herum, wo sich tatsächlich ein kleiner Garten befindet. Er ist liebevoll gestaltet und viele unterschiedliche Pflanzen blühen hier.

Die Mutter der beiden Mädchen scheint wirklich einiges über die Heilkunst gewusst zu haben. Ich erkenne die gelben Blumen mit dem roten Rand und einen Strauch mit länglichen Blättern, die auch Mauryce verwendete, als er seine Wunden versorgt hat.

Gabriella lässt mich los und tritt zu zwei Rosenbüschen, die sich nahe an der Hauswand befinden. Einer ist schneeweiß, der andere von einem saftigen Rot. Seltsamerweise blühen die Rosen immer noch, obwohl bereits der erste Schnee fiel.

Ich stelle mich neben das Mädchen, als es die Blumen wortlos betrachtet.

»Meine Mutter sagt ... *sagte* stets«, beginnt Gabriella nach einer Weile, »dass die beiden Rosenbüsche sie an Ris und mich erinnern. Der Weiße ist rein und sanft wie ich, der Rote voller Feuer wie meine Schwester. Sie ... Sie liebt die Freiheit, die Natur. Sie ...« Sie schüttelt den Kopf und sucht meinen Blick. In ihren Augen sehe ich alle Traurigkeit der Welt. »Ich muss zurück zu ihr.«

»Sombren ist bei ihr. Er kümmert sich um sie«, sage ich behutsam.

Ein paar Sekunden schaut sie mich unsicher an, bevor sie nickt. »Ich weiß nicht, warum sich unsere Wege gekreuzt haben, aber Ris und ich werden nie vergessen, was Ihr für uns getan habt. Euer Gefährte und Ihr.«

Gerührt lege ich ihr eine Hand auf die Schulter. »Sag bitte *du* zu mir, Gabriella. Sombren und ich bleiben bei euch, solange es uns möglich ist. Wir ...« Ich stocke und schließe kurz die Augen. »Wir werden euch nicht im Stich lassen.«

»Danke«, flüstert sie. Dann deutet sie auf meine Hüfte. »Könntet Ihr ... du ... Würdest du bitte je eine Rose abschneiden? Für die Gräber.«

»Natürlich.« Ich ziehe meinen Dolch und komme ihrer Bitte nach.

»Danke«, wiederholt sie, als sie die beiden Rosen in den Händen hält.

»Nicht dafür.« Ich sehe sie liebevoll an.

Tränen benetzen ihre Wangen und ich fahre sanft über Gabriellas schwarzes Haar.

»Lass uns wieder reingehen«, schlage ich vor und lege ihr einen Arm um die Schulter. Widerstandslos lässt sie sich zurück ins Haus führen.

14
Das Ende eines schlimmen Tages

Davyan

»Wie soll es jetzt weitergehen?« Gabriella schnieft, als wir zusammen am Tisch sitzen, die Rosen vor uns, und dem prasselnden Feuer lauschen, das mittlerweile im Kamin brennt.

Ich habe uns je einen Becher mit Wasser eingeschenkt.

»Habt ihr Verwandte in der Nähe? Freunde?«, frage ich, ehe ich einen Schluck trinke. Das kühle Nass rinnt erfrischend meine trockene Kehle hinunter.

»Ja, im Dorf, das unweit von hier ist.« Sie deutet in eine Richtung, in der die Ortschaft wohl liegt.

»Könnt ihr dorthin?«, hake ich nach.

Es fällt ihr sichtlich schwer, zu antworten. »Ich … möchte hierbleiben«, sagt sie leise.

»Aber ihr seid noch viel zu jung, um für euch allein sorgen zu können, zumal der Winter bevorsteht«, halte ich dagegen.

»Das war bloß etwas verfrühter Schnee«, murmelt sie. »Der richtige Winter bricht erst in ein, zwei Monaten herein.«

»Trotzdem«, erwidere ich sanft. »Ihr könnt nicht hierbleiben und nur zu zweit einen Winter durchstehen. Lasst Sombren und mich helfen. Wir bringen euch ins Dorf. Dort bleibt ihr, bis ihr alt genug seid, um hierher zurückzukehren. In Ordnung?«

In ihren Augen lese ich Zweifel, bevor sie zaghaft nickt. »In … Ordnung.«

Nach einer Weile gesellt sich Sombren wieder zu uns. Er hat die Stirn in Falten gelegt und nimmt wortlos den Becher mit Wasser an, den ich ihm reiche.

»Wie geht es ihr?«, frage ich.

»Sie schläft jetzt, der Trank scheint zu wirken.« Er kratzt sich an der Stirn. »Aber der Schock sitzt sehr tief.«

Gabriella entfährt ein hilfloses Schluchzen. »Wie soll Ris das jemals verkraften?«, fragt sie verzweifelt.

Ich beiße mir auf die Unterlippe, nicht sicher, ob der Plan, der gerade in mir heranreift, Früchte tragen wird. Doch es ist besser, als nichts zu tun und Damaris ihrem Schicksal zu überlassen.

»Ich bin Heiler«, erkläre ich zögernd. Sombren, der den Blick in seinen Becher gerichtet hat, hebt den Kopf und schaut mich stirnrunzelnd an. »Vielleicht kann ich Damaris helfen, die Erlebnisse zu … verarbeiten«, schlage ich vor.

Gabriellas Miene hellt sich unter einem Hoffnungsschimmer auf. »Das ist möglich?«

Sombren verengt die Augen. Ich kenne seine Gedanken, ohne dass er sie aussprechen muss: Ich beherrsche meine Magie nicht gut genug, es könnte ein Risiko darstellen.

Ich habe allerdings keine andere Idee, wie ich den Mädchen helfen könnte – und er auch nicht, denn er gibt nach ein paar Herzschlägen ein zustimmendes Brummen von sich.

»Ich habe das noch nie gemacht, aber ich kann es versuchen«, biete ich an und wende mich wieder Gabriella zu.

»Dann … versuch es, Davyan. Bitte.« Die Hoffnung, die in ihren dunklen Augen verweilt, verleiht mir neuen Mut.

Mit einem aufmunternden Lächeln erhebe ich mich und gehe zur Tür, die zu Damaris' Schlafzimmer führt. Hinter mir vernehme ich das Geräusch von Stühlen, die zur Seite gerückt werden. Gabriella und Sombren folgen mir.

Nachdem ich eingetreten bin, sehe ich, dass das kleine Mädchen sich gerade unruhig hin und her wälzt. Immer wieder stöhnt es leise und sein Gesicht wirkt, als würde es nochmals die vergangenen Stunden durchstehen müssen.

Ein Schauer rinnt durch meinen Körper bei der Vorstellung, dass Damaris für den Rest ihres Lebens von diesen schlimmen Bildern verfolgt werden könnte.

Ich muss ihr helfen … irgendwie.

Vorsichtig setze ich mich auf die Bettkante und betrachte sie ein paar Sekunden.

»Davyan, bist du sicher, dass du das kannst?«, spricht Sombren neben mir nun doch noch seine Zweifel aus.

»Nein«, gestehe ich, ohne den Blick von Damaris zu wenden. »Aber ich gebe mein Bestes.«

Dann lege ich eine Hand auf ihre Stirn und schließe die Augen. Meine Magie gleitet behutsam in ihren Geist.

Bisher habe ich meine Kräfte nur zum Heilen von Wunden verwendet, noch nie bin ich damit in den Verstand eines Menschen eingedrungen.

Es mutet im ersten Moment merkwürdig an, als müsste ich eine Barriere überwinden, ehe ich zu ihrem Bewusstsein vordringe. Dennoch gelingt es mir mühelos. Doch auf das, was mich dort erwartet, war ich nicht vorbereitet.

Augenblicklich werde ich von schrecklichen Bildern übermannt und zucke unwillkürlich zusammen.

Das sind ihre Erinnerungen, wie mir sofort klar wird. Ich sehe, was sie in ihren Träumen sieht.

Schnee und Blut. Überall Blut. Und mittendrin ihre Eltern.

Tot, mit weit aufgerissenen Augen.

Die Kleidung zerfetzt, Gedärm, das aus ihren Bäuchen hängt.

Schreie, qualvolle Schreie.

Der Eisengeruch in der Luft.

Knurren, Brüllen.

Noch mehr Leichen.

Wölfe.

Und weiteres Blut. Es spritzt herum, trifft alles und jeden.

Das Grauen, das in ihr tobt, erfasst mich und ich muss einige Male tief durchatmen, ehe ich es aushalten kann.

Ich bin also in ihrem Geist. Was jetzt? Wie schaffe ich es, Damaris diese verstörenden Erinnerungen zu nehmen, die sich zu noch schlimmeren Szenen verselbständigen?

Angestrengt denke ich nach.

Wenn sich die Szenen verändern, könnte ich eventuell …

Das ist es! Vielleicht gelingt es mir, sie meinerseits zu formen. Sie in eine andere Richtung abzuwandeln und zu etwas Schönem werden zu lassen.

Nachdenklich forsche ich in meinem eigenen Verstand nach Bildern, mit denen ich die ihren ersetzen könnte.

Ich halte eines davon fest, es ist das einer Wiese, die in warmem Sonnenschein blüht. Mit diesem Gedanken in mir verankert, widme ich mich wieder den qualvollen Szenarien und konzentriere mich einzig auf die Wiese, die bunten Blumen, das Summen der Bienen.

Und tatsächlich, plötzlich beginnt sich das Bild, das ich in Damaris' Geist sehe, zu wandeln. Erst nur ganz leicht, dann stärker.

Rote Blumen sprießen aus dem blutgetränkten Boden, das Knurren der Wölfe wird zu Vogelgezwitscher.

Es funktioniert! Ich kann ihr neue Erinnerungen einpflanzen.

Dass ich mit meiner Magie fähig bin, solche Dinge zu bewirken, verblüfft mich einmal mehr. Sobald wir Mauryce befreit haben, muss ich alles über Elfenmagie erfahren.

Von diesem Erfolg beflügelt, mache ich weiter, will die Blumen, die allesamt rot sind, bunter werden lassen. Allerdings habe ich keine Chance, das zu tun – ebenso wie der Eisengeruch, der in der Luft verweilt, lässt sich ihre Farbe nicht umwandeln. Beides scheint zu stark verankert zu sein.

Aber die Leichen der Eltern sind nicht länger da, sie verwandeln sich in Vögel, die am Himmel kreisen.

Eine Weile noch bleibe ich in Damaris' Geist, bis ich sicher bin, dass sich die neuen Bilder in ihr gefestigt haben und die grausamen Szenen nicht so schnell wiederkehren. Sie sind weiterhin präsent, das spüre ich – wie ein Schwelfeuer glühen sie unter der Blumenwiese. Ich konnte Damaris nur für ein paar Stunden helfen.

»Mehr vermag ich im Moment nicht für sie zu tun«, sage ich schließlich und öffne die Augen.

Das kleine Mädchen liegt nun friedlich schlafend vor mir.

»Wird sie … Kann sie sich daran erinnern?« Gabriella steht neben Sombren und schaut besorgt auf ihre Schwester hinunter.

»Ich denke, sie wird zukünftig Mühe haben, Blut zu sehen«, erkläre ich und hebe die Schultern. »Doch die Bilder eurer toten Eltern konnte ich ihr vorläufig nehmen. Wenn ich das noch einige Male wiederhole, wird sie die Bilder vielleicht wirklich vergessen. Hoffentlich.«

»Danke«, haucht Gabriella.

»Möchtest du, dass ich mit dir dasselbe mache?«, frage ich und sehe sie aufmerksam an.

Sie schüttelt den Kopf. »Nein. Ich … Ich komme schon klar. Aber ich werde Ris erzählen, dass unsere Eltern bei einem Unfall starben.«

Woher nimmt sie bloß diese Stärke?

»In Ordnung.« Ich erhebe mich von der Bettkante.

»Lassen wir sie schlafen«, sagt Sombren und legt einen Arm um Gabriellas Schulter, um sie sanft aus dem Raum zu führen.

»Wir sollten was essen«, bemerkt Sombren, nachdem wir zurück im Wohnbereich sind.

»Ich kann euch eine Suppe kochen«, schlägt Gabriella vor.

Es ist mir nicht recht, dass sie für uns kochen muss, aber ich erkenne in ihren Augen, dass sie das gerade braucht. Sich um jemanden zu kümmern, um sich selbst abzulenken.

Daher nicke ich und schicke ein »Danke« hinterher.

Sie schenkt uns ein unsicheres Lächeln, bevor sie sich daran macht, ihren Vorschlag umzusetzen.

Ich ziehe nun auch das Obergewand meiner Rüstung aus, unter dem ich wie Sombren ein Hemd trage. So ist es viel bequemer. Danach setze ich mich zu ihm an den Tisch und beobachte Gabriella dabei, wie sie in der Küche hantiert.

»Woher kommt ihr?«, fragt sie, ohne uns anzuschauen, da sie Möhren schält, ehe sie einen neuen Topf mit Wasser aufsetzt.

»Aus Fayl«, erkläre ich. »Wir … sind auf der Durchreise.«

»Abenteurer also?«, hakt sie nach.

»Sozusagen«, antworte ich und wechsle einen kurzen Blick mit Sombren. Er schüttelt kaum merklich den Kopf. Offenbar hält er es nicht für klug, alles zu erzählen. »Wir sind Wandermagier«, fahre ich daher an Gabriella gerichtet fort.

»Oh, das klingt aufregend.« Nun hebt sie doch den Blick und wendet sich uns zu. »Wir haben …« Sie schluckt, als ein Schatten ihr Gesicht verdunkelt. »Wir … Also meine Eltern und … Wir kümmern … kümmerten uns oft um Reisende, die vorbeikommen.« Sie atmet tief durch und blinzelt gegen die Tränen an, die in ihre Augen treten. »Tut mir leid.«

Unwillkürlich erhebe ich mich und gehe zu ihr, um sie in den Arm zu nehmen. »Schon gut«, murmle ich in ihr schwarzes Haar. »Es ist in Ordnung, lass deine Gefühle und die Trauer zu. Das haben deine Eltern verdient. Du musst nicht stark sein, Sombren und ich sind für euch beide da.«

Sie umschlingt meinen Körper so fest, dass es beinahe schmerzhaft ist, und es dauert eine Weile, bis sie sich wieder gesammelt hat.

»Setz dich hin, ich koche die Suppe zu Ende«, biete ich an.

»Nein, ich … Das geht schon«, erwidert sie und fährt sich mit dem Handrücken über die Augenpartie.

»Dann helfe ich dir.« Ohne auf Widerworte zu warten, ergreife ich eines der Messer und schnappe mir ein paar Möhren, um sie klein zu schneiden.

»Danke«, haucht sie.

Schweigend bereiten wir die Suppe zu und Gabriella holt aus einem Korb noch ein frisches Brot, das ihre Mutter heute früh gebacken hat, wie sie mir erklärt.

Etwas später sitzen wir zusammen am Tisch und löffeln das Essen, das hervorragend schmeckt.

»Du bist eine großartige Köchin«, lobe ich Gabriella, deren Wangen sich unter dem Kompliment röten.

Sombren nickt zustimmend.

»Hat mir meine Mutter beigebracht«, erklärt sie bescheiden.

»Es ist beinahe dunkel, du solltest auch schlafen«, schlage ich vor und schiebe meinen leeren Teller zur Seite. »Sombren und ich räumen auf.«

Sie wirkt zunächst, als wollte sie widersprechen, dann nickt sie ergeben. »In Ordnung.«

»Möchtest du, dass ich dir mit meiner Magie helfe, in einen ruhigen Schlaf zu finden?«, biete ich an.

Gabriella sieht mich ein paar Sekunden zögernd an. »Wir haben Schlaftränke«, erklärt sie.

»Aber die werden dir die Albträume nicht nehmen können«, halte ich dagegen.

Nachdem ich Damaris zur Ruhe verholfen habe, traue ich mir definitiv zu, auch Gabriella eine friedliche Nacht ohne schlimme Bilder zu bescheren.

»Nein, das tun sie nicht«, lenkt sie ein. »Dann … Gut, dann wäre ich froh, wenn du mir hilfst.«

»Sehr gern.« Ich schenke ihr ein warmes Lächeln und erhebe mich. »Komm, Gabriella.«

»Ella«, sagt sie reflexartig.

»Ella? So nennen dich deine Freunde?«, hake ich nach.

»Ja.« Zum ersten Mal erscheint auch auf ihren Lippen ein breiteres Lächeln, wenngleich ein schüchternes.

»Ich fühle mich geehrt, dich ebenfalls so nennen zu dürfen.« Ich ergreife ihre Hand und begleite sie in ihr Zimmer.

Dort angekommen, legt sie sich neben ihre Schwester und kuschelt sich eng an sie. Die Jüngere murmelt etwas im Schlaf, ehe sie ihren Arm um Gabriella schlingt. Die zwei so vertraut zu sehen, wärmt mein Herz.

Sie werden es schaffen. Zusammen.

»Bereit, Ella?«, frage ich.

»Ja.« Gabriella schließt die Lider.

Sanft lege ich ihr eine Hand auf die Stirn und lasse meine Magie in sie eindringen, versuche, ihren Geist zu beruhigen und ihr einen erholsamen Schlaf zu ermöglichen.

Es dauert eine Weile, bis ihre Atemzüge ruhig und regelmäßig werden.

Als ich die Augen öffne, betrachte ich die beiden Mädchen. Sie wirken nun so friedlich, als hätte es diesen schlimmen Schicksalsschlag nicht gegeben. Aber leider wird der nächste Tag diese Annahmen Lügen strafen.

Mit einem Seufzen erhebe ich mich und bemerke, dass Sombren im Türrahmen lehnt.

»Das hast du gut gemacht, Davyan«, sagt er mit einem liebevollen Lächeln.

»Ich wünschte, ich könnte mehr für sie tun«, murmle ich, während ich auf ihn zugehe.

Wortlos nimmt er mich in den Arm und ich lasse mich an seine breite Brust ziehen, umschlinge meinerseits seine Taille. Für ein paar Herzschläge stehen wir so da, ehe er mir einen Kuss auf den Scheitel drückt und mich loslässt.

»Komm, setzen wir uns nochmals«, meint er.

Ich schließe die Tür hinter uns und folge seiner Aufforderung.

»Was wird jetzt aus ihnen?«, fragt er stirnrunzelnd, als wir einander gegenübersitzen. »Wir können sie nicht allein hierlassen.«

»Ich habe mit Gabriella vorhin besprochen, dass sie ins nahe gelegene Dorf gehen und dort leben sollen, bis sie alt genug sind, hierher zurückzukehren«, erkläre ich.

Sombren sieht mich mit schmalen Augen an. »Hm. Dann … bleiben wir hier, bis sie aufbrechen?«

Ich seufze ergeben. »Müssen wir offenbar. Die Götter haben unsere Wege gekreuzt, das wird einen Grund haben. Daher …« Ich beschreibe eine unbestimmte Handbewegung. »Sollten wir ihnen helfen. Soweit wir eben können.«

Er sieht mich zweifelnd an. »Und Mauryce?«

»Er ist in der Arena. Ich glaube nicht, dass Karakal ihn direkt töten oder einem schlimmen Kampf aussetzen wird. Somit … muss das wohl oder übel warten.« Es schmerzt mir in der Seele, diese Worte auszusprechen, aber ich spüre, dass es das einzig Richtige ist. Mauryce hätte an meiner Stelle genauso gehandelt.

»Gut«, sagt Sombren und legt seine Hand flach auf die Tischplatte. »Dann gehe ich jetzt die Leichname begraben.«

»Aber es ist spät«, wende ich ein.

Er erhebt sich und schenkt mir einen stirnrunzelnden Blick. »Wenn es erst Nacht ist, könnte es sein, dass sie von wilden Tieren gerissen werden. Bleib bei den Mädchen. Ich bin bald wieder zurück.«

»In Ordnung.« Ich seufze erneut. »Nimm die Rosen mit.« Ich deute auf die beiden Blumen, die ich mit Gabriella im Garten hinter dem Haus abgeschnitten habe.

Er ergreift sie, dann beugt er sich zu mir und drückt einen Kuss auf die Lippen. »Bis später.«

»Bis später.«

Damit verlässt er die Hütte und ich lehne mich im Stuhl zurück.

Verdammt, warum macht einem das Leben bloß immer wieder einen Strich durch die Rechnung?

15

ABSCHIED

SOMBREN

Wir bleiben drei Tage bei Gabriella und Damaris. Die ältere Schwester hat sich erstaunlich schnell gefangen und sorgt sich rührend um die jüngere.

Jeden Abend wirkt Davyan seine Magie bei Damaris und seine Bemühungen tragen Früchte. Schon nach zwei Tagen scheint sie sich kaum mehr an die schlimmen Bilder erinnern zu können. Obgleich die Trauer um den Tod ihrer Eltern natürlich bleibt. Selbst wenn Davyan ihr diese nehmen könnte, so tut er es nicht, was ich gut finde. Sie wird lernen, damit umzugehen und daran zu wachsen.

Langsam freunden sich die beiden Schwestern mit dem Gedanken an, ihr Zuhause auf unbestimmte Zeit zu verlassen. Wir helfen ihnen, ihre Sachen zu packen und das Wertvollste in der Nähe der Tannen, die sich beim Haus befinden, zu vergraben, damit sie es in ein paar Jahren dort wiederfinden können.

Diese Aufgabe übernehmen Gabriella und ich, während Davyan sich mit Damaris darum kümmert, die Schafe und den Esel zu versorgen. Es tut der Kleinen gut, wenn sie etwas zu tun bekommt, das ist mir in den vergangenen Tagen aufgefallen. Sie ist ebenso leicht abzulenken wie ein junger Hund und sprüht vor Energie und Tatendrang. Ganz anders als ihre ältere Schwester, die eher ruhig und in sich gekehrt ist.

»Wie alt bist du?«, frage ich an Gabriella gerichtet, nachdem wir die Schaufeln zur Seite legen und uns neben die Stelle setzen, wo wir ihre Habseligkeiten vergraben haben.

»Bald dreizehn«, sagt sie und streicht sich mit dem Handrücken über die Stirn, um die Schweißperlen wegzuwischen, die sich ob der anstrengenden Tätigkeit darauf gebildet haben.

Ich greife nach dem Wasserschlauch, den ich dabeihabe, und werfe einen Blick auf ihre Finger, ehe ich zum Trinken ansetze. »Aber du wurdest noch nicht in eine Gilde aufgenommen«, stelle ich fest, da sie keinen Gildenring trägt.

»Nein.« Sie schüttelt den Kopf. »Ich … Vater sagte, er würde mich nächsten Sommer nach Oshema begleiten.«

»In die Hauptstadt?« Ich hebe eine Augenbraue.

Sie nickt wortlos und nimmt den Wasserschlauch entgegen, den ich ihr hinhalte.

Die Reise durch die Talmeren ist lang und beschwerlich. Doch es bleibt keine andere Wahl, denn die Regeln in Altra besagen, dass alle Dreizehnjährigen, in denen das Element erwacht ist, in die jeweilige Hauptstadt ihrer Region reisen müssen, um an der Gildenaufnahmezeremonie teilzunehmen und damit vollwertige Mitglieder der Gesellschaft zu werden.

Wie Gabriella und Damaris das nun ohne ihre Eltern bewerkstelligen sollen, ist mir ein Rätsel. Aber sie wären nicht die Ersten, die die Gildenlosigkeit einer langen Reise vorziehen, und es ist nicht an mir, sie dazu zu drängen. Sofern sie denn wirklich nur ein Element und nicht auch noch Magie in sich trägt.

»Welches Element hast du?«, frage ich sie stirnrunzelnd, während sie ebenfalls ein paar Schlucke trinkt.

»Erde.«

»Nur Erde?« Mein Blick wird forschender.

Gabriella schaut mich verunsichert an und lässt den Wasserschlauch sinken. »Wie meinst du das?«

Ich betrachte sie ein paar Sekunden, ehe ich weiterspreche. »Keine Magie?«

Sie weicht meinem Blick aus, lenkt ihn stattdessen zur Holzhütte. »Ich denke nicht.«

Das ist zu uneindeutig. Doch in ihrer Miene lese ich, dass sie mir nicht mehr sagen wird als das.

Verdammt … sollte sie Magie in sich tragen, wäre sie ebenso wie Davyan eine Gefahr für ihre Mitmenschen. Aber ihre Eltern waren magielos, sonst hätten sie sich mit Zaubern gegen die Wölfe gewehrt. Oder? Oder nicht?

Mist, es ging alles so schnell, dass ich mich gar nicht daran erinnern kann, ob einer von beiden Magie gewirkt hat. Und selbst wenn sie nicht über magische Kräfte verfügten, so ist dies kein Garant, dass es sich bei ihren Kindern gleich verhält.

»Gabriella«, sage ich langsam und warte, bis sie mich anschaut. »Du weißt, dass es gefährlich ist, wenn man seine magischen Kräfte nicht zu beherrschen lernt?«

Ihre Augen sind unverwandt auf mich gerichtet. »Mach dir keine Sorgen um mich, Sombren«, entgegnet sie leise und gibt mir den Wasserschlauch zurück.

Die Art, wie sie mich anschaut, schickt einen Schauer über meinen Rücken. Sie wirkt so reif und abgeklärt. Noch nie ist mir jemand wie Gabriella begegnet. Sie wird einmal eine der beeindruckendsten Frauen Veneras, wenn sie erwachsen ist, das kann ich schon jetzt mühelos erkennen.

»In Ordnung.« Ich mustere sie noch für ein paar Atemzüge, dann seufze ich und trinke nochmals einen Schluck Wasser. »Versprich mir einfach, dass du auf dich aufpasst, ja?«

Nun gleitet ein Lächeln über ihre Lippen. »Das werde ich.«

Gern würde ich ihr auch das Versprechen abnehmen, dass sie sich – sollte sich herausstellen, dass sie Magie trägt – im Magierzirkel von Oshema ausbilden lässt, aber damit würde ich eine Grenze überschreiten. Ich bin nicht ihr Vater und sie wird ohnehin tun, was sie will, sobald Davyan und ich weiterziehen.

Mit einem weiteren Seufzen erhebe ich mich und strecke ihr die Hand entgegen, um sie ebenfalls auf die Beine zu ziehen.

»Komm«, murmle ich. »Gehen wir zurück zu den anderen beiden.«

»Alles erledigt?«, fragt Davyan, als wir uns zu ihm und Damaris gesellen. Sie lehnen am Holzzaun, der das Gehege der Tiere einsäumt.

»Alles erledigt«, bestätige ich.

»Somit heißt es nun Abschied nehmen.« Davyan sieht wachsam zwischen den beiden Schwestern hin und her. Gabriella hat sich zu Damaris gestellt und deren Hand ergriffen. In den Augen der beiden erkenne ich Wehmut.

»Ihr werdet hierher zurückkehren können«, sage ich beruhigend. »Es ist nur für eine Weile.«

»Ich weiß.« Gabriella seufzt, dann legt sie den Arm um ihre jüngere Schwester. »Nicht weinen, Ris.«

Tatsächlich laufen Damaris dicke Tränen über die Wangen und mein Herz zieht sich zusammen.

Mist … ich beneide die zwei wahrlich nicht um ihr Schicksal.

»Macht die Tiere für die Reise fertig«, weise ich die Mädchen an. »Davyan und ich holen eure Sachen und werden das Haus verriegeln.«

Die beiden haben ihren Besitz, den sie mit ins Dorf nehmen möchten, in Beutel gepackt, die wir dem Esel auf den Rücken binden werden. Ihn und die Schafe wollen wir in der Siedlung verkaufen, damit die Schwestern Geld haben, um über die Runden zu kommen. Zudem werden wir ihnen einen kleinen Teil unseres eigenen Goldes, das wir uns im Schloss herbeigewünscht haben, schenken. Wir müssen bloß genug behalten, um in die Arena und anschließend nach Fayl zu gelangen.

Gabriella nickt mir zu, ehe ich mich mit Davyan abwende und zum Haus gehe.

Als wir außer Hörweite sind, atmet er tief durch. »Sie müssen alles hinter sich lassen, was sie je gekannt haben. Mir tun die zwei leid«, sagt er leise.

»Mir auch«, murmle ich. »Aber sie sind einfach noch zu jung, um für sich selbst zu sorgen. Vor allem im Winter.«

»Das stimmt.« Er sieht bekümmert über die Schulter zurück zum Gehege. »Dennoch wünschte ich, wir könnten mehr für sie tun.«

»Können wir aber nicht«, entgegne ich bedauernd.

Wir betreten das Haus und greifen nach den vier Bündeln, die dort bereitliegen. Es ist nicht viel, das sie eingepackt haben. Etwas Kleidung, das wenige Geld, das ihre Eltern besaßen, ein paar Erinnerungsstücke, Bücher, Rezeptnotizen der Mutter … Es ist erschreckend, wenn man ein ganzes Leben in einem kleinen Beutel vor sich sieht.

Mit einem Seufzen schultere ich die Sachen, während Davyan nach seinem Schwert greift und es sich umschnallt, bevor er unseren Rucksack nimmt.

»Auf geht's«, sagt er mit einem müden Schmunzeln. »Befestige schon mal das Gepäck auf dem Esel, ich kümmere mich darum, dass alle Fenster verriegelt sind. Schick Gabriella her, sie soll diejenige sein, die die Türe verschließt.«

»Hoffen wir, dass in den nächsten Jahren niemand auf die Idee kommt, hier einzuziehen«, brumme ich.

»Ich denke nicht, dass jemand freiwillig diese Einöde als Heimat wählt, wo das nächste Dorf doch bloß zwei Tagesmärsche entfernt ist.«

»Zwei Tagesmärsche können lang sein«, bemerke ich.

»Auch wieder wahr.« Er sieht mich stirnrunzelnd an. »Nun ... ich denke, Gabriella und Damaris wissen sich bestimmt gegen mögliche Eindringlinge zu behaupten und sie aus dem Haus zu schmeißen, das rechtmäßig ihnen gehört.«

»Da stimme ich dir zu.« Ich schmunzle bei der Vorstellung, wie viel Selbstbewusstsein die beiden wohl in ein paar Jahren entwickeln werden. Schon jetzt sind die zwei Schwestern eine Einheit und das wird sich mit Sicherheit in Zukunft noch verstärken.

Dann wende ich mich ab und gehe zurück zu den Mädchen.

16
UNDANKBARER ZWERG

SOMBREN

Zwei Tagesmärsche sind im Grunde keine lange Strecke – wenn man sie nicht mit zwei Kindern, einem Esel und drei Schafen zurücklegen muss. Zwar stellt sich der Esel als einigermaßen kooperativ heraus, die Schafe dagegen umso weniger.

Wir haben ihnen allesamt Stricke um den Hals gelegt, sodass sie nicht abhauen können und Davyan hält sie, so gut es geht, damit zusammen.

Trotzdem bocken die drei Tiere ständig, bleiben abrupt stehen oder zerren zu einem Grasbüschel, das sie unbedingt und auf der Stelle essen wollen.

Ich bin nicht unglücklich darüber, wenn wir diese Biester los sind …

Damaris und Gabriella machen das Vorankommen auch nicht gerade einfach. Sie sind es nicht gewohnt, lange Strecken an einem Stück zu laufen, daher müssen wir immer wieder Pausen einlegen. Hinzu kommt das unwirtliche Gelände, der Schnee, die vielen Steine und Felsbrocken, die im Weg liegen, sowie dunkle Wolken am Himmel, die jegliche Sonnenstrahlen davon abhalten, uns zu wärmen.

Gegen Ende des ersten Tages haben wir gerade mal ein Drittel der Strecke zurückgelegt. Wir rasten bei einem Wäldchen, das größtenteils aus Tannen besteht, die den Schnee bisher erfolgreich davon abgehalten haben, sich am Boden unter ihnen zu sammeln. Während ich das Holz, das wir unterwegs zusammengesucht haben, zu einem Lagerfeuer entzünde, holen die Schwestern die karge Mahlzeit hervor, die wir für diesen Tag gepackt haben.

»Der Proviant wird nicht für drei Tage reichen«, stellt Davyan fest, als er die Bündel genauer inspiziert.

»Hm, dann müssen wir morgen wohl oder übel Beeren, Pilze und Nüsse sammeln – oder ein Tier erlegen«, erwidere ich.

Er sieht mich nachdenklich an, bevor er langsam nickt. »Müssen wir wohl.« Danach wirft er einen Blick zu den beiden Mädchen, die sich am Feuer die Hände wärmen.

»Worüber machst du dir Sorgen?«, frage ich, da ich diesen Gesichtsausdruck an ihm bereits kenne.

Er zuckt mit den Schultern – wie so oft. »Nichts. Alles? Keine Ahnung …« Er seufzt leise und schüttelt dann den Kopf. »Lass uns die Wachen einteilen, ich bin hundemüde.«

»In Ordnung, somit übernehme ich die erste Wache«, beschließe ich.

»Das wäre großartig.« Ein leichtes Lächeln huscht über seine Züge. »Danke.«

»Als Elf solltest du doch eigentlich deine Energie mit Mediation wiederherstellen können«, bemerke ich stirnrunzelnd.

»Kann gut sein. Wenn ich denn ein Elf bin.« Ein weiteres Schulterzucken folgt. »Sobald wir Mauryce befreit haben, wird er mir hoffentlich zeigen, wie das geht.«

Ich nicke.

Es wird höchste Zeit, dass wir diesen Elfen befreien. Nur schon, damit wir endlich wissen, was für Kräfte in Davyan schlummern und vor allem, wie er sie zu beherrschen und zu nutzen lernt.

Nach dem kargen Essen legen sich Davyan und die Mädchen nahe ans Feuer und schlafen umgehend ein, während ich in die Flammen starre und meinen Gedanken nachhänge. Immer wieder gleitet mein Blick zu dem Mann, dem mein Herz gehört – und der nun friedlich im Land der Träume weilt.

Je näher wir unserem Ziel kommen, die Mädchen im Dorf abzuliefern, desto näher rückt auch der Plan, in die Arena einzudringen. Und bei Letzterem habe ich ganz und gar kein gutes Gefühl.

Als mir nach ein paar Stunden die Augen zuzufallen drohen, wecke ich Davyan und er übernimmt die nächste Schicht. Ich sinke indes in einen unruhigen Schlaf, aus dem ich immer wieder hochschrecke. Entsprechend geplättet fühle ich mich, als ich von den ersten Sonnenstrahlen geweckt werde. Wenigstens klart das Wetter auf und kündigt einen schöneren Morgen an.

Nach dem Frühstück, das ebenso spärlich wie das gestrige Abendessen ausfällt, packen wir unsere Sachen zusammen.

»Ich muss noch für kleine Mädchen«, sagt Gabriella und deutet auf den Wald.

»Geh nicht zu weit weg«, murmle ich mahnend.

Es gefällt mir nicht, sie allein zu lassen, gleichzeitig wäre es vollkommen unangebracht, sie bei so einer privaten Sache zu begleiten.

»Keine Sorge«, meint sie und schenkt mir ein flüchtiges Lächeln, ehe sie zwischen den Büschen verschwindet, die den Großteil des Unterholzes darstellen.

Davyan lädt derweil die Bündel auf den Eselsrücken und prüft die Seile, mit denen sie festgezurrt sind.

Ich lehne mich gegen einen der Baumstämme und beobachte, wie er sein Tun für Damaris kommentiert. Die Kleine ist äußerst neugierig und lernfähig. Mit geschickten Fingern geht sie Davyan zur Hand und ahmt seine Bewegungen nach, was mir ein Schmunzeln abringt.

Kaum zu glauben, dass es erst wenige Tage her ist, dass sie ihre Eltern verloren hat.

»Wo ist Gabriella?«, fragt Davyan, als er den Blick auf mich lenkt.

»Musste noch kurz austreten«, erkläre ich und stoße mich vom Baum ab, um in den Wald zu spähen.

Wenn ich es mir recht überlege, ist sie schon ziemlich lange weg.

»Hm. Ich geh mal besser nachschauen«, sage ich mehr zu mir selbst als zu den beiden.

»Tu das«, bekräftigt Davyan, dessen Gehör viel besser als das eines jeden Menschen ist, den ich kenne.

Weil er kein Mensch ist.

Ich nicke knapp, ehe ich mir einen Weg durchs dichte Unterholz bahne.

»Gabriella?«, rufe ich und sehe mich suchend um.

Als ich keine Antwort erhalte, spüre ich, wie sich mein Puls unvermittelt beschleunigt.

Verflucht, ist ihr etwas zugestoßen?

»Gabriella!«, rufe ich ein zweites Mal und gehe mit zügigen Schritten weiter in den Wald hinein. »Wo bist du?«

»Hier!«, tönt plötzlich ihre Stimme und Erleichterung flutet mich, da sie nicht ängstlich oder gehetzt klingt.

Ich folge dem Ruf und trete um einige Büsche herum, die mir die Sicht nehmen.

Abrupt halte ich inne, da ich mit dem, was ich vor mir sehe, nicht gerechnet habe.

Gabriella befindet sich mitten auf einer kleinen Lichtung, wo ein Baumstamm quer auf dem Boden liegt, und unterhält sich mit jemandem.

Ich kneife die Augen zusammen, da ich meinen Sinnen im ersten Moment nicht glauben will.

Ein Zwerg?

Ja, das ist eindeutig ein Zwerg, der da beim Baumstamm steht. Er reicht dem Mädchen knapp bis zum Bauch, besitzt einen stämmigen Körperbau und langes dunkelbraunes Haar sowie einen dichten Bart.

»Sombren!«, ruft Gabriella erleichtert. »Komm her, wir müssen ihm helfen.«

Misstrauisch trete ich näher und mustere den Zwerg ebenso wie er mich.

»Wer ist das?«, blafft er das Mädchen an.

»Ein Freund«, erklärt sie.

»Gabriella, komm her«, sage ich leise und strecke die Hand aus.

Sie ergreift sie allerdings nicht. »Wir müssen ihm helfen«, beharrt sie.

»Helfen?« Ich lege die Stirn in Falten.

Jetzt fällt mir auf, dass der Zwerg offenbar in der Bredouille steckt. Sein langer Bart scheint im Stamm eingeklemmt zu sein. Wie er auch daran zerrt und ruckt, er bekommt ihn nicht wieder heraus. Daneben sehe ich eine Axt, die wohl für das Dilemma verantwortlich ist.

»Wie ist das passiert?«, frage ich verblüfft.

»Wie wohl!«, knurrt der Zwerg und funkelt mich aus grünen Augen verärgert an. »Bin gestolpert.«

»In einen Baumstamm?«

»Nein, du Blödmann!« Er gestikuliert wild mit den Händen. »Ich wollte diesen Baum zerteilen, da blieb meine Axt stecken. Als ich sie rausholen wollte, stolperte ich und habe mir den Bart eingeklemmt. Hilf mir!«

Ich verschränke die Arme vor der Brust und schenke dem unhöflichen Zwerg einen scharfen Blick. »Ein Bitte wäre nicht verkehrt, kleiner Mann.«

Der Zwerg verzieht das Gesicht, als wollte er ausspucken, presst dann aber die Lippen so stark zusammen, dass sie weiß werden.

»Wir müssen ihm helfen«, sagt Gabriella unbeirrt. »Ohne uns verhungert er hier.«

»Hör auf dein hübsches Töchterchen.« Der Zwerg sieht mich herausfordernd an.

Ich zögere einen Moment. Diesem griesgrämigen Kerl zu helfen, liegt nicht wirklich in meinem Sinn.

Dennoch erkenne ich, dass Gabriella nicht weitergehen wird, wenn wir ihn nicht aus seiner misslichen Lage befreien.

»Also gut«, brumme ich und trete zu ihm, ohne seine Annahme zu korrigieren, das Mädchen wäre meine Tochter.

»Schön vorsichtig«, ruft er. »Mein Bart darf nicht kaputtgehen!«

Ich ignoriere seinen Einwand und untersuche die Stelle, wo er feststeckt.

Keine Ahnung, wie ich ihn da herausbekommen soll. Als ich etwas daran zerre, schreit der Zwerg so laut, als befände er sich an einem Spieß. Also gebe ich das gleich wieder auf.

»Was ist hier los?«, höre ich mit einem Mal Davyans Stimme hinter mir.

»Müssen einen Zwerg befreien«, erkläre ich, ohne den Blick vom Baumstamm zu nehmen.

»Wie hat er … Oh!« Davyan lacht belustigt auf, als er neben mich tritt und sich die Situation ebenfalls näher anschaut.

»Glotzt nicht so blöd, ihr Idioten! Tut etwas!«, feixt der Zwerg.

»Nicht gerade freundlich, hm?« Davyan verschränkt wie ich zuvor die Arme vor der Brust.

»Ganz und gar nicht«, stimme ich ihm zu und richte mich auf.

»Helft ihm«, sagt Gabriella flehend.

»Und wie?« Ich schiebe die Brauen zusammen.

»Ich habe eine Idee«, meint Davyan und zückt sein Schwert.

»Was?« Die Augen des Zwerges werden kugelrund. »Auf keinen Fall! Du schneidest mir nicht …«

Weiter kommt er nicht, denn da ist die Klinge bereits auf seinen Bart heruntergesaust und hat diesen mit einem sauberen Schnitt durchtrennt.

Fassungslos starrt der Zwerg Davyan an, ehe er seinen Bart abtastet, der nur noch halb so lang ist.

»Wie kannst du es wagen …!«, beginnt er herumzubrüllen. »Das war mein Bart, du verdammter Hornochse!«

»Gern geschehen.« Davyan steckt das Schwert wieder ein und schenkt ihm ein mildes Lächeln.

Der Zwerg ballt die Hand zur Faust und fuchtelt damit zornig in der Luft herum. »Jetzt soll ich dir auch noch dankbar sein dafür, dass du mich verunstaltet hast?!«

»Wäre das Mindeste«, bemerke ich und sehe den Mann an, der wutschnaubend vor uns steht.

»Mitnichten!«, speit er uns entgegen.

Dann wendet er sich ab und stapft durch das Wäldchen davon.

Davyan sieht ihm schmunzelnd nach. »Komisches Kerlchen«, meint er.

»Mhm.« Ich wende mich Gabriella zu. »Kommt, gehen wir zurück zum Lager.«

17

FISCH UND VOGEL

SOMBREN

Kurz darauf brechen wir auf und setzen unseren Weg fort. Die Mädchen sammeln nun Pilze und Beeren, um unseren Vorrat aufzustocken, während Davyan und ich nach Wild Ausschau halten.

Leider ist die Gegend so karg, dass sich bis auf ein paar Vögel kaum ein Tier in der Nähe aufhält.

Zudem bilden sich immer dichtere Wolken über uns – die Sonne, die am Morgen noch schien, hat sich längst verzogen und einem kalten Wind Platz gemacht.

Gegen Mittag gelangen wir zu einem Fluss, der sich zwischen den Felsen windet.

»Hier rasten wir«, erklärt Davyan und hält prüfend die Hand ins Wasser. »Brrr, eisig«, ist seine Schlussfolgerung.

»Warum? Wolltest du schwimmen?« Ich sehe ihn belustigt an.

Er schenkt mir ein schiefes Lächeln. »Nein, aber kurz die Füße reinhalten.«

»Das solltest du lassen«, bemerke ich. »Du weißt nicht, was alles in einem Fluss lauert. Am Ende hast du keine Zehen mehr.«

Er lacht leise und richtet sich auf, winkt die Mädchen zu sich. »Kommt, lasst uns ein Lagerfeuer entzünden, um uns etwas aufzuwärmen.«

Das lassen sich Damaris und Gabriella nicht zweimal sagen und helfen Davyan eifrig dabei, das gesammelte Holz aufzuschichten, das er anschließend mit Magie entzündet. Derweil befestige ich die Stricke der Schafe an einem Holzpflock, den ich in den Boden ramme. Dafür verwende ich meine Bestienkräfte, die gerade für solche Tätigkeiten äußerst nützlich sind. Auch den Esel binde ich an dem Pflock fest, obwohl ich nicht glaube, dass er abhauen würde.

Danach geselle ich mich zu den dreien ans wärmende Feuer und lasse mir von Gabriella eine Handvoll Beeren und Pilze reichen, um meinen Hunger zu stillen.

Der Fluss ist an manchen Stellen so breit, dass er beinahe wie ein kleiner See anmutet. Schilf und andere Pflanzen säumen das Ufer.

»Vielleicht können wir einen Fisch fangen?«, mutmaßt Davyan, der das Wasser mit schmalen Augen absucht.

»Kannst du fischen?«, hake ich nach. »Ich nicht.«

»Ich auch nicht«, murmelt er und seufzt. »Nun ja, eventuell mit einem Speer oder so?«

»Wo willst du denn jetzt einen Speer hernehmen?« Ich werfe ihm einen Blick zu.

Er zuckt mit den Schultern. »Wir könnten …«

Ein durchdringender Schrei unterbricht ihn und wir springen gleichzeitig auf die Beine. Der Laut stammte definitiv von einem Mann, der sich in unserer Nähe befindet. Und in Todesangst schwebt.

»Ich dachte, wir sind allein hier«, meint Davyan verblüfft.

»Dachte ich auch«, murmle ich und wende mich in die Richtung, aus der die panischen Rufe kommen. »Ich schau mir das mal an. Bleib bei den Mädchen.«

Damaris und Gabriella sehen mit großen Augen zu mir hoch, bevor ich los eile.

Mein Weg führt mich um eine Schilfansammlung herum, hinter der mir Fluchen und Gezeter entgegen dringt. Doch als ich die Ursache dafür erkenne, bleibe ich abrupt stehen.

»Das kann doch nicht …«, beginne ich und lache ungläubig. »*Ihr* schon wieder.«

»*Du* schon wieder!«, keift der Zwerg, der halb im Wasser hängt und sich nur mit Müh und Not an einem großen Stein festhält. »Hilf mir!«

»Verfolgt Ihr uns?« Ich mustere ihn argwöhnisch, ohne daran zu denken, seiner Aufforderung nachzukommen.

»Mitnichten!«, knurrt er. »Jetzt hilf mir, verflucht!«

Ich lege den Kopf schief, während ich seine erneute Misere genauer in Augenschein nehme. Die Reste seines Bartes haben sich in der Angelschnur verfangen und der große Fisch, der daran hängt, droht ihn ins Wasser zu zerren.

Also hatte Davyan recht, hier ist eine gute Stelle zum Angeln …

»Davyan!«, rufe ich so laut, dass er mich hören muss.

Kurz darauf taucht dieser neben mir auf und ihm entfährt ein lautes Lachen, als er unseren alten Bekannten wiedererkennt.

»Echt jetzt?«, stößt er amüsiert aus.

»Jap.« Ich packe die Angelschnur und zerre den Fisch aus dem Wasser. Er ist so lang wie mein gesamter Arm und zappelt wild, um sich zu befreien. »Hm, das wird ein hervorragendes Mittagessen«, bemerke ich zufrieden. »Würdest du bitte mal den Zwerg von der Schnur schneiden, Davyan? Ich denke nicht, dass wir ihn mitbraten sollten.«

»Nichts lieber als das«, sagt dieser.

»Wag es n…!«, beginnt der Zwerg.

Da hat Davyan bereits sein Schwert gezückt und schneidet ihm mit einem sauberen Hieb die Reste des Bartes ab, derweil ich mit einem Stein dafür sorge, dass der Fisch aufhört, herumzuzucken.

»Bist du von allen guten Geistern verlassen?!«, donnert der Zwerg. »Das war das letzte Stück meines Bartes, du Trottel!«

Davyan grinst zur Antwort und steckt das Schwert wieder in die Scheide. »Hmmm, das wird ein Festessen.« Er betrachtet mit leuchtenden Augen den Fisch, der nun reglos am Ufer liegt.

»Das ist MEIN Fisch!«, ruft der Zwerg erbost.

»Jetzt ist es unserer«, erwidere ich trocken. »Als Dank dafür, dass wir Euch schon zum zweiten Mal gerettet haben.«

Einen Moment lang wirkt es, als wollte der Zwerg etwas einwenden, seine grünen Iriden sprühen förmlich vor Zorn. Dann stößt er einen lauten Fluch aus und stapft von dannen.

Kopfschüttelnd sehen wir ihm hinterher.

»Wusste nicht, dass Zwerge so unhöflich sind«, murmelt Davyan.

»Ein Vertreter steht nicht für ein ganzes Volk«, erwidere ich. »Aber ja, dieser Zwerg dort ist sehr unhöflich.« Ich packe den Fisch mit beiden Händen. »Wenigstens haben wir nun was Anständiges zu essen. Gehen wir zu den Mädchen zurück.«

Damaris und Gabriella begrüßen uns mit freudigen Rufen, als sie die Beute in meinen Armen entdecken. Im dunklen Haar der beiden sammeln sich mittlerweile ein paar Schneeflocken, da es leicht zu schneien begonnen hat.

»Wie habt ihr …?«, beginnt Gabriella verblüfft.

»Unser Zwergenfreund war so freundlich, ihn uns zu überlassen«, erklärt Davyan lächelnd.

»Ihr seid dem Zwerg erneut begegnet?« Gabriella sieht ihn verwirrt an.

»Scheint uns verfolgt zu haben«, brumme ich und ärgere mich gleichzeitig darüber, dass wir nichts davon bemerkt haben.

»Dafür haben wir jetzt ein herrliches Mittagessen«, meint Davyan noch immer grinsend und zückt seinen Dolch, um den Fisch mit geschickten Handgriffen auszunehmen. Dafür schneidet er von hinten nach vorne dem Bauch entlang auf.

»Woher kannst du das?«, frage ich verblüfft, während ich ihn dabei beobachte.

»Als ich noch auf dem Weingut lebte, habe ich unserer Köchin Ana stets in der Küche geholfen. War ein Teil meiner Aufgaben«, erklärt er.

»Da kann sogar *ich* noch etwas lernen«, sagt Gabriella, die ihm ebenfalls zusieht, derweil ihre jüngere Schwester kleine Steine ins Wasser wirft.

Damaris hat die Aufmerksamkeitsspanne eines Kätzchens, das sich in einem Korb mit Wollknäueln befindet, wie mir schon öfter auffiel. Aber ihr unstetes Gemüt macht sie auch liebenswert.

»Der Trick ist, den Schnitt nicht zu tief zu machen«, kommentiert Davyan sein Tun. »Damit die Innereien nicht verletzt werden.«

Kurze Zeit später brät der Fisch über dem Lagerfeuer und verströmt einen Duft, der uns allen das Wasser im Mund zusammenlaufen lässt.

Gerade als wir die ersten Happen des Fischs essen, bäumt sich jedoch mit einem Mal der Esel auf und schreit wie wild. Auch die Schafe blöken alarmiert.

»Was haben sie?«, fragt Davyan verständnislos.

Ich betrachte die Tiere und lege den Bissen zur Seite, den ich essen wollte. »Sie scheinen durch irgendetwas aufgeschreckt zu werden.« Prüfend lasse ich den Blick über unsere Umgebung schweifen. Meine Kopfhaut kribbelt wie immer, wenn mir meine Instinkte Gefahr vermitteln. »Zieh dein Schwert, Davyan.« Gleichzeitig bilde ich einen magischen Schutzschild, den ich über ihn und die Mädchen ausweite.

Keine Sekunde zu früh, denn als ich nach oben schaue, stolpert mein Herzschlag.

»Ach verdammt …«, stoße ich aus und blinzle gegen die Schneeflocken an, die mir in die Augen fallen wollen. »Ein Roch!«

»Roch?« Davyan hebt nun ebenfalls den Blick in den wolkenverhangenen Himmel, wo ein riesiger Vogel kreist.

»Roch«, bestätige ich. »In Deckung!«

Wir schaffen es gerade noch, mit den Mädchen zusammen zwischen das Schilf am Ufer zu hechten, da stößt das gewaltige Tier herunter. Erst jetzt werden seine Ausmaße vollends deutlich. Er muss eine Flügelspannweite von mindestens dreißig Schritt besitzen, seine Federn sind pechschwarz und glänzen trotz des fehlenden Sonnenlichts.

Der Esel schreit panisch und die Schafe zerren an den Seilen. Doch es nützt nichts, der Roch packt zwei davon gleichzeitig mit seinen Krallen. Kurz darauf hat er sie mit einem Bissen verschlungen.

»Scheiße noch mal«, murmle ich und ducke mich weiter ins Schilf. Damaris wimmert leise und ich halte ihr reflexartig die Hand über den Mund. »Still«, flüstere ich. »Er darf uns nicht hören, sonst sind wir die nächsten.«

Mit bangem Herzen verfolgen wir, wie der Roch sich dem Esel zuwendet, der wie von Sinnen am Strick reißt.

»Seht nicht hin«, weise ich die Mädchen an, die zum Glück ihre Augen schließen.

Denn was nun folgt, sollten keine Kinderaugen je erblicken. Der Roch hackt auf den Esel ein und reißt ihm ein großes Stück Fleisch aus der Seite. Blut spritzt herum, während seine Beute vor Qual aufschreit.

»Ich kann das nicht mitansehen!«, ruft Davyan und stürmt mit gezücktem Schwert aus dem Schilf.

»Warte!«, brülle ich und murmle eine Verwünschung. »Bleibt hier!«, weise ich die Mädchen an, dann folge ich ihm und bilde gleichzeitig einen Feuerball.

Diesen schleudere ich auf den Roch, der sich gerade Davyan zuwendet, und treffe die Kreatur mitten in der Brust.

Sie kreischt ohrenbetäubend und spannt die gewaltigen Flügel. Staub und Steine wirbeln auf, als sie sich in die Luft erhebt.

Davyan wird von der Wucht zu Boden geschleudert und auch ich schaffe es nur knapp, auf den Beinen zu bleiben. Ein weiterer Feuerball verfehlt sein Ziel, aber der Roch hat offenbar genug. Er fliegt kreischend höher.

»Alles in Ordnung?«, frage ich, als ich bei Davyan ankomme, der sich auf die Füße rappelt.

»Alles in Ordnung«, bestätigt er keuchend und wirft einen Blick zu dem Tier, das nun in einiger Entfernung über uns kreist. »Verdammt sei dieses Untier!« Dann wendet er sich dem Esel zu, der blutend auf der Seite liegt.

Ich registriere, wie Davyan die Lippen zusammenpresst, ehe er mit ein paar großen Schritten zu dem Tier geht und es mit einem einzigen Schwerthieb von seinen Qualen erlöst.

»Scheiße!«, ruft er und sieht abermals in den Himmel.

Gerade glaube ich, dass der Roch sich von uns abwendet, da bemerke ich eine kleine Gestalt, die sich ein paar Dutzend Schritt weit darum bemüht, einen offenbar schweren Stein wegzutragen.

»Der Zwerg«, erkenne ich. »He! Haut ab! Dort oben ist ein Roch!« Ich deute zur Unterstreichung meiner Worte in den Himmel.

Der kleine Mann dreht den Kopf zu uns. »Das weiß ich selbst, Blödmann, er hat schließlich den Stein fallenlassen!«, schreit er. »Steht da nicht rum, helft mir!«

Der Roch scheint nun ebenfalls auf ihn aufmerksam geworden zu sein. Er setzt dazu an, sich auf den Zwerg zu stürzen.

Davyan und ich tauschen einen kurzen Blick.

»Hat er nicht verdient, oder?«, meint er.

»Hat er nicht«, bestätige ich.

»Aber wir helfen ihm?«

»Jap.«

»Hach ja …« Er seufzt leise. »Dann tu, was du tun musst.«

Ich sammle meine Magie, bevor ich erneut einen Feuerball in die Richtung des Rochs schleudere.

Dieser weicht dem Geschoss gekonnt aus und krächzt wütend. Aber immerhin fliegt er nun wieder etwas höher.

»Weg da!«, rufe ich dem Zwerg zu.

»Mein Schatz!«, schreit er zurück.

Damit wäre auch geklärt, warum er sich mit dem Felsbrocken abmüht. Wahrscheinlich befindet sich darin ein Edelstein oder so.

»Ist nicht wertvoller als Euer Leben!«, halte ich dagegen.

»Ihr habt keine …«

In dem Moment stößt der Roch nach unten und ich schleudere einen weiteren Feuerball auf ihn, um ihn davon abzuhalten, den Zwerg zu packen.

»Weg!«, rufe ich.

Endlich scheint etwas Vernunft in den Zwerg zu dringen, denn er nimmt die Beine in die Hand und rennt davon.

Der Roch setzt noch zweimal dazu an, sich auf ihn zu stürzen, doch jedes Mal schaffe ich es mittels eines Feuerballs, ihn davon abzuhalten. Schließlich zieht er kreischend von dannen.

»Wir sollten ebenfalls von hier weg«, sage ich und werfe einen prüfenden Blick zum Schilf, aus dem gerade Damaris und Gabriella kriechen.

»Der Kerl hat was von einem Schatz erzählt, den der Roch fallengelassen hat«, meint Davyan und geht in die Richtung, wo der Zwerg war. »Das schau ich mir mal genauer an.«

Ich versuche indes, das verbliebene Schaf zu beruhigen, das vor Panik laut blökt und wie von Sinnen am Pflock zerrt. Es ist vollkommen verstört, daher gebe ich es nach einigen Sekunden auf und widme mich stattdessen dem toten Esel, um die Bündel von seinem Rücken zu lösen.

Gabriella lenkt Damaris ab, indem sie ihr gerade alle Fakten über Roche erzählt. Ich höre mit halbem Ohr zu. Es handelt sich dabei wohl um einzelgängerische Wesen, die nur selten von Menschenaugen gesichtet werden. Dass dieses Tier uns angriff, war wahrscheinlich mehr ein Versehen, denn Absicht. Gabriella vermutet, dass es vom Geruch des Fisches angelockt wurde und nachsehen wollte, was da so gut duftet.

So, wie sie es erklärt, könnte man meinen, es handle sich um ein verwirrtes Vögelchen, statt um ein gewaltiges Untier.

»Schau mal, der kleine Kerl hat uns eine schöne Belohnung dagelassen«, ertönt Davyans Stimme und ich wende mich ihm zu.

Er hat es geschafft, den Brocken zu zerteilen, und hält nun einen faustgroßen weiß-goldenen Edelstein in der Hand.

Ich sehe bedauernd auf den Leichnam des Esels. »Vielleicht können wir den Stein im Dorf verkaufen, somit haben die Schwestern hoffentlich genug Geld, um ein paar Jahre über die Runden zu kommen.«

»Gute Idee.« Davyan ist meinem Blick gefolgt und seufzt. »Apropos, wir sollten im Dorf von dem Roch erzählen.«

»Sollten wir.« Ich nicke und wende mich den Schwestern zu. »Packen wir die Sachen zusammen und gehen dann weiter.«

Da der Esel nun die Bündel nicht mehr tragen kann, bleibt uns nichts anderes übrig, als sie selbst zu schultern. Davyan und ich teilen eines davon auf, sodass auch Damaris und Gabriella helfen können. Was allerdings dazu führt, dass wir noch langsamer vorankommen.

Zumal es eine Stunde dauert, bis das Schaf sich soweit beruhigt hat, dass es nicht mehr sinnbefreit an seinem Strick zerrt, während wir durch die felsige Landschaft wandern.

Immer wieder sehe ich mich nach dem Zwerg um, aber er scheint uns nicht weiter zu verfolgen. Auch als wir am Abend unser Lager aufschlagen und die Wachen einteilen, bleibt es glücklicherweise ruhig und uns erneute Begegnungen erspart.

18

AUF WIEDERSEHEN, NICHT LEBEWOHL

DAVYAN

Am nächsten Tag bringen wir den letzten Teil der Strecke hinter uns und gelangen gegen frühen Nachmittag endlich zu der Siedlung, von der Gabriella berichtete. Sombren war unterwegs noch schweigsamer als sonst, was wohl daran liegt, dass wir uns bald von den Mädchen verabschieden müssen. Auch mir sind die zwei ans Herz gewachsen und ich hoffe, dass sie ihren Weg finden werden.

Während wir uns dem Dorf nähern, erkenne ich, dass ein Palisadenzaun aus Holz die rund drei Dutzend Häuser schützt.

Das wird also das neue Zuhause der beiden Schwestern für die nächsten Jahre.

Gerade als wir beim Tor ankommen, öffnet sich dieses. Wir wurden demnach schon bemerkt.

Ein braunhaariger Mann in einfacher Lederkleidung tritt heraus, an seiner Seite ist ein blondes Mädchen, das ungefähr in Gabriellas Alter sein mag.

»Wer seid Ihr und was wollt Ihr hier?«, fragt der Mann argwöhnisch.

»Meine Mutter ist … *war* die Kräuterhexe«, antwortet Gabriella, ehe Sombren oder ich etwas sagen können. »Sie starben bei einem Unfall und wir sind hier, um Euch zu bitten, uns in Eurem Dorf aufzunehmen.«

Der Mann mustert sie stirnrunzelnd. »Ihr seid die Kinder von Iasmin und Hanz?«

»Ja.« Gabriella nickt und senkt den Blick. Sie hält das verbliebene Schaf am Strick fest und nestelt mit den Fingern am Seil herum.

»Und wer sind die?« Er deutet auf Sombren und mich.

»Ich bin Davyan, das ist Sombren. Wir sind Reisende«, antworte ich an Gabriellas Stelle. »Als Iasmin und Hanz … starben, waren wir per Zufall da und konnten die beiden Mädchen retten.«

»Zufall?«

»Zufall«, bestätige ich. »Wir haben uns der beiden angenommen und sie hierher begleitet.«

»Sie sind Freude«, erklärt Gabriella.

»Freunde …« Der Mann schaut skeptisch zwischen Sombren und mir hin und her. »Na gut. Kommt herein. Aber solltet Ihr Ärger machen, werdet Ihr meine Klinge zwischen den Rippen spüren!«

»Wir werden uns hüten, ich bin kitzlig«, sage ich mit einem schiefen Lächeln, das ich allerdings allein lächle – von meinem Gegenüber kommt keinerlei Regung. Also seufze ich leise. »Dieses Schaf«, ich deute auf das Tier neben Gabriella, »wir würden es gerne verkaufen.«

»Wie alt ist es?«, hakt er nach.

»Vier Jahre«, erklärt Gabriella und streichelt dem Schaf zärtlich über den Kopf. »Sein Name ist Billi.«

»Der Name tut nichts zur Sache«, erwidert der Mann grimmig.

»Namen können machtvoll sein«, schaltet sich Sombren nun ein, dem die Art und Weise, wie der Kerl mit uns spricht, ganz offensichtlich nicht gefällt. »Selbst bei einem Schaf.«

Zur Antwort erntet er ein Schulterzucken. »Wie Ihr meint«, erwidert der Dunkelhaarige. »Ich kann Euch zu unserem Farmer bringen, vielleicht findet er Verwendung dafür.«

»Für Billi«, murmle ich, da hat er uns aber schon den Rücken zugekehrt und gibt uns mit einem Kopfnicken zu verstehen, ihm zu folgen.

Das blonde Mädchen an seiner Seite mustert Damaris und Gabriella neugierig, aber zurückhaltend. Bisher hat sie kein Wort gesprochen, doch ich sehe ihren klugen Augen an, dass sie alles beobachtet und für sich einordnet.

Während wir durch die belebten Straßen des Dorfes gehen, treffen uns immer wieder interessierte Blicke. Anscheinend kommen nicht allzu viele Reisende vorbei, daher gleicht das hier einer Sensation, über die wahrscheinlich noch lange im Dorf gesprochen wird. Bald schon hat sich uns eine Gruppe Kinder angeschlossen, die lachen und auf uns zeigen.

Ihre Gesten rufen unangenehme Bilder in mir hervor. Von früher, als ich auf dem Weingut auf jegliche Art und Weise gedemütigt worden bin. Beinahe kann ich das Lachen von Libella sowie ihren Söhnen Baldan und Zabor in meinen Ohren hören und schaudere, als ich mich daran erinnere, wie oft ich ihretwegen geweint habe.

Sombren, der neben mir hergeht, wirft mir einen prüfenden Blick zu. Er scheint in mir lesen zu können wie in einem offenen Buch, und als er die Augen fragend verengt, nicke ich ihm knapp zu. Ohne mit der Wimper zu zucken, ergreift er meine Hand und ignoriert die Sprüche der Kinder hinter uns. Umgehend fühle ich mich besser. Geborgener. Und schenke ihm ein leichtes Lächeln, das er mit einem erhobenen Mundwinkel erwidert.

Das, was einst war, liegt weit in der Vergangenheit.

Was hier und jetzt zählt, sind nur wir. Eine Einheit. Eine Macht, die allem standhält.

Der Mann, der sich nicht mit Namen vorgestellt hat, führt uns zu einem Haus, hinter dem sich eine ausgedehnte Weide mit Kühen, Schafen und Ziegen erstreckt. Sogar Hühner und zwei Schweine kann ich entdecken. Offenbar handelt es sich hierbei um den Farmer des Dorfes, der gleich alle Nutztiere zusammen vereint. Aber bei einer derart kleinen Siedlung ist das kein Wunder – wahrscheinlich sind Hilfskräfte auf dem Feld rar, sodass die Landwirtschaft optimiert werden muss.

Unterwegs habe ich zudem eine Schmiede sowie einen Pferdehändler entdeckt, die sich in der Nähe eines Marktplatzes befinden. So klein das Dorf auch sein mag, es verfügt über mehrere wichtige Handwerker. Hätte ich Sombren nicht, der sich in seiner Bestienform flink wie ein Adler durch die Lüfte zu bewegen vermag, könnte ich hier womöglich sogar Pferde kaufen, um schneller voranzukommen.

»Johan!«, ruft der Mann dem Farmhaus entgegen, als wir uns ihm nähern.

Aus dem Eingang kommt ein wahrer Hüne von einem Kerl geschritten, der abgenutzte Kleidung trägt und uns argwöhnisch beäugt.

»Was hast du mir da mitgebracht, Ogondo?«

Aha, unser Führer hat nun endlich einen Namen.

»Kundschaft für dich«, erklärt der Angesprochene.

»Das Schaf?«, rät Johan richtig.

»Das Schaf.« Sombren nickt und nimmt Gabriella den Strick aus der Hand. Dafür lässt er mich los. »Wie viel gebt Ihr uns dafür?«

Der Farmer betrachtet das Tier eingehend, dann untersucht er es mit geübten Griffen. »Hm, scheint gesund zu sein«, bemerkt er. »Eine stramme Aue.«

»Ihr Name ist Billi, sie ist vier Jahre alt«, erkläre ich und ernte dafür von Gabriella ein Lächeln.

Johan hebt den Blick und sieht mich nickend an. »Billi«, wiederholt er. »Ich kann Euch zwei Goldstücke geben.«

»Vier«, sagt Sombren umgehend. »Sie ist jung genug, um noch für die Zucht verwendet zu werden. Zumal der Winter bevorsteht und Euch der Nutzen eines solchen Tiers demnach das Geld wert sein sollte.«

Der Farmer wirkt nachdenklich. »Na gut, dann drei.«

»Abgemacht.« Sombren hält ihm das Seil entgegen.

»Ich geh rein und hole das Geld«, meint Johan und verschwindet im Innern des Hauses.

Kurz darauf taucht er wieder auf und als er Sombren das Geld geben will, deutet dieser auf Gabriella und Damaris.

»Gebt es ihnen«, weist er den Farmer an.

Johan nickt und drückt die drei Goldmünzen in Gabriellas ausgestreckte Hand.

»Wir haben zudem einen Edelstein«, erkläre ich und hole den Schatz des Zwerges aus dem Beutel hervor. »Kennt Ihr jemanden, der Verwendung dafür haben könnte?«

Johan und Ogondo betrachten den Stein mit großen Augen. »Woher habt Ihr den?«

»Ein Zwerg war so freundlich, uns darauf hinzuweisen«, erkläre ich lächelnd.

»Der ist äußerst wertvoll«, sagt Ogondo andächtig. Er streckt die Finger aus, berührt den weiß-goldenen Stein aber nicht. »Man nennt diese Diamantenart auch ›Wärmestein‹. Oder Horréus, wie die alte Sprache der Zwerge sie beschreibt. In ihnen wohnt pure Magie.«

»Magie?« Ich hebe die Augenbraue. »Also so richtige Magie?«

»Richtige Magie«, bestätigt Ogondo. »Niemand in diesem Dorf besitzt magische Kräfte. Ihr werdet diesen Diamanten anderenorts loswerden müssen.«

»Oder ihn behalten«, schlägt Johan schulterzuckend vor.

»Hm.« Ich betrachte den Stein, dessen Oberfläche mystisch schimmert. »Dann behalten wir ihn besser vorerst. Wer weiß, vielleicht wird er uns noch von Nutzen sein.«

Sombren nickt mir knapp zu, zum Zeichen, dass er damit einverstanden ist. Danach wendet er sich an Ogondo. »Wo können die Mädchen wohnen?«, will er wissen.

»Vorerst bei meiner Frau und mir«, erklärt der Mann. »Iasmin und Hanz waren gute Freunde. Meine Frau wird sich der Mädchen annehmen, bis sie alt genug sind, ein eigenes Haus zu beziehen.«

»Sie würden gerne zurück in ihr Zuhause, wenn es an der Zeit ist«, erkläre ich und stecke den Diamanten wieder ein.

»Auch das wird möglich sein«, antwortet Ogondo, der mit einem Mal viel nahbarer erscheint. »Kommt, ich bringe Euch in mein Heim.«

Wir verabschieden uns vom Farmer und Billi, bevor wir Ogondo weiter durch das Dorf folgen.

»Gibt es eine Herberge, in der wir übernachten können?«, will Sombren unterwegs wissen.

»Die gibt es«, antwortet Ogondo. »Sie ist zwar klein, da nicht viele Reisende vorbeikommen, aber der Wirt braut das beste Bier weit und breit.«

»Klingt gut«, sage ich.

»Ist es auch.« Zum ersten Mal schmunzelt Ogondo. »Tamora wird euch dorthin bringen.« Er deutet auf das blonde Mädchen, das nicht von seiner Seite weicht.

»Sehr schön.« Ich nicke zufrieden.

Ogondo bringt uns zu einem Häuschen am Rande der Stadt, wo offenbar er und seine Frau wohnen. Diese ist jung und schüchtern, aber sehr fürsorglich. Sie bietet uns Tee an sowie Gebäck, das sie gebacken hat. Und sie scheint sofort einen Draht zu Gabriella und Damaris zu haben, wie ich erleichtert feststelle.

Wenigstens müssen wir uns keine Sorgen darüber machen, dass die Mädchen es in den nächsten Jahren nicht gut haben. Ich wechsle einen beruhigten Blick mit Sombren, bevor wir uns verabschieden, um in die Herberge zu gehen. Ogondos Haus wäre viel zu klein, als dass es auch noch einen Schlafplatz für Sombren und mich bieten würde.

»Wir kommen morgen früh nochmals vorbei, ehe wir aufbrechen«, verspreche ich den Schwestern.

In Damaris' Augen glänzen bereits jetzt Tränen und auch ich verspüre Wehmut beim Gedanken an den bevorstehenden Abschied. Ich hoffe, wir sehen uns irgendwann wieder – gleichzeitig weiß ich aber, dass das nicht der Fall sein wird. Mein Weg führt mich mit Sombren zusammen in die Hauptstadt Fayl, wo sein Zuhause ist.

Nachdem wir uns auch von Ogondo und dessen Frau verabschiedet haben, bringt uns Tamora wie versprochen zur Herberge. Diese ist tatsächlich sehr klein, verfügt nur über zwei Gästezimmer. Aber glücklicherweise ist eines davon frei und nach einem ausgiebigen Abendessen sowie einem wirklich hervorragenden Bier verziehen wir uns in das Bett, das aus einer Strohmatratze besteht. Die Bettwäsche ist frisch gewaschen und duftet noch ein bisschen nach Seife.

»Endlich wieder ein richtiges Bett«, seufzt Sombren, als er sich bis auf den Lendenschurz ausgezogen hat und auf die Matratze fallen lässt.

Ich schmunzle auf ihn hinunter. »Endlich wieder etwas Zweisamkeit«, füge ich seinen Worten hinzu.

Er blinzelt mich müde an. »Von mir darfst du diese Nacht nicht viel erwarten«, meint er schläfrig und zieht die Bettdecke über sich. »Ich bin weggedöst, ehe du Sex sagen kannst.«

»Na gut«, lenke ich ein und entledige mich ebenfalls meiner Kleidung, bevor ich zu ihm unter die Decke schlüpfe. »Dann morgen früh.«

»Morgen früh«, murmelt er und legt den Arm um mich, als ich mich eng an ihn schmiege. »Mhm.«

»Sombren?«

»Hm?«

»Ich liebe dich.«

»Hm.«

»Schlaf gut.«

Ein Schnarchen ist seine Antwort. Er ist wirklich fix und fertig, wie ich amüsiert feststelle.

»Dann ist wohl die Stunde des Abschieds gekommen«, meint Sombren, als wir am nächsten Tag wie versprochen die Schwestern aufsuchen. Sie begleiten uns bis zum Dorfeingang.

»Wir sehen uns wieder«, sagt Gabriella und dies mit so fester Stimme, dass ich kurz versucht bin, zu vermuten, sie verfüge über die Gabe des Hellsehens.

»Auf jeden Fall«, bestätige ich, auch wenn ich selbst nicht daran glaube. »Das hier ist ein ›Auf Wiedersehen‹, nicht Lebewohl.«

Darauf ziehe ich sie in eine Umarmung und spüre, wie sie sich fest an mich drückt. »Danke für alles«, flüstert sie.

»Nicht dafür«, murmle ich in ihr dunkles Haar, ehe ich mich von ihr löse. »Passt auf euch auf, ja?«

»Das werden wir.« Sie schenkt mir ein leichtes Lächeln und wischt sich eine Träne aus dem Augenwinkel. »Macht's gut.«

Damaris weint bitterlich, als ich auch sie in eine letzte Umarmung ziehe. »Warum könnt ihr nicht hierbleiben?«, fragt sie aufgelöst.

»Weil wir da draußen einige Dinge zu erledigen haben«, erkläre ich sanft.

Sie schnieft und sieht mich mit ihren Augen an, deren Farbe im Moment eher blau statt grün ist. Sie scheint je nach Stimmung zu variieren. »Besucht ihr uns mal?«

»Wenn es möglich ist, ja«, weiche ich aus.

Ich habe keine Ahnung, was die nächsten Jahre bringen und möchte ihr auch kein Versprechen geben, das ich nicht halten kann.

»Macht's gut«, sage ich liebevoll, ehe ich mich von ihr löse.

Sombren nickt mir zu und wir verlassen gemeinsam das Dorf.

Nach ein paar Dutzend Schritten wenden wir uns nochmals um und winken den Mädchen, die noch immer beim Tor stehen und uns nachblicken.

»Sie werden es gut haben«, meint Sombren leise zu mir.

»Das werden sie«, bestätige ich mit einem erleichterten Lächeln, als wir weitergehen. »Das wär geschafft. Nun zu Mauryce.«

»Bedeutet: wieder rumfliegen, bis wir die Arena gefunden haben?« Sombren sieht mich mit erhobener Braue an.

»Genau das.« Ich lächle ihm schelmisch zu. »Also: Einmal Biest zum Mitliegen, bitte.«

»Mitfliegen«, korrigiert er mich.

»Das auch.« Mein Lächeln wird zu einem Grinsen, das ihn die Augen verdrehen lässt.

»Nicht hier«, murmelt er. »Lass uns erst ein Stück hinter uns bringen, ehe ich mich in eine Bestie verwandle, sonst greifen uns die Dörfler noch an.«

»Wie klug du bist.«

»Davyan.«

»Hm?«

»Hör auf damit.«

»Womit?« Ich folge ihm noch immer grinsend.

Statt mir zu antworten, brummt er eine leise Verwünschung. So wie heute früh, als ich ihn in der Herberge auf ganz besondere Art und Weise geweckt habe. Die Erinnerung an sein Stöhnen bringt mein Herz noch jetzt dazu, schneller zu schlagen.

Du hast keine Ahnung, wie sehr ich dich liebe, Sombren …

19

ZUFALLSBEGEGNUNG

DAVYAN

Zugegeben, es gleicht der Suche nach der Nadel im Heuhaufen, was wir hier veranstalten. Im Dorf wusste niemand von einer Arena, also sind wir ziemlich sicher noch zu weit südlich. Immerhin konnten sie uns anhand einer Landkarte die Gegend beschreiben, sodass wir nicht mehr blindlings herumfliegen.

Ich frage mich, wie Karakal es schafft, seine Arena so gut zu verbergen. Das kann doch nicht mit rechten Dingen zugehen, oder? Während all der Jahre, die ich dort verbracht habe, hatte ich nie das Gefühl, dass er viel Wert auf Heimlichkeit legt. Mal abgesehen davon, dass wir immer mal wieder den Standort gewechselt haben.

Nun gut, ich war vor allem in meiner Zelle und dem Kampfplatz, habe nicht viel vom Leben außerhalb mitbekommen. Hätte ich aufmerksamer sein müssen? Ist mir irgendetwas entgangen?

Doch so sehr ich mir auch das Hirn zermartere, mir fällt nichts ein, das uns einen Hinweis gegeben hätte, warum uns Karakals Arena verborgen bleibt.

Hinzu kommt, dass das Wetter auch nicht auf unserer Seite ist.

Es hat wieder zu schneien begonnen und auch im Dorf sprachen einige davon, dass der Winter dieses Jahr früher hereinbricht als sonst.

So ein Mist.

Soeben fliegen wir über einen Gebirgskamm in ein Tal, als ich mit einem Mal eine Gruppe Reisende unter uns entdecke.

»Da ist jemand«, rufe ich Sombren zu, der mich wie immer in seinen Klauen festhält.

»Wer?«

»Keine Ahnung, Wanderer, Jäger oder so, glaub ich.«

»Was … Scheiße!«

Ein Eispfeil schießt haarscharf an uns vorbei und Sombren schafft es gerade so, ihm auszuweichen.

»Sie greifen uns an«, erkenne ich.

»Ach? Was hat dich darauf gebracht?«, brummt er und steigt höher, sodass uns keine Magiegeschosse mehr erreichen können.

»Warte mal, nicht so hoch«, halte ich ihn auf.

»Warum? Bin nicht scharf drauf, von einem Eispfeil getroffen zu werden. Auch wenn sie mich in der Bestienform nicht verletzen können, tut das sauweh«, entgegnet er.

»Ich glaube, das sind Zwerge«, halte ich dagegen. »Zumindest ein Teil davon.«

»Zwerge? Schon wieder?«

Sombren hört auf, höher zu steigen und fliegt stattdessen Kreise.

»Ja, ich …« Ich verenge die Lider, bemüht darum, sie durch das immer dichter werdende Schneegestöber besser zu erkennen. »Vier Zwerge«, sage ich. »Und eine Frau mit rotem Haar. Sie ist es, die Eispfeile schießt, eine Magierin also.«

Ich spüre, wie Sombren kurz zusammenzuckt und mich dann fester packt. »Rotes Haar und Wassermagierin?«, hakt er über mir nach.

»Scheint so.« Ich versuche, die Frau zu betrachten, die dort zwischen den Felsen steht und zu uns heraufblickt. Allerdings kann ich aus der Entfernung trotz meiner guten Augen nichts Genaues ausmachen. Sie scheint ein dunkles Gewand zu tragen und einen Pelzumhang.

»Tatsächlich«, sagt er nach einer Weile. »Lass uns landen.« Er beschreibt einen Bogen, um von dem Ort, an dem sich die Magierin und die Zwerge befinden, wegzufliegen.

An einer Stelle, wo sie uns nicht sehen können, gleitet er zu Boden und lässt mich los. Schon hat er sich zurück in seine Menschengestalt verwandelt und greift nach dem Rucksack, den ich trage, um seine Kleidung hervorzusuchen.

»Das kann kein Zufall sein«, murmelt er, während er sich eilig anzieht. Wohl nicht nur, weil er bei den herrschenden Temperaturen noch mehr friert als sonst, wenn er plötzlich keinen Pelz mehr hat.

»Was?«, hake ich verwirrt nach.

Er hebt den Blick und zurrt seine Rüstung fest. »Ich kenne nur zwei Wassermagierinnen mit derart rotem Haar«, erklärt er. »Im ganzen Zirkel von Fayl gab es bloß diese zwei. Eine davon war meine Schwester und eine …« Er schließt kurz die Lider. »Meine … Mutter.«

»Deine …« Ich starre ihn entgeistert an. »Du meinst …«

»Ich möchte es überprüfen«, murmelt er. »Mutter hat sich in die Talmeren zurückgezogen, kaum dass Jala in den Wasserzirkel aufgenommen wurde. Das ist jetzt … fast dreihundert Jahre her.«

»Dreihundert?« Meine Augen werden groß. »Das ist ewig lang.«

»Ist es.« Er nickt langsam. »Genauer gesagt, sind es zweihundertvierundachtzig Jahre, seit sie dem Zirkel und damit ihrer Familie den Rücken kehrte.«

»So lange hast du deine Mutter nicht mehr gesehen?«, hake ich nach.

Er sieht mich ein paar Sekunden wortlos an und ich bemerke die Traurigkeit, die aus seinen dunklen Iriden spricht.

»Sombren«, sage ich leise und trete auf ihn zu. »Was, wenn du dich irrst? Wir waren hundert Jahre quasi weg vom Fenster. Es könnte sein, dass in dieser Zeit eine andere Wassermagierin mit rotem Haar im Zirkel ausgebildet wurde. Oder dass die Magierin gar nicht aus Fayl, sondern aus einer anderen Region stammt.«

»Meine Mutter stammt nicht aus Fayl, sondern aus Oshema«, erwidert er und verengt die Augen.

»Aber was macht dich so sicher, dass …«

»Es gibt nur eine Handvoll Magier, die auf eine derartige Distanz einen Eispfeil schießen kann und auch noch fast trifft«, erklärt er. »Meine Mutter gehört zu dieser Handvoll.«

»Na gut, dann …« Ich beschreibe eine unbestimmte Geste. »Wie stellst du dir das vor? Dass wir ihnen entgegengehen und sagen ›Hallo, hier ist dein verschollener Sohn‹?«

»So in etwa.« Sombren kratzt sich am Hals. »Hör zu, Davyan. Du musst nicht mitkommen, wenn du das nicht möchtest. Aber ich würde mich gerne vergewissern, ob das da vorhin meine Mutter war oder nicht. Obschon ich nie wirklich eine Bindung zu ihr hatte, so ist sie … Sie ist nun mal meine Mutter, verstehst du?«

»Natürlich.« Ich sehe ihn zärtlich an. »Selbst wenn sie es nicht wäre, vielleicht können sie oder die Zwerge uns etwas über Karakals Reich verraten. Womöglich wissen sie, wo es liegt. Wir befinden uns ganz in der Nähe davon, das weiß ich. Nur fehlen mir irgendwie die Anhaltspunkte. Allerdings müssen wir vorsichtig sein, falls wir danach fragen – sie dürfen keinen Verdacht schöpfen.«

Sombren nickt erneut und legt mir eine Hand auf die Schulter. »Danke, Davyan.«

»Nicht dafür.« Ich umfasse seine Finger mit meinen. »Dann komm, gehen wir zurück zu der Stelle, an der wir sie gesehen haben. Aber ich möchte sie erst aus einiger Distanz beobachten, bis wir sicher sind, dass es sich wirklich um deine Mutter handelt, in Ordnung? In den Talmeren treiben sich bestimmt eine Menge zwielichtiger Gestalten herum.«

»In Ordnung.« Sombren lässt mich los und schultert den Rucksack. Dann geht er zwischen dem felsigen Gelände voran, in die Richtung, wo wir die Magierin und die Zwerge gesehen haben.

»Und?«, frage ich mit angespannter Miene, während wir bäuchlings nebeneinander auf einer kleinen Anhöhe liegen und hinunter zu der Gruppe starren, die gerade durch die Talmeren zieht.

Es handelt sich tatsächlich um eine schlanke, rothaarige Frau, die dunkle Kleidung und einen grauen Pelzumhang trägt.

An ihrer Seite sind vier Zwerge, die allesamt langes weißes Haar besitzen, das sie in dicke Zöpfe geflochten haben. Interessanterweise weisen sie keine Gesichtsbehaarung auf, wie der Zwerg, dem wir dreimal geholfen haben.

»Sie ist es«, raunt Sombren und ich höre, dass seine Stimme belegt klingt. »Das ist Alicia.«

»So heißt deine Mutter?«

Er wirft mir einen kurzen Blick zu. »Sie war … *ist* eine Bardin, hat in einer Herberge gearbeitet. Keine Ahnung, ob das immer noch auf sie zutrifft. Vater traf sie damals in Orta.«

Orta liegt im Südosten Fayls, so viel ist mir bekannt. Allerdings befinden wir uns gemäß den Dorfbewohnern eher in der Nähe der Siedlung namens Hort, wie sie uns erklärten. Dort, wo auch Karakals Arena hoffentlich zu finden ist.

»Dann wollen wir mal«, murmelt Sombren und erhebt sich langsam.

Ein paar vertrocknete Büsche bieten uns Sichtschutz, aber er umrundet sie und ich folge ihm mit bangem Herzen.

Gleich werden wir seiner Mutter gegenüberstehen. Wie wird sie reagieren? Wird sie sich freuen, Sombren wiederzusehen? Oder uns erneut angreifen? Erkennt sie ihn überhaupt noch?

Dreihundert Jahre sind so verdammt lange …

Natürlich entdecken uns die Magierin und die Zwerge sofort, als wir auf sie zugehen. Ich registriere, wie Sombrens Mutter umgehend einen Schutzschild um die Gruppe bildet und sich kampfbereit vor sie hinstellt. Sie scheint nicht allzu viel von Zufallsbegegnungen im felsigen Gelände zu halten oder allgemein eher misstrauisch Fremden gegenüber zu sein.

Sombren hebt die Hände in die Höhe. »Wir sind mit friedlichen Absichten unterwegs«, ruft er und geht unbeirrt auf sie zu.

Noch etwa ein Dutzend Schritt trennen uns, da lässt die Magierin mit einem Mal den Schutzschild fallen und blankes Entsetzen spiegelt sich auf ihrem Gesicht. Nun, da wir näher sind, stelle ich deutliche Parallelen zu Sombrens Schwester fest.

Auch Alicia hat ein anmutiges Antlitz, wenngleich eine gewisse Strenge aus ihren Zügen spricht und sie dadurch älter wirkt, obwohl sie sich ganz offensichtlich verjüngt.

Dennoch ist es unverkennbar, dass Jala ihre Tochter ist. War.

Götter … weiß Alicia von Jalas Tod?

»Sombren?«, stößt die Magierin erschrocken hervor, während sie ebenfalls einen Schritt auf uns zukommt. »Bist du es wirklich?«

»Mutter.« Ich kann seine Miene nicht sehen, da ich hinter ihm gehe, aber seine Stimme zittert verdächtig. Auch er ringt gerade um Fassung. »Ja, ich bin es.«

Seine Mutter nach fast dreihundert Jahren zum ersten Mal wiederzusehen, ist nichts, das man mit einem Schulterzucken abtut. Obschon Sombren normalerweise eher sparsam mit der Zurschaustellung von Gefühlen ist, so übermannen sie ihn nun mit voller Stärke.

Keine Sekunde später hat er die letzte Distanz zu Alicia überwunden und schließt sie in seine Arme. Auch sie umschlingt ihn, krallt ihre Hände regelrecht in seine Rüstung und drückt ihr Gesicht gegen seine Brust, da er sie um mindestens einen Kopf überragt.

Ich halte mich im Hintergrund, voll und ganz damit beschäftigt, dieses schöne Wiedersehen zu betrachten.

Wer hätte gedacht, dass wir im Talmerengebirge auf Sombrens Mutter stoßen …?

20

ZWERGENMAGIE

SOMBREN

Die Gefühle, die in mir toben, mag ich gar nicht so recht zu identifizieren. Freude, Erleichterung und Glück lassen mein Herz höherschlagen. Aber da sind auch eine gewisse Trauer und Wehmut, die meinen Puls verlangsamen wollen. Und Scham … unendliche Scham, weil ich Mutter gleich etwas gestehen muss, das ihr Herz zerreißen wird.

Viel zu schnell löst sie sich von mir und legt eine Hand an meine Wange, streicht mit dem Daumen darüber, während sie mich mit liebevollem Blick betrachtet.

So viel Zuneigung hat sie mir in all den Jahren im Zirkel nie gezeigt. Es mutet komisch an. Fremd. Aber auch irgendwie schön.

Nur habe ich kein Stück von dieser Liebe verdient. Denn ich habe meine Schwester auf dem Gewissen.

»Mutter.« Meine Stimme ist heiser und ich räuspere mich verhalten. »Ich … Es gibt so viel, das …«

»Schhhht, Sombren«, unterbricht sie mich und sieht mich mit einem Lächeln auf den Zügen an. »Lass uns diesen Moment genießen.

Ich hätte nie gedacht, dich lebend wiederzusehen. Nicht, nachdem …« Sie senkt den Blick und ich bemerke Traurigkeit auf ihrer Miene.

»Jala«, erkenne ich den Grund für ihre Gemütsveränderung.

Sie nickt langsam, ehe sie mich wieder ansieht. Ihre blauen Iriden gleiten rastlos über mein Gesicht. »Du weißt es?«

»Ja, ich …« Ich hole leise Luft und spüre, wie sich ein dicker Kloß in meinem Hals bildet. »Es ist meine Schuld.«

Mutter sieht mich erst verwirrt, dann erschüttert an. »Wie meinst du …«

Ich schaffe es nicht, ihr länger in die Augen zu schauen, die mich so an meine kleine Schwester erinnern. »Nicht hier«, murmle ich, da ich keine Ahnung habe, wie ich ihr schonend beibringen kann, dass ich mich in eine Bestie verwandelt und meine eigene Schwester getötet habe. Mein Blick schweift zu den vier Zwergen, die allesamt skeptisch das Geschehen beobachten. »Wo wohnst du? Gibt es einen ruhigen Ort, wo wir reden können?«

Sie nickt und deutet hinter sich. »Natürlich. Ich … wir wohnen ungefähr sieben Gebirgszüge von hier entfernt. Ich kann dich dorthin bringen.« Nun fällt ihre Aufmerksamkeit hinter mich und sie scheint erst jetzt zu bemerken, dass ich nicht allein bin. »Dich und … deine Begleitung.«

Die Art, wie sie Davyan mustert, ist nicht unfreundlich, dennoch erkenne ich einen gewissen Argwohn in ihren Augen.

»Das ist Davyan«, erkläre ich und trete einen Schritt von ihr weg, damit er sie begrüßen kann. »Davyan, das ist Alicia, meine Mutter.«

»Sehr erfreut.« Er streckt ihr die Hand entgegen, die sie nach einem kurzen Zögern schüttelt.

»Ebenfalls«, entgegnet sie, doch auch jetzt liegt nicht diese Wärme in ihrem Blick, die sie mir gegenüber hatte. Nachdem sie ihn losgelassen hat, wendet sie sich wieder mir zu. »Wo bleiben meine

Manieren, ich habe meine Begleiter noch gar nicht vorgestellt.« Sie deutet auf die Zwerge. »Das sind Fingolfar, Berin, Tarran und Earic.«

Die vier verneigen sich stumm zur Begrüßung.

Ich frage mich wirklich, wie Mutter dazu kam, sich Zwergen anzuschließen, behalte das aber vorerst für mich. Sie wird mir zur gegebenen Zeit alles erklären, so viel ist gewiss.

»Angenehm«, sage ich daher nur und mustere die vier eingehender.

Sie tragen allesamt einfache Kleidung, die aus mit Leder verstärkten Hosen und einer Weste sowie einem Pelzumhang mit Kapuze besteht. Dachte ich aufgrund ihrer weißen Haare noch, es handle sich um ältere Männer, so erkenne ich nun beinahe jugendliche Züge in ihren Gesichtern. Anscheinend deuten die weißen Haare nicht zwingend auf ihr Alter hin. Obgleich Zwerge Hunderte von Jahren leben können, wie mir bekannt ist. Mag sein, dass die vier damit sogar noch älter sind als ich selbst.

Alle haben sie Äxte und Spitzhacken bei sich.

Warum auch immer man mit einer Spitzhacke in den Talmeren herumläuft.

»Kommt, wir bringen euch in unseren Unterschlupf«, reißt Mutter mich aus meinen Gedanken.

Ich sehe sie an. »Sieben Gebirgszüge ist aber eine weite Strecke«, gebe ich zu bedenken.

»Nicht wenn man mit Wüstenzwergen reist.« Sie zwinkert mir verschwörerisch zu.

»Wüstenzwergen?«, hake ich verwirrt nach.

Noch nie habe ich von einem Volk wie diesem gehört. Vor allem sind wir in den verdammten Talmeren unterwegs – die nächste Wüste befindet sich viele Tagesreisen von hier entfernt.

»Wüstenzwergen.« Sie nickt mit Nachdruck. »Aber alles zu seiner Zeit. Earic, wenn du so freundlich wärst?« Sie deutet auf den Zwerg, der die längsten Zöpfe hat.

Dieser zögert merklich. »Seid Ihr sicher, Herrin?«

Dass er meine Mutter so förmlich anspricht, lässt mich die Augenbrauen zusammenschieben. Ich wechsle einen Blick mit Davyan, der schweigend neben mir steht. Auch ihm kommt es seltsam vor, das sehe ich ihm an, doch er hält sich zurück mit Fragen. Das sollte ich wohl vorerst ebenfalls tun.

»Natürlich«, sagt Mutter an Earic gewandt und ihre Stimme wird resolut. »Das ist mein Sohn, der da vor dir steht!«

»Ja, aber …«, will der Zwerg widersprechen, wird von ihr hingegen rigoros unterbrochen.

»Nichts aber. Wirke deine Magie und bring uns zurück nach Hause!«

»In Ordnung.«

Ich bemerke, dass es dem Zwerg gegen den Strich geht, doch er fügt sich Mutters Anweisung.

Als er in den Beutel greift, den er über der Schulter trägt, und einen weiß-golden schimmernden Edelstein hervorholt, schnappen Davyan und ich gleichzeitig nach Luft.

Wir erkennen sofort, worum es sich dabei handelt.

»Ein Wärmestein«, haucht Davyan ehrfürchtig.

Mutter wendet sich ihm zu. »Ihr kennt das?«

»Tun wir«, sage ich an seiner Stelle. »Erzählen wir dir alles später.«

Sie mustert mich mit einem uneindeutigen Blick, bevor sie nickt. »In Ordnung. Also, Earic, worauf wartest du noch?«

»Wie Ihr befehlt, Herrin.« Der Zwerg sieht nicht gerade glücklich aus, als er den Stein auf den Boden legt und die Augen schließt. Er beschreibt eine ausschweifende Geste mit den Händen und murmelt einige Worte.

Fasziniert beobachte ich, wie der Stein zu glühen beginnt. Erst nur ganz leicht, dann immer stärker. Schließlich explodiert etwas in seinem Inneren und mit einem Mal schimmert direkt vor uns die Luft.

»Ein magisches Portal«, stelle ich verwundert fest.

Noch nie habe ich gesehen, wie eines erschaffen wurde. Schon gar nicht in derart kurzer Zeit. Magische Portale sind äußerst selten. Im Zirkel von Fayl gibt es genau eines, das die anderen Magierzirkel miteinander verbindet, und nur von Schwarzmagiern verwendet werden kann. Denn dafür ist die Magie des Amuletts notwendig, das ich noch immer trage.

»Ein magisches Portal«, bestätigt Mutter stolz, als hätte sie selbst den Zauber gewirkt. »Kommt.« Sie winkt uns näher heran und wir folgen ihrer Aufforderung zögernd.

»Mir ist nicht wohl dabei«, murmelt Davyan.

Ich kann es ihm nicht verdenken. Das letzte Mal, als er durch ein Portal schritt, landete er in Kriyas Feuerreich und wir entkamen ihr nur knapp.

Sanft lege ich ihm eine Hand auf die Schulter und drücke diese. »Wird schon schiefgehen.«

Er sieht mit seinen ungleichen Augen zu mir hoch. »Das ist es ja, was ich befürchte«, meint er und mir entfährt ein leises Lachen.

Als ich mich Mutter zuwende, erkenne ich einen Ausdruck auf ihrem Gesicht, den ich nicht so recht deuten kann. Ihr Blick gleitet von mir zu Davyan und wieder zurück, bevor sie auf das Portal zeigt.

»Keine Sorge, ich gehe voran«, meint sie. »Earic wird den Abschluss bilden.«

Ohne auf eine Antwort zu warten, schreitet sie durch die flimmernde Luft und verschwindet.

»Nach euch«, sagt einer der anderen Zwerge.

»Na gut.« Davyan atmet tief durch, ehe er es meiner Mutter gleichtut.

Ich folge ihm auf den Fersen, um mich zu versichern, dass ihm nichts geschieht.

Nachdem ich das Portal durchschritten habe, sehe ich mich staunend um.

Davyan steht vor mir und ist ebenfalls dabei, die neue Umgebung zu begutachten.

Irgendwie hätte ich gedacht, vor oder in einer Hütte zu sein, stattdessen befinden wir uns in einer weitläufigen Höhle, die von türkisem Licht durchflutet wird. Dieses stammt von unzähligen Kristallen und Pilzen, die überall wachsen. Es ist erstaunlich warm hier drin und der Boden wurde mit Pflastersteinen bedeckt, über die einige Teppiche gelegt sind. Die Höhle misst mehrere Dutzend Schritt und scheint sich in weitere Gänge zu verzweigen. Alle Wände wurden glattgehauen, sodass es ein bisschen wie in einem Haus wirkt. Nichtsdestotrotz kann ich keine Fenster oder Türen entdecken.

Mutter scheint hier schon länger zu leben, es ist alles sauber und ordentlich.

Der Raum, in dem wir gelandet sind, wird zudem von einem Apfelbaum mit weißen Äpfeln dominiert. Exakt sieben an der Zahl.

Solche Äpfel habe ich noch nie gesehen.

»Willkommen in unserem kleinen Reich«, begrüßt sie uns und breitet die Arme aus.

»Schönes Zuhause«, bemerke ich.

»Sehr schön«, haucht Davyan, der sich offenbar gar nicht sattsehen kann.

Ich trete ein wenig zur Seite, um die vier Zwerge durch das Portal zu lassen, die uns gefolgt sind.

»Kann man die essen?«, fragt Davyan und deutet auf die weißen Äpfel. Anscheinend sind sie ihm ebenfalls ins Auge gesprungen.

»Nein«, antwortet Alicia bestimmt.

»Sie dürfen nicht gepflückt werden«, erklärt der Zwerg namens Earic, der das Portal gerade schließt.

Davyan und ich wechseln einen kurzen Blick und er zuckt mit den Schultern.

»Kommt, ich zeige euch euer Quartier.« Mutter geht durch die Höhle voran, auf einen der Nebengänge zu. »Ihr dürft natürlich hierbleiben, wenn ihr möchtet«, ergänzt sie.

»Wir wollten eigentlich …«, beginnt Davyan, aber ich falle ihm ins Wort.

»Danke«, sage ich und werfe ihm einen mahnenden Blick zu.

Auch wenn es meine Mutter ist, so sind drei Jahrhunderte seit meinem letzten Treffen mit ihr vergangen. Ich möchte erst sicher sein, dass wir ihr wirklich vertrauen können, ehe ich ihr alles über die Arena und unsere Pläne erzähle.

Davyan scheint meine Gedanken zu erraten, denn er nickt kaum merklich und schenkt mir ein flüchtiges Lächeln, das ich erwidere.

Ich mag es, dass wir uns ohne Worte verstehen.

Also folgen wir Mutter durch einen kurzen Nebengang in eine weitere Höhle, von der aus sieben Gänge in kleinere Nischen abgehen.

»Das sind die Schlafstätten der Zwerge«, erklärt Mutter ungefragt und deutet auf die Abzweigungen.

»Sieben? Aber es waren doch nur vier?«, murmle ich.

»Drei sind gerade in den Stollen«, sagt sie schulterzuckend.

»Stollen?« Ich sehe sie verdutzt an.

»Ja, wir bauen Horréus ab.« Sie sieht mich an, als wäre dies das Selbstverständlichste der Welt.

»Wärmesteine?«

»Genau das.« Sie lächelt, in ihren Augen indes funkelt eine Kälte, die mich schaudern lässt.

In Ordnung … meine Fragen an sie vervielfachen sich gerade. Doch ich beiße mir auf die Zunge und folge ihr stattdessen durch die Höhle und zwei weitere Gänge, die in einem großzügigen Raum enden.

Auch dieser ist gemütlich eingerichtet, mit Teppichen auf dem Boden und einem großen Bett, das aus Stein besteht und mit einer Matratze aus Stroh belegt ist, wie ich anhand eines Halms erkenne, der unter dem Leintuch hervorschaut.

Weitere Einrichtungsgegenstände sucht man vergeblich, dafür sind einige Nischen in den Felsen gehauen, die als Aufbewahrungsorte dienen.

»Hier könnt ihr schlafen«, sagt sie und deutet auf das Bett. »Leider haben wir nur ein einziges Gästebett, da wir nicht viele Besucher empfangen. Ich hoffe, das stört euch nicht?«

»Kein Problem«, entgegne ich und Davyan neben mir nickt bestätigend.

»Gut.« Sie sieht zwischen uns hin und her. »Ich schicke gleich einen der Zwerge, damit er euch Wasser zum Waschen bringt. Ihr scheint eine Weile unterwegs gewesen zu sein. Zudem solltet ihr was Sauberes zum Anziehen erhalten.« Bei den letzten Worten rümpft sie die Nase ein wenig.

Zwar haben wir uns in der Herberge gewaschen, aber die Kleidung ist aufgrund der langen Reise schon ziemlich schmutzig, da gebe ich ihr recht.

»Wenn du uns zeigst, wo wir unsere Sachen reinigen können, wären wir dir dankbar.« Ich blicke an mir herunter.

»Das können die Zwerge erledigen«, meint sie abwinkend.

Offenbar behandelt sie die Zwerge wie ihre Diener. Ich weiß noch nicht, ob mir das gefällt. Doch ich sage nichts weiter dazu, sondern nicke bloß.

»Danke.« Davyan schenkt ihr ein Lächeln, das sie nicht erwidert.

»Macht euch frisch, ich werde die Zwerge außerdem anweisen, euch ein stärkendes Mahl zuzubereiten. Und dann musst du mir alles erzählen, Sombren.« Als sie mich anschaut, wird ihr Blick wieder wärmer.

»Das werde ich«, verspreche ich.

»Bis später.« Sie wendet sich zum Gehen.

»Bis später«, erwidere ich und sehe ihr hinterher.

Ich warte, bis sie den Raum verlassen hat, anschließend setze ich mich seufzend auf das breite Steinbett.

»Krass, damit hätte ich nun wirklich nicht gerechnet«, bemerkt Davyan, der sich neben mich plumpsen lässt.

Eine Geste, die er gleich bereut. Das Bett ist alles andere als weich, wie sein Steißbein ihm wohl auch gerade klarmacht, denn er verzieht schmerzerfüllt das Gesicht.

»Au«, schickt er hinterher.

Ich sehe ihn mit erhobener Braue an, dann kratze ich mich am Hinterkopf. »Mutter scheint sich ziemlich verändert zu haben.«

»Also ich finde sie eigentlich ganz nett«, meint er und streckt sich probehalber auf der Matratze aus. Dabei ruckt er hin und her, bis er eine bequeme Position gefunden hat.

»Nett.« Ich schnaube leise und werfe ihm einen Blick zu. »Eines ist gewiss: Wir sollten vor ihr auf der Hut sein.«

Davyan schließt die Augen und verschränkt die Arme hinter dem Kopf. »Meinst du, du übertreibst da nicht ein wenig?«, murmelt er, ohne mich anzuschauen.

»Davyan«, sage ich mahnend. »Ich kenne sie besser als du. Sie führt irgendetwas im Schilde.«

»Oder aber freut sich einfach darüber, ihren verschollen geglaubten Sohn wiederzusehen.« Er blinzelt mich an und zuckt mit den Schultern.

»Wie auch immer … wir sollten noch etwas warten, bis wir mit ihr über die Arena sprechen.«

»Aber ich muss Mauryce befreien«, hält er dagegen und öffnet die Augen nun richtig, um mich anzusehen. »Und wenn deine Mutter etwas über die Arena weiß, dann …«

»Werden wir es früh genug erfahren«, unterbreche ich ihn. »Bitte, Davyan. Lass mich erst in Ruhe mit ihr reden.«

Für ein paar Sekunden mustert er mich, bevor er seufzend Luft holt. »In Ordnung.«

»Danke.«

21

MUTTER UND SOHN

SOMBREN

Es dauert nicht lange, da erscheint einer der vier Zwerge, der sich nochmals als Tarran vorstellt, und bringt uns tatsächlich frische Kleidung sowie eine Schüssel mit warmem Wasser. Unsere Rüstungen ziehen wir aus und können sie ihm zum Waschen mitgeben. Zwar ist es uns nicht recht, dass er das tun muss, aber er besteht darauf, also geben Davyan und ich schließlich nach.

»Übermorgen habt Ihr Eure Kleidung wieder«, meint der Zwerg, bevor er sich diskret zurückzieht.

Davyan und ich waschen uns gründlich, ehe wir die sauberen Sachen anziehen. Sie passen nicht so wirklich, das beige Oberteil ist mir an den Armen zu kurz und auch die Lederhose sitzt sehr eng – aber es ist ja nur für zwei Tage.

»Und was wollen wir nun machen, bis wir zum Essen gerufen werden?«, fragt Davyan, der mit seiner langen dunklen Robe, die der Zwerg für ihn aussuchte, ein bisschen wie ein Magier aus Märchenbüchern wirkt. Die Ärmel sind vorne sehr weit, der Kragen am Hals etwas erhöht und mit Goldstickereien versehen. Fehlt nur noch der Zauberhut.

»Ich werde Mutter aufsuchen, um mit ihr zu sprechen«, antworte ich und wende mich zum Höhlenausgang.

»Soll ich mitkommen?« Er legt mir eine Hand auf den Rücken.

Ich bleibe kurz stehen, dann schüttle ich den Kopf. »Nein. Ich würde gern erst allein mit ihr reden, wenn du einverstanden bist.«

»Klar.« Er sieht mich verständnisvoll an. »Du hast sie so lange nicht gesehen, ihr habt viel zu besprechen.«

»Haben wir.« Ich nicke und seufze leise. »Davyan, es tut mir leid, dass wir mit unserer Suche nach Mauryce nicht so vorankommen, wie wir es gerne würden. Ständig kommt etwas dazwischen und ich …«

»Das ist ja nicht deine Schuld«, unterbricht er mich und fährt mir sanft mit der Hand über den Oberarm. »Wer hätte auch ahnen können, dass wir diesen beiden Mädchen und nun auch noch deiner Mutter begegnen? Womöglich dient das alles einem höheren Zweck. Auf jeden Fall scheint es mir kein Zufall zu sein.«

»Hm.« Ich betrachte ihn gedankenversunken. »Hoffentlich weiß Mutter mehr über die Arena.«

»Fragst du sie danach?«

»Wenn es sich ergibt …« Ich reibe mir mit der Hand über die Stirn. »Verdammt, ich kann dieses ungute Gefühl einfach nicht vertreiben. Dabei ist es doch meine Mutter und ich sollte mich über das Wiedersehen freuen.«

»Du sagtest selbst, dass ihr eine schwierige Beziehung hattet.« Er legt den Kopf schief. »Vielleicht ist das die Chance, das zu verändern?«

»Vielleicht …« Ich seufze erneut und beuge mich zu ihm hinunter, um ihm einen Kuss auf die Stirn zu geben. »Dann geh ich mal zu ihr, bis später.«

Die Höhle, in der Mutter mit den sieben Zwergen lebt, ist weitläufig. Daher dauert es eine Weile, bis ich sie in einem Raum finde, der wie ein Labor wirkt. Sie ist gerade in ihre Arbeit vertieft und einen Moment lang lehne ich mich gegen einen der türkisfarbenen Kristalle, die es auch hier gibt, um sie zu beobachten.

Sie hat sich umgezogen, trägt nun ein bodenlanges hellblaues Kleid, wie Jala es oft tat. Dazu einen feinen Goldreif im feuerroten Haar.

Die Art, wie sie sich bewegt, ähnelt so sehr meiner Schwester ... und Wehmut überkommt mich.

Ich vermisse sie. Jala, die mir stets die Stirn bot und mir mit ihrer Sturheit manchmal den letzten Nerv raubte. Aber es gab auch diese sanfte Seite an ihr, die liebevolle.

Wie bloß soll ich Mutter sagen, dass ich *es war, der meine Schwester getötet hat?*

»Willst du da noch lange rumstehen oder kommst du irgendwann auch mal her?«, höre ich sie und zucke zusammen.

Mir war gar nicht bewusst, dass sie meine Anwesenheit bemerkt hat.

»Ich ...« Ich räuspere mich, da meine Stimme ob der Erinnerungen an Jala belegt klingt. »Entschuldige, ich wollte dich nicht stören.«

Nun wendet sie sich mir zu und ein Lächeln gleitet über ihre anmutigen Züge. »Du störst doch nicht, Sombren«, erwidert sie. »Wie ich sehe, haben die Zwerge euch neue Kleidung gegeben?«

»Hm.« Ich stoße mich vom Kristall ab und gehe langsam auf sie zu. »Was machst du da?«

»Ich experimentiere.« Sie deutet auf die vielen Fläschchen und Pergamente, auf denen sie ihre Notizen festhält.

»Mit diesem Wärmestein?« Ich lasse den Blick über die Apparaturen gleiten.

»Ja«, antwortet sie schlicht.

Mir war nicht klar, dass Mutter über alchemistische Kenntnisse verfügt. Aber in dreihundert Jahren kann man sich vieles aneignen – auch eine komplett neue Fähigkeit.

»Und was ist das Ziel deiner Untersuchungen?«, frage ich.

Sie legt den Kopf schief und betrachtet mich amüsiert. »Interessiert dich das wirklich oder möchtest du über etwas anderes reden?«

»Ich …« Nervös kratze ich mich an der Wange, dabei schaben meine Fingernägel über den Dreitagebart.

Scheiße, es gibt so viel, über das ich mit ihr reden möchte. Wir haben uns eine Ewigkeit nicht mehr gesehen.

»Weißt du …« Ich hole tief Luft. »Wie geht es Vater?«

Ihre Miene gefriert ein wenig und in ihre blauen Augen tritt ein kühler Ausdruck. »Ich habe ihn schon länger nicht mehr gesehen«, meint sie ausweichend.

»Seit Jalas Tod?« Es schmerzt mir in der Seele, diese Worte auszusprechen.

»So ungefähr.«

»Es tut mir leid«, murmle ich und hole erneut Luft. *Ich muss es ihr sagen.* »Mutter, ich …«

»Dein Amulett«, unterbricht sie mich und deutet auf meine Brust.

Sie kann es unmöglich sehen, da ich es unter dem Gewand verborgen trage.

»Gib es mir mal.«

Verdattert starre ich sie an.

»Na los.«

Keine Ahnung, wann ich es das letzte Mal abgelegt habe – es war immer da, sorgte dafür, dass meine schwarzmagischen Kräfte niemanden verletzen, wenn ich zaubere.

Dennoch befolge ich ihre Anweisung und händige es ihr aus.

»Danke.« Sie hebt es etwas in die Höhe und betrachtet es eingehend.

Dann greift sie nach einer Schale, in der eine weiße Flüssigkeit mit goldener Marmorierung vor sich hin blubbert.

Ohne zu zögern, legt sie das Amulett hinein und ich keuche leise, als es mit einem Mal zu leuchten beginnt.

»Das sollte genügen«, meint sie zufrieden, ehe sie es mir wieder reicht. »Probier es aus.«

»Was?«

»Wirke Magie.«

Ich verenge die Augen, während ich mir das Amulett um den Hals lege. »Warum?«, hake ich nach.

»Tu es einfach.«

»Aber …«

»Sombren«, seufzt sie. »An deiner Skepsis hat sich anscheinend nichts geändert.« Einen Moment betrachtet sie mich, bevor sie nickt. »Also gut. Diese Flüssigkeit da stammt von den Wärmesteinen. Ich habe einen Weg gefunden, sie einzuschmelzen und ihre Kräfte dadurch in einen anderen Aggregatszustand zu bringen, sodass magische Gegenstände wie dein Amulett mit ihrer Zauberkraft aufgeladen werden können. Dein Anhänger sollte nun so viel Magie in sich tragen, als hättest du einen ganzen Magier ausgesaugt.«

»Was?« Ich starre sie perplex an. »Aber …«

»Verstehst du, was das für eine Macht ist?« Ihre Augen leuchten vor Begeisterung. »Wenn ich diese Wärmestein-Tinktur in den Zirkeln verkaufe, dann …«

»Bist du von allen guten Geistern verlassen?«, stoße ich aus. »Das kann nicht dein Ernst sein.«

»Und ob es das ist.«

»Mutter!« Ich fahre mir mit der Hand über das Gesicht. »Die magischen Zirkel wurden gegründet, damit die Magie *kontrolliert* werden kann. Nicht, damit die Magier noch mächtiger werden.«

Auf ihre Züge tritt ein herablassender Ausdruck. »Ich dachte, du seist schlauer.«

»Was? Ich …«

»Verstehst du denn nicht? Lesath tritt seine eigenen Regeln seit Jahrhunderten mit Füßen. Er verbietet schwarze Magie, ist aber selbst Schwarzmagier. Er spricht von einem vereinten Land, unterdrückt allerdings alles und jeden.«

»Ich weiß sogar sehr genau, was du meinst«, entgegne ich stirnrunzelnd. »Aber den Magiern noch mehr Macht zu geben, führt nicht dazu, dass diese Ungerechtigkeiten aufhören.«

»Doch«, erwidert sie. »Denn wenn wir Magier uns gegen ihn erheben, wird …«

»Schhht!«, unterbreche ich sie und sehe mich gehetzt um. »Falls jemand hört, wie du über Lesath sprichst, dann …«

»Und wenn schon!« In ihre Augen tritt derselbe trotzige Ausdruck, wie ihn Jala oft hatte. »Meine Zwerge sind mir treu ergeben und was Lesath angeht, so soll er ruhig wissen, dass er nicht der Einzige ist, der über Macht verfügt.«

»Macht.« Ich schnaube unwirsch. »Es ist keine Macht, wenn man andere dafür manipulieren muss und sie zu seinen Marionetten werden lässt!«

»Und eben hier kommen die Wärmesteine ins Spiel«, sagt sie triumphierend. »Sie sind der Schlüssel zu einem freien Altra. Wo jeder so sein kann, wie er sein möchte.«

»Du meinst, wo jeder *Magier* so sein kann, wie er sein möchte«, korrigiere ich sie. »Normale Menschen haben absolut nichts davon.«

»Wenn Magie unendlich ist und magische Artefakte mit Wärmesteinen aufgeladen werden können, profitieren auch nichtmagische Menschen davon«, erwidert sie.

»Weiß Vater von deinen Plänen?«, hake ich nach.

»Venero?« Sie verzieht den Mund. »Der interessiert sich doch nur für seine blöden Affen!«

Unwillkürlich muss ich an eines der letzten Gespräche mit Vater denken, als er mich in sein Affengehege mitnahm und mir riet, dass ich meinem Herzen folgen solle.

So viel ist seither geschehen … Ich merke, wie ich mich nach meinem Zuhause sehne. Danach, in mein altes Leben zurückzukehren, wo mein größtes Problem eine Buchreihe war, die ich nicht zu Ende lesen konnte, weil der letzte Band vergriffen war.

Wie wenig man einen ruhigen Alltag schätzt, wird einem erst bewusst, wenn dieser ins Chaos stürzt.

»Hör zu«, murmle ich in versöhnlicherem Tonfall. »Mag sein, dass da ein großes Potential in den Wärmesteinen schlummert, aber es sollte dort bleiben, wo es all die Jahrhunderte war: unter den Talmeren begraben.«

Sie verengt die Augen ein wenig. »Verzeih, ich habe vergessen, dass du die Ambitionen eines Frosches im Teich hast.«

»Ich habe nicht …« Ich schnaube unwirsch. »Es macht für mich nur keinen Sinn, Macht vollkommen willkürlich unter Menschen zu verteilen, die nicht damit umzugehen wissen.«

»Ah, da ist er wieder: der Besserwisser.« Sie sieht mich mit schiefgelegtem Kopf an. »Hörst du eigentlich selbst, wie arrogant du klingst, wenn du solche Dinge von dir gibst?«

Mir liegt eine Erwiderung auf der Zunge, doch ich schließe stattdessen die Augen und atme tief durch. »Ich will mich nicht mit dir streiten«, brumme ich, als ich sie abermals anschaue.

»Dann tu es nicht,« entgegnet sie lapidar.

Langsam weiß ich wieder, warum wir nie einen Draht zueinander hatten.

»Was ist eigentlich mit diesem Davyan?«, fragt sie unvermittelt.

Verwirrt sehe ich sie an. »Was soll mit ihm sein?«

»Die Art, wie du ihn anschaust – seid ihr zusammen?«

Jap, und ihre Direktheit hat sie auch nicht verloren …

»Wir …« Ich zögere, da ich mir bisher noch keine Gedanken darüber gemacht habe, wie ich unser Verhältnis bezeichnen soll. »Ja. Wir lieben uns«, sage ich dann.

»Schön.«

Es klingt, als hätte sie einem Hund das Kommando »Sitz« gesagt.

»Hast du ein Problem damit?«, frage ich argwöhnisch.

Sie zuckt mit den Schultern. »Du warst schon immer ein Buch mit sieben Siegeln für mich. Da passt es, dass du dir einen zwielichtigen Burschen suchst und ihn als deine Liebe bezeichnest.«

»Zwielichtiger …« Ich schnappe entgeistert nach Luft. »Davyan ist definitiv nicht zwielichtig! Und schon gar kein Bursche. Er ist …«

»Mittelmaß?« In ihren Augen liegt eine Kälte, die mich frösteln lässt.

»Besonders! Einzigartig«, knurre ich ungehalten.

»Wie du meinst.« Sie zuckt erneut mit den Schultern.

So langsam geht mir ihr Getue gehörig auf den Zeiger! Und wenn sie dann auch noch schlecht über Davyan redet, kann ich für nichts garantieren.

Soll ich ihr überhaupt anvertrauen, dass ich Jala auf dem Gewissen habe? Interessiert es sie? Oder ist sie zu sehr in ihren hirnrissigen Plänen vertieft, als dass sie sich um die Schuldgefühle ihres Sohnes Gedanken machen würde?

»Was treibt ihr eigentlich in den Talmeren?«, fragt sie weiter, als ich nichts tue, als in mich hineinzuknurren.

»Sind auf der Durchreise«, brumme ich und wende mich von ihr ab. »Ich geh mal zurück zu Davyan.«

»Tu das. Ich schicke einen der Zwerge, wenn das Essen bereit ist!«, ruft sie mir hinterher und ich hebe die Hand zum Zeichen, dass ich sie gehört habe.

Als ich allerdings in unsere Höhle zurückkehre, ist von Davyan keine Spur zu finden. Verwundert sehe ich mich um.

Wo ist er hingegangen?

22

HILFSKOCH

DAVYAN

Kurz zuvor …

Mir ist klar, dass Sombren und seine Mutter nun erst mal Zeit für sich brauchen. So lange haben sie sich nicht mehr gesehen. Somit ist es verständlich, dass sie viel zu besprechen haben. Da ich also nicht so schnell mit Sombrens Rückkehr rechne, beschließe ich, mich in der Höhle etwas umzusehen. Es schadet ja nicht, meine neue Umgebung besser zu kennen.

Kurzerhand verlasse ich unseren Unterschlupf und durchquere die angrenzenden Gänge sowie das Quartier der Zwerge. Wir kamen vorhin von rechts, daher wende ich mich nach links.

Die Höhle ist großflächiger, als ich zunächst angenommen habe, überall gibt es diese türkisfarbenen Kristalle, die warmes Licht verströmen. Doch noch ehe ich meine Erkundung richtig starten kann, dringt mir der Duft von gebratenem Fleisch in die Nase und mein Magen knurrt unwillkürlich. Es ist ein paar Stunden her, seit Sombren und ich gegessen haben, daher folge ich dem vielversprechenden Geruch.

Womöglich bringt er mich in die Küche, wo ich schon mal einen kleinen Happen abstauben kann.

Tatsächlich finde ich mich an einer Treppe wieder, die eine Etage weiter nach unten führt.

Götter, wie groß ist diese Höhle bitte?

Ohne zu zögern, gehe ich die Stufen hinunter und gelange nach wenigen Tritten zu einer Tür, die halb geöffnet ist. Von drinnen vernehme ich gedämpfte Männerstimmen.

Die Zwerge?

Eigentlich will ich gerade anklopfen, um sie nicht unfreiwillig zu belauschen, da fällt ein Satz, der mich innehalten lässt.

»Wusste gar nicht, dass sie einen Sohn hat«, sagt einer der Männer.

»Sie verheimlicht uns doch ohnehin eine Menge«, hält ein zweiter dagegen und grunzt. »Wenn wir Spiegel hätten …« Er lässt den Satz unvollendet. Wahrscheinlich beschreibt er stattdessen eine passende Geste.

Spiegel? Was für Spiegel?

Interessiert lege ich mein Ohr näher an den Türspalt.

»Oh, ja«, bestätigt der erste Sprecher. »Wir würden ihr zeigen, dass man mit Wüstenzwergen nicht so umspringt.«

»Auf jeden Fall.«

Ich runzle die Stirn. Schon wieder diese Bezeichnung.

Noch nie habe ich von Wüstenzwergen gehört, wusste nicht einmal, dass Zwerge in verschiedene Völker unterteilt werden. Aber ich habe ohnehin wenig über andere Völker gefunden in den Büchern, die ich früher auf dem Weingut las. Und so genau kann ich mich auch nicht mehr an alles erinnern, da das schon so lange her ist.

Noch interessanter finde ich allerdings die Art, wie die Zwerge über Sombrens Mutter sprechen.

Es kam mir bereits vorhin, als dieser Earic das Portal erschaffen sollte, so vor, als wären sie nicht glücklich damit, wie sie mit ihnen umspringt. Wenn ich etwas erkenne, dann Gehorsam, der jemandem gegen den Strich geht. War ich doch selbst so viele Jahre in eben dieser Situation.

Was ich hingegen nicht verstehe, ist, warum sich die Zwerge nicht gegen Alicia auflehnen. Sie sind in der Überzahl, könnten ihr Einhalt gebieten und das Ruder an sich reißen.

Hat es etwas mit diesen Spiegeln zu tun?

»Ha! Dachte ich doch, dass wir einen ungebetenen Zuhörer haben!«, ertönt da mit einem Mal eine Stimme direkt vor mir und gleichzeitig wird die Tür weit aufgerissen.

Ich blicke nach unten und erkenne den Zwerg, den Alicia als Berin vorgestellt hat. Er reicht mir gerade mal bis über den Bauch und funkelt mich aus dunklen Augen an.

»Ent-entschuldigt«, stammle ich. »Ich wollte nicht lauschen.«

»Dann tut es auch nicht«, brummt Berin und verengt die Lider. »Was sucht Ihr hier?«

»Ich …« Zaghaft werfe ich einen Blick in die weitläufige Küche, die sich hinter ihm erstreckt. »Ich habe Hunger und …«

»Wir sind dabei, das Essen zuzubereiten – zaubern können wir in diesem Fall nicht«, knurrt der Zwerg, der meine Antwort wohl falsch deutet.

»N-nein, ich …« Rasch halte ich die Hand in die Höhe. »Ich wollte Euch nicht hetzen, ich habe bloß den fantastischen Duft gerochen und bin ihm gefolgt.«

»So lass den Jungen doch rein, Berin«, sagt Fingolfar, der Karotten schält.

Ich beiße mir auf die Unterlippe, um ihn nicht zu korrigieren, dass ich kein Junge bin. Rein äußerlich wirke ich trotz meines Alters noch immer jugendlich, das ist mir bewusst.

Gleichzeitig habe ich keine Ahnung, wie alt die Wüstenzwerge überhaupt sind – ihre weißen Haare könnten trügen, daher gehe ich mal besser davon aus, dass sie mir ein paar Jährchen voraus sind.

Fingolfar besitzt ebenso lange Zöpfe wie Berin, aber sein Gesicht wirkt freundlicher, gütiger.

Schon als wir die Zwerge vorhin trafen, war er derjenige, den ich am sympathischsten fand.

»Kommt her, Davyan«, meint er nun und winkt mich mit dem Messer, das er in der Hand hält, zu sich. »Nicht so schüchtern.«

Ich muss ein Schmunzeln unterdrücken, denn schüchtern bin ich definitiv nicht mehr – das habe ich hinter mir gelassen.

Berin wirft mir einen finsteren Blick zu, den ich allerdings großzügig ignoriere, derweil ich an ihm vorbeigehe und die Küche betrete. Alles wirkt ordentlich, obwohl die Zwerge gerade dabei sind, ein wahres Bankett zu zaubern. Nun entdecke ich auch Tarran, der in einem Topf rührt und nebenbei Fleisch anbrät – und Earic, der am Backofen hantiert.

»Das riecht unglaublich gut«, sage ich ehrfürchtig, während ich mich in der Küche umsehe. »Ihr legt Euch ordentlich ins Zeug.«

»Tun wir«, bestätigt Fingolfar und schenkt mir ein flüchtiges Lächeln. »Wenn die Herrin solch wichtige Gäste hat, ist ihr nichts zu schade.«

»Ihr kocht das alles für uns?« Ich sehe ihn mit großen Augen an.

»Für wen denn sonst?«, grummelt Berin, der an mir vorbei und zu einem Hocker geht, um ein erlegtes Schneehuhn zu rupfen.

»Sei etwas freundlicher«, wird er auch direkt von Fingolfar zurechtgestutzt, der offenbar hier das Sagen hat. Mit einem entschuldigenden Ausdruck wendet er sich an mich. »Verzeiht seine ruppige Art. Er ist im Grunde …«

»Ruppig«, unterbricht ihn Tarran und alle lachen – bis auf Berin, der ihm einen flammenden Blick zuwirft.

Auch ich grinse und merke, wie ich mich umgehend wohlfühle. Nicht nur weil diese Zwerge um einiges freundlicher sind als der, den wir dreimal in den Talmeren gerettet haben. So lange war die Küche auf dem Weingut mein Zuhause. Die Stunden, in denen ich Ana dabei half, Bankette für Herrin Libella zuzubereiten, kann ich gar nicht zählen. Aber es war die Zeit, die mir am besten gefiel, denn sie war nicht gezeichnet von Prügeln oder Verhöhnungen. Es gab nur Ana und mich – und das Essen, das wir zauberten.

»Darf ich Euch helfen?«, frage ich, ehe ich darüber nachdenken kann.

»Helfen?« Fingolfars Augen werden groß.

Auch die anderen drei Zwerge sehen mich ungläubig an.

»Ich kenne mich in der Küche aus«, erkläre ich und krempel die Ärmel meines Hemdes hoch. »Habe das selbst viele Jahre gemacht.«

»Ihr seid ein Koch?«, hakt Tarran nach.

»Nun ja, Hilfskoch eher.« Ich schenke ihm ein schiefes Lächeln. »Und auch etwas aus der Übung, zugegeben. Dennoch könnt Ihr zwei weitere Hände gebrauchen, wie mir scheint.«

»In der Tat«, bestätigt Fingolfar und schiebt die Augenbrauen zusammen. »Valerius, Rialdo und Lirron kehren erst in einer Stunde zurück, das Abendessen ist aber für in zwei Stunden angesetzt.«

»Somit komme ich ja zur rechten Zeit.« Ich grinse. »Also, was kann ich tun?«

Die vier Zwerge sehen sich einen Moment unschlüssig an, dann scheinen sie stumm zu einer Einigung zu kommen.

»Berin könnte Hilfe bei den Hühnern benötigen«, meint Fingolfar und deutet auf einen Korb, in dem noch zwei weitere erlegte Schneehühner liegen. »Und wenn Ihr damit fertig seid, müsste nochmals etwas Holz gehackt werden für den Ofen.«

»Hühner rupfen, Holz hacken.« Ich nicke. »Das schaff ich.«

»Sehr schön.« Fingolfar widmet sich wieder seinen Karotten. »Und vielen Dank.«

»Nicht dafür.« Ich mache eine abwinkende Geste, ehe ich mich zu Berin auf einen Hocker setze und mir eines der Schneehühner schnappe. Obschon ich diese Tätigkeit hundert Jahre lang nicht gemacht habe, erinnern sich meine Finger noch ganz genau daran, wie man ein Huhn rupft.

Der grummelige Zwerg beobachtet eine Weile akribisch mein Tun, scheint dann aber zufrieden zu sein und widmet sich ebenfalls wieder seiner Arbeit.

»Ich habe noch nie von Wüstenzwergen gehört«, sage ich, um das unangenehme Schweigen zu durchbrechen, das sich durch meine Anwesenheit über die Küche gelegt hat. »Warum nennt Ihr Euch so? Wir befinden uns doch im Gebirge.«

Mir entgeht der kurze Blickwechsel der vier nicht, bevor Fingolfar sich räuspert. »Nun … unser Volk lebte einst in der Gohar-Wüste«, sagt er bedächtig, als würde er über jedes Wort erst nachdenken, ehe er es ausspricht.

»Oh, das ist aber ziemlich weit weg von hier.« Ich lege neugierig den Kopf schief. Die Gohar-Wüste befindet sich im Westen Altras und erstreckt sich bis zum Meer, so viel weiß ich von Landkarten. »Und was hat Euch in die Talmeren verschlagen?«

Erneut sehen sich die vier Zwerge an, bevor Fingolfar antwortet.

»Unser Volk hat eine schwere Zeit hinter sich.« Sein Blick trübt sich ein wenig. »Es ist viele Jahrhunderte her, seit wir unsere Städte in der Wüste aufgeben mussten.«

Jahrhunderte … Also lag ich richtig, diese Zwerge sind uralt.

Ich meine mich zu erinnern, dass Zwerge mehrere hundert Jahre alt werden können – vielleicht sogar älter?

»Was zwang Euch dazu, die Wüste zu verlassen?« Ich sehe ihn überrascht an und halte inne damit, das Huhn zu rupfen.

»Ihr stellt die richtigen Fragen, Davyan.« Fingolfar mustert mich mit ernstem Gesichtsausdruck. »Aber die Antworten sind nicht so einfach – und sie reißen alte Wunden auf.«

»Tut mir leid«, rudere ich zurück und nehme meine Tätigkeit wieder auf.

»Das muss es nicht.« Fingolfars Gesicht wirkt nachdenklich. »Manchmal ist es gut, sich nochmals seine Geschichte in Erinnerung zu rufen, auch wenn es schmerzt.«

»Ihr müsst mir nichts erzählen, was Ihr nicht möchtet«, sage ich.

»Schon gut.« Fingolfar seufzt. »Tarran ist eigentlich unser Geschichtenerzähler.« Er deutet zum Zwerg, der unsere Kleidung geholt hat. Er wirkt etwas jünger als Fingolfar und wendet gerade das Fleisch in der Bratpfanne. »Möchtest du?«

»Sehr gern.« Tarrans dunkle Augen beginnen zu leuchten und ein Lächeln erobert sein Gesicht. Er freut sich offenbar darauf, seine Fähigkeiten als Geschichtenerzähler zur Schau zu stellen. »Vor vielen Jahrhunderten lebten wir in friedlichem Einklang mit unseren Göttern in der Gohar-Wüste«, beginnt er mit bedeutungsschwerer Stimme, die mich sofort in ihren Bann zieht. »Trotz der Einöde konnten wir problemlos überleben, denn die Götter gaben uns alles, was wir brauchten. Unsere Städte waren weitum für ihre Schönheit bekannt, unser Handwerk in der Schmiedekunst legendär. Selbst die Hügel-, Wald- und Bergzwerge beneideten uns darum.« Er sieht mich vielsagend an. »Nur leider steigt einem zu viel Lob schnell zu Kopf. Wir wurden übermütig, wenn nicht gar überheblich.«

Als ich Fingolfar betrachte, bemerke ich einen alten Schmerz in seinem Blick, bevor er diesen senkt.

»Die Götter sahen dies mit Unmut«, fährt Tarran fort. »Sie begannen sich von uns abzuwenden, und so sehr wir auch ihre Gunst wiederzuerlangen versuchten, wir scheiterten.«

»Es gibt mehrere Theorien darüber, warum die Götter sich von uns abwandten«, ergänzt Earic, der bisher schweigsam Brotteig geknetet hat. »Aber warum auch immer es geschah … das Ergebnis bleibt dasselbe: Die Götter verließen uns.«

Tarran übernimmt wieder. »Schließlich beschloss Hegabor, der letzte Fürst der Wüstenzwerge, die Götter selbst im Talmerengebirge aufzusuchen, wohin sie sich zurückgezogen hatten.«

»Eure Götter leben im Talmerengebirge?« Ich starre ihn ungläubig an.

»Nicht direkt«, korrigiert sich Tarran. »Wir nennen ihr Zuhause Olymp. Und der Eingang dazu liegt irgendwo im Talmerengebirge verborgen. All die Jahre ist es hingegen keinem aus unserem Volk gelungen, diesen zu finden und die Götter zu bitten, ein Einsehen mit uns zu haben. Auch unser Fürst scheint an dieser Aufgabe gescheitert zu sein – wir haben ihn nie mehr wiedergesehen.«

»Ihr seid also Eurem Fürsten ins Talmerengebirge gefolgt«, schlussfolgere ich.

»Das sind wir. Nachdem wir keine andere Möglichkeit mehr sahen und er nicht mehr zu uns zurückkehrte.«

»Und was geschah mit den Städten?«

»Die wurden vom Sand begraben.« Fingolfar seufzt leise. »Wir haben neue Städte errichtet, allerdings tief unter diesen Bergen. Selbstverständlich war dies den anderen Zwergenvölkern der Talmeren ein Dorn im Auge, als sie sich nach dem Hundertjährigen Krieg hierher zurückziehen wollten. Es hat lange gedauert, mit ihnen Frieden zu schließen.«

»Ihr habt gegen andere Zwerge kämpfen müssen?« Meine Augen weiten sich.

»Wir haben unsere neue Heimat verteidigt«, bestätigt Tarran. »Inzwischen leben wir friedlich Seite an Seite, aber ja, es gab Zeiten, in denen man vor keinem Zwerg in den Talmeren sicher war.«

»Das ist eine echt epische Geschichte«, bemerke ich.

»Das ist sie.« Tarran sieht mich stolz an.

Ich mustere ihn stirnrunzelnd. »Habt Ihr jemals herausgefunden, was mit Eurem Fürsten geschah?«

Tarran zuckt mit den Schultern. »Sein Sohn Elderion sucht seit jeher verbissen nach ihm. Er will nicht wahrhaben, dass er tot ist. Aber wenn Ihr mich fragt …« Er macht eine unbestimmte Bewegung, die mir verdeutlicht, dass er nicht daran glaubt, dass sein Fürst noch lebt.

»Elderion ist ohnehin etwas … anders.« Earic wackelt vielsagend mit den Augenbrauen. »War er schon immer.«

»Darf ich fragen, warum Ihr hier und nicht in diesen neuen Städten seid, die Ihr errichtet habt?«, hake ich nach.

Wieder entgeht mir der Blickwechsel nicht, den sie austauschen.

»Wir … sind Abgesandte«, meint Fingolfar dann schlicht.

»Abgesandte? Wofür?«

»Ihr stellt viele Fragen«, bemerkt Earic und gibt mir zu verstehen, dass ich langsam damit aufhören sollte.

»Verzeiht«, murmle ich betreten. »Ich wollte nicht neugierig wirken.«

»Wir haben Euch nun viel über uns und unser Volk erzählt«, meint Fingolfar versöhnlicher. »Nun erzählt uns ein bisschen was über Euch und Sombren. Was hat Euch in die Talmeren verschlagen?«

Einen Moment überlege ich, ob ich ihnen die Wahrheit sagen soll, beschließe aber, dass ich auf mein Bauchgefühl hören und ihnen vertrauen kann. Also erzähle ich die Geschichte, wie ich damals vor hundert Jahren ein Dasein auf dem Weingut fristete – und eher durch Zufall im Magierzirkel gelandet bin. Die Zwerge hören mir gebannt zu, unterbrechen mich nur ab und an mit kurzen Nachfragen.

Während ich das Holz kleinhacke und es Earic für den Ofen reiche, berichte ich schließlich, wie Sombren und ich hundert Jahre getrennt wurden und es mich in die Arena verschlug. Bei der Gelegenheit halte ich inne.

»Kennt Ihr eine Arena hier in der Nähe?«, frage ich. »Die von Karakal?«

»Arena.« Fingolfar legt die Stirn in Falten. »Hm, mir scheint, dass ich schon mal etwas davon gehört habe.« Er überlegt angestrengt. »Ich meine Gerüchte vernommen zu haben, dass es eine solche Arena gibt, diese allerdings nur von Mitgliedern des Bestienkults gefunden und betreten werden kann.«

»Bestienkult?« Ich sehe ihn verdutzt an.

In all den Jahren als Kämpfer habe ich nie davon gehört.

»Ein Kult, der im Geheimen agiert«, erklärt Fingolfar. »Sie verfügen über mächtige Dämonenmagie und können damit ihren Aufenthaltsort schützen.«

Dämonenmagie. Ist das der Grund, warum die Nymphe Silia mich nicht aufspüren konnte? Warum wir so viele Tage ziellos über den Talmeren hin und her geflogen sind, ohne die Arena zu finden?

Ich wusste zwar, dass Karakal viele Geheimnisse hat, aber nicht, dass er ein Kultist ist. Und obendrein über Kräfte verfügt, von denen ich nie etwas sah oder merkte.

Nun gut … so oft hatte ich mit ihm in meiner Gefangenschaft nicht zu tun, die meiste Zeit verbrachte ich in einer Zelle. Nicht einmal alle anderen Kämpfer habe ich kennengelernt, geschweige denn Karakals Vertraute oder Verbündete.

Scheiße. Wenn das stimmt, ist Mauryce in größerer Gefahr, als ich annahm!

»Ich muss zu dieser Arena«, sage ich mit fester Stimme. »Wisst Ihr, wo sie sich befindet?«

»Niemand weiß das.« Fingolfar zerstreut meine Hoffnung damit im Keim.

»Vielleicht kann Euch die Herrin weiterhelfen«, wirft Tarran ein, erntet dafür aber einen messerscharfen Blick des älteren Zwerges.

Fingolfar wendet sich mir wieder zu. »Was auch immer Ihr tut, hütet Euch vor Alicia«, rät er eindringlich.

»Aber ich muss einem Freund helfen«, halte ich dagegen. »Er ist in der Arena und ich muss ihn befreien.«

»Ist Euer Vorhaben so wichtig, dass Ihr Euer eigenes Leben dafür aufs Spiel setzen würdet?«

»Wichtiger«, antworte ich, ohne zu zögern.

Die Zwerge sehen sich stumm an, dann nickt Fingolfar. »Nun gut, wir schauen, ob wir etwas über diese Arena herausfinden. Doch bis dahin haltet die Füße still und bleibt der Herrin gegenüber unauffällig.«

»Abgemacht. Danke.« Ich sehe ihn erleichtert an.

Wenn es jemandem gelingt, die Arena aufzuspüren, dann diesen Zwergen, das habe ich im Gefühl.

Ich hoffe, es täuscht mich nicht …

23

ESSEN MIT DER SCHWIEGERMUTTER

DAVYAN

»Da bist du ja!«, begrüßt mich Sombren, als ich nach einer Weile in unsere Gemächer zurückkehre.

Ich habe den Zwergen so lange geholfen, bis Valerius, Rialdo und Lirron aus den Stollen zurückkehrten und übernahmen. Obwohl sie geschafft aussahen, konnte ich sie nicht davon überzeugen, mich weiterhin in der Küche zu dulden. Daher verließ ich diese, um auf das Zeichen zu warten, dass das Essen bereit ist.

»Wo warst du?«, fragt Sombren, der mich stirnrunzelnd ansieht.

»In der Küche.« Ich lege mich auf das Bett, strecke die Beine aus.

Er sieht verdattert auf mich herunter. »In der …«

»Küche.« Ich schenke ihm ein Lächeln. »Hab mich etwas mit den Zwergen unterhalten.«

Mit noch immer verblüfftem Gesichtsausdruck setzt sich Sombren neben mich auf den Bettrand. »Ich habe mir Sorgen gemacht,

Davyan«, sagt er und berührt meine Brust. »Hinterlasse nächstes Mal wenigstens eine Nachricht, wenn du einfach so abhaust.«

Ich zucke mit den Schultern. »Wusste nicht, dass ich länger wegbleiben würde. Eigentlich wollte ich nur die Höhle erkunden.«

Er betrachtet mich nachdenklich, dann holt er leise Luft. »Das Gespräch mit meiner Mutter verlief nicht ganz so wie geplant.«

Unvermittelt richte ich mich ein wenig auf. Der enttäuschte Ausdruck in seinen Augen entgeht mir nicht. »Das tut mir leid«, murmle ich und lege ihm eine Hand an die Wange. Sanft streiche ich mit dem Daumen über seinen Dreitagebart. »Möchtest du darüber reden?«

Er schüttelt den Kopf. »Nein, ich …« Seine breiten Schultern heben sich unter einem Atemzug. »Es ist in Ordnung. Wir hatten noch nie einen Draht zueinander und jetzt weiß ich wieder, warum.«

»So schlimm?«

Er hebt den Blick und seine Augen gleiten rastlos über mein Gesicht. »Davyan, ich liebe dich«, sagt er leise.

»Und ich …«

»Nein«, unterbricht er mich. »Ich liebe dich. Vergiss das bitte nicht.«

»Du machst mir Angst«, murmle ich und verenge die Lider. »Was ist bei deiner Mutter geschehen?«

»Sie …« Er kratzt sich am Hinterkopf. »Sie ist … irgendwie anders. Keine Ahnung. Ich habe ein ganz schlechtes Gefühl.«

Ich mustere ihn stumm, dann neige ich mich zu ihm und lege meine Lippen auf seine. Für drei Atemzüge verweile ich, spüre, wie er meinen Druck sanft erwidert, ohne den Kuss weiter zu vertiefen.

»Sombren«, flüstere ich nahe an seinem Mund. »Ich bin für dich da, in Ordnung? Wenn du reden möchtest. Oder jemanden brauchst, der einfach nur bei dir ist.«

Meine Hände verschränken sich in seinem Nacken und ich lehne die Stirn gegen seine.

Er seufzt leise. »Danke.«

»Nichts zu danken.« Ich löse mich etwas von ihm und schaue ihn liebevoll an. »Also, was hat meine Schwiegermutter so Böses angestellt, dass du mit einem Mal an allem zweifelst?«

»Schwiegermutter.« Sombren schnaubt. »Davyan, das ist nicht witzig.«

»Seine Familie sucht man sich nun mal nicht aus.« Ich zucke erneut mit den Schultern.

Seine dunklen Iriden funkeln für einen Herzschlag, dann schüttelt er den Kopf. »Meine Mutter spielt mit Mächten, die sie nicht einmal ansatzweise begreift. Geschweige denn deren Auswirkung.«

»Du klingst sehr kryptisch«, murmle ich. »Kannst du mal für mich übersetzen?«

»Sie will die Macht der Wärmesteine allen Magiern zur Verfügung stellen«, präzisiert er. »Weißt du, was das bedeutet?«

Ich sehe ihn mit großen Augen an. »Das Ungleichgewicht zwischen Magiern und normalen Menschen wäre noch größer.«

»Genau das.«

»Mist.«

»Das kannst du laut sagen.« Er erhebt sich und ich lasse ihn dafür los. Unruhig geht er vor mir hin und her. »Ich muss verhindern, dass das geschieht. Auch wenn ich das Potential dieser Wärmesteine erkenne, so darf es nicht in die falschen Hände geraten.«

Stirnrunzelnd sehe ich seiner unsteten Wanderung zu. »Wie ist das denn möglich? Also dass die Kraft der Wärmesteine genutzt werden kann?«

»Mutter besitzt hier eine Art Laboratorium. Sie fand heraus, wie man diese Steine einschmelzen und mit dem neuen Aggregatszustand ihre Magie nutzen kann«, erklärt Sombren und gestikuliert in der Luft herum. »Damit wäre es zum Beispiel möglich, magische Artefakte aufzuladen.«

Meine Augenbrauen hüpfen in die Höhe. »Wie dein Amulett?«

»Wie mein Amulett.« Er bleibt stehen und nickt langsam.

»Aber das wäre doch großartig. Also wenn du keine fremde Magie mehr benötigst und dennoch stärker bist.«

»Ich muss nicht stärker sein«, erwidert er zugeknöpft.

»Ja, aber stellt dir mal vor, dass …«

»Hör auf damit, Davyan«, knurrt er. »Du klingst schon wie sie.«

»Weil ich gerade erkenne, dass wir uns die Kraft der Steine zunutze machen könnten«, halte ich dagegen. »Um Mauryce zu befreien, zum Beispiel.«

»Dafür müssen wir erst mal die Arena finden.«

»Die Zwerge helfen uns dabei.«

»Die Zwerge?« Er sieht perplex auf mich herunter.

»Die Zwerge.« Ich nicke mit Nachdruck, dann fasse ich mit raschen Worten zusammen, was mir Fingolfar und seine Freunde erzählt haben.

Sombren tippt sich nachdenklich mit dem Zeigefinger ans Kinn. »Dämonenmagie also … Klingt gar nicht so abwegig und wäre eine Erklärung dafür, warum wir seit Tagen herumirren.«

»Oder?«

»Wenn das mit diesem Kult und der Dämonenmagie stimmt, wären ein paar zusätzliche Hilfsmittel wirklich nicht verkehrt.« Er schnaubt leise. »Dann ist nämlich mein toller Plan dahin, dass ich in der Arena nicht verletzt werden kann.«

»Oh, stimmt.« Meine Augen weiten sich.

»Vorausgesetzt, Karakals Magie ist jener von Kryia ähnlich«, fügt er hinzu.

»Hm. Wie groß ist die Wahrscheinlichkeit?«

»Will es lieber nicht herausfinden.« Er verschränkt die Arme vor der Brust und sieht auf mich herunter. »Demnach brauchen wir *doch* diese verdammten Wärmesteine.«

»Jetzt sprechen wir wieder dieselbe Sprache.« Ich schenke ihm ein Grinsen. »Wir müssen nur noch herausfinden, wie wir dein Amulett mit den Kräften aufladen.«

»Das hat meine Mutter freundlicherweise bereits für mich getan.«

»Hat sie?« Ich starre ihn verdattert an.

»Mhm.« Sombren streckt die Hand aus und bildet einen Feuerball. »Scheiße, ich brauch dafür nicht mal einen Hauch von dem, was ich üblicherweise benötige«, murmelt er überrascht.

»Deine Aura«, bemerke ich. »Sie ist …« Ich schlucke, während ich ihn anstarre.

Rund um Sombren ist ein dunkles Magiefeld zu erkennen, als wäre er in Schatten gehüllt.

»Das ist die schwarze Magie«, sagt er und lässt den Feuerball verschwinden. Sofort ziehen sich die dunklen Nebel um ihn zurück. »Wenn ich mich der Kräfte des Amuletts bediene, ist sie noch stärker als sonst.«

»Gruselig«, murmle ich.

»Das ist es.«

Ich atme tief durch. »Also, dann heißt es jetzt warten, bis …«

Ein Räuspern unterbricht uns und ich sehe zum Eingang der Höhle. Earic steht dort und wirkt etwas betreten.

»Verzeiht«, sagt er. »Ich wollte Euch nicht stören, aber das Essen wäre bereit.«

»Oh, wie wunderbar, danke.« Ich erhebe mich vom Bett. »Du glaubst gar nicht, was die Zwerge für tolle Köche sind«, wende ich mich an Sombren. »Ich durfte schon das eine oder andere probieren und ich sag dir …«

»Ich werde es wohl gleich selbst erleben dürfen«, unterbricht er mich schmunzelnd. »Nach dir, mein Aschenprinz.«

Wir folgen Earic durch die Gänge in eine weitere Höhle, und ich bin einmal mehr erstaunt, wie groß der Bereich ist, den sie bewohnen.

Auch hier ist alles von türkisem Licht erfüllt. Auf einem rot-schwarzen Teppich stehen ein langer Tisch und acht Stühle. Am Kopfende hat Alicia bereits Platz genommen und winkt uns zu sich. Sie trägt mittlerweile ein hellblaues Kleid, das ihr hervorragend steht.

»Setzt euch«, sagt sie und schenkt uns ein zugeknöpftes Lächeln. »Die Zwerge bringen gleich das Essen.«

Earic verneigt sich und geht rückwärts zurück, ehe er einen schrillen Pfiff ausstößt, der mich zusammenfahren lässt.

Wir können uns gerade noch hinsetzen, da betreten auch schon die anderen sechs Zwerge den Saal. Sie alle tragen silberne Platten in den Händen, auf denen die leckersten Gerichte aufgetürmt sind.

Hatte ich in der Küche bereits die Delikatessen bewundert, so wirken sie nun – liebevoll drapiert – wie ein wahres Kunstwerk.

»Wundervoll«, entfährt es mir, als Tarran direkt vor mir einen der Braten zerschneidet und dazu warme Brötchen serviert.

Er schenkt mir ein Augenzwinkern, das Alicia zum Glück entgeht. Ich denke nicht, dass sie so erfreut darüber wäre, zu hören, dass ich ihren Zwergen in der Küche geholfen habe.

Mir läuft das Wasser im Mund zusammen und ich kann es kaum erwarten, bis alles vor uns steht.

»Bedient euch«, weist uns Alicia an und greift selbst zu einem frisch gebackenen Brötchen.

»Esst Ihr nicht mit uns?«, frage ich an Fingolfar gerichtet, der neben dem Tisch steht, die Hände hinter dem Rücken verschränkt, als warte er auf weitere Anweisungen. Auch die anderen Zwerge haben sich dezent zurückgezogen und beim Eingang des Raumes versammelt.

Fingolfar schüttelt stumm den Kopf und aus seinen Augen dringt ein mahnender Ausdruck. Offenbar hätte ich die Frage nicht stellen sollen.

Sombrens Mutter gibt den Zwergen mit einem Wink zu verstehen, dass sie sich zurückziehen können, was diese auch umgehend tun.

Eine Weile ergötzen wir uns an den hervorragenden Speisen, ehe Alicia wieder das Wort ergreift.

»Mein Sohn hat erzählt, dass ihr ein Paar seid?«

Ich wende mich ihr zu und nicke zustimmend, während ich die Reste meines Karottenpürees auf eine Gabel schiebe. »Das sind wir.« Mein Blick trifft auf Sombren, der mich mit schmalen Lidern betrachtet.

Sei auf der Hut, lese ich aus seiner Miene.

Mit einem leichten Nicken gebe ich ihm das Signal, dass ich verstanden habe, bevor ich den Teller in Rekordgeschwindigkeit leer esse. In der Arena bin ich quasi darauf trainiert worden, schnell zu essen – und diese Speisen hier sind einfach zu köstlich, als dass ich langsamer machen könnte.

»Wie habt ihr euch kennengelernt?«, fragt Alicia weiter.

»In Fayl«, antworte ich wahrheitsgemäß und nehme mir nochmals etwas Braten nach. »Also im Magierzirkel.«

Ihr Augenmerk fällt auf meine ringlose Hand. »Ihr seid gildenlos«, bemerkt sie und ich vermeine, eine Spur Ablehnung in ihren blauen Augen zu registrieren. »Was hattet Ihr im Zirkel zu suchen?«

»Ich …« Wieder tausche ich einen Blick mit Sombren, der tief durchatmet, ehe er das Wort übernimmt.

»Er brachte uns Wein für ein Fest«, erklärt er, was nicht stimmt, doch ich verstehe, dass er keine Lust hat, die ganze Wahrheit zu erzählen. »Den Ball zu Jalas zweihundertsten Geburtstag«, fährt er fort und nimmt ebenfalls ein weiteres Stück Fleisch, wendet sich seiner Mutter zu. »Du wärst auch eingeladen gewesen.« Den unterschwelligen Vorwurf kann er nicht aus seiner Stimme vertreiben.

Alicia seufzt. »Du weißt doch, wie ich zu diesen Festen im Zirkel stehe«, meint sie abwinkend. »Das war noch nie mein Fall.«

»Als ob«, murmelt Sombren angefressen und zerschneidet sein Fleisch etwas zu brüsk.

»Demnach habt ihr euch auf einem Ball kennengelernt?«, hakt Alicia nach, ohne auf das Brummen ihres Sohnes einzugehen.

»Genau.« Ich schiebe den wieder leeren Teller von mir, da ich keinen Bissen mehr herunterkriege. Stattdessen greife ich nach dem Kelch, in dem sich klares Wasser befindet, das herrlich erfrischend meine Kehle hinunterrinnt.

Mehr muss sie nicht wissen, denn ich spüre, dass sie etwas gegen unsere Beziehung hat. Warum auch immer.

Leider lässt Sombrens Mutter nicht so rasch locker.

»Ihr wurdet also als Gildenloser auf einem Ball des Magierzirkels geduldet?« Sie sieht mich lauernd an.

»Ich …«

»Nur weil er keinen Ring trägt, bedeutet das nicht, dass er weniger wert ist«, knurrt Sombren.

»Hm, die Regeln Altras besagen da etwas anderes«, meint Alicia schulterzuckend.

»Die Regeln Altras wurden von einem alten Sack erstellt, der in Merita seine faltigen Eier schaukelt und dem einer abgeht, wenn er andere quälen kann!« Sombrens Stimme ist unvermittelt laut geworden.

Ich tarne ein Prusten als Hustenanfall und halte mir die Hand vor den Mund. Seine Wortwahl amüsiert mich zugegebenermaßen, auch wenn seine Mutter gerade alles andere als nett zu mir ist. Doch mit Ablehnung habe ich gelernt umzugehen.

»Mir ist klar, dass du deinen Lustknaben verteidigst«, bemerkt Alicia ungerührt an ihren Sohn gewandt. »Dennoch solltest du dich nicht derart im Ton vergreifen.«

Sombrens Faust fährt auf den Tisch hinab. »Lustknaben?!«, zischt er unwirsch. »Ich frage mich, *wer* sich da im Ton vergreift, Mutter!

Davyan ist mein Gefährte, mein Partner. Wir sind auf gleicher Augenhöhe. Das solltest du schleunigst akzeptieren.«

»Wie du meinst, deine Ansprüche dahingehend waren ja noch nie allzu hoch«, sagt sie abfällig.

»Das reicht!« Sombren springt auf und stößt dabei den Stuhl um. »Du entschuldigst dich umgehend bei Davyan für dein Benehmen!«

Sie blickt zu ihm hoch, ohne zu blinzeln. »Ihr seid hier in meinem Zuhause. *Wenn* sich jemand entschuldigt, dann du, Sombren. Dafür, dass du deine Mutter gerade anschreist.«

»Ich glaube, es ist besser, ich ziehe mich zurück«, murmle ich und erhebe mich ebenfalls.

Sollen die beiden das lieber untereinander ausmachen – ich mag es nicht, im Kreuzfeuer zu stehen.

»Nein, Davyan!«, sagt Sombren energisch. »Du bleibst.«

»Sombren, ich …« Seufzend lege ich die Serviette auf den Tisch und wende mich Alicia zu. »Danke für das Abendessen. Habt eine geruhsame Nacht.«

Ohne auf Sombrens Widerspruch zu achten, verlasse ich die Höhle und balle erst draußen die Fäuste.

Da hätte ich lieber einen Drachen zur Schwiegermutter als diese blöde Kuh. Und das meine ich wortwörtlich!

24

FOLGE DEM
WEISSEN HASEN

DAVYAN

»Alles in Ordnung?«, höre ich Sombrens Stimme hinter mir, als ich zurück in unserer Höhle bin.

Ich wende mich zu ihm um und betrachte ihn schweigend, ehe ich leise Luft hole. »Ja. Erniedrigungen bin ich gewohnt.«

»Wir reisen morgen ab«, sagt er entschlossen und legt mir beide Hände an die Schultern. »Das war eine dumme Idee, überhaupt hierherzukommen.«

»Nein«, widerspreche ich, indes ich seinem forschenden Blick standhalte. »Wir müssen hierbleiben. Die Zwerge können uns etwas über die Arena verraten.«

»Davyan.« Sombren neigt sich mehr zu mir herunter und Missbehagen zeichnet seine Miene. »Ich will nicht, dass meine Mutter so mit dir umspringt. Das hast du nicht verdient.«

Ich lege den Kopf schief. »Wie gesagt, ich war jahrelang genau solchen Worten ausgesetzt. Worte können mich nicht mehr verletzen, Sombren. Keine Sorge.«

»Die mache ich mir aber«, erwidert er stirnrunzelnd.

»Die Arena ist wichtiger«, halte ich dagegen. »Wir müssen Mauryce befreien.«

»In Ordnung«, gibt er schließlich nach und sein Brustkorb hebt sich unter einem tiefen Atemzug. »Ich … werde aber nochmals mit Mutter sprechen und ihr einbläuen, dass du verdammt noch mal der Mann bist, den ich liebe. Und sie nicht nur diese Tatsache, sondern auch dich gefälligst zu respektieren hat.«

»Danke.« Ich streiche ihm sanft über den Arm. »Ich halte mich vielleicht am besten von deiner Mutter fern, so gut es geht. Bis die Zwerge mehr über die Arena in Erfahrung gebracht haben.«

»In Ordnung«, wiederholt er und legt seine Stirn an meine. »Du bist so verdammt stark, Davyan.«

Unwillkürlich lache ich auf. »Weil ich mich von den dummen Sprüchen einer alten Hexe nicht geschlagen gebe?«

»Alte Hexe.« Sombren schnaubt belustigt. »Das trifft es erschreckend gut.«

Ich drücke ihm einen kurzen Kuss auf den Mund. »Solange wir zusammenhalten, kann sie noch so viel Gift versprühen. Sie wird uns niemals auseinanderbringen.«

»Wird sie nicht«, bestätigt Sombren und mustert mich mit so inniger Zuneigung, dass mir ganz warm wird.

»Lass uns schlafen«, sage ich und ergreife seine Hand. »Morgen sieht alles anders aus.«

Er seufzt leise, ehe er sich von mir zum Bett ziehen lässt. »Dir ist schon klar, dass wir jegliche Zärtlichkeit erst wieder austauschen, wenn wir von hier weg sind?«, meint er, derweil er ebenso wie ich seine Kleidung auszieht, bis er nur noch den Lendenschurz trägt.

»Warum?« Ich blinzle ihn verwirrt an, denn ja, ich hätte gern noch etwas … Zärtlichkeit ausgetauscht. Vor allem, da er gerade halbnackt vor mir steht und ich erneut diesen Sog verspüre, der mich dazu drängt, seine blasse Haut zu küssen, mit den Fingern über seine Muskeln zu streichen, ihn mit der Zunge …

Seine Miene verfinstert sich, während er sich neben mich auf die Matratze legt. »Weil ich im Umkreis von tausend Schritt um meine Mutter herum definitiv nicht in der Stimmung dafür bin.«

»Tausend Schritt?« Ich kaue nachdenklich auf meiner Lippe und suche eine einigermaßen bequeme Position – *das Bett ist echt hart.*

Sombrens Brauen ziehen sich eine Spur stärker zusammen und er dreht sich zu mir, um mich besser ansehen zu können. »Davyan … sag nicht, dass du gerade ernsthaft überlegst, tausend Schritt weit zu gehen, um mit mir zu schlafen.«

Ich lasse die Unterlippe zwischen meinen Zähnen hervorspicken. »Na gut, dann sag ich's halt nicht.« Mit einem theatralischen Seufzen ziehe ich die Decke über uns.

Er grunzt leise, ehe er den Arm um mich legt und mir einen Kuss auf die Stirn drückt. »Wir holen das nach, versprochen. Wenn wir hier weg sind.«

»Dann werden wir aber mit Mauryce unterwegs sein«, halte ich dagegen.

Er legt sich auf den Rücken und schließt die Augen. »Es wird sich schon eine Gelegenheit ergeben.«

»Hoffentlich.« Ich schlinge einen Arm um seinen Bauch und seufze gegen seine Brust. »Ich werde dich daran erinnern.« Mein Blick verfängt sich an dem schwarzen Amulett auf seiner Haut, das mystisch vor sich hin leuchtet.

»Wirst du nicht müssen«, murmelt er. »Das wird mein Verlangen nach dir erledigen.«

Ruckartig hebe ich den Kopf, um ihm ins Gesicht zu sehen. »Also bist du *doch* in der Stimmung?« Ein schelmisches Lächeln stiehlt sich auf meine Lippen.

»Nein.«

»Sombren?«

»Davyan?«

»Ich liebe dich, schlaf gut.«

»Ich du auch.«

»War das eine Abkürzung für ›ich liebe dich auch, schlaf du auch gut‹?«

»Mhm.«

»Sehr schön. Dann ich du auch.«

Damit schließe ich die Augen und das Letzte, was ich wahrnehme, ist sein betörender Geruch, ehe mich die Müdigkeit übermannt.

»Davyan?«

Ich vernehme Sombrens Stimme und sehe mich verwirrt um. Es ist stockdunkel und so sehr ich mich auch bemühe, ich kann nichts erkennen.

Wo bin ich?

»Sombren?« Meine Worte werden von der Dunkelheit umgehend verschluckt, fast, als würde ich gegen Watte sprechen. »Sombren!«, rufe ich lauter.

»Der Saal«, höre ich ihn wie von weit her.

Vorher war er doch näher, oder? Verdammt, warum ist es bloß so finster?!

»Komm her, Davyan!« Nun schwingt eine Spur Grauen in seinen Worten mit. »Folge meiner Stimme!«

Ich strecke die Arme aus und gehe vorsichtig los – in die Richtung, aus der ich Sombren gehört habe. Dabei rechne ich beinahe damit, über irgendetwas zu stolpern. Meine Füße sind nackt und der Boden unter mir fühlt sich kalt an. Steinig.

Bin ich noch in der Höhle der sieben Zwerge? Oder woanders?

Das Letzte, woran ich mich erinnern kann, ist, dass ich in Sombrens Armen eingeschlafen bin. Wir haben keine Wachen eingeteilt – warum auch? Wir befinden uns im Unterschlupf seiner Mutter und obgleich sie mich offensichtlich nicht mag, so traue ich ihr nicht zu, dass sie uns was antut.

War das ein Trugschluss? Hätten wir vorsichtiger sein sollen?

Ich tappe durch die Dunkelheit. »Sag was, Sombren!«, rufe ich und merke, dass meine Stimme von Panik gezeichnet ist.

»Ich bin hier!«, höre ich ihn. »Komm her, Davyan.«

»Wo ist hier?«, will ich wissen, während ich weitergehe, immer weiter, auf Sombren zu – hoffentlich.

»Hier.«

Nun ist seine Stimme so nah, als stände er neben mir. Dennoch kann ich immer noch nichts erkennen.

Boah, ist das gruselig!

»Davyan, öffne die Augen«, sagt er leise.

Die Augen öffnen? Aber ich schaue doch schon die ganze Zeit …

Moment …

Ich blinzle gegen Licht an und presse direkt wieder die Lider zusammen.

Verdammt, ist das hell!

Als ich eine Hand an meinem Oberarm spüre, zucke ich unwillkürlich zurück.

»Entschuldige«, sagt Sombren und lässt mich sofort los.

Ich blinzle erneut, dieses Mal ist das Licht besser auszuhalten. »Wo sind … Oh.«

Ich stehe mitten im Schlosssaal, den Silia für uns erschaffen hat. Alles glänzt in warmem Gold um uns herum und von der Decke hängen mehrere Kerzenleuchter, die für das Licht verantwortlich sind, das mir in den Augen brennt.

»Wie kommen wir hierher?«, frage ich und sehe Sombren an, der neben mir in einer leichten schwarzen Robe steht, die ein bisschen wie ein Morgenmantel wirkt.

»Wir schlafen«, erklärt er, während er mich forschend mustert. »Alles in Ordnung?«

»Ja, ich …« Fahrig streiche ich mir über das Gesicht. »Das war komisch. Es war alles schwarz und …«

»War es bei mir auch«, unterbricht er mich. »Zieh dir was an.« Er deutet auf meinen Leib und jetzt merke ich, dass ich komplett nackt bin.

»Entschuldige.« Umgehend wünsche ich mir eine ähnliche Robe herbei, wie er sie trägt, die sich sanft an meinen Körper schmiegt. »Dann sind wir also in unserer Traumwelt?«, hake ich nach.

Sombren sieht sich stirnrunzelnd um. »Scheint so. Ich verstehe nur nicht ganz, warum.«

»Weil wir gleichzeitig schlafen?« Ich lege den Kopf schief.

Er begegnet meinem Blick und nickt nachdenklich. »Wir haben auch bei Gabriella und Damaris gleichzeitig geschlafen – ebenso im Dorf. Dennoch waren wir in keiner einzigen Nacht in diesem Saal.«

»Das stimmt allerdings.« Ich kaue auf meiner Wangeninnenseite herum.

Das letzte Mal, als wir in unserem Saal waren, war im Schloss selbst gewesen. Seither hat sich nie wieder eine Gelegenheit ergeben. Silia meinte zwar, wir könnten uns jederzeit im Saal treffen, aber wie das geht, hat sie uns nicht verraten.

»Womöglich bestimmt der Saal selbst, wann er uns zu sich holt?«, überlege ich laut.

»Mag sein.« Sombren zuckt mit den breiten Schultern.

»Und was jetzt?« Ich warte, bis er mich wieder ansieht.

»Wenn du dir ein Schäferstündchen mit mir erhoffst … Das kannst du dir abschminken«, meint er mit zusammengeschobenen Brauen.

»Wir sind ziemlich weit von deiner Mutter weg«, bemerke ich und spüre ein Lächeln, das an meinen Lippen zupft.

»Geistig vielleicht – aber unsere Körper liegen keine paar Schritt von ihrem entfernt«, hält er dagegen.

»Na gut.« Ich seufze ergeben und verschränke die Arme vor der Brust. »Wenn du nicht mit mir schlafen möchtest, dann … könnten wir tanzen.«

»Du willst tanzen? Jetzt?« Seine Augen werden groß vor Verblüffung.

»Nun ja, dann mach du einen anderen Vorschlag.«

»Ich denke, wir sollten vor allem schlafen«, meint er und ehe ich mich versehe, steht neben uns ein breites Himmelbett, dessen Matratze um einiges weicher aussieht als die, auf der mein Körper gerade ruht.

»Aber wir schlafen doch«, halte ich dagegen. »Und wenn wir aufwachen, sind wir ausgeruht. So war es immer.«

»Wer sagt, dass es außerhalb des Schlosses auch so ist?«

»Na guuut«, gebe ich mich geschlagen. »Aber nur, weil das Bett so verdammt weich aussieht.«

Endlich erscheint ein Schmunzeln auf Sombrens Gesicht. »Dachte ich doch, dass ich dich damit rumkriege.«

»Du würdest noch viel mehr von mir kriegen, wenn …«

»Davyan«, unterbricht er mich mahnend.

»Schon gut, schon gut …« Ich grinse und lasse die Robe fallen, bevor ich unter die Decke schlüpfe. »Dann komm her, mein Märchenprinz.«

Ohne zu zögern, zieht auch Sombren sich aus, und es braucht wirklich all meine Willenskraft, nicht kurzerhand über ihn herzufallen und ihm zu zeigen, wie sehr ich ihn begehre, als er neben mir liegt.

Stattdessen schlinge ich einen Arm um ihn und kuschle mich nahe an seinen Körper.

»Lieb dich. Schlaf gut«, murmle ich.

»Ich du auch.«

Dieselben Worte, die er auch in der Höhle zu mir sagte. Ich lächle, ehe ich die Augen schließe …

… und reiße sie sofort wieder auf.

Dunkelheit und Kälte haben auf mich gewartet. Kälte, die ich weiterhin am ganzen Leib wahrnehme, obwohl mich eine warme Decke einhüllt und ich Sombrens Körper neben mir spüre.

Er schläft tief und fest.

Wie viel Zeit ist vergangen? Ich dachte, ich hätte bloß kurz die Lider geschlossen.

Stirnrunzelnd blicke ich um mich. Wir befinden uns noch immer im Himmelbett am Rande des Saals. Die Kronleuchter sind gedimmt, unsere Umgebung liegt im Halbdunkeln vor mir.

»Sombren«, flüstere ich.

Warum ich die Stimme senke, weiß ich nicht so recht. Es fühlt sich irgendwie alles komisch an. Gefährlich.

Ja, es liegt Gefahr in der Luft, oder?

Sombren regt sich nicht. Auch als ich ihn sanft an der Schulter rüttle, ziehen sich bloß seine Augenbrauen unwillig zusammen, während er etwas murmelt.

Seit wann schläft er so tief?

Eine Gänsehaut kriecht über meinen Rücken, die ich mir nicht erklären kann.

Einer Eingebung folgend, schlage ich die Bettdecke zurück und erhebe mich, greife nach dem Morgenmantel und ziehe ihn über.

Da ist etwas. Der Saal will mir etwas zeigen. Nur was?

Ratlos sehe ich mich um. Es ist alles wie immer, die hohen Fenster uns gegenüber, hinter denen es schwarz ist. Die Balkontür, die allerdings geschlossen ist, und die weißen Vorhänge davor.

Warum habe ich das Gefühl, es geschähe gerade etwas Wichtiges?

Mit einem Mal vernehme ich einen leisen Gesang. Im ersten Moment vermag ich nicht festzustellen, woher er kommt, dann merke ich, dass es der Gesang einer Frau ist.

Hier im Saal?

Stirnrunzelnd schaue ich mich um, kann aber niemanden entdecken.

Vielleicht draußen auf dem Balkon?

Doch als ich dorthin gehe, wird der Gesang leiser, also drehe ich mich wieder um. Es gibt diese breite Flügeltür, die ich nur ein einziges Mal im Traum passiert habe. Damals, als ich nach Sombren gesucht habe.

Was geschieht, wenn ich den Saal verlasse? Werde ich mich im verwunschenen Schloss wiederfinden? Oder an einem anderen Ort?

Die Vorsicht mahnt mich – aber die Neugierde treibt mich darauf zu.

Schritt für Schritt nähere ich mich der Tür, bis ich direkt davor stehe.

Behutsam lege ich eine Hand auf die Klinke und drücke sie herunter.

Die Flügeltüren schwingen auf und ich schaudere unwillkürlich, als ich vor mir einen Gang erblicke, der in türkises Licht gehüllt ist. Licht, das von großen Kristallen stammt, die rechts und links erstrahlen.

Bin ich zurück in der Höhle der sieben Zwerge? Dem Unterschlupf von Alicia?

Und … ist das ein weißer Hase, der gerade vor mir davonhoppelt?

Schon einmal habe ich einen solchen Hasen gesehen. Damals, als ich zum allerersten Mal unterwegs in die Hauptstadt war – in einem anderen Leben, wie mir scheint.

Aber damals hatte Silia ihre Finger im Spiel. Jetzt auch?

»Silia?«, frage ich und zucke ob meiner eigenen Stimme zusammen, die hohl und dumpf gleichzeitig klingt.

Bescheuert von mir … Silia ist nicht hier.

Das Kaninchen hingegen schon.

Es ist stehen geblieben und schaut mich an, als würde es darauf warten, dass ich ihm folge.

»Also gut«, murmle ich und setze einen Fuß über die Türschwelle. Mit einem Blick über die Schulter vergewissere ich mich, dass der Saal sich nicht einfach in Luft auflöst.

Dann betrete ich den Gang.

Doch ich bin kaum zwei Schritte gekommen, da schwingen die Türen hinter mir wieder zu – und als ich herumwirble, ist da nichts außer Felsen.

»Scheiße, verdammt«, fluche ich und beiße mir auf die Unterlippe, während ich den kalten Stein mit den Händen abtaste.

Der Eingang zum Saal ist weg, als wäre er nie dagewesen.

»Na prima.« Ich seufze leise und wende mich wieder zum Hasen um. »Warst du das?«

Er blinzelt mich aus großen dunklen Augen an und sein Näschen zuckt hin und her.

Keine Antwort. Wäre auch zu schön gewesen.

»Du willst mir was zeigen, oder?«, spreche ich trotzdem weiter. »Dann … geh voran.«

Als hätte es mich verstanden, hoppelt das Kaninchen davon und ich folge ihm zögernd den Gang entlang.

Was tue ich hier eigentlich? Ich sollte einen Weg zurück in den Saal finden. Zu Sombren. Oder direkt versuchen, aufzuwachen. Stattdessen fühle ich diesen Drang in mir, einem weißen Hasen zu folgen.

Schräg … Selbst für mich.

Nichtsdestotrotz gehe ich weiter, biege um die nächste Kurve, die der Gang beschreibt – und bleibe vor einer Tür stehen. Der Hase hoppelt hindurch, als ob es kein Hindernis wäre, und verschwindet damit aus meinem Sichtfeld.

»Ähm?«

Stirnrunzelnd lege ich eine Hand auf die Tür. Sie besteht aus massivem Holz, ist definitiv nicht durchlässig.

»Hase?«, frage ich verwirrt. »Wo bist du … Wo verdammt ist er hin? Wie …«

Mein Blick fällt auf einen Türknauf und ich zögere erneut.

Was befindet sich dahinter?

Unruhig sehe ich mich um, aber es gibt nur diese eine Tür, die vom Gang abführt. Es wird mir also nichts übrigbleiben, als sie zu öffnen.

Mit einem tiefen Atemzug lege ich die Hand an den Griff – und werde im selben Moment von einer wahren Welle an Energie zurückgeschleudert. Schmerzhaft pralle ich gegen die Felswand und stöhne laut auf.

»Verflucht, eine Falle«, erkenne ich, als ich mich aufrapple.

Die Tür scheint magisch versiegelt worden zu sein.

Wie bei den Göttern hat es dann der Hase geschafft, einfach hindurchzulaufen?

Ich reibe mir den Hintern und die Schulter, die beim Aufprall gelitten haben, und gehe erneut zur Tür. Dieses Mal lasse ich jedoch die Finger vom Knauf, studiere stattdessen das Holz.

Könnte es sein, dass es unter bestimmten Umständen durchlässig wird?

Keine Ahnung, was Magie alles kann, aber es wäre möglich, oder?

Nur vermag ich mich nicht in einen Hasen zu verwandeln, doch vielleicht …

»Das ist absurd.« Ich schüttle ob meiner eigenen Gedanken den Kopf.

Mir bleibt hingegen keine andere Wahl. Die Alternative ist, aufzuwachen – aber ich will unbedingt wissen, was sich hinter dieser Tür verbirgt. Es ist wichtig, das spüre ich.

Immer noch kopfschüttelnd begebe ich mich auf alle viere und starre die Tür an.

»Das wird jetzt entweder triumphal oder schmerzhaft«, murmle ich.

Dann setze ich zum Sprung an und presse gleichzeitig die Augen zusammen, als ich mich abstoße.

25

SEHR, SEHR SELTSAM ...

DAVYAN

Wider Erwarten, treffen meine Hände nicht auf Holz, sondern auf felsigen Boden.

Als ich blinzle, bemerke ich, dass ich tatsächlich durch die Tür hindurchgesprungen bin.

»Gut, das war jetzt sehr, sehr seltsam«, kommentiere ich meinen Erfolg und rapple mich wieder in eine aufrechte Position.

Zum Glück hat mich niemand bei dieser Aktion beobachtet – das wäre mir echt peinlich.

Als ich mich genauer umsehe, verschlägt es mir allerdings die Sprache.

»Wo bin ich denn hier gelandet?«

Es braucht mehrere Sekunden, bis ich zu den Worten überhaupt fähig bin.

Vor mir erstreckt sich eine dunkle Höhle, die mit gläsernen Särgen ausgestattet ist. Sie stehen in Reih und Glied an den Wänden, werden vom türkisen Licht erleuchtet, das auch hier überall von Kristallen verteilt wird.

Vom Hasen fehlt jede Spur, ich hatte aber kaum erwartet, ihn wiederzusehen.

Vorsichtig gehe ich auf einen der Särge zu und betrachte ihn genauer. Er wurde aus feinstem Kristall erschaffen, ist durchsichtig und daher erkenne ich, dass er leer ist.

Wozu dient er? Und gibt es diese Särge nur in der Traumwelt oder auch in der realen Welt, in der Höhle der sieben Zwerge?

Ich zähle die Särge ab.

Genau sieben.

»Was geht hier vor sich?«, flüstere ich.

Dann fällt mein Blick mit einem Mal auf einen großen Standspiegel, der weiter hinten im Raum steht. Daher habe ich ihn im ersten Moment übersehen.

Spiegel … Er gleicht jenem, den Sombren vor unserer Abreise im Schloss entdeckt hat. Ob es sich ebenfalls um einen Zauberspiegel handelt, der einem alles zeigt, was man sehen möchte?

Neugierig gehe ich darauf zu. Doch gerade, als ich bei ihm angekommen bin, fällt mir im Augenwinkel etwas auf und ich wende den Kopf zu einem der sieben Särge.

Dort liegt doch jemand drin, oder?

Eine Gänsehaut überkommt mich, als ich tatsächlich einen Körper entdecke.

Eine Leiche …

Auch wenn alles in mir zur Vorsicht mahnt, ich kann nicht anders, als darauf zuzugehen. Ich muss wissen, wer dort drin liegt. Es ist ein innerer Drang, fast schon ein Verlangen, dies in Erfahrung zu bringen.

Ich bin bereits so nah, dass ich ein weißes Gewand ausmachen kann, das die Leiche trägt.

Ist es eine Frau? Oder ein Mann?

Noch ein Schritt, dann …

»Davyan!«

Die Stimme lässt mich zusammenfahren und ich blinzle gegen Licht an, das vor meinen Lidern zu sein scheint. Denn es lässt sich nicht fortscheuchen.

»Verdammt, wach endlich auf!«

Sombren. Es ist Sombrens Stimme, die mich gerade aus der Traumwelt holen will.

»Nein, warte …«, murmle ich, kann mich aber nicht gegen den Sog erwehren, der mein Bewusstsein zurück in die Realität katapultiert.

Schon öffne ich die Augen und erblicke über mir Sombrens besorgtes Gesicht.

»Da bist du endlich«, stößt er erleichtert aus. »Ich dachte, ich kriege dich nie wieder wach.«

Ich spüre, wie er meine Schultern loslässt, an denen er gerüttelt hat, und richte mich etwas auf.

Ich bin nicht im Schlosssaal, sondern in der Höhle, die uns Alicia zugewiesen hat.

»Verdammter Mist«, murmle ich und reibe mir mit zwei Fingern die Nasenwurzel. »Warum konntest du nicht noch ein paar Sekunden warten, ehe du mich weckst?«

»Wie bitte?!« Sombren sieht mich entgeistert an, als ich mich ihm zuwende. »Davyan! Ich habe eine gefühlte Ewigkeit versucht, dich zu wecken! Wo warst du? Warum verflucht hast du so tief geschlafen?«

»Ich …« Ich atme tief durch. »Da war … ein weißer Hase und … Särge … Der Spiegel.«

»Was?« In Sombrens Miene erscheinen immer mehr Fragezeichen.

»Wir … Wir waren in unserem Saal«, erläutere ich. »Im Schloss.«

Er nickt langsam. »Daran erinnere ich mich. Wir sind eingeschlafen – doch als ich aufwachte, warst du weg. Ich dachte, du seist schon in der Realität aufgewacht und …« Er beschreibt eine unbestimmte Handbewegung. »Als ich zurückkehrte, lagst du neben mir. Ich hatte keine Chance, dich zu wecken, du hast tiefer geschlafen als jeder Tote.«

»Tote … Der Leichnam …«

Verständnislos betrachtet er mich. »Wovon verdammt spricht du?«

»Der Leichnam.« Ich wedle mit der Hand durch die Luft. »Da waren … Särge. Aus Kristall.«

Noch immer zeigt sich Verwirrung auf Sombrens Gesicht. »Davyan, könntest du bitte aufhören, in Rätseln zu sprechen? Was ist geschehen?«

Ich hole erneut Luft, dann schildere ich ihm in knappen Worten, was ich erlebt habe.

»Du bist einem verdammten Kaninchen gefolgt?«, stößt Sombren ungläubig hervor.

»Ja«, bestätige ich schulterzuckend.

»Warum?«

»Weil ich nicht anders konnte.« Ich sehe ihn fest an. »Sombren, etwas geht hier nicht mit rechten Dingen zu.«

»Da gebe ich dir recht«, brummt er. »Du verlässt den sicheren Saal, um einem Hasen hinterherzurennen. So unvorsichtig kenne ich dich nicht.«

Ich funkle ihn an. »Das war nicht unvorsichtig, das war …«

»Dumm?« Sombren hebt eine Augenbraue.

»Nein.« Ich verschränke trotzig die Arme vor der Brust. »Das Kaninchen wollte mir etwas zeigen. Und der Spiegel …«

»Du hast geträumt, das ist alles.«

»Habe ich nicht. Es war real.«

»In der Traumwelt.« Er grunzt leise.

»Nein, ich meine …« Ich plustere die Wangen auf. »Ach, glaub doch, was du willst. Ich werde auf jeden Fall nach diesem Raum suchen. Er befindet sich hier irgendwo, das spüre ich!«

Sombren legt sich zurück in die Laken. »Wenn du ein weißes Kaninchen siehst, solltest du es einfangen. Gibt bestimmt einen leckeren Braten.«

»Sombren!«

»Davyan?« Er hebt abermals eine Augenbraue.

»Du … Du …«

Ein leichtes Schmunzeln erscheint auf seinen Lippen. »Komm her«, meint er dann und zieht mich zu sich hinunter.

Ich leiste kurz Widerstand, ergebe ich mich jedoch nach einigen Sekunden und lasse mich an seine Brust ziehen.

»Den Raum gibt es«, beharre ich.

»Mhm.«

»Du wirst schon sehen.«

»Mhm.«

Seine Hand wandert über meinen Rücken, hinunter zu meinem Kreuz und verschwindet im Lendenschurz. Sanft knetet er meine Pobacken und ich schließe genüsslich die Augen.

»Hmmm, sicher, dass …«

»Nein«, erwidert er bestimmt.

»Also nicht sicher?« Ich blinzle zu ihm hoch.

»Davyan …« Ein Seufzen entfährt ihm.

Meine Finger gleiten zu seinem Schritt, der verdächtig unter der Berührung zuckt. »Nur ein kleines bisschen«, raune ich.

»Wie willst du bitte ein kleines bisschen Sex haben?« Ich vernehme die Belustigung in seiner Stimme und sehe dies als Ansporn.

»So.« Mit einem Ruck ziehe ich seinen Lendenschurz nach unten und beuge mich über seine Männlichkeit.

»Ent-entschuldigt.« Eine Stimme, die vom Eingang erklingt, lässt sowohl Sombren als auch mich zusammenzucken.

Mist. Der Nachteil einer Höhle ohne Tür: Sie lässt sich nicht abschließen.

Rasch hebe ich den Kopf und blinzle den Zwerg an, der wohl am liebsten im Boden versinken würde.

»Tarran?« Ich richte mich unwillkürlich auf.

»T-tut mir leid, i-ich …« Verlegen schaut er überallhin, nur nicht in unsere Richtung. »I-ich bringe eine Botschaft der Herrin.«

»Wenn es keine Entschuldigung ist, kannst du gleich wieder gehen«, brummt Sombren, der sich ebenfalls im Bett aufsetzt und die Decke über seinen Schoss zieht. Ihm scheint es überhaupt nicht peinlich zu sein, dass der Zwerg uns in dieser eindeutigen Situation überraschte.

»Es ist …« Tarran blinzelt mehrere Male, dann schaut er ihn unsicher an und kommt zögerlich näher. »Hier.«

Er reicht ihm ein Pergament.

Sombren überfliegt die Zeilen, bevor er den Brief zerknüllt. »Kann sie sich in den Arsch …«

»Was steht denn da?«, hake ich nach.

»Sie will mit mir frühstücken«, knurrt Sombren.

»Mit dir allein?«

»Mhm.«

»Oh.«

»Selbstverständlich bereiten wir Euch ebenfalls ein Frühstück zu, Davyan«, beeilt sich Tarran zu sagen. »Wir bringen es hierher.«

»Du solltest hingehen«, murmle ich an Sombren gewandt.

»Mit Sicherheit ni…«

»Warum nicht?«, unterbreche ich ihn. »Vielleicht will sie mit dir Frieden schließen?«

»Frieden schließen«, schnaubt er ungehalten und seine dunklen Augen funkeln vor Ärger.

Unbestimmt zucke ich mit den Schultern. »Nun ja, womöglich fällt es ihr schwer, wenn ich dabei bin, daher …«

»Wenn sie sich entschuldigen will, soll sie es vor *dir* tun!«, faucht er.

»W-was soll ich der Herrin sagen?«, fragt Tarran verunsichert.

»Dass sie mir den Buckel …«

»Sombren«, falle ich ihm erneut ins Wort. »Bitte. Sie ist noch immer deine Mutter. Geh zu ihr und klär das mit ihr.«

Für ein paar Sekunden sieht er mich abwägend an, ehe er schließlich nickt. »Na gut. Aber das ist das einzige Mal, dass ich ihrem Wunsch Folge leiste. Ich werde ihr ein für alle Mal erklären, dass sie weder mit mir noch mit dir so umspringen kann!«

»Tu das.« Ich lächle ihn liebevoll an.

Dass er sich so über seine Mutter ärgert, zeigt mir, wie viel ihm an mir liegt. Und das wiederum erwärmt mein Herz. Ich bin es nicht gewohnt, dass ich jemandem so viel bedeute, das ist immer noch sehr neu für mich. Doch umso schöner.

Brummend erhebt er sich aus dem Bett und legt seine Kleidung an, während Tarran sich diskret zurückzieht. Wahrscheinlich geht er zu Alicia, um sie darüber zu informieren, dass ihr Sohn gleich zum Frühstück erscheint – und danach in die Küche, damit auch ich mein Frühstück erhalte.

Nachdem Sombren fertig ist, beugt er sich zu mir herunter. »Bis später.« Er küsst mich auf den Mund.

»Bis nachher.« Ich tätschle aufmunternd seine Wange. »Du schaffst das schon.«

»Hmm.« Seine Miene wirkt, als würde er sich gleich in ein Nest voller Schlangen begeben, ehe er sich aufrichtet und die Höhle verlässt.

26

GESTÄNDNISSE UND

PLÄNE

SOMBREN

Ich habe ein ganz schlechtes Gefühl bei der Sache. Dennoch gebe ich Davyan recht. Ich sollte mit Mutter reden und ein für alle Mal klarstellen, dass sie nicht so mit dem Mann, den ich liebe, umspringen kann.

Als ich im Speisesaal erscheine, sitzt sie an der langen Tafel und winkt mich zu sich. Heute hat sie ein dunkelgrünes Kleid gewählt, das perfekt mit ihrer Haarfarbe harmoniert.

»Sombren«, sagt sie so strahlend, als wäre unser Streit gestern nicht vorgefallen. »Komm her und setz dich. Die Zwerge bringen gerade das Frühstück.«

Stumm folge ich ihrer Aufforderung und nehme ihr gegenüber Platz. Auf dem Tisch türmen sich bereits mehrere Brötchen sowie Butter. Zudem erscheint soeben Fingolfar in der Tür, der ein Tablett trägt, auf dem ich gebratenes Fleisch und Gemüse erkennen kann.

Gemüse zum Frühstück ... ungewöhnlich, aber ich verspüre einen ziemlichen Hunger, daher ist es mir einerlei, was es zu essen gibt.

»Hast du gut geschlafen?«, fragt sie, nachdem ich wortlos nach einem der Brötchen gegriffen habe, das ich mit etwas Butter bestreiche.

»Mhm.« Ich schenke ihr einen düsteren Blick, der ihr hoffentlich klarmacht, dass ich unser Gespräch von gestern nicht einfach so vergessen habe.

Tut sie nicht, denn das Lächeln bleibt unverändert auf ihren Lippen.

Daher seufze ich und sehe sie fest an. »Du wirst dich bei Davyan für dein Benehmen entschuldigen.« Zur Unterstreichung meiner Worte klatsche ich etwas zu brüsk ein Stück Braten auf mein Brötchen.

Nun wankt ihre Fröhlichkeit doch ein wenig, zumindest werden ihre Augen kälter und gleichen einem Gebirgssee im Winter. »Du bist mein Sohn. Du hast mir nicht vorzuschreiben, was ich tun soll«, sagt sie in distanzierterem Tonfall, derweil sie ebenfalls ein Brötchen mit Braten belegt und sich dann noch etwas Gemüse in den Teller schöpft.

»Ich bin dein Sohn, ja.« Ich mustere sie abwägend. »Und genau deswegen wirst du dich bei ihm entschuldigen. Er ist der Mann, den ich liebe, und wie du ihn behandelt hast, ist unterste Schublade. Du kennst ihn gar nicht und verletzt ihn dennoch mit deinen Worten.«

Sie beschreibt mit dem Brötchen eine abwertende Bewegung durch die Luft. »Wenn er so empfindlich ist, sollte er ...«

»Nein!«, unterbreche ich sie und muss mich daran hindern, direkt wieder aufzuspringen. »Das hat nichts mit Empfindlichkeit zu tun! Davyan wurde sein Leben lang erniedrigt und misshandelt. Das Letzte, was er braucht, ist seine Schwiegermutter, die ihm das Leben schwer macht!«

Verwunderung zeichnet sich auf ihren anmutigen Zügen. »Schwiegermutter?«, stößt sie hervor. »Du willst …« Sie lässt ihren Satz unbeendet, blinzelt mich verständnislos an.

Mir ist die Bezeichnung, die Davyan für sie verwendet hat, herausgerutscht, ohne dass ich nachgedacht habe. Nichtsdestotrotz fühlt es sich nicht verkehrt an.

Ich nehme zwei Bissen meines belegten Brötchens, bevor ich ihr antworte. »Davyan und ich haben noch nicht darüber gesprochen, aber ja. *Wenn* ich jemanden in diesem Leben heiraten werde, dann ihn. Damit solltest du schleunigst klarkommen!«

Nun nimmt wieder kühle Nüchternheit Besitz von ihrer Miene, während sie mit einer Gabel ihr Gemüse aufspießt. »Wie lange kennst du ihn denn schon?«

»Hundert Jahre«, antworte ich spontan, beiße mir jedoch gleich auf die Zunge.

Das stimmt nicht … Eigentlich kenne ich Davyan erst seit ein paar Tagen. Wenn's hochkommt, vier, fünf Wochen. Wir lernten uns zwar vor hundert Jahren kennen, aber wirklich viel Zeit miteinander verbracht, haben wir noch nicht.

Und trotzdem weiß ich, dass ich ihn nie mehr in meinem Leben missen möchte.

Da ist diese Vertrautheit. Diese Nähe. Die schier gruselig anmutende Anziehung zu ihm. Er ist mein Gegenstück, mein Seelenverwandter, meine große Liebe. Das spüre ich mit jeder Faser meines Körpers.

Mutter liest mir das Zögern offenbar im Gesicht ab, denn sie legt den Kopf schief und ein süffisantes Lächeln bildet sich auf ihren Lippen. »Du scheinst dir dennoch nicht ganz sicher zu sein«, bemerkt sie betont arglos, ehe sie einen Schluck Wasser aus dem Kelch trinkt, der neben ihr steht.

»Ich bin mir sogar *sehr* sicher«, widerspreche ich finster.

»So sicher, dass du dein Leben für ihn riskieren würdest?« Ihre Augenbrauen heben sich bedeutungsschwer und sie beißt nochmals vom Brot ab, bevor sie sich wieder dem Gemüse widmet.

»Ich würde nicht nur mein Leben für ihn riskieren, sondern für ihn geben«, bestätige ich, ohne mit der Wimper zu zucken. Mit ein paar schnellen Bissen habe ich mein Brötchen vertilgt und greife nach einem weiteren.

»Hm.« Sie streicht mit ihrem Finger den Rand ihres Kelches entlang. »Seltsam.«

»Was?« Ich hebe den Blick, während ich dieses Mal auf Butter verzichte und das Brot nur mit dem Braten belege.

»Dich so über jemanden sprechen zu hören.« Ihre Augen verfangen sich in meinen. »Du warst immer der Vernünftigere, der Besonnenere.«

»Du sprichst von Jala und mir?«, hake ich nach und lasse das belegte Brot sinken, das ich gerade noch essen wollte.

»Von wem denn sonst?« Sie sieht mich unverwandt an. »Du wolltest mir etwas über Jala erzählen gestern. Was war das?«

Mein Herz zieht sich ob ihrer Musterung zusammen und es benötigt alle meine Kraft, ihr weiterhin in die Augen zu schauen. »Jala ist …« Ich räuspere mich und wende nun doch den Blick ab, während ich das Brot zurück in meinen Teller lege. Meine Kehle schnürt sich zu, sodass ich keinen Bissen mehr hinunterkriege. »*Ich* habe sie getötet.«

Eine Weile herrscht Stille und als ich Mutter wieder ansehe, bin ich überrascht, wie gelassen sie mich betrachtet.

»Was?«, frage ich, als sie nichts tut, außer mich anzuschauen. »Hast du nichts dazu zu sagen?«

»Du hast sie getötet«, wiederholt sie meine Worte mit monotoner Stimme.

Viel zu monoton. Sie sollte mich anschreien. Verwünschen. Verfluchen.

Und dennoch bleibt sie so ruhig, dass ich eine Gänsehaut verspüre.

»Ja, ich …« Tief hole ich Luft und schiebe den Teller etwas von mir. Keine Chance, dass ich das Brot noch essen werde. »Da sind diese Kräfte in mir«, fahre ich erklärend fort. »Ich wurde von einem Succubus verflucht und seither verwandle ich mich in ein Biest, wenn mein Blut in Wallung gerät oder ich das Blut anderer rieche, sehe, schmecke …« Ich schlucke und bemerke, wie trocken mein Mund geworden ist. Rasch trinke ich etwas Wasser. »Also das war vor hundert Jahren. Ich habe mittlerweile gelernt, meine Kräfte zu beherrschen. Aber damals … Ich konnte sie nicht unterdrücken und habe Jala im Bestienrausch getötet, als wir gestritten haben. Es tut mir …« Ich unterbreche mich selbst und schließe kurz die Augen. »Nein. Ich kann es nicht entschuldigen. Denn die Last dieser Tat lässt sich nie wieder abschütteln. Doch ich habe dafür gesühnt, das kannst du mir glauben.«

»Das tue ich.« Noch immer verrät ihr Gesicht nicht, was gerade in ihr vorgeht.

Ihre Reaktion verunsichert mich zugegebenermaßen.

»Mutter«, sage ich zögernd. »Ist alles in …«

»Ordnung?« Sie hebt eine Augenbraue. »Du nimmst mir das Liebste auf der Welt und fragst tatsächlich, ob alles in Ordnung ist?«

Ich habe keine Ahnung, was ich darauf antworten soll, daher senke ich bloß den Blick und kaue auf meiner Unterlippe herum. Der Appetit auf Frühstück ist mir gänzlich vergangen.

Und ihre Worte hinterlassen außerdem einen faden Beigeschmack in meinem Mund, den ich auch mit Wasser nicht verscheuchen kann.

Wenn ihr Jala so sehr am Herzen lag, warum hat sie sie dann nie besucht? All die Jahre – Jahrzehnte! –, die wir im Zirkel verbracht haben, ist Mutter nie wieder aufgetaucht. Vielmehr musste Jala selbst zu ihr reisen, wenn sie sie mal sehen wollte.

Diese Doppelmoral lässt die Wut in mir hochkochen, aber ich reiße mich zusammen. Davyan hat recht. Ich sollte zumindest *versuchen*, mich einigermaßen gut mit Mutter zu stellen. Zudem ist es nicht an mir, ihr Vorwürfe zu machen – ich habe Jala auf dem Gewissen. Selbst wenn sie nicht die beste Mutter war, sie hat immerhin keinen geliebten Menschen getötet.

Eine Weile schweigen wir, dann höre ich, wie Mutter tief Luft holt.

»Ist das der Grund? Warum du in die Arena willst?«

»Arena?« Ich starre sie verblüfft an. »Woher weißt du …«

»Meine Zwerge haben keine Geheimnisse vor mir«, meint sie und ein Hauch ihrer überheblichen Art kehrt auf ihre Züge zurück. »Also, warum willst du zu der Arena?«

»Ein … Freund wird dort festgehalten.«

»Freund?«

»Ein Freund von Davyan.« Ich weiche ihrer forschenden Musterung aus.

»Ihr wollt ihn demnach befreien?«

»Genau das.«

Mutter lacht ungläubig. Ihr Lachen ist glockenhell, selbst wenn es nicht fröhlich klingt. »Und wie habt ihr euch das vorgestellt?«

Kurz presse ich die Lippen zusammen, dann beschließe ich, ihr zumindest einen Teil der Wahrheit zu sagen. »Ich gehe dort rein und stelle mich Karakal, indem ich mich als Kämpfer ausgebe.«

»Du?« Ihre Augen werden groß.

Etwas an der Art, wie sie mich anschaut, lässt mich stutzig werden. »Kennst du ihn? Kennst du Karakal?«

Zum ersten Mal weicht sie meinem Blick aus und in mir gefriert alles.

»Mutter. Kennst du Karakal?«, hake ich nach.

»Niemand kennt Karakal.« Sie sieht mich fest an.

Lügt sie?

Ich verenge die Augen, versuche, in ihrer Miene zu lesen.

Verdammt, warum kann Davyan noch keine Gedanken lesen? Dann wüssten wir, woran wir bei ihr sind.

Sobald wir Mauryce befreit haben, muss er ihm dies schleunigst beibringen.

»Die Arena wird mit grauer Magie verborgen«, fahre ich fort. »Wir haben keine Chance, sie zu finden.«

»Ich kann dich hinbringen«, sagt sie, als wäre es das Selbstverständlichste der Welt.

Meine Augenbrauen hüpfen in die Höhe. »In die Arena?«

Sie nickt. »Allerdings nicht als Kämpfer.«

»Sondern als … Zuschauer?« Ungläubigkeit ergreift von mir Besitz.

Ihr Gesichtsausdruck wird wieder kühl und distanziert. »Genau das. Ich habe meine Kontakte hier in den Talmeren und kenne daher Wege, in die Arena zu gelangen.«

»Nein«, entfährt es mir, ohne dass ich darüber nachdenken muss. Ich kann das nicht. Dabei zusehen, wie sich Unschuldige in der Arena bis aufs Blut bekämpfen. Dort ihr Leben lassen. Und dabei zu wissen, dass es Davyan hundert Jahre lang genauso ergangen ist.

Ganz zu schweigen davon, dass das Blut die Bestie in mir hervorlocken könnte. Das darf ich nicht riskieren.

»Du willst also nicht dahin?«, hakt sie nach.

Täusche ich mich, oder liegt etwas Lauerndes in ihrem Blick?

»Doch«, erwidere ich.

»Warum lehnst du dann mein Angebot ab?«

Ich schnaube unwirsch. »Weil ich mich mit Sicherheit nicht am Leid anderer ergötzen werde.«

»Musst du ja auch nicht.« Sie zuckt mit den Schultern. »Du musst nur zuschauen und so tun als ob.«

»Nein!« Ich springe auf. »Und damit Ende der Diskussion!«

Ohne auf eine Antwort zu warten, verlasse ich den Raum und kehre mit großen Schritten zu Davyan zurück.

Dieser sitzt noch im Bett, vor sich ein ausladendes Tablett mit allerlei Köstlichkeiten, die er sich gerade zu Gemüte führt. Mittlerweile hat er sich das Hemd übergezogen, seine Beine werden von der Bettdecke gewärmt.

Als ich eintrete, hebt er überrascht den Kopf und sieht mich an.

»Schon wieder zurück?«, fragt er kauend.

»Mhm. Gab nicht viel zu besprechen«, brumme ich und setze mich neben ihn.

»Dann wohl auch nicht viel zu essen?« Er reicht mir einen Teller mit Braten. »Auch was?«

»Mir ist der Hunger gründlich vergangen«, knurre ich.

»So schlimm?«

»Schlimmer.« Ich seufze leise.

»Erzähl«, fordert er mich auf, ohne sein Mahl zu unterbrechen.

Na, wenigstens einer von uns hat Appetit ...

Ein paar Sekunden betrachte ich seine ungleichen Augen, die mich erwartungsvoll mustern, dann seufze ich erneut und schildere ihm in wenigen Sätzen den Ablauf des Gespräches.

Davyan hat mir schweigend zugehört und als ich ende, sieht er mich nachdenklich an.

»Was?«, frage ich, da ich erkenne, wie es hinter seiner Stirn arbeitet.

»Ich glaube, der Plan wäre gar nicht mal so schlecht«, meint er und beißt von einem Brötchen ab.

»Wie bitte?!« Mir fällt alles aus dem Gesicht.

Davyan kaut, ehe er den Bissen herunterschluckt und weiterspricht. »Du könntest in die Arena gehen und herausfinden, wo Mauryce ist. Ganz in Ruhe. Karakal kennt dich nicht. Zumal ich nicht glaube, dass blutige Kämpfe deiner Bestie etwas ausmachen – du beherrscht sie mittlerweile, wirst dich nicht verwandeln. Es könnte funktionieren.«

»Davyan.« Ich starre ihn entgeistert an. »Ist dir klar, was du da gerade gesagt hast?«

»Sehr klar.« Er nickt langsam. »Du wärst dort als Zuschauer.«

»Ich kann nicht …«

»Du wirst es können«, unterbricht er mich sanft. »Bitte.«

Ich senke den Kopf und kratze mich fahrig an der Stirn, ehe ich meine Nasenwurzel massiere. »Und wenn ich Mauryce finde? Was dann?« Ich sehe Davyan wieder an.

»Dann schmieden wir einen Plan, wie wir ihn dort rausholen.« Er betrachtet mich eingehend. »Sieh es ein, Sombren. Es ist der beste und sicherste Weg, überhaupt in Erfahrung zu bringen, ob Mauryce noch lebt. Und wo Karakal ihn gefangen hält. Ich bezweifle, dass er ihn in seine alte Zelle gesperrt hat. Das wäre zu fahrlässig. Und Karakal *ist* nicht fahrlässig.«

Stumm knurre ich in mich hinein.

Leider hat Davyan recht, Mutters Plan ist gar nicht mal so übel, wenn man ihn genauer betrachtet.

So ein verdammter Mist. Gäbe es diesen Mauryce nicht, wären wir schon längst zurück im Magierzirkel von Fayl, könnten endlich in die Zukunft blicken. Aber ich verstehe, dass der Elf Davyan wichtig ist. Wäre es *mein* Freund, könnte ich ihn auch nicht einfach im Stich lassen.

»Also gut«, lenke ich ein. »Ich werde mit Mutter in diese Arena gehen und so tun, als würde ich mich an den Kämpfen ergötzen. Kannst du mir einen Plan aufzeichnen? Wie die Arena aufgebaut ist?«

»So gut kenne ich mich leider nicht aus – ich durfte selten die Zelle verlassen«, erklärt Davyan. »Aber ein paar Sachen kann ich dir sagen.«

»Besser als nichts.«

27

EINE

AUFSCHLUSSREICHE

ERKUNDUNGSTOUR

DAVYAN

Während Sombren nochmals bei seiner Mutter ist, um in den Arenabesuch einzuwilligen, beschließe ich, zu den Zwergen zu gehen. Dass sie Alicia einfach so von unseren Plänen erzählt haben, finde ich alles andere als in Ordnung. Natürlich, ich habe ihnen nicht verboten, mit ihr darüber zu reden, dachte aber, dass sie unser Gespräch für sich behalten. Entweder habe ich sie falsch eingeschätzt oder Alicia hat Mittel und Wege, sie zum Sprechen zu bringen.

Etwas an dieser ganzen Sache ist faul, das spüre ich …

Um einen Grund zu haben, die Küche aufzusuchen, warte ich nicht, bis Tarran das Geschirr abräumt, sondern ziehe mich an, um es kurzerhand selbst dorthin zu tragen.

Das Schwert lasse ich neben dem Bett liegen, da ich es in der Höhle wohl kaum benötige. Zudem trage ich für Notfälle wie immer den Dolch an meiner Hüfte.

Schon als ich die Treppe nach unten steige, merke ich, dass etwas anders ist als das letzte Mal. Drangen mir da noch Gespräche der Zwerge entgegen, so ist es heute verdächtig ruhig.

Sind sie überhaupt in der Küche? Oder mussten sie in diesen Stollen, von dem Alicia sprach? Was tun sie dort eigentlich?

Es gibt noch einiges, was ich die Zwerge fragen möchte, daher klopfe ich gegen die Tür, die wie gestern bloß angelehnt ist. Nachdem keine Antwort kommt, drücke ich sie auf und betrete den Raum.

Alles ist fein säuberlich aufgeräumt, von den Zwergen entdecke ich allerdings keine Spur.

Seltsam. Sie haben doch bis eben gerade gekocht, sonst hätte ich kein warmes Frühstück genießen können. Wo sind sie nun hin?

Ich stelle das Tablett auf den großen Tisch, an dem Fingolfar letztes Mal Rüben schälte, und sehe mich suchend um. Die Küche ist weitläufiger als jene, die ich vom Weingut kenne. Es geht mir gegen den Strich, in den Sachen der Zwerge zu wühlen, gleichzeitig möchte ich Antworten haben.

Daher beginne ich die Küche nach verdächtigen Dingen abzusuchen, ohne genau zu wissen, wonach ich überhaupt Ausschau halte.

Es gibt eine Menge Messer, Kellen, Töpfe und andere Kochutensilien. Nichts, das irgendwie komisch wäre oder Aufschluss darüber gäbe, was hier vor sich geht.

Im hinteren Teil des Raumes entdecke ich eine weitere Höhle, die als Vorratskammer dient. Mehrere Regale wurden an die Wände gestellt und sie sind gefüllt mit Fässern, Säcken und Kisten, in denen wahrscheinlich Nahrung aufbewahrt wird. Sogar das Fleischstück eines Rehs oder Ähnlichem gibt es, das hier abgehangen wird und von der Decke baumelt.

Alicia und die Zwerge müssen gute Händler kennen, dass sie in den Talmeren so viel Nahrung finden. Vielleicht können sie sich aber auch kurzerhand in die entsprechenden Dörfer und Siedlungen teleportieren. Möglich wäre es sicherlich, nach dem, was ich von ihrer Zwergenmagie gesehen habe.

Unverrichteter Dinge verlasse ich schlussendlich die Küche und überlege, ob ich zurück in unsere Gemächer gehen soll, um auf Sombren zu warten. Doch dann entscheide ich mich dagegen. Er wird mit seiner Mutter bestimmt noch eine Weile reden und den Arenabesuch besprechen. Die Zeit kann ich nutzen, um die Höhle weiter zu erkunden. Vielleicht finde ich einen Ausgang und kann etwas frische Luft schnappen – ich habe keine Ahnung, wo wir uns in den Talmeren genau befinden. Gegebenenfalls gibt es draußen einen Anhaltspunkt.

Bestärkt von diesem Gedanken, marschiere ich los und folge dem nächstbesten Gang, den ich noch nicht kenne. Er führt mich über einige Windungen in eine weitere Höhle, die möglicherweise fürs Training der Zwerge dient, oder so. Ich entdecke mehrere Strohpuppen sowie Übungsschwerter und Schilde.

Gut zu wissen, dass sie hier so etwas haben. Ich werde bei Gelegenheit fragen, ob ich an diesem Ort meine Kampfkünste ein wenig trainieren darf, um nicht einzurosten.

Die Höhle ist eine Sackgasse, daher kehre ich zurück zum Ausgangspunkt und gehe in die entgegengesetzte Richtung. Mein Weg bringt mich zu einer weiteren Nebenhöhle, die direkt beim Speisesaal liegt – und von wo aus mir Sombrens Stimme entgegen dringt. Er spricht mit seiner Mutter, wahrscheinlich befinden sich in der benachbarten Höhle Gemächer oder ein Arbeitszimmer.

Auch wenn ich stehen bleiben und lauschen könnte, so tue ich das nicht. Sombren wird mir nachher alles Relevante erzählen – das Gespräch geht mich nichts an. Daher laufe ich an der Höhle vorbei und werfe stattdessen einen Blick in den Speisesaal, der ebenfalls leer ist.

Auch hier sind die Zwerge nicht. Seltsam.

Schließlich gelange ich in den Bereich, wo wir nach der Reise durch das Portal angekommen sind und wo der Baum mit den weißen Äpfeln steht. Ich betrachte ihn eingehender. Die Zwerge verboten, von ihm zu essen, und daran werde ich mich natürlich halten. Ich habe keine Lust, herauszufinden, warum es dieses Verbot gibt. Dennoch wirken die Äpfel verführerisch.

Bevor ich doch noch den Drang verspüre, einen zu pflücken, wende ich mich ab und sehe mich erneut um.

Von hier gehen weitere Gänge ab, die ich bisher noch nicht erkundet habe.

Ich werfe einen Blick über die Schulter und zögere.

Ist es in Ordnung, dass ich einfach so herumlaufe und die Höhle auskundschafte? Nun ja, verboten hat es mir niemand … Zudem möchte ich mit den Zwergen sprechen und wenn sie nicht zu finden sind, suche ich sie eben.

Sombren und Alicia sind noch eine Weile beschäftigt, daher werde ich ungestört sein und muss nicht fürchten, dem Schwieger-Drachen über den Weg zu laufen.

Ich atme tief ein und aus, bevor ich meine Entdeckungsreise fortsetze.

Vier Gänge gibt es noch zu erkunden.

Neugierig folge ich dem Ersten, der in einer leeren Höhle endet.

Komisch. Wozu die wohl dient?

Ich drehe mich einmal im Kreis, kann aber bis auf die türkisfarbenen Kristalle, die ein warmes Licht aussenden, nichts Interessantes entdecken.

Stirnrunzelnd gehe ich zurück, um den nächsten Gang in Angriff zu nehmen. Hier habe ich immerhin mehr Glück, denn er verzweigt sich in drei weitere Tunnel und so langsam wird mir die Größe dieses unterirdischen Systems bewusst.

Zu meiner Überraschung finde ich in einer der weiteren Höhlen eine Art Gehege, wo Gänse, Hühner und eine Ziege gehalten werden. Und in einer der angrenzenden Räumlichkeiten wurde sogar ein Garten angelegt, der durch einen Schacht in der Höhlendecke beleuchtet wird.

Direkt darunter befinden sich einige Beete, in denen ich allerlei Gemüse ausmachen kann.

Von hier stammt also das untypische Frühstück.

Ich lege den Kopf in den Nacken und schaue nach oben. Dort erblicke ich graublauen Himmel mit Wolken – das erste Mal, seit wir hierhergekommen sind. Es ist zu hoch und zu glatt, um heraufzuklettern, aber Sombren könnte hinauffliegen. Der Länge des Schachtes nach zu schließen, befinden wir uns nicht allzu tief im Berg. Vielleicht zwei, drei Dutzend Schritt.

»*Hier* seid Ihr«, ertönt eine Stimme hinter mir und ich zucke zusammen, da ich den Zwerg, der sich mir genähert hat, trotz meines guten Gehörs gar nicht bemerkt habe. Zu sehr war ich in Gedanken.

»Earic«, stoße ich hervor und lege mir die Hand auf die Brust. »Habt Ihr mich erschreckt.«

»Entschuldigt.« Der weißhaarige Zwerg, der bisher nicht allzu viel gesprochen hat, deutet eine Verbeugung an. »Das war nicht meine Absicht.« Dann mustert er mich stirnrunzelnd. »Habt Ihr Euch verlaufen?«

»Ehrlich gesagt, bin ich auf der Suche nach Euch«, antworte ich wahrheitsgemäß. »Dabei habe ich die Höhlen etwas erkundet, ich hoffe, das war nicht zu dreist von mir?«

Er beschreibt eine abwinkende Geste. »Mitnichten. Ich wollte Euch heute ohnehin ein bisschen was zeigen. Ihr sollt Euch hier wohlfühlen, während Euer Gefährte mit der Herrin unterwegs ist.«

»Ihr wisst es also schon? Dass sie in die Arena wollen?« Ich lege den Kopf schief.

»Das wurde uns gerade mitgeteilt«, bestätigt er und nestelt an einem seiner weißen Zöpfe. »Die Herrin will in wenigen Minuten aufbrechen. Daher bin ich ausgeschickt worden, nach Euch zu suchen.«

»So schnell schon?« Ein mulmiges Gefühl macht sich in mir breit.

Es ist das erste Mal seit dem Schloss, dass Sombren und ich voneinander getrennt sein werden. Wenngleich ich weiß, dass er auf sich aufpassen kann, so habe ich Bauchschmerzen bei dem Gedanken, dass er so weit weg ist, und dann auch noch an einem Ort, der so viel Grausamkeit beherbergt.

»Kommt«, meint Earic. »Ich bringe Euch zu ihnen, damit Ihr Euch verabschieden könnt.«

Verabschieden … Das klingt, als käme er nicht wieder zurück.

Ich schließe kurz die Augen und schüttle den Gedanken ab.

Nein. Ich sollte mich nicht verrückt machen. Sombren wird bloß in die Arena gehen und so tun, als wäre er ein ganz normaler Besucher. Er wird nach Mauryce Ausschau halten und ihn bestenfalls finden. Dann schmieden wir einen Plan, wie wir meinen Freund dort herausholen.

Es wird alles glattgehen.

Muss es einfach!

Stumm folge ich Earic zurück durch die Gänge, bis wir in dem Bereich ankommen, wo wir durch das Portal getreten sind.

Sombren und Alicia warten dort und ich bemerke, dass Sombren seine Rüstung wieder trägt. Offenbar wurden die Sachen von den Zwergen gereinigt und geflickt, sodass ich wohl ebenfalls meine eigene Kleidung gegen diese komische Robe tauschen kann. Auch seine Mutter hat ihre schwarze Reisekleidung angezogen und den grauen Pelzumhang übergeworfen, den sie schon bei unserer ersten Begegnung anhatte. Dazu trägt sie ein Schwert an der Hüfte, was mich etwas verwundert. Schließlich kann sie sich als Magierin auch ohne Waffe verteidigen, sollten sie in eine gefährliche Situation kommen. Aber womöglich möchte sie auf Nummer sicher gehen. Ich kann mich noch viel zu gut daran erinnern, wie meine eigenen magischen Kräfte in der Arena jahrzehntelang mit Geißelpulver unterdrückt worden sind.

Als ich mich nähere, erkenne ich Erleichterung auf Sombrens Gesicht.

»Wo warst du?«, fragt er, während er auf mich zutritt. »Ich habe mir Sorgen gemacht.«

»Musst du doch nicht«, erwidere ich mit einem schiefen Lächeln. »Ich habe bloß die Höhle etwas erkundet.«

Dass ich eigentlich die Zwerge suchte, behalte ich vorerst für mich. Das muss Alicia, die mich ebenfalls mustert, nicht wissen,

Sombren legt eine Hand auf meine Schulter und sieht mir in die Augen. »Wir brechen auf. Jetzt gleich.«

»Habe ich schon vernommen.« Ich deute auf Earic, der sich zu den anderen Zwergen stellt. Berin und Tarran kann ich nicht entdecken, stattdessen haben sich Valerius, Rialdo und Lirron zu Fingolfar und Earic gesellt.

Wo waren sie bloß? Sie müssen in einem der Gänge gewesen sein, die ich noch nicht erforscht habe.

»Wir werden ein paar Stunden weg sein«, lenkt Sombren meine Gedanken wieder auf das Wesentliche. »Mutter meinte, dass wir uns nicht direkt vor die Arena teleportieren sollten, sondern etwas weiter weg. Demnach werden wir ein Stück zu Fuß gehen.«

»In Ordnung.« Das ergibt für mich Sinn.

»Fingolfar und Berin werden mit uns kommen«, erklärt Sombren weiter. »Wir benötigen ihre Magie, um hierher zurückzukehren.«

Die angesprochenen Zwerge nicken zur Bestätigung.

Ich bin froh, dass sie dabei sein werden und Sombren nicht allein mit seiner Mutter unterwegs ist. Sollte Gefahr aufziehen, können die beiden Unterstützung gebrauchen.

»Kommst du klar?«, fragt Sombren und betrachtet mich eingehend.

»Mach dir keine Sorgen um mich«, wiegle ich ab, bemüht darum, ihm ein Lächeln zu schenken. Was mir nicht ganz gelingen will, denn das Gefühl in meinem Magen lässt sich einfach nicht verscheuchen.

Ich hasse es, dass wir getrennt sein werden – selbst wenn es nur ein paar Stunden sind.

Sombren zieht mich an sich und legt seine Lippen auf meine. Reflexartig schließe ich die Augen, küsse ihn zurück und schlinge die Arme um seinen Nacken. Für einige Herzschläge halten wir uns fest, dann löst er sich von mir.

»Bis später«, murmelt er.

»Bis später«, wiederhole ich und streiche ihm über die stopplige Wange. »Pass auf dich auf.«

»Werde ich.«

Damit wendet er sich von mir ab und dem Portal zu, das Earic erschaffen hat.

Alicia, die ebenfalls ihre Reisekleidung trägt, schultert einen Rucksack, bevor sie wortlos durch die flimmernde Magie tritt. Ehe Sombren ihr folgt, dreht er sich noch einmal zu mir um und sein Blick begegnet meinem.

Nun kann ich das mulmige Gefühl nicht länger unterdrücken. Es schnürt mir die Kehle zu und als er durch das Portal getreten ist, würde ich ihm am liebsten folgen.

Stattdessen beobachte ich, wie die Magie verblasst.

Sombren … komm bitte heil zu mir zurück …

28

DER NEUE
STOLLENARBEITER

DAVYAN

Seufzend wende ich mich Earic, Rialdo und Lirron zu, die mich still betrachten. »Gibt es etwas, bei dem ich Euch zur Hand gehen kann?«, frage ich. »Ich würde ungern rumhocken und die Zeit mit Grübeln totschlagen.«

Die drei wechseln einen Blick, dann antwortet mir Earic. »Wir sind immer froh um helfende Hände, versteht mich bitte nicht falsch. Aber die Herrin hat ausdrücklich angeordnet, dass Ihr in Euren Gemächern auf ihre Rückkehr warten sollt, daher …«

»Alicia hat mir nichts zu befehlen«, unterbreche ich ihn unwirsch.

Vielleicht eine Spur zu laut, denn die Zwerge sehen mich bestürzt an.

Doch das ist mir gleichgültig, sie sollen nur wissen, wie sehr mir das Getue dieser Schnepfe auf die Eier geht. Nicht nur, dass sie mich behandelt, als wäre ich ein lästiges Insekt, das sich ihr Sohn als

Haustier hält – jetzt will sie mir auch noch vorschreiben, was ich während ihrer Abwesenheit zu tun habe!

»Um zu meiner Frage zurückzukehren«, brumme ich, als die Zwerge nichts tun, außer mich verdattert anzuschauen. »Wenn ich Euch bei etwas helfen kann, sagt es mir bitte. Ich habe zwei starke Hände und bin harte Arbeit gewohnt.«

Wieder tauschen die drei Zwerge einen Blick und dieses Mal ist es Rialdo, der antwortet. Er ist eindeutig jünger als die anderen beiden und in seinen dunklen Augen liegt ein neugieriges, kluges Funkeln. »Er könnte mit Lirron und mir in die Stollen«, schlägt er vor. »Dort gibt es immer was zu tun.«

»Auf keinen Fall«, hält Earic dagegen. »Fingolfar würde uns den Kopf abreißen, wenn wir einen Fremden in unsere Stollen lassen!«

»Er muss es ja nicht erfahren«, meint Rialdo schulterzuckend.

»Du weißt genau, was Tarran für ein Plappermaul ist«, kontert Earic. »Er würde sich verraten. Oder die Herrin findet es selbst heraus.«

»Wie?«, hake ich nach. »Wie findet die Herrin das heraus?« Ich verschränke die Arme vor der Brust und mustere die drei. »Etwa auf die gleiche Weise, wie sie von euch erfuhr, dass wir die Arena suchen? Das war ein Gespräch unter uns, nebenbei bemerkt.« Da nur Earic in der Küche anwesend war, als wir darüber gesprochen haben, fixiere ich nun ihn. »Ich dachte, das sei klar gewesen.«

Tatsächlich schlägt der angesprochene Zwerg die Augen nieder und tritt unruhig von einem Bein aufs andere. »Wir … Die Herrin hat ihre Möglichkeiten, uns … Also …«, stottert er.

»Demnach erpresst sie Euch?« Ich hebe die Brauen.

Dass ich ins Schwarze getroffen habe, erkenne ich an der Art, wie die drei sich ansehen.

»Womit?«, will ich wissen, als keiner von ihnen mir antwortet.

Earic atmet leise durch. »Kommt mit uns in die Stollen. Etwas Arbeit wird Euch guttun. Ihr werdet in meiner Grube aushelfen.«

Mit einem Mal scheint es ihm vollkommen gleichgültig zu sein, ob Fingolfar oder Alicia davon erfahren, dass ich in ihren heiligen Stollen war.

Sehr verdächtig …!

»Weicht mir nicht aus!«, knurre ich warnend.

Die Zwerge wenden sich allerdings bereits zum Gehen.

»Kommt Ihr?«, fragt Earic über die Schulter. »Letzte Chance.«

Murrend folge ich ihnen durch den Gang, der zu ihren und damit auch Sombrens und meinen Gemächern führt. Was mich verwundert. Ich hätte gedacht, der Eingang zu den Stollen läge in einer der anderen Höhlen, die ich noch nicht kenne.

»Diese Robe taugt nicht zur Arbeit im Stollen«, sagt Earic, als wir in ihrem Quartier mit den sieben Nischen ankommen, und deutet auf mein Gewand, das die Zwerge mir geliehen haben. »Ihr solltet Euch umziehen. Eure Kleidung liegt gewaschen auf Eurem Bett. Wir warten hier.«

Ich nicke und gehe raschen Schrittes in die Höhle, die Sombren und mir zugewiesen wurde, wo tatsächlich meine Rüstung fein säuberlich neben meinem Schwert auf dem Bett bereit liegt. Auf das beschlagene Lederwams verzichte ich, ziehe nur Hemd, Hose und Stiefel an.

Es ist eine Wohltat, wieder in der eigenen Kleidung zu sein.

Kurz zögere ich, dann binde ich mir das Schwert um. Es wäre dumm, ohne die Waffe an einen Ort zu gehen, den ich nicht kenne. Falls die Zwerge mich hintergehen sollten, ist die Klinge die einzige Möglichkeit, mit Sombren zu kommunizieren.

Danach gehe ich zurück ins Quartier der Zwerge, in dessen Zentrum sich Rialdo, Lirron und Earic bereits versammelt haben. Kaum bin ich eingetreten, stampfen sie gleichzeitig dreimal auf den Boden. Sofort erscheint ein Portal in ihrer Mitte, durch das Rialdo und Lirron beherzt schreiten.

»Kommt«, weist Earic mich an. »Oder bleibt hier, wie Ihr möchtet.«

Die Aussicht, allein in der Höhle zurückzubleiben, behagt mir ganz und gar nicht. Zudem bin ich neugierig auf diese mystischen Stollen, in denen sie die Wärmesteine abbauen, und trete schnell hinter Earic durch das Portal.

Ich finde mich in einem Gang wieder, der mir die Sprache verschlägt. Noch nie im Leben habe ich so viele Edelsteine auf einmal gesehen. Sie zieren die Wände, den Boden, die Decke … Überall glitzert und glänzt es in allen Farben, die von schwebenden Lichtern noch zusätzlich zum Funkeln gebracht werden.

Hier muss ein Vermögen liegen!

»Götter«, stoße ich aus und blinzle ungläubig.

Kein Wunder, dass Fingolfar hier keine Fremden will. Ich würde diesen Ort auch wie meinen größten Schatz hüten.

Rialdo und Lirron gehen allerdings durch den Gang voran, als gäbe es die ganzen Edelsteine nicht.

Earic ist stehen geblieben und mustert mich amüsiert. »Auf geht's, der wahre Zauber wartet erst noch.«

Was soll das heißen? Sie bauen all die Pracht gar nicht ab?

Ich schaffe es nicht, die Frage zu stellen, da ich viel zu fasziniert von dem glitzernden Gang bin.

Es dauert einen Moment, ehe ich mich von dem Anblick losreißen kann und sich meine Beine in Bewegung setzen. Noch immer staunend folge ich den drei Zwergen durch den Stollen, der nach einer Weile breiter wird, bis er in einer größeren Höhle mündet, aus der weitere Tunnel abgehen. Sieben an der Zahl. In zwei davon verschwinden Rialdo und Lirron, nachdem sie sich Spitzhacken und Handschuhe geschnappt haben, die sich in einem Regal neben dem Eingang befinden.

Es scheint, als hätte jeder Zwerg seinen eigenen Stollen.

Doch was mir nun tatsächlich die Sprache verschlägt, ist das Gold, das hier überall von den Wänden funkelt. Nein. Es ist kein Gold. Es sind Wärmesteine, die in weiß-goldener Marmorierung die Höhle zieren.

»Willkommen in der Horréus-Höhle«, sagt Earic feierlich.

»Das sind Eure Stollen?«, hauche ich ehrfürchtig.

»Exakt.« Earic lässt selbst den Blick durch die Höhle gleiten, dann greift er ebenfalls zu einer der Spitzhacken. »Hier, Euer Arbeitswerkzeug.« Er deutet zudem auf das Regal, in dem sich die Handschuhe befinden. »Zieht die an, die verhindern Blasen. Wir haben sie magisch verändert, um diesen Effekt zu erzeugen.«

»Eure Magie ist bemerkenswert«, sage ich staunend.

»Ach, das ist doch nur ein kleiner Taschenspielertrick«, meint Earic abwinkend.

Nun gut, für ein Volk, das Portale erschaffen kann, mag das zutreffen. Ich allerdings habe noch nie von solchen Handschuhen gehört. Die hätten mir damals als Knecht gute Dienste erwiesen.

»Und was kann die Spitzhacke?«, will ich neugierig wissen, während ich das Werkzeug in der Hand wiege.

Earic lacht schallend. »Nicht alles ist verzaubert«, prustet er. »Die Spitzhacke tut genau das, was Eure Muskeln ihr befehlen, nicht mehr und nicht weniger. Und nun kommt. Ich zeige Euch, wie Ihr Horréus abbaut.«

»War das der Grund?«, frage ich und folge ihm in einen der Stollengänge. »Dass Ihr im Talmerengebirge mit Alicia unterwegs wart? Habt Ihr nach Horréus-Vorkommen gesucht?« Ich erinnere mich daran, dass sie allesamt mit Spitzhacken ausgerüstet waren.

Earic wirft mir einen schiefen Blick zu. »Wir haben hier mehr als genug Horréus, wie Ihr sehen könnt«, meint er dann. »Der Grund, warum die Herrin uns durch die Talmeren begleitet hat, war … anderer Natur.«

»Verratet Ihr es mir?«

Er bleibt stehen und sieht mich nun direkt an. »Hört zu, Davyan«, sagt er eindringlich. Verschwunden ist die Belustigung von eben, als er wegen meiner Frage zur Spitzhacke lachte. »Es gibt Dinge, bei denen Ihr besser nicht nachhakt. Um Eurer selbst willen. Es liegt nicht daran, dass ich Euch keine Auskunft geben möchte, sondern … dass ich es nicht kann.«

Na, wenn das mal keine schön formulierte ausweichende Antwort war … Jetzt weiß ich genau so viel wie vorher.

Stirnrunzelnd sehe ich auf ihn hinunter, während sich das Gefühl in mir verstärkt, dass hier etwas ganz und gar im Argen liegt. »Sie ist nicht gut zu Euch, oder? Eure … Herrin.«

»Wie gesagt …« Earic stößt ein Seufzen aus. »Ihr solltet aufhören, solche Fragen zu stellen.«

»*Das* ist auch eine Antwort«, bemerke ich leise und beiße mir auf die Unterlippe.

Mist, ich muss herausfinden, was hier vor sich geht. Den Zwergen geht es nicht gut, das spüre ich. Und Alicia hat mehr Dreck am Stecken, als Sombren womöglich annimmt. War sie mir anfangs noch sympathisch, so versiegt das Wohlwollen ihr gegenüber mit jeder Stunde, die ich in diesen Höhlen verbringe.

Aber auf diese Weise komme ich nicht weiter, das ist mir bewusst. Die Zwerge müssen Vertrauen zu mir fassen, sonst werden sie mir nichts verraten. Es verhält sich ähnlich wie bei Sombren und Karakal, wie mir gerade auffällt.

Daher hake ich nicht weiter nach, sondern schnalle mein Schwert ab und beginne auf Earics Anweisung, den Wärmestein abzubauen. Die Arbeit ist vollkommen anders als alles, was ich bisher gemacht habe. Und geht vor allem stark in die Arme. Schon nach einer Stunde brennen meine Muskeln und ich habe mich längst des Hemdes entledigt, um es nicht direkt wieder vollzuschwitzen.

»Zeit für eine Pause«, beschließt Earic, als er sieht, dass mir der Schweiß fast schon in Bächen den Rücken hinunter läuft.

Erleichtert lege ich die Spitzhacke zur Seite und lasse mich an Ort und Stelle auf den Boden plumpsen. Dabei fällt mein Blick auf mein Werk und ich schüttle enttäuscht den Kopf.

»Das ist alles andere als viel«, murmle ich, während ich den bescheidenen Horréus-Stapel betrachte, der sich an meinem Platz gesammelt hat.

Er sieht lächerlich klein aus im Vergleich zu dem Hügel, den Earic in derselben Zeit abgebaut hat.

»Aller Anfang ist schwer«, meint der weißhaarige Zwerg schmunzelnd und reicht mir seinen Wasserschlauch, den er am Gürtel befestigt hatte. »Ihr schlagt Euch nicht schlecht.«

Dankbar lasse ich das Wasser meine Kehle befeuchten und blinzle ihn an. »Macht Ihr das tagein, tagaus?«

»Das ist nur ein Teil unserer Arbeit«, antwortet er.

»Hm.« Ich gebe ihm den Wasserschlauch zurück. »Also Ihr baut den Horréus für Alicia ab?«

»Dem ist so.« Er nickt bedächtig und seine Augen ruhen auf mir, als erwarte er, dass ich wieder mit meinen Fragen starte.

Diese brennen mir tatsächlich auf der Zunge, aber ich beiße auf eben jene und nehme stattdessen einen Horréus in die Hand. Er wiegt vielleicht so viel wie ein Apfel und besitzt eine längliche Form. Warm liegt er auf meiner Haut und ich spüre die Magie darin pulsieren, als wäre der gold-weiße Edelstein lebendig.

Leider habe ich keine Ahnung, wie ich sie mir zunutze machen kann. Selbst als ich probeweise mit meinen eigenen Kräften versuche, in ihn einzudringen, gelingt es mir nicht.

»Ein seltsames Material«, murmle ich.

»Das ist es«, bestätigt Earic. »Seltsam und mächtig.«

Ich hebe den Blick und lege den Kopf schief. »Wir haben ebenfalls einen Horréus gefunden«, eröffne ich ihm. »Also Sombren und ich. Ein Roch hatte ihn dabei.«

Earic wirkt verblüfft. »Ein Roch?«

»Ja, er hat uns vor ein paar Tagen attackiert«, berichte ich weiter. »Und dabei ließ er einen Felsbrocken fallen, in dem ein solcher Horréus war.«

»Hm, eigenartig«, sagt Earic gedankenversunken. »Mir war nicht bewusst, dass Roche sich für Horréus interessieren.«

»Vielleicht ist es auch Zufall gewesen«, werfe ich ein.

»Nein.« Er schüttelt den Kopf, während er auf seinen eigenen Wärmestein-Stapel schaut, der dreimal so hoch ist wie meiner. »Horréus gibt es nicht in rauen Mengen.«

»Da war ein Zwerg«, erzähle ich weiter und Earic hebt ruckartig den Kopf.

»Zwerg? Wie sah er aus?«

»Anders als Ihr und Eure Gefährten. Er hatte dunkles Haar und einen langen Bart.«

»Oh, ein normaler Bergzwerg also«, murmelt Earic.

»Ihr wirkt enttäuscht?« Ich hebe die Augenbrauen. »Seid Ihr auf der Suche nach weiteren Wüstenzwergen?«

Die Art, wie Earic meinem Blick ausweicht, zeigt mir, dass ich mit dem Verdacht gar nicht mal so falschliege.

»Ihr habt von Eurem Volk erzählt«, fahre ich fort. »Von den Städten, die Ihr hier in den Talmeren errichtet habt. Warum seid Ihr bei Alicia und nicht dort?«

Earic seufzt leise und nimmt ein paar Steinchen, um sie durch den Stollen zu schnippen. »Ihr stellt schon wieder die falschen Fragen, Davyan.«

»Oder die richtigen?«

Er wendet sich mir zu und seine Augen fixieren mich. »Wir sollten weitermachen.« Damit erhebt er sich und greift nach seiner Spitzhacke.

Am liebsten würde ich ihn packen und die Antworten aus ihm herausschütteln, aber ich halte mich zurück.

Es bringt nichts, wenn ich jetzt ungeduldig werde – dann werden sie mir nie verraten, was hier vor sich geht.

Stumm nehme ich ebenfalls die Arbeit wieder auf und schlage mit der Spitzhacke im selben Rhythmus auf den Stein wie Earic.

Heute Abend werde ich definitiv einen Muskelkater zu heilen haben …

29

IN DER ARENA

SOMBREN

Ich betrachte den Eingang, der etwa hundert Schritt vor uns zwischen zwei hohen Felswänden liegt. Wir sind also da – dort drinnen hat Davyan jahrzehntelang ums Überleben gekämpft.

Eine Gänsehaut schleicht über meinen Rücken und will nicht mehr verschwinden. Das ist definitiv nicht nur auf die Kälte zurückzuführen, die der angebrochene Herbst mit sich bringt. Ein eisiger Wind zerrt an meiner Kleidung und ich ziehe den Umhang fester um mich.

»Kommst du?«, fragt Mutter, die vor mir stehen geblieben ist.

Wir sind eine Stunde lang durch das unwirtliche Gelände der Talmerenausläufer gewandert, da das Zwergenportal uns weit weg von dieser Stelle brachte. Fingolfar und Berin warten etwa eine halbe Wegstunde entfernt, um uns später zurückzubringen.

Der Boden ist mit einer feinen Schicht aus frischem Schnee bedeckt und die Wolken über uns sind düster. Womöglich beginnt es bald nochmals zu schneien. Der Winter startet in den Talmeren deutlich früher als in den anderen Regionen Altras.

Zögernd gehe ich auf den Eingang zu, bis ich mit Mutter auf gleicher Höhe bin.

»Lass *mich* sprechen, sollte uns jemand aufhalten wollen«, wiederholt sie zum gefühlt hundertsten Mal.

Ich nicke stumm, während ich einige Bogenschützen in Nischen entdecke, welche in schwindelerregender Höhe in den Felsen gehauen wurden.

Die Kerle beneide ich echt nicht um ihre Arbeit …

Es muss dort oben nicht nur zugig, sondern auch sehr eintönig sein. Denn bis auf uns gibt es weit und breit keine Besucher, wenngleich ich einige Abdrücke von Füßen und Wagenrädern im Schnee ausmache.

Wahrscheinlich sind daher sämtliche ihrer Bögen auf uns gerichtet, verfolgen jeden Schritt.

Wüsste ich es nicht besser, würde ich die Felsspalte, auf die wir zusteuern, für eine normale Schlucht halten. Ich hätte ihr wohl nicht einmal weitere Beachtung geschenkt.

Doch sobald wir uns ihr nähern, holt Mutter ein rundes Artefakt aus Gold hervor, das an eine Sonne erinnert mit den gewundenen Strahlen. Sie hebt es in die Höhe und sticht sich mit einer der Spitzen in den Finger, während sie ein paar Worte murmelt.

Drei Tropfen Blut fallen in den Schnee zu unseren Füßen und mit einem Mal liegt ein Knistern in der Luft.

Ich keuche erstaunt, als vor uns ein Flimmern erscheint, das wie ein Schleier anmutet, der schließlich fällt.

Blutmagie? Ich wusste nicht, dass Mutter das beherrscht. Diese Magieart ist eher unbekannt in Altra und die wenigsten können sie wirken. Da ich selbst ein Schwarzmagier bin, habe ich mich da nie herangetraut, weil sich schwarze Magie und Blutmagie nicht gut vertragen, wie mir Vater einst einbläute. Die Macht, die ich freisetzen würde, wäre schwer zu kontrollieren.

Dass Mutter sie nun, ohne mit der Wimper zu zucken, anwendet, ist … gruselig. Und erklärt gleichzeitig, warum sie mich begleiten wollte. Allein hätte ich wahrscheinlich niemals den Eingang der Arena gefunden – geschweige denn, sie betreten können.

Als wäre ein Vorhang gelüftet worden, kann ich nun einen Wachposten erkennen, vor dem mehrere Menschen anstehen – und dahinter zwischen den Felsen leuchten plötzlich Fackeln, die das Dunkel erhellen.

Kein Wunder, dass Davyan und ich keine Chance hatten, die Arena zu entdecken. Sie lässt sich nur mit diesen Artefakten aufspüren, die ziemlich sicher neben Blutmagie auch noch graue Magie, also Dämonenmagie, enthalten.

»Woher hast du das?«, flüstere ich und deute auf das goldene Sonnensymbol in ihrer Hand.

»Ich sagte ja, ich habe meine Beziehungen«, erwidert sie mit einem triumphierenden Lächeln, das ihre blauen Augen blitzen lässt.

»Und wie gelangen nicht magisch begabte Menschen in die Arena?«, will ich wissen.

»Keine Ahnung, interessiert mich auch nicht. Komm jetzt mit.«

Sie steuert auf die Schlange zu und schreitet schnurstracks an ihnen vorbei. Als ich ihr folge, merke ich, dass es sich bei den Menschen, die hier anstehen, um zwielichtige Gestalten handelt. Manchen von ihnen wäre ich ungern allein im Dunkeln begegnet, da sie vor allem eines bedeuten: Ärger.

Entsprechend angesäuert mustern sie Mutter und mich, als wir sie überholen. Ich wappne mich bereits gegen einen Angriff, da winkt uns die Wache, die den Eingang kontrolliert, kurzerhand durch.

»Die scheinen dich hier zu kennen«, bemerke ich, während wir einen langen Gang passieren, der uns in den Berg hineinführt. Rechts und links erhellen weitere Fackeln den Weg. »Bist du öfter in der Arena?«

Sie schüttelt den Kopf. »Der Vorteil, wenn man rotes Haar hat und eine gut aussehende Frau ist«, erwidert sie. »Man geht den Menschen nicht so rasch wieder aus dem Kopf.«

Zum Glück ist sie nicht eingebildet …

»Aber du warst schon hier?«, hake ich nach.

Sie bleibt stehen und schenkt mir ein vielsagendes Lächeln. »Wenn man sich in meinen Kreisen bewegt, ist eines wichtiger als alles andere: Beziehungen.«

Ihren Kreisen … Was will sie damit sagen?

Stirnrunzelnd betrachte ich sie, komme aber nicht dazu, die Frage zu stellen, denn da werde ich grob von einem Kerl angerempelt, den wir vorhin in der Schlange überholt haben.

»Steh nicht im Weg rum!«, knurrt er und zieht mit großen Schritten an uns vorbei.

Ich schenke seinem Rücken einen finsteren Blick.

»Dafür entschuldigt Ihr Euch!«, ruft Mutter ihm hinterher und ich schließe kurz die Lider.

Warum erinnert sie mich gerade eins zu eins an meine kleine Schwester Jala? Auch diese hätte in diesem Moment den Kerl herausgefordert, statt ihn einfach zu ignorieren und seiner Wege gehen zu lassen.

Wie erwartet, hat sich der Fremde zu uns umgedreht, als ich die Augen wieder öffne, und kommt mit großen Schritten den beleuchteten Gang zurück.

»*Wie* war das?«, sagt er gefährlich leise.

»Ihr habt mich schon verstanden«, erwidert Mutter und stemmt die Hände in die Hüften. »Ihr habt meinen Sohn angerempelt. Entschuldigt Euch!«

»Euren …« Sein Blick gleitet zu mir und er verzieht den Mund zu einem abschätzigen Grinsen, das drei faulige Zähne entblößt. Überhaupt wirkt er äußerst ungepflegt auf mich – angefangen beim wilden Bartwuchs über seine schäbige Kleidung bis hin zu den fettigen Haaren und dem aufdringlichen Geruch nach Urin und Dreck widert mich alles an ihm an.

»Lass gut sein«, versuche ich die Situation zu retten.

»Nein«, widerspricht sie hoheitsvoll. »Ihr entschuldigt Euch!«

Dass sie nicht noch ein ›auf die Knie‹ hinzufügt, wundert mich beinahe.

»Ich werde dir zeigen, wie ich mich entschuldige!«, fährt der Kerl sie an und holt zum Schlag aus. Nicht gegen Mutter, sondern gegen mich.

Aus Reflex will ich einen Schutzschild bilden, merke aber, dass meine Kräfte mir nicht gehorchen. Im letzten Moment kann ich der Faust ausweichen, die auf mein Gesicht gezielt hat.

Ehe der Fremde zu einem zweiten Angriff ausholen kann, sind allerdings drei Wachen zur Stelle und zerren ihn von uns weg.

»Kämpfen könnt Ihr in der Arena!«, bellt einer von ihnen, während die anderen beiden bemüht darum sind, den sich heftig wehrenden Schurken im Griff zu behalten.

Eine weitere Wache tritt zu uns, mustert Mutter und mich mit schmalen Augen. »Sucht Ihr Ärger?«, fragt er ohne Umwege.

»Nein«, sagt Mutter und reckt das Kinn in die Höhe. »Wir sind hier wegen der Kämpfe, nicht um uns mit solchem Gesindel rumzuschlagen.« Sie deutet in die Richtung, in die der Kerl abgeführt wurde.

Ich unterdrücke ein Augenrollen.

Götter, sie kann so arrogant klingen.

Der Soldat sieht Mutter forschend an, dann nickt er. »Geht weiter.«

Nachdem wir seiner Aufforderung Folge geleistet haben und den Gang entlanggehen, hebe ich meine Hände, um probeweise eine Flamme zu bilden.

»Was ist …« Ich starre die Finger an, ohne dass etwas geschieht.

»Oh, das vergaß ich zu erwähnen«, meint Mutter lapidar und verlangsamt keine Sekunde ihren Schritt. »Magische Kräfte dürfen hier drin nicht gewirkt werden. Zumindest nicht von Menschen. Tieren und so weiter sind sie gestattet, um die Kämpfe … interessanter zu gestalten. Das Magieverbot gilt natürlich nicht für Karakal. Und manchmal erlaubt er es auch einem seiner Kämpfer, seine Kräfte anzuwenden, das ist aber eher selten. Um ganz sicher zu sein, wird den Arenakriegern regelmäßig Geißelpulver gegeben. Das verhindert gleichzeitig Aufstände oder andere unangenehme Zwischenfälle. Karakal ist kein Mann, der Überraschungen mag, daher …« Sie lässt den Satz unvollendet, sieht mich stattdessen vielsagend an.

So wie sie spricht, scheint sie wohl mehr als nur ein Mal hier gewesen zu sein. Doch das beunruhigt mich weniger als die Tatsache, dass ich im Arenabereich in dem Fall ohne Magie auskommen muss. Da nützen auch die Wärmesteine und mein schwarzmagisches Amulett nichts.

Was wäre geschehen, wenn ich hier als Biest reinmarschiert wäre? Hätte ich überhaupt die Chance gehabt, mich zurückzuverwandeln?

»Wie unterdrückt er die Magie?«, hake ich nach.

Sie lacht leise. »Musst du das wirklich noch fragen?«

»Dämonenmagie?«

»Graue Magie«, korrigiert sie mich.

»Es ist und bleibt Dämonenmagie, da dafür Wesen der Dunkelheit beschworen werden«, brumme ich und knabbere auf der Unterlippe, während wir weitergehen.

Als Mutter ein kleines Stück vor mir geht, da der Gang schmaler wird, versuche ich unauffällig, die Bestienkräfte zu wecken und meine Hand in eine Klaue zu verwandeln. Tatsächlich bilden sich feine Härchen daran und die Fingernägel werden länger.

Ehe es auffällt, beende ich den Zauber und atme erleichtert durch.

Wenigstens die Bestie kann ich hervorrufen. Sie scheint von Karakals Magiebann nicht betroffen zu sein.

Vielleicht, weil ich in dieser Form einem Tier ähnlicher bin als einem Menschen.

Mutter führt mich in eine große Höhle, aus der schon von Weitem Stimmengewirr und der Geruch nach Rauch und Braten zu uns dringt.

Dort angekommen, wird mir das wahre Ausmaß der Arena erst bewusst. Hier drin halten sich mehrere Dutzend Leute auf, allesamt wie Krieger oder Halunken gekleidet. Neben Mutter gibt es nur wenige andere Frauen, die meisten sind grobschlächtige Männer.

Einige Feuerstellen verbreiten Wärme und über manchen davon wird Fleisch gebraten. Zudem gibt es an Ständen Getränke und weiteres Essen zu kaufen.

Das Geschäft mit den Kämpfern scheint zu florieren.

»Folge mir, ich zeige dir die Arena«, sagt Mutter und geht quer durch die Höhle auf eine Treppe zu, die nach oben führt.

Mit ungutem Gefühl schließe ich mich ihr an und steige die Stufen hoch.

Es gibt mehrere Stockwerke und von allen gehen Nischen ab, die wie Balkone wirken.

»Suchen wir uns einen freien Platz.« Mutter steuert auf eine der Emporen zu.

Sie ist knapp drei Schritt breit und mit einer Steinbank sowie hüfthohem Geländer versehen. Um in die Arena hinunterzublicken, muss man sich allerdings erheben, wahrscheinlich ist die Bank nur da, um sich zwischen den Kämpfen auszuruhen.

Ein Schaudern überkommt mich und mir wird flau im Magen, als ich zum Geländer trete und erstmals den Ort betrachte, wo Davyan so viele Jahre lang sein Leben verteidigen musste.

Die Arena hat einen Durchmesser von mehreren Dutzend Schritt und der Boden ist mit Sand bedeckt. Viele Blutflecken sind darauf zu erkennen, doch gerade ist der Bereich leer.

Die Luft ist erfüllt mit dem Geruch nach Metall, Schweiß und Blut, vermischt mit demjenigen des Eingangsbereiches, der zu uns hochdringt.

Ich horche in mich hinein, stelle aber mit Erleichterung fest, dass die Bestie trotz des Eisengeruchs keinerlei Anstalten macht, zu erwachen.

Ich habe mich unter Kontrolle. Wenigstens etwas.

Als ich den Blick hebe, bemerke ich, dass Davyans Flucht nicht ohne Konsequenzen blieb. Ein Metallnetz wurde über die Öffnung gespannt, welche sich oberhalb der Arena befindet. Damit wäre dieser Weg schon mal versperrt, sollte ich mit Mauryce in Bestienform fliehen wollen.

Wunderbar ...

Mein Augenmerk fällt auf unzählige weitere Balkone, die auf unterschiedlichen Etagen liegen und ebenfalls auf die Arena hinunterzeigen. Viele davon sind von Zuschauern besetzt, die für das Stimmengewirr verantwortlich sind, das hier herrscht und von den Wänden widerhallt.

»Wir scheinen gerade eine Pause erwischt zu haben. Setz dich, warten wir auf Karakal«, meint Mutter und nimmt auf der Bank Platz.

»Er sieht bei den Kämpfen auch zu?«, hake ich nach, indes ich es ihr gleichtue.

»Bei den meisten. Wenn wir Glück haben, erscheint er bald dort über dem Eingang zur Arena.« Sie deutet auf einen breiten Balkon uns gegenüber, auf dem ein Sessel thront.

Ich mustere sie von der Seite. »Wie oft warst du schon hier?«

Dass sie es nicht war, kann sie nicht länger leugnen.

»Ab und zu.« Sie hebt einen Mundwinkel. »Ich mag die Arena nicht, doch hier lassen sich die besten Kontakte knüpfen.«

»Wofür?«

»Du bist zu neugierig.« Sie schenkt mir einen tadelnden Blick.

»Ist es verwerflich, wenn ich wissen will, was meine Mutter in den Talmeren so treibt?«

»Nein. Aber es gibt nun mal Dinge, die ich dir nicht erzählen muss.«

»Oder willst.«

Zur Antwort zuckt sie mit den Schultern.

»Was denkst du, wo sie Davyans Freund gefangen halten?«, will ich nach einer Weile wissen, als mir das Schweigen zu lange dauert.

»Die Kämpfer werden gut bewacht«, erklärt Mutter. »Vielleicht können wir eine Verabredung mit Karakal erwirken. Dafür brauchen wir allerdings vor allem eines: sein Vertrauen.«

»Vertrauen.« Ich schnaube unwirsch.

»Karakal ist äußerst wachsam«, fährt Mutter fort. »Und vorsichtig. Bei einem Mann wie ihm kein Wunder, er hat mehr Feinde als Freunde.«

»Warum bloß verwundert mich das nicht?«

Plötzlich kommt mir ein Gedanke. So überraschend, dass ich leise die Luft einsauge, was Mutter mich fragend ansehen lässt. Aber ich schüttle bloß den Kopf zum Zeichen, dass es nichts ist, das sie tangiert. Dabei ist genau das Gegenteil der Fall.

Wenn Mutter schon öfter hier war … dann muss sie Davyan gesehen haben. Er war einer der besten Kämpfer Karakals, es wäre höchst unwahrscheinlich, dass sie ihn nicht bereits vor unserem Zusammentreffen kannte.

Wieso hat sie sich nichts anmerken lassen? Warum nahm sie es einfach so hin, dass ich mit einem Mann bei ihr auftauchte, der aus der Arena floh?

Ich kaue auf meiner Unterlippe herum, bis ich Blut schmecke, und werfe ihr einen Seitenblick zu.

Jetzt ist nicht der richtige Moment, sie das zu fragen.

Vielleicht hat sie ihn ja auch nicht erkannt?

Als ob … Davyan ist so speziell mit seinen ungleichen Iriden und dem hübschen Antlitz – ihn kann man nicht vergessen. Oder?

Wieder muss ich daran denken, was er hier alles erdulden musste. Ich sehe ihn vor mir, wie er um sein Leben kämpft. Etwas, das wir gleich mit eigenen Augen zu Gesicht bekommen werden.

Mit einem Mal beginnt die Zuschauermenge zu raunen und wir erheben uns, um besser sehen zu können, was geschieht. Als ich das Augenmerk auf den Balkon gegenüber richte, bemerke ich dort nun die dunkel gekleidete, schlanke Gestalt eines schwarzhaarigen Mannes.

Karakal.

Er ist zu weit weg, als dass ich Details erkennen könnte, aber ich habe ihn bereits einmal im Zauberspiegel im Schloss gesehen. Er besitzt einnehmende Gesichtszüge, einen schwarzen Spitzbart und seine dunklen Augen wirken wie Stecknadeln – der Blick ist nicht minder stechend.

Alles an dem Kerl mahnt einen zur Vorsicht. Ihm jetzt gegenüberzustehen, lässt bei mir allerdings eher die Galle hochsteigen.

Er scheint seine Stimme mit Magie zu verstärken, denn sie dröhnt nun laut durch die Arena.

»Willkommen zu einer weiteren Runde, wehrte Besucher!«, sagt er in feierlichem Tonfall. »Ich hoffe, Ihr habt Eure Wetten abgeschlossen, wenngleich sie für den ersten Kampf, den ich Euch präsentiere, nicht gelten. Denn nun werdet Ihr einen neuen Arenakämpfer kennenlernen.«

»Wetten?«, murmle ich und wende mich Mutter zu, während die Zuschauer begeistert applaudieren.

»Nicht jeder gibt sich damit zufrieden, nur Blut fließen zu sehen«, erklärt sie, ohne den Blick von Karakal zu nehmen. »Manche sind des Glücksspiels wegen hier.«

»Glücksspiel?!« Ich starre sie fassungslos an.

Doch ehe ich etwas hinzufügen kann, wird meine Aufmerksamkeit auf die Arena gelenkt, wo nun ein einzelner Mann steht. Er ist fast noch ein Kind, der nackte Oberkörper zeigt weiche Haut, statt harte Muskeln.

Davyan … So stand Davyan dort unten.

Verloren und einsam, hilflos in die Zuschauermenge blickend, die nur eines von ihm sehen will: wie er stirbt.

Mir schnürt es die Luft ab und mein Magen rebelliert.

»Ich … kann das nicht«, presse ich hervor.

»Du wirst es müssen«, sagt Mutter mit kühler Stimme.

30

SEHR ERFREUT ... NICHT!

SOMBREN

Meine Hände werden schweißnass, während ich beobachte, wie der Junge sich einmal um die eigene Achse dreht. Die Art und Weise, wie er das Schwert hält, verrät mir, dass er nie richtig gelernt hat zu kämpfen.

Genau wie Davyan …

Ich schließe die Augen, da sich mein Herz schmerzhaft zusammenzieht.

Verdammt. Womöglich wartet irgendwo da draußen ebenfalls jemand darauf, dass der Junge zu ihm zurückkehrt. Sucht ihn, so wie ich Davyan gesucht habe.

»Sombren«, zischt Mutter und stupst mich mit dem Ellbogen in die Seite. »Reiß dich zusammen.«

Dass ich das steinerne Geländer umklammert halte, registriere ich erst, als sie eine Hand auf meine legt.

»Wie kannst du nur so ruhig bleiben?«, stoße ich zwischen zusammengebissenen Zähnen hervor.

Der Junge begibt sich nun mehr schlecht als recht in Kampfpose.

»Wir werden nichts am Schicksal dieses kleinen Kämpfers ändern können«, erwidert sie schulterzuckend.

»Wir könnten …«

»Nein!«, unterbricht sie mich energisch und sieht mich fest an. »Vergiss nicht, weswegen wir hier sind. Nicht um den Jungen zu retten, sondern Davyans Freund. Das ist es doch, was du willst, oder?«

Ich presse die Lippen zusammen und nicke stumm.

»Na dann, lassen wir die Spiele beginnen.«

Es ist nicht *sie*, die diesen Satz sagt, sondern Karakal. Im gleichen Moment schießen aus zwei Toren, die geöffnet werden, drei Löwen hervor. Die Zuschauer jubeln und applaudieren, der Junge indes schreit angsterfüllt auf und versucht, sich vor den Tieren in Sicherheit zu bringen. Er hat allerdings keine Chance.

Daher also stand dieser Kampf nicht für die Wetteinsätze zur Verfügung. Das Schicksal des Knaben war von dem Moment an beschlossen, als er die Arena betrat, und dient allein dazu, den Blutdurst der Gaffer zu befriedigen.

Ich wende den Blick ab, als die erste Raubkatze über ihn herfällt, den Schrei, der an meine Ohren dringt, kann ich hingegen nicht verdrängen. Er hallt in mir nach, erreicht mein Herz und bringt es zum Stocken.

Verfluchter Mist … was soll das Ganze? Wozu diese verdammten Kämpfe, diese sinnlosen Opfer?

Als ich wieder nach unten sehe, präsentiert sich mir ein wahres Blutbad. Die Löwen haben den Jungen innerhalb von Sekunden zerfetzt und die Menge tobt. Ob aus Freude oder Frust, weil der Kampf so schnell vorbei war, ist schwer auszumachen.

Auch jetzt meldet sich meine Bestie nicht, es scheint beinahe, als wäre sie ebenfalls wie erstarrt von dieser Gräueltat, die in der Arena geschieht.

Ich muss mich regelrecht zwingen, weiter hier zu stehen und so zu tun, als fände ich das Schauspiel ebenso großartig wie die anderen Besucher.

Und dann ... fällt mir etwas auf. Im ersten Moment glaube ich, einer Täuschung zu erliegen, doch da sehe ich es erneut. Eine schattenhafte Gestalt, die sich vom Balkon, auf dem Karakal regungslos steht, löst und die Wand entlang nach unten gleitet, auf die Tiere zu.

Was bei den Göttern ist das?

Die Gestalt hat keine genauen Umrisse, scheint sich vielmehr immer wieder neu zu formen, während sie über den Sand auf die Löwen zu schleicht. Als sie diese erreicht, vermeine ich, zu sehen, wie sich das Blut verzieht. Nur soweit, dass es nicht auffällt – es ist, als würde sich die Gestalt wie die Tiere daran laben.

Danach legt sie sich wie eine Decke über den toten Körper des Jungen, der gerade von den Löwen gefressen wird. Sie scheinen sich dadurch nicht gestört zu fühlen.

»Was ... was ist das?«, stoße ich entsetzt hervor.

Mutter wendet sich mir zu. »Was meinst du?«

»Dieses ... Wesen dort unten.« Ich deute mit dem Finger in die Arena.

»Das sind Löwen«, erklärt sie, als würde sie mit einem Kind sprechen.

»Nein, ich meine ...« Stirnrunzelnd unterbreche ich mich und wende mich ihr zu. »Dieses Schattenwesen. Was ist das?«

»Was für ein Schattenwesen?« In ihrem Gesicht lese ich pures Unverständnis.

»Siehst du es nicht?«, hake ich nach.

»Ich sehe einen toten Jungen und drei Löwen«, erklärt sie kopfschüttelnd. »Schattenwesen gibt es weit und breit keine.«

Verwundert lenke ich den Blick wieder nach unten, wo der Schatten noch ganz deutlich sichtbar ist.

Schon einmal ist mir ein ähnliches Wesen begegnet. Damals auf dem Weingut, als ich diesen Traum – diese Vision – hatte, die mich in den Keller führte. Dorthin, wo Davyan gefangen gehalten worden ist.

Kann es sein, dass es auch dieses Mal eine solche Vision ist? Aber … ich träume nicht. Das hier ist real. Und der Schatten dort unten ebenso.

Karakal selbst wirkt auf mich wie eine Statue. Weder die Rufe der Zuschauer noch die Schreie der Kämpfer scheinen ihn zu tangieren. Stoisch steht er auf seinem Balkon, betrachtet die Szene, die sich ihm bietet.

Handelt es sich bei dem Schattenwesen um einen Dämon, den Karakal beschworen hat? Den Dämon, der auch die Magie hier drinnen unterdrückt?

Ist die Tatsache, dass ich das Schattenwesen sehe und niemand sonst, darauf zurückzuführen, dass ich selbst von einem Halbdämon verflucht wurde? Möglich wäre es.

Gerade will ich die Augen verengen, um Genaueres zu erkennen, da löst sich der Schatten kurzerhand auf und die drei Löwen stieben auseinander, als hätte jemand zwischen ihnen einen Knallkörper entzündet. Sie rennen in ihre Tore zurück, die hinter ihnen verschlossen werden.

Karakal wendet sich mit ein paar Worten an das Publikum, aber ich höre nicht hin. Viel zu sehr bin ich mit dem beschäftigt, was ich gerade gesehen habe.

»Der Zeitpunkt ist günstig, gehen wir zu ihm und ich stelle dich ihm vor«, reißt mich Mutter aus meinem Grübeln.

Als ich Karakals Balkon wieder ansehe, ist dieser leer. Offenbar hat sich der Besitzer der Arena zurückgezogen.

Obgleich sich alles in mir sträubt, diesen kaltherzigen Mann kennenzulernen, so sehe ich ein, dass mir nichts anderes übrigbleibt, wenn ich Mauryce befreien will.

Daher gebe ich mir einen Ruck und folge Mutter zurück nach unten in die Höhle.

Sie wechselt ein paar Worte mit den bewaffneten Männern, die einen breiten Gang bewachen, von dem es weiter in den Berg hinein geht. Ich bekomme nur am Rande mit, dass sie es schafft, die Wachen zu überzeugen, uns durchzulassen, da ich noch immer über diesen Schatten grüble.

Kann es sein, dass er mit dem Wesen zusammenhängt, das mich damals in den Keller unter der Küche führte? Und wenn ja, worum handelt es sich? Um einen Dämon? Aber auf dem Weingut gab es keine Dämonenmagie, oder? Das muss etwas anderes gewesen sein. Also ein Geist?

Weiterhin in Gedanken versunken folge ich Mutter durch die Gänge und bemerke erst nach einer Abzweigung, dass ich mal besser mein Augenmerk auf die Umgebung lenken sollte. Womöglich ist es die einzige Gelegenheit, den Bereich außerhalb des Kampfplatzes kennenzulernen.

Daher wische ich meine Grübeleien zur Seite und konzentriere mich darauf, mir die Gänge einzuprägen, durch die wir schreiten. Immer wieder weisen uns Wachen den richtigen Weg, sonst hätten wir uns bereits nach wenigen Minuten in diesem Labyrinth verlaufen.

Wie soll ich Mauryce jemals von hier wegbekommen?

Nachdem wir eine lange Treppe hinter uns gebracht haben, landen wir vor einer Tür, vor der eine Wache steht.

»Wir haben eine Audienz bei Karakal«, erklärt Mutter, ehe uns der Mann nach dem Grund unseres Besuches fragen kann.

»Passwort?«

»Sumpfschnecke.«

Ich starre Mutter verwirrt an. Offenbar hat sie das Passwort vorhin erfahren, als ich noch an dem Schattenwesen rumstudierte.

»Passieren.« Die Stimme des Kriegers klingt emotionslos, als er zur Seite tritt und damit die Tür freigibt. Er klopft dreimal dagegen.

Es dauert eine Weile, dann wird geöffnet und vor uns steht der Mann, den ich hasse, ohne je ein Wort mit ihm gewechselt zu haben.

Dieser Bastard ist schuld daran, dass Davyan und ich hundert Jahre getrennt waren!

»Karakal.«

Die Art, wie Mutter säuselt, bringt mich beinahe dazu, angewidert den Mund zu verziehen. Gerade so schaffe ich es, eine neutrale Miene zu behalten.

»Wie schön, Euch wiederzusehen«, fährt sie mit strahlendem Lächeln fort.

»Die Freude ist ganz meinerseits, Alicia.« Karakal vollführt eine formvollendete Verbeugung und küsst Mutters Hand zur Begrüßung. Dabei fällt mir der schwarze Magierring mit der Feuerrune auf, den er trägt.

Dann richtet er sich auf und sein Blick trifft auf mich. Nie habe ich so viel Berechnung und Verschlagenheit gesehen wie in den dunklen Augen, die mich nun mustern.

Kein Wunder, dass sich Davyan, so gut es ging, von dem Kerl ferngehalten hatte. Ich verspüre ebenfalls keinen Drang, ihn näher kennenzulernen.

Trotzdem neige ich kurz den Kopf zum Zeichen der Ehrerbietung und schlucke dabei die Galle herunter, die sich in meinem Hals bilden will.

»Das ist mein Sohn Sombren«, stellt mich Mutter vor.

»Sehr erfreut.« Meine Stimme klingt zum Glück nicht so angewidert, wie ich mich gerade fühle.

Am liebsten würde ich ihm direkt den Hals umdrehen, aber ich beherrsche mich und versuche, ruhig weiter zu atmen.

Jetzt darf ich keinen Fehler machen. Es geht hier nicht um mich oder meine Rachegelüste, sondern darum, Mauryce zu befreien.

Daher reiße ich mich am Riemen und begegne Karakals Blick, ohne zu blinzeln. In den Jahren im Zirkel habe ich gelernt, Schlangen furchtlos in die Augen zu sehen. Auch solchen, die Menschenhaut tragen.

»Wie kommt es, dass Ihr noch nie hier wart?«, fragt Karakal mit schief gelegtem Kopf an mich gerichtet.

»Hat sich noch nicht ergeben«, erwidere ich schulterzuckend.

»Hm.« Er beäugt mich eindringlich, dann blinzelt er und wendet sich wieder meiner Mutter zu. »Seid Ihr dieses Mal länger in der Gegend?«

Alles spannt sich in mir an.

Wie oft war Mutter schon hier, verdammt?!

»Leider nein«, antwortet sie. »Aber der eine oder andere Besuch wird sich bestimmt noch einrichten lassen.«

»Das wäre zu wünschen.« Karakal deutet ein Lächeln an, das vielmehr wie ein Zähnefletschen anmutet. »Ihr seid jederzeit willkommen, Alicia. Ihr und …«, er schenkt mir einen kurzen Blick, »Euer Sohn.«

»Das ist sehr gütig von Euch«, sagt Mutter mit einem freudigen Gesichtsausdruck. »Wir werden auf jeden Fall nochmals vorbeischauen.«

»Wir sollten jetzt los«, murmle ich, da ich es nicht länger in Gegenwart dieses Kerls aushalte, ohne ihm tatsächlich noch an die Gurgel zu springen.

»Hat mich gefreut, Sombren.« Karakal nickt mir zu. »Auf ein anderes Mal.«

»Auf ein anderes Mal«, wiederhole ich distanziert und lege Mutter eine Hand auf den Rücken. »Komm.«

Damit wenden wir uns zum Gehen und erst, als wir die Arena weit hinter uns gelassen haben, mutet es an, als könnte ich wieder freier atmen.

Götter … und dort muss ich also mindestens noch einmal rein. Mir graut schon jetzt davor.

31

ERSTES

ZWISCHENFAZIT

DAVYAN

Ich habe nach der anstrengenden Arbeit im Stollen gerade den Schweiß von meinem Körper gewaschen und die lederne Hose wieder angezogen, da höre ich Schritte, die sich unserem Schlafgemach nähern.

Ist er zurück?

Ohne darauf zu achten, dass ich noch keine Schuhe oder Hemd trage, eile ich zum Eingang – und stoße beinahe mit Sombren zusammen, der in eben diesem Moment dort erscheint.

Erleichtert schlinge ich die Arme um ihn und hebe den Kopf, um ihm ins Gesicht zu schauen. Es wirkt verschlossen, die Brauen hat er zusammengeschoben, sieht mich nachdenklich an.

»Ihr wart ewig weg«, murmle ich. »Alles in Ordnung?«

»Mhm.« Er legt mir die Hände auf die nackten Schultern und beugt sich zu mir herunter, um mir zur Begrüßung einen Kuss auf die Lippen zu drücken. »Es war … beschissen«, raunt er dann an meinem Mund.

Mein Herz zieht sich bei seinen Worten zusammen. »Was ist geschehen?«

»Nichts, ich …« Er atmet tief durch und richtet sich auf. »Setzen wir uns.«

»So schlimm?«

Ich folge ihm mit bangem Herzen zum Bett, der einzigen Sitzmöglichkeit in unserer Höhle. Daneben liegt mein Schwert.

Sombren entledigt sich seiner Rüstung, sodass er nur noch Hemd und Hose trägt, dann winkelt er ein Bein an und klopft neben sich auf die Matratze zum Zeichen, dass ich mich ebenfalls niederlassen soll.

»Erzähl«, fordere ich ihn auf, als wir nebeneinandersitzen. »Hast du Mauryce gesehen?«

Er schüttelt den Kopf. »Wir sahen einem Kampf zu und …« Er schließt die Lider, während zwischen seinen Brauen eine tiefe Falte entsteht. »Scheiße, Davyan«, murmelt er und blinzelt, um mich anzuschauen. »Die haben ihn regelrecht den Löwen zum Fraß vorgeworfen.«

»Wen? Mauryce?« Ich starre ihn erschrocken an.

»Nein.« Wieder schüttelt er den Kopf und seine Augen verweilen auf mir. In ihnen lese ich tiefen Kummer. »Einen Jungen. Ich … Ich habe die ganze Zeit *dich* vor mir gesehen.«

»Tut mir leid«, flüstere ich. »Dass du das mitansehen musstest, meine ich.« Mein Herz zieht sich schmerzhaft zusammen.

Der Junge hätte auch ich *sein können, damals vor hundert Jahren.*

»Was war mit deiner Bestie? Also …« Ich deute auf seine Brust.

»Nichts«, antwortet Sombren nachdenklich. »Sie hat sich nicht geregt. Selbst als die Löwen ein wahres Blutbad angerichtet haben.«

»Das ist gut«, murmle ich erleichtert.

»Ist es. Aber … da war noch etwas … Eigenartiges.« Sombren fährt sich mit der Hand über den Kopf.

»Eigenartiges?« Ich schaue ihn zerstreut an.

»Ja.« Er schließt erneut die Augen, als versuche er, ein Bild heraufzubeschwören. »Als die Löwen den Jungen … gefressen haben, da …« Er blinzelt. »Ich sah einen Schatten. Ein Wesen, das sich ihnen anschloss. Hast du je so etwas in der Arena bemerkt?«

»Ein Schattenwesen?«

»So was in der Art, ja.«

»Nein, davon höre ich zum ersten Mal«, gebe ich zu. »Aber ich wusste ja auch nicht, dass Karakal Dämonenmagie wirkt, um seine Arena zu schützen. Daher …« Unbestimmt zucke ich mit den Schultern und lenke den Blick auf meine Hände.

Im Nachhinein frage ich mich, ob ich irgendwelche Anzeichen übersehen habe.

Ja, da war eine Art … Leere in der Arena. Ich weiß nicht, wie ich das sonst beschreiben soll, doch es schien, als wären alle meine Emotionen gedämpft. Ich habe das auf die Tatsache bezogen, dass ich mich meinem Schicksal ergab, aber womöglich hing es mit der Dämonenmagie zusammen. Uns Kämpfern wurde nur wenig Freiraum gelassen. Nicht abwegig, dass keiner von uns auch nur einen Bruchteil von dem mitbekam, das außerhalb des Kerkers ablief. Zumal die wenigsten lange genug lebten, um mehr als ihre Zelle kennenzulernen.

»Mutter war offenbar nicht das erste Mal in der Arena«, sagt Sombren nachdenklich. »Mir kam der Gedanke, dass sie dich dort gesehen haben muss. Als Kämpfer meine ich.«

Stirnrunzelnd hebe ich den Blick, um ihn anzuschauen. »Ich habe gegen Ende meiner Zeit nur alle paar Tage kämpfen müssen, aber ja, es wäre möglich.« Dann lege den Kopf schief. »Wenn dem so ist … wieso hat sie nichts gesagt?«

»Vielleicht rührt daher ihre Abneigung dir gegenüber?« Er verengt die Augen ein wenig. »Ich werde sie bei Gelegenheit darauf ansprechen.«

»Und wenn du sie damit auf etwas aufmerksam machst, das sie möglicherweise gar nicht bemerkt hat?«, gebe ich zu bedenken. »Sollte sie nicht wissen, dass ich ein ehemaliger Arenakämpfer bin und vor Karakal floh, weckst du schlafende Hunde. Vielleicht verrät sie mich sogar an ihn, das … das wäre höchst problematisch.«

»Auch wieder wahr.« Sombren mustert mich grübelnd.

»Ich denke, wir sollten das besser für uns behalten«, sage ich seufzend. »Deine Mutter weiß, dass wir einen Freund von mir suchen und aus der Arena befreien wollen. Wenn du mich fragst, ist das allein schon genug, um uns Karakal ans Messer zu liefern. Wir sollten ihr nicht noch mehr Gründe dafür geben, falls sie uns nicht so gut gesinnt ist, wie sie es vorgibt.«

»Du traust ihr also auch nicht mehr?« Er sieht mich argwöhnisch an.

»Im Moment traue ich keinem außer dir«, erwidere ich mit einem Schulterzucken. »Aber am allerwenigsten Karakal.«

»Hm, ja … Ich habe diesen Karakal kennengelernt. Mutter hat eine Audienz bei ihm erwirkt.«

»Oh.« Meine Brauen hüpfen in die Höhe, während sich Sombrens Gesicht verfinstert.

»Jap. Er ist genau so, wie du ihn beschrieben hast. Oder eher noch schlimmer.«

»Er ist eine Bestie«, murmle ich und spüre den alten Hass in mir hochbrodeln.

»Dennoch werde ich wohl oder übel nochmals hingehen müssen«, fährt Sombren fort. »Ich muss sein Vertrauen gewinnen und das schaffe ich am besten, indem ich so tue, als würde ich ihn bewundern. Menschen wie er sind manipulativ – und können nur mit Manipulation bekämpft werden.«

Ich kaue auf meiner Unterlippe herum. »Mir ist nicht wohl bei der Sache, dass du dich bei ihm einschleimst«, gestehe ich.

»Mir auch nicht.« Er sieht mich fest an. »Aber wenn wir Mauryce befreien wollen, führt kein Weg daran vorbei. Karakal muss mir vertrauen und denken, ich ticke wie er. Hätte Gefallen an der Grausamkeit, die in seiner Arena geschieht. Vielleicht finde ich so einen Weg, Mauryce zu sehen.«

»Ja, das könnte funktionieren«, bestätige ich. »Wenn du Karakal dazu bringst, seine Trophäe zu präsentieren, wird er es nur schon tun, damit du ihn noch stärker bewunderst.«

»Genau das ist mein Plan«, bestätigt Sombren. »Doch dafür muss ich mehr als einmal dorthin. Karakal soll denken, ich hätte einen wahren Narren an seiner Arena gefressen. Das wird ein bisschen Zeit beanspruchen.«

»Wir haben nichts vor, außer Mauryce zu befreien, oder?« Ich hebe freudlos einen Mundwinkel an.

»Das nicht, aber … fühlst du dich wohl hier?« Er legt den Kopf schief und schaut mich forschend an.

»Die Zwerge sind nett und deiner Mutter geh ich einfach aus dem Weg, sollte sie dich mal nicht begleiten«, antworte ich schulterzuckend.

»Sie wird mich wohl jedes Mal begleiten müssen.« Sombrens Gesicht wird nachdenklich. »Die Arena lässt sich nur mit Blutmagie finden.«

»Blutmagie?«

»Weißt du, was das ist?«, hakt er nach.

»Nein«, gestehe ich. »Die Geheimnisse der Magier werden gut gehütet und dringen schon gar nicht zu einem Knecht durch, wie ich einer war.«

»Nun ja, so ein großes Geheimnis ist das nicht«, sagt Sombren seufzend. »Denn die wenigsten Magier wissen, wie Blutmagie funktioniert – zumindest hier in Altra. In Karinth beispielsweise ist Blutmagie an der Tagesordnung.«

»Was ist denn an dieser Magieart so speziell?«, frage ich interessiert.

»Sie kann ziemlich gut manipuliert werden.« Auf Sombrens Stirn erscheinen einige Falten. »Mutter besitzt beispielsweise ein Artefakt, mit dessen Hilfe sie den Eingang sichtbar werden lassen konnte.«

»Oh.«

Da ich – wenn wir unseren Standort wechseln mussten – stets in einem Karren gefangen war, der obendrein mit Tüchern verhüllt wurde, um die ›Fracht‹ darin zu verbergen, ist mir entgangen, wie wir in den neuen Arenastandort hereinkamen. Es grenzte schon an ein Wunder, dass ich überhaupt ab und an einen Blick auf die Landschaft werfen konnte und damit ungefähr wusste, wohin wir uns bewegten.

»Dann hätten wir die Arena tatsächlich nie gefunden«, erkenne ich betroffen.

»Hätten wir wohl nicht, nein.« Sombren sieht mich nachdenklich an. »Ich frage mich ja, wie nichtmagiebegabte Menschen dort reinkommen.«

»Vermutlich hat Karakal Wege, wie er denjenigen, denen er den Durchlass gestattet, den Eingang selbst öffnet?«, schlage ich vor. »Oder seine Handlanger tun das?«

»Möglich.« Er fährt sich gedankenversunken mit dem Zeigefinger über das Kinn und erzeugt damit ein schabendes Geräusch seiner Bartstoppeln. »Vielleicht ist es demnach gar nicht notwendig, dass Mutter mich weiterhin begleitet, sobald ich ebenfalls zu diesen Auserwählten gehöre.«

»Möglich«, wiederhole ich seine Worte und schaudere innerlich bei dem Gedanken, dass Sombren zu Karakals Vertrautem werden könnte.

»Mir wäre es allerdings nicht recht, wenn du hier allein mit meiner Mutter bist«, fährt er seufzend fort.

»Ach, das schaffe ich schon irgendwie«, wiegle ich ab. »Zudem … für Mauryce tue ich das gern. Er hat mir so viel beigebracht, ohne ihn wäre ich ziemlich sicher nicht mehr am Leben.«

»Oder könntest dich zumindest an nichts mehr erinnern«, erwidert Sombren stirnrunzelnd. Dann beugt er sich zu mir und legt eine Hand an meine Wange. Sanft fährt er mit dem Daumen darüber, immer und immer wieder. »Davyan. Heute wurde mir erst bewusst, was du in all den Jahren erdulden musstest«, sagt er mit belegter Stimme. »Es tut mir so leid.«

Dieses Mitgefühl in seinen Augen, diese Wärme, die ich am ganzen Leib spüre … Sie sind surreal. Und ich registriere einmal mehr die tiefe Verbundenheit zu diesem Mann, dem auf ewig mein Herz gehören wird.

»Schon gut«, murmle ich. »Es … Die Zeit in der Arena hat mich auch stärker werden lassen. Ich denke, hätte ich mich an uns erinnert, wäre ich wahnsinnig geworden. Aber so hatte ich keine andere Perspektive. Ich wurde zum Kämpfer ausgebildet und es gab sogar Tage, an denen ich mein Dasein … genoss. Momente, wenn ich einen triumphalen Sieg errang. Der Applaus kann süchtig machen, weißt du? Im Nachhinein schäme ich mich dafür.« Ich schlage peinlich berührt die Augen nieder.

»Nicht«, raunt Sombren und hebt mein Kinn sanft an. »Du musst dich nicht dafür schämen, dass du das Beste aus deiner schlimmen Situation gemacht hast.« Sein Blick ist noch immer voller Liebe, während er mich ansieht. »Ich bewundere dich. Für deine Stärke und deine Art, selbst aus den grausamsten Momenten Kraft zu schöpfen. Das war es, was mich von Anfang an an dir fasziniert hat.«

Ich schaue in seine dunklen Iriden. Die Bilder, die in mir aufsteigen, lassen sich nicht länger unterdrücken. »In der Arena ist viel …

Schlimmes passiert«, flüstere ich. »Dinge, die ich am liebsten für immer vergessen würde.«

Auf Sombrens Stirn erscheinen tiefe Falten, während seine Hand in meinen Nacken fährt und mich dort krault. »Hat es mit Karakal zu tun?«

»*Alles* in der Arena hat mit Karakal zu tun«, antworte ich und schaffe es nicht mehr, ihn anzuschauen. Stattdessen lenke ich den Blick auf seine Brust. »Er hat …«

Mit einem Mal steigen neue Bilder in mir hoch. Bilder, die ich so gut es geht, verdrängt habe. Ich höre die Schreie der Frau, das Flehen, spüre das Zittern in meinem Körper, während ich hilflos dabei zusehen muss, was Karakal mit ihr tut.

Götter … Wie kann ein Mensch bloß so grausam sein?

»Er hat Mauryces' Schwester vor meinen Augen vergewaltigt«, hauche ich.

»Was?« Sombrens Hand verharrt in meinem Nacken und er ringt sichtlich um Fassung, wie ich seiner lauter gewordenen Stimme anhöre.

»Ja, er …« Ich atme zittrig durch, ohne den Blick von seiner Brust zu nehmen. »Er wollte mich mit ihr ›belohnen‹, aber ich habe es nicht geschafft, mit ihr … Also …« Ich schließe die Lider. »Dann hat er sie an meiner Stelle … genommen und mich gezwungen, dabei zuzusehen.«

Sombren stößt ein Knurren aus, das das Bett zum Vibrieren bringt. »Dieses Dreckschwein!« Er lässt mich los und ich sehe aus dem Augenwinkel, wie er sich mit der Hand stattdessen über das Gesicht fährt. »Dieses verdammte Stück Scheiße!«

»Das ist noch viel zu harmlos für ihn.«

»Ist es.« Er zischt wütend und sein Brustkorb hebt sich unter einem tiefen Atemzug. »Hätte ich das gewusst, hätte ich mich nicht mehr zusammenreißen können!«

Ich betrachte sein Gesicht, das von Wut gezeichnet ist. »Solltest du Mauryce sehen«, murmle ich und warte, bis er mich wieder anschaut, »bitte sag ihm nichts davon. Er weiß es nicht.«

»Warum nicht?« Sombren sieht mich fassungslos an.

»Weil es sich … Es ergab sich einfach nicht, ihm von dieser grauenhaften Tat zu erzählen. Seine Schwester ist zudem … tot. Sie starb, kurz bevor wir geflohen sind.«

»Verstehe.« Er presst die Lippen zusammen. »Das Wissen um diese Gräueltat hätte Mauryce dazu gebracht, Rache üben zu wollen. Und das wäre sein sicherer Tod gewesen.«

»Ja«, bestätige ich und versuche, mich aus der Erinnerung zu reißen, die mein Herz noch immer gefangen hält. Es gelingt mir mehr schlecht als recht, denn das Grauen hallt in mir nach. »Karakal, er … er ist skrupellos. Bitte, wenn du nochmals hingehst, nimm dich vor ihm in Acht.«

Sombren nickt grimmig. »Das werde ich, keine Sorge.«

Eine Weile sitzen wir schweigend nebeneinander, dann erhebt er sich mit einem Seufzen. »Es ist spät«, meint er und sieht auf mich herab. »Hast du schon was gegessen?«

Ich schüttle den Kopf und schenke ihm ein leichtes Lächeln. »Nein. Ich wollte auf dich warten.«

»Ich …« Er sieht mich zögernd an. »Mutter fragte, ob ich mit ihr zu Abend esse, aber …«

»Geh ruhig«, unterbreche ich ihn.

»Nein, Davyan«, erwidert er. »Ich werde hier mit dir essen. Mutter hatte heute mehr als genug von meiner Zeit.«

Das warme Gefühl kehrt in meine Brust zurück, als ich zu ihm aufsehe. »Du bist einfach perfekt, weißt du das?«

»Das hat mir noch niemand gesagt.« Er schmunzelt und fährt mit der Hand über mein offenes Haar. Eine Strähne lässt er länger durch seine Finger gleiten und massiert das Ende der Locke gedankenversunken mit Daumen und Zeigefinger. »Lass uns in die Küche gehen und nachsehen, ob die Zwerge etwas für uns haben – und dann erzählst du mir, was du hier während meiner Abwesenheit so getrieben hast. Ich kenne dich doch, rumsitzen liegt dir nicht.« In seine Augen tritt ein wissendes Funkeln.

»Das stimmt allerdings.« Mein Lächeln wird breiter und ich stehe ebenfalls auf, ziehe mich fertig an. »Und du wirst mir nie glauben, was ich heute gesehen habe.«

»Ich glaub dir alles, mein Aschenprinz.« Er nimmt meine Hand und zieht mich zum Höhlenausgang. »Wo ist denn die Küche?«

»Komm.« Grinsend überhole ich ihn und gehe voran.

Nachdem wir kurzerhand in der Küche gegessen haben, wo auch die Zwerge speisen, kehren wir in unsere Gemächer zurück. Der Abend war richtig schön, wenngleich es von Fingolfar tatsächlich eine kleine Standpauke gab, weil mich Earic und die anderen in ihre Stollen gelassen haben. Nichtsdestotrotz erlaubte er mir, auch zukünftig auszuhelfen, sollte mir langweilig sein.

»Arbeit hat noch niemandem geschadet«, meinte er mit einem Augenzwinkern.

Danach erzählten die Zwerge einige Geschichten aus einer längst vergangenen Zeit, als noch Titanen unter den Menschen wandelten, und ich hörte ihnen fasziniert zu.

Müde lassen Sombren und ich uns auf dem Bett nieder und ich lege den Arm um ihn, schmiege mich nahe an seinen warmen Körper. Seine Hand streichelt über meinen Oberarm zu meiner Schulter.

»Wann gehst du wieder in die Arena?«, frage ich und hebe mein Kinn ein wenig, um ihn von unten ansehen zu können.

»Wenn möglich, morgen«, sagt er mit geschlossenen Lidern. »Sollte das für dich in Ordnung sein.«

»Natürlich.« Ich drücke ihm einen Kuss auf die nackte Brust. »Je schneller wir das hinter uns bringen, desto besser.«

»Mhm.« Er seufzt leise und zieht mich noch näher an sich. »Schlaf gut, Davyan.«

»Ich du auch«, murmle ich lächelnd, während ich spüre, wie die Müdigkeit mich übermannt.

Der Tag im Stollen war echt anstrengend und ich schicke im Halbschlaf noch etwas Magie durch meinen Körper, um gegen den Muskelkater anzukämpfen, der sich bereits meldet.

32

HASE WÄRE
BESSER GEWESEN

DAVYAN

»Sombren?« Ich sehe mich stirnrunzelnd im goldenen Saal um, in dem ich mich wiederfinde, kaum dass ich einschlief.

Komisch, dass ich schon wieder hier gelandet bin – und dieses Mal ist von Sombren keine Spur zu entdecken. Der Saal ist so leer wie immer, wenn ich eintreffe. Alle Möbel, die wir uns herbeiwünschen, sind in der nächsten Nacht wie vom Erdboden verschluckt.

Schläft Sombren noch nicht so tief, um sich zu mir gesellen zu können? Oder träumt er gerade etwas anderes?

Die Magie dieses Saals habe ich bisher nicht so recht verstanden. Silia meinte, wir könnten uns hier jederzeit treffen, doch so einfach scheint es nicht zu sein.

Ich wünsche mir ein bequemes Sofa und setze mich, um auf Sombren zu warten. Das Schöne an dem Schlosssaal ist, dass wir viel zusätzliche Zeit miteinander verbringen können, ohne dass wir am nächsten Morgen gerädert sind.

Im Gegenteil. Wenn ich Sombren hier treffe, fühle ich mich am Tag danach voller Energie.

Doch selbst als ich eine Weile gewartet habe, taucht er nicht auf.

»Das ist komisch«, murmle ich und erhebe mich vom Sofa.

Erneut sehe ich mich im Saal um – und bemerke mit einem Mal einen feinen Nebel, der unter der breiten Flügeltür hindurchdringt.

»Oh, nein, darauf falle ich nicht wieder rein«, brumme ich und verschränke die Arme vor der Brust. »Silia?«, rufe ich dann so laut, dass meine Stimme im Saal widerhallt. »Silia! Bist du das? Zeig dich, statt mir weiße Hasen und Nebel zu schicken! Was willst du mir sagen?«

Ich warte mehrere Herzschläge, ohne eine Antwort zu erhalten. Mit finsterem Blick betrachte ich den Nebel, der sich über den Boden zieht, direkt auf mein Sofa zu.

»Bleib ja, wo du bist!«, knurre ich ihn an.

Doch der Nebel lässt sich von mir nicht einschüchtern, unentwegt kriecht er auf mich zu, und als er mich erreicht hat, wabert er um meine Füße, als wollte er mich zu sich locken.

»Du willst, dass ich die Tür öffne und dir folge, hm?« Ich betrachte die Schwaden. »Bringst du mich wieder zu diesem Raum mit den Särgen? Was ist dort? Was hat es mit dem Spiegel auf sich? Und wer verdammt noch mal liegt in dem Sarg?«

Natürlich erhalte ich keine Antwort vom Nebel, die muss ich mir wohl selbst zusammenreimen – und dafür muss ich ihm folgen.

Ich schließe die Augen und kann Sombrens warnende Stimme förmlich hören.

Aber wie ich es auch drehe und wende … etwas sagt mir, dass dieser Raum wichtig ist. Und dass ich keine Antworten erhalten werde, wenn ich ihn nicht selbst erkunde.

Sombren würde es an meiner Stelle genau gleich gehen.

»Das ist jetzt echt dämlich von mir.« Ich seufze, als ich einen Schritt auf die Doppeltür zugehe. Dann noch einen. »Wehe, du verarschst mich«, raune ich dem Nebel zu, der sich mit mir zusammen zum Eingang des Saals bewegt, als würde er meine Geste gut finden.

Zumindest hat Sombren wieder einen triftigen Grund, mich unvorsichtig zu nennen … sei's drum. Ich muss wissen, was es mit diesem Sargraum auf sich hat! Und da nur *ich* hier bin und sich der Nebel allein mir zeigt, fällt mir wohl oder übel die Aufgabe zu, dieses Geheimnis zu lüften.

Kaum habe ich die Tür geöffnet, erstreckt sich vor mir dieser Höhlengang mit dem türkisen Licht. Auch hier gibt es überall Nebelschwaden, die sich unter dem Luftzug bewegen, den ich erzeuge, als ich hineintrete.

»Götter, steht mir bei«, flüstere ich und sehe mich nach der Tür um, die hinter mir erneut verschwunden ist. »Wunderbar.«

Bleibt mir also nichts anderes übrig, als dem Gang zu folgen.

Seufzend gehe ich diesen entlang und lande abermals vor der Tür, hinter der ich den Raum mit den Särgen vermute. Der Nebel geht durch sie hindurch, als wäre sie nicht vorhanden.

»Ist sie ja auch nicht«, sage ich zu mir selbst und begebe mich auf alle viere, mustere das Holz, das leider viel zu echt aussieht. »Hoffentlich.«

Ich setze zum Sprung an und stoße mich ab.

»Au!«, rufe ich, als ich mit dem Kopf gegen die massive Tür knalle. Kurz wird mir schwarz vor Augen und ich falle hin, reibe mir die schmerzende Stelle an der Stirn. »Verdammt!«

Dieses Mal gelange ich offenbar nicht hinein, indem ich wie ein Kaninchen hüpfe. Wie dann?

Ich erhebe mich fluchend und untersuche die Tür.

Kein Schloss, keine Klinke.

»Hmm.« Ich streiche mir grübelnd über das Kinn, dessen Stoppeln ich mal wieder ein wenig abschaben sollte. »Wenn ich nicht als

Kaninchen hineinkomme, dann vielleicht als …« Ich stutze und schüttle den Kopf über meinen Gedanken.

Andererseits … ich bin in der Traumwelt. Da könnte ich doch auch …

Ohne groß darüber nachzudenken, schließe ich die Augen und wünsche mir, einen durchsichtigen Körper zu haben.

Als ich die Lider wieder öffne, sehe ich staunend an mir herunter. Dort, wo gerade noch Arme, Beine und Rumpf waren, ist jetzt nur noch … Nebel. Und ich fühle einen Sog der Schwaden um mich herum, der mich förmlich mit sich zieht.

Ohne Gegenwehr zu leisten, lasse ich mich mitnehmen, durch die Tür hindurch in den seltsamen Raum hinein.

Die sieben Särge und der Spiegel stehen noch an derselben Stelle wie beim letzten Mal. Ich zögere kurz, dann gleite ich auf den Sarg zu, in dem ich die Gestalt sah.

Ich muss wissen, wer es ist!

Je näher ich komme, desto dichter wird allerdings der Nebel um mich herum.

Was ist das?

Ich merke, wie ich langsam aufhöre, die Grenzen zu erkennen. Ist das meine Hand oder der fremde Nebel? Was geschieht hier?

Panik breitet sich in mir aus und ich schnappe nach Luft. Aber da sind nur Schwaden. Überall. Um mich herum, in mir drin …

Keine Luft. Da ist keine Luft, da ich keine Lungen mehr habe!

Götter! Ich ersticke!

Ich wirble umher, versuche, den Ausgang des Raumes ausfindig zu machen. Doch der Nebel ist mittlerweile so dicht, dass ich keine Chance mehr habe, etwas zu sehen.

»Davyan!«

Diese Stimme. Sie gehört Sombren.

Wenn ich ihr folge, kann ich womöglich …

»Davyan! Verdammt!«

Wo bist du, Sombren? Wo?

»Scheiße, verflucht! Davyan, was …!«

Ein eisiger Schauder überkommt mich – so schnell, dass ich nun tatsächlich nach Luft schnappe.

Halt, da IST Luft. Und da ist …

Ich schlage die Augen auf und starre in diejenigen von Sombren, die mich panisch anschauen.

»Davyan!«, ruft er aufgebracht und stellt … – *was? Die Waschschüssel?* – zur Seite. »Verdammt noch mal, was bei den Göttern …«

Seine Stimme ist heiser vor Sorge. Vor nackter Panik.

Doch die Gänsehaut, die ich verspüre, stammt nicht von seiner Aufgewühltheit, sondern weil ich erbärmlich friere. Mein Körper zittert so sehr, dass die Zähne aufeinanderschlagen, und ich schlinge die Arme um meinen Leib.

»W-wasss?«, schlottere ich und registriere, dass meine Haut klatschnass ist. Ebenso wie das Bett.

»Davyan! Du hast in Flammen gestanden!«, ruft Sombren aufgewühlt. Noch immer steht er an derselben Stelle, als befände er sich in Schockstarre.

»I-in … F-Flammen?« Ich blinzle zu ihm hoch.

»Verdammt, was hat das zu bedeuten?!« Nun kommt endlich Bewegung in ihn und er setzt sich, ungeachtet der Nässe, auf den Bettrand.

Erfolglos versuche ich, mir einen Reim daraus zu machen, was er eben gesagt hat.

Ich stehe nur in Flammen, wenn ich … wenn ich sterbe. Oder?

Götter … heißt das …

»I-ich … i-ich glaube …« Ich bemühe mich, mein Schlottern unter Kontrolle zu bringen. »D-da war d-dieser Raum«, sage ich. »Der mit d-den Särgen.«

»Bist du etwa wieder einem verdammten Hasen gefolgt?«, stößt Sombren entgeistert aus.

»N-nein. N-nicht Hase. N-Nebel.« Ich zittere unkontrolliert und als hätte Sombren das erst jetzt gemerkt, schlingt er die Arme um mich, reibt mir über die kalte Haut, um mich zu wärmen.

»Scheiße noch mal, Davyan«, murmelt er. »Hör auf, in diesen verfluchten Raum zu gehen!«

»D-dort ist etwas«, sage ich energisch. »I-ich muss …«

»Du musst vor allem eines: Überleben«, unterbricht er mich nicht minder bestimmt. »Und weder Hasen noch Nebel folgen, verstanden?«

»D-dann g-glaubst du mir, d-dass …«

»Ja, verflucht«, knurrt er über mir. »Das war kein Traum, das war … erschreckend real. Du wärst in diesem Nebel beinahe erstickt und standest in Flammen. Hätte ich nicht die Waschschüssel über dich gekippt, wärst du womöglich verbrannt und gestorben.«

»Scheiße, verdammt.«

»Meine Rede!«

33

MORGÄÄÄHN

SOMBREN

Als ich am Morgen erwache, bin ich alles andere als ausgeruht. Was nicht bloß daran liegt, dass ich zusammen mit Davyan auf dem harten Boden schlief, da unser Bettzeug angekokelt und klatschnass ist.

Nach seinem Beinahe-Tod habe ich Angst, die Augen zu schließen und ihn erneut in Flammen vorzufinden. Zwar kann mir das Feuer als Feuermagier wenig – und vor allem in Bestienform – bis nichts anhaben, doch der Gedanke, dass er im Schlaf stirbt, während er in meinen Armen liegt, ist unerträglich.

Keiner von uns weiß, wie oft er sich wiederbeleben kann. Vielleicht zwanzig Mal, vielleicht nur noch ein Mal oder … nie mehr?

Ich will es nicht herausfinden.

Etwas oder jemand scheint ihn nicht an meiner Seite haben zu wollen – und wüsste ich es nicht besser, würde ich auf Mutter tippen.

Diese war jedoch nicht da und ob sie von dem Raum mit den Särgen weiß, den Davyan immer wieder beschreibt, ist zu bezweifeln. Zumal ich ihr nicht zutraue, dass sie ihn umbringen würde.

Sie mag Davyan nicht, das ist offensichtlich. Aber ich glaube, das rührt eher davon, dass sie ihn nicht kennt und ihn daher für nicht gut genug hält, um bei mir zu sein.

Das ist nicht die Motivation, mit der man jemandem nach dem Leben trachtet. Oder? Oder doch?

Götter … warum ist bloß alles so kompliziert?

Wieso dürfen Davyan und ich nicht einfach mal ein bisschen glücklich sein, ohne dass gleich unser Leben auf dem Spiel steht?

Seufzend fahre ich mir mit beiden Händen über das Gesicht und schaue zu Davyan hinüber, der noch schläft. Selten genug kommt es vor, dass ich ihn schlafen sehe, da er meistens vor mir wach ist und ich schneller eindöse als er. Bis auf die paarmal, als ich unterwegs Wache hatte, doch da habe ich ihn natürlich nicht die ganze Zeit angestarrt.

Nun aber nehme ich mir Zeit, den Mann zu betrachten, dem ich mein Herz geschenkt habe.

Ebenso wie ich hat er Hemd und Hose wieder angezogen, weil es ohne Decke zu kühl wäre. Sein Gesicht erscheint wie aus Marmor gefertigt. Nein. So viel Perfektion würde kein Künstler je erreichen.

Die Stupsnase, die vollen Lippen, die hohen Wangenknochen, die leicht zugespitzten Ohren, die unter den Locken hervorschauen …

Seine Haut ist bleicher, als ich sie noch vom Weingut in Erinnerung habe, was daran liegt, dass er hundert Jahre in der Arena und damit ohne Sonne verbrachte. Damals war er braun gebrannt, nun ist sein Körper fast genauso blass wie meiner. Dadurch wirken die Lippen röter und das schwarze Haar glänzt wie Ebenholz.

Er ist der schönste Mann, den ich je sah. Und er gehört zu mir. Liebt mich.

Scheiße noch mal … wenn ich dich verlieren sollte, mein Aschenprinz, wüsste ich nicht, was ich täte …

Zärtlich streiche ich ihm über die stoppelige Wange, was ihn blinzeln lässt.

»Morgääähn«, murmelt er und gähnt herzhaft, bevor er sich genüsslich streckt.

»Morgen«, erwidere ich und küsse ihn auf die Stirn. »Kein Saal mehr?«

»Kein Saal mehr«, bestätigt er, während seine ungleichen Augen die meinen suchen. »Zum Glück.«

»Mhm.« Ich mustere ihn nachdenklich. »Soll ich heute bei dir bleiben?«

Davyan sieht mich voller Wärme an und aller Schlaf ist aus seinem Blick verschwunden. Wie er es schafft, von jetzt auf gleich hellwach zu sein, ist mir noch immer ein Rätsel. Bei mir dauert es ewig, bis ich wieder einigermaßen unter den Lebenden weile.

»Nein«, sagt er sanft. »Du solltest in die Arena und so schnell wie möglich Karakals Vertrauen gewinnen. Dann können wir von hier verschwinden.«

Ich nicke ergeben. »Mir ist nicht wohl dabei, dich schon wieder so lange allein zu lassen.«

»Keine Sorge. Die Zwerge sind ja da und passen auf mich auf.« Er schenkt mir ein Lächeln. »Ich möchte heute nach der Stollenarbeit etwas trainieren. Danach werde ich ihnen in der Küche helfen, um ein festliches Mahl zuzubereiten, bis du zurück bist.«

Ich schmunzle unwillkürlich. »Das klingt sehr verlockend.«

»Wird es.« Er ergreift meine Hand und drückt sie. »Pass auf dich auf, Sombren, ja?«

»Wenn *du* besser auf dich aufpasst.« Ich schiebe vielsagend die Brauen zusammen.

»Versprochen.« Sein Lächeln wird etwas betreten. »Ich werde zudem die Zwerge fragen, ob sie irgendwo neues Bettzeug haben. Tut mir leid, dass wir auf dem Boden schlafen mussten.«

»Gibt Schlimmeres.« Ich zucke mit den Schultern und setze mich auf.

Dabei würde ich meine Worte am liebsten direkt zurücknehmen, denn jeder meiner Muskeln schmerzt. Auf Steinboden zu liegen, ist echt nicht das Beste, was man seinem Rücken antun kann.

»Au, verdammt«, brumme ich und strecke mich, dass die Knochen knacken.

»Warte, das haben wir gleich«, höre ich Davyan und im nächsten Moment durchflutet mich seine heilende Magie mit wohliger Wärme, derweil er beide Hände an meinen Rücken legt.

Reflexartig schließe ich die Augen und genieße es, wie er mir den Schmerz nimmt, meine Muskeln entspannen lässt.

Als er aufhört, vermisse ich seine Kräfte umgehend, doch mein Körper fühlt sich so vital an, dass ich ohne Probleme vom Boden aufstehe.

»Besser?«, fragt er und grinst zu mir hoch.

»Viel besser.« Ich dehne meine Arme über dem Kopf. »Danke.«

»Immer wieder gern.« Er springt mit einer Leichtigkeit auf die Füße, die ich mir nicht erklären kann.

Oder doch … Es muss daran liegen, dass er in seinem Leben keinerlei Luxus gewohnt war. Als Knecht schlief er in den Ställen, als Kämpfer auf einer Pritsche, wie er mir erzählt hat.

»Zeit, dich in den Zirkel zu bringen«, murmle ich mehr zu mir als zu ihm.

Davyan legt fragend den Kopf schief, da er meinem Gedankengang und dem damit verbundenen Themenwechsel nicht folgen kann.

Ich beschreibe eine abwinkende Handbewegung. »Gehen wir was essen, dann suche ich Mutter und reise in die Arena.«

»Klingt nach einem Plan.« Davyan hakt sich ungeniert bei mir unter und zieht mich aus der Höhle. »Schauen wir mal, ob noch etwas Gemüse da ist.«

»Gemüse?« Ich werfe ihm einen ungläubigen Blick zu. »Du wünschst dir tatsächlich Gemüse zum Frühstück?«

»Ich find's großartig.« Er zuckt mit den Schultern. »Hätte Lust auf ein wenig Spinat. Die Zwerge bauen das Zeug selbst in einer Nebenhöhle an, wusstest du das? Finde ich ziemlich praktisch. Durch die hier drin herrschenden immer gleichen Temperaturen kann man sogar im Winter noch Salat und so weiter essen.«

Kopfschüttelnd lasse ich mich von ihm in Richtung Küche lenken, während Davyan mir weiter begeistert von dieser Höhle erzählt, in der sich seinen Ausführungen zufolge ein ganzes Arsenal an Gemüse befindet.

Na, dann wäre auch geklärt, was wir in den kommenden Tagen morgens essen werden … Speck wird es wohl eher nicht sein.

Drei Stunden später stehe ich wieder vor dem Eingang zur Arena. Mutter hat mich auch dieses Mal begleitet und verstaut gerade das sonnenartige Artefakt, nachdem sie den Blutzauber gewirkt hat, der den Schleier lüftet. Einerseits bin ich froh, nicht allein hineingehen zu müssen, andererseits werde ich das Gefühl nicht los, dass sie mich überwachen will.

Wir passieren den Eingang, erklimmen erneut die Zuschauerterrassen und ich versuche, nicht zu sehr an Davyan zu denken, während ich den Kämpfen beiwohne.

Dieses Mal registriere ich, dass Karakal in unsere Richtung blickt. Es ist gut, dass er uns bemerkt, so kann ich ihm vorgaukeln, dass ich tatsächlich Gefallen an den Grausamkeiten dort unten finde. Wir haben uns gezielt einen Balkon in seiner Nähe gesucht, damit er sich unserer Anwesenheit bewusst ist.

Bemüht lächelnd klatsche ich dem Kämpfer Beifall, der seinen Gegner – ebenfalls ein Mensch – nach einer Viertelstunde im Schwertkampf besiegt. Er tötet ihn nicht, sondern schlägt ihn bloß mit dem Knauf seiner Waffe bewusstlos. Von Davyan weiß ich, dass es in der Arena nicht immer nur ums Töten geht.

Es ist die Unterhaltung, die zählt, und diese wird vor allem durch Abwechslung erzielt.

Zwei weitere Kämpfe folgen und meine Kiefermuskeln schmerzen bereits, da ich die Zähne immer stärker zusammenbeißen muss, um das Schauspiel auszuhalten. Hinzu kommt, dass ich Karakals Blicke die ganze Zeit spüre. Er beobachtet gefühlt jede meiner Regungen. Zumindest schaut er stets zu uns herüber, wenn ich mich seinem Balkon zuwende.

Nachdem der dritte Kampf beendet ist, lehne ich mich zu Mutter. »Wie lange möchtest du dir das hier noch geben?«, murmle ich.

»So lange, bis Karakal dich zu sich winkt«, erwidert sie, ohne mich anzuschauen.

»Das kann Stunden dauern.«

»Dann Stunden.«

Ich fluche leise in mich hinein.

»Hol uns doch mal was zu essen«, meint sie.

Entsetzt starre ich sie an. »Essen? Jetzt? Dein Ernst?!«

Ich werde keinen Bissen herunterkriegen, während Menschen dort unten ihr Leben aufs Spiel setzen – oder gar verlieren!

»Ja«, erwidert sie eiskalt.

Ich schüttle fassungslos den Kopf, füge mich aber ihrer Aufforderung. Wenigstens komme ich dadurch ein paar Minuten von hier weg und muss nicht mitansehen, wie die beiden Bären, die soeben in die Arena geschickt werden, sich bis aufs Blut bekämpfen.

Die armen Tiere tun mir leid …

Seufzend wende ich mich ab und gehe wieder nach unten in den Eingangsbereich, wo sich im Moment nur wenige Personen aufhalten. Die meisten sind auf die Zuschauerbalkone gegangen, um sich am Schauspiel zu ergötzen.

Es gibt ein paar Verkaufsstände, wo Essen und Getränke angeboten werden, ich gehe zu einem, hinter dem ein Mann einen Schweinebraten zerteilt.

So wie er aussieht, hätte er besser selbst davon gegessen – er ist spindeldürr, seine Haut aschfahl, und als ich näherkomme, bemerke ich, dass er noch sehr jung ist. Kaum ein Barthaar zeigt sich auf seinem Kinn, er mag vielleicht sechzehn oder siebzehn sein.

Das Fleisch riecht herrlich und nach dem Gemüse-Frühstück – es gab tatsächlich Spinat und etwas Brot – verlangt mein Magen knurrend etwas Richtiges zwischen die Zähne. Da ist es auch gleichgültig, ob ich mich in einer zwielichtigen Arena befinde. Fleisch ist Fleisch.

»Wie viel kosten zwei Stück von dem Braten?«, frage ich und ziehe meinen Geldbeutel, der dank des Schlosses gut gefüllt ist. Wir haben zwar einen Teil den Mädchen gegeben, doch genug behalten für die Reise nach Fayl.

»Drei Kupferlinge«, beeilt sich der junge Mann zu sagen, und sieht mir aus gläsern glänzenden Augen entgegen. »Der Herr«, fügt er mit einer leichten Verbeugung noch hinzu.

»Dann nehme ich zwei große Stück.« Ich deute auf die Becher, die sich auf seinem Verkaufstresen befinden, und in denen ich eine dunkle Flüssigkeit gewahre. »Wein?«

»Der Beste, den Ihr im Talmerengebirge finden könnt.« Der Mann, der das Messer wetzt, um zwei große Bratenstücke abzuschneiden, nickt heftig zur Unterstreichung seiner Worte.

»Das bezweifle ich«, ertönt in dem Moment hinter mir eine sonore Männerstimme, die ich sofort erkenne. Selbst wenn ich nicht sähe, wie der Verkäufer gerade zur Säule erstarrt, wüsste ich, wer zu mir getreten ist.

Alles in mir spannt sich an, doch ich ringe meine Abscheu nieder und wende mich mit einem künstlichen Schmunzeln auf den Lippen um. »Karakal«, begrüße ich den Inhaber der Arena. »So trifft man sich wieder.«

Der schwarzhaarige Mann wirkt in der Höhle so fehl am Platz wie eine Taube unter Hühnern.

Ist hier alles schmutzig und karg, so glänzt das Gold, das den Saum seiner schwarzen Kleidung ziert, fast schon höhnisch. Sein ganzes Auftreten hat etwas Erhabenes, wie ich widerwillig feststellen muss. Obgleich er kleiner ist als ich, tut das seiner Wirkung keinen Abbruch.

Wie er so vor mir steht, hat er ein bisschen was vom Totengott, den ich im Schloss kennenlernte. Nur dass dieser eine Macht und Aura besaß, die Karakal gänzlich fehlt. Der Mann da vor mir bemüht sich, Menschen einzuschüchtern – der Totengott *tut* es einfach.

»Ich dachte nicht, dass Ihr so schnell wieder in meine Arena findet«, meint Karakal nun mit einer Miene, die mich einmal mehr an eine Schlange erinnert.

»Die Kämpfe sind unterhaltsam. Ich mag Unterhaltsamkeit«, erwidere ich schulterzuckend und darum bestrebt, möglichst gelassen zu wirken.

»Eure Mutter ebenfalls, wie mir scheint?«

»Liegt wohl in der Familie.« Ich schenke ihm ein schiefes Lächeln.

Für zwei Atemzüge schaut mich Karakal mit schmalen Augen an, dann entspannt sich seine Miene. »Ich erkenne viele Gemeinsamkeiten zwischen uns«, sagt er und ich muss mich echt zusammenreißen, ihm nicht zu widersprechen.

Wenn der wüsste …

»Nicht nur die Feuermagie.« Er deutet auf meine Hand.

»Das kann gut sein«, bestätige ich und verlagere das Gewicht.

»In welchem Zirkel wurdet Ihr ausgebildet?«

»In Fayl«, antworte ich wahrheitsgemäß.

Dass ich der Sohn des Zirkelleiters bin, verrate ich selbstverständlich nicht. Selbst wenn Karakal von der Beziehung von Mutter zu Venero weiß, könnte sie in den Jahrhunderten, in denen sie nicht mit ihm zusammen war, mit irgendeinem anderen Mann einen

Sohn gezeugt haben. Obwohl die Wahrscheinlichkeit, Kinder in ihrem Alter zu bekommen, sehr niedrig ist, es ist nicht unmöglich. Und ich hoffe, die äußerlichen Ähnlichkeiten zwischen Vater und mir sind nicht allzu deutlich. Zumal Karakal ziemlich sicher kein regelmäßiger Besucher des Magierzirkels ist und es daher unwahrscheinlich ist, dass er Veneros Gesicht gut kennt.

»Fayl also.« Er fährt sich nachdenklich über den Spitzbart, dann nickt er. »Kommt, führen wir dieses Gespräch bei etwas Besserem als diesem Fraß da fort.«

Ich werfe einen Blick zum Verkäufer, der noch immer wie erstarrt dasteht und nicht wagt, sich zu rühren. Obschon er mir leidtut und die drei Kupferlinge bestimmt gut gebrauchen könnte, so muss ich meine Chance nutzen. Das ist die Gelegenheit, Karakal näher kennenzulernen. Dass er mir in den Höhleneingang folgte, zeigt zudem, dass er mich interessant findet – ein Anfang ist also gemacht.

»Vielleicht das nächste Mal«, sage ich zu dem jungen Mann, der mich erschrocken ansieht.

»W-wa… ja«, stottert er und senkt verlegen den Blick.

Kurz überlege ich, ihm das Geld einfach zu geben, aber das würde Karakal ziemlich sicher missfallen. Und ich muss ihn bei Laune halten, das zählt nun mehr als alles andere.

Daher wende ich mich ab, ohne den Verkäufer noch einmal anzusehen, und lasse mich von Karakal durch die Höhle führen. Die Wachen, denen wir begegnen, weichen respektvoll zur Seite und salutieren. Karakal scheint seine Männer gut im Griff zu haben.

Mit aller Macht versuche ich, die Gedanken an das Gespräch mit Davyan zu verdrängen, als er mir erzählte, wie bestialisch dieser Kerl werden kann. Jetzt ist nicht der richtige Zeitpunkt für Rachegelüste. Noch nicht. Aber irgendwann wird Karakal den Preis für seine Grausamkeit bezahlen.

34

DIE WEIßE SCHLANGE

DAVYAN

Was Sombren wohl gerade macht?

Unruhig sitze ich auf dem frisch bezogenen Bett, nachdem ich ein paar Stunden in den Stollen verbracht habe und den Zwergen danach half, das Abendessen vorzubereiten. Daraufhin habe ich noch in der Höhle, in der sich die Trainingspuppen befinden, Schwertkampf geübt. Selbstverständlich fragte ich erst um Erlaubnis.

Mittlerweile bin ich gewaschen und umgezogen – die Zwerge organisierten Arbeitskleidung für mich. Ein schlichtes Hemd und Hose, die beide nicht so recht sitzen. Aber wenigstens verschwitze ich so meine eigenen Sachen nicht.

Die erneuten Muskelschmerzen, die ich durch die anstrengende Arbeit verspüre, vertreibe ich mit Magie, doch ich tue es beiläufig. Viel zu sehr kreisen meine Gedanken um Sombren und die Arena.

Hoffentlich findet er eine Spur von Mauryce. Jeder Tag, den der Elf dort verbringen muss, ist einer zu viel.

Ich habe heute versucht, die Zwerge weiter über Alicia auszuhorchen, es allerdings aufgegeben.

Immer wieder sind sie meinen Fragen ausgewichen, und ich bemerkte, dass sie Angst vor ihr haben. Als ich dann noch den Raum mit den Särgen aus meinen Träumen erwähnte, blickten sie sich nur erschrocken an und wurden erst recht wortkarg. Entweder wissen sie tatsächlich nichts darüber oder aber sie wollen mir nichts erzählen.

Seufzend lehne ich mich zurück, sodass ich mich auf den Ellbogen abstützen kann, und starre an die Höhlendecke.

Wie lange ich schon auf Sombren warte, weiß ich nicht. Ist es überhaupt Abend oder habe ich das Zeitgefühl verloren?

Mit einem Mal habe ich das dringende Bedürfnis, den Himmel zu sehen. Nicht nur durch den Schacht einer Höhle, sondern richtig.

Es muss doch irgendwo einen Ausgang geben. Bisher habe ich allerdings nichts dergleichen entdecken können, es scheint, als verliefen die unterirdischen Gänge endlos.

Nun gut … statt rumzusitzen und Däumchen zu drehen, kann ich genau so gut eine weitere kleine Erkundungstour starten.

Von meinem Gedanken beflügelt, erhebe ich mich, schnalle das Schwert um und verlasse unsere Gemächer. Ich wende mich in die Richtung, in die sich der Apfelbaum und weiter hinten die Nutztiere befinden. Hier gibt es Gänge, die ich bisher noch nicht kenne.

Der eine führt mich nach einigen Windungen zu einer Tür und für einen Herzschlag glaube ich, dass es sich um dieselbe handelt wie in meinem Traum.

Aber das kann nicht sein – so einfach wäre das nicht, oder?

Leider lässt sich die Tür nicht öffnen, sie scheint verriegelt zu sein. Womöglich befinden sich dahinter Alicias Privaträume.

Der zweite Gang endet in einer Höhle, die wie ein Labor eingerichtet ist. Überall stehen mir unbekannte Apparaturen, Tränke und Schälchen. Von der Decke hängen die unterschiedlichsten Kräuter und diverse Bücher wurden in einem Regal an der Wand aufgereiht.

Ist das Alicias Laboratorium von dem Sombren sprach?

Tatsächlich entdecke ich im hinteren Bereich einen Stapel Wärmesteine sowie eine Art Schmiede, die jedoch kalt ist.

Hier also schmilzt sie die Steine ein, um ihre Magie zu gewinnen.

Ja, es muss sich um ein Labor handeln, denn außer alchemistischen Utensilien gibt es nichts, weder ein Bett noch sonst etwas, worauf sich schlafen ließe. Dann führt die Tür in der Nebenhöhle demnach wirklich zu Alicias Privaträumen.

Neugierig gehe ich zu einem der Tische auf dem eine Apparatur steht, wie ich sie noch nie gesehen habe. Mehrere Glasrohre sowie Kolben wurden miteinander verbunden und in ihnen wabert eine weißliche Flüssigkeit. Ich wage es nicht, die Sachen anzufassen, aus Angst, dass ich etwas kaputt machen könnte.

Mein Blick fällt auf das Bücherregal und ich trete gespannt näher, um mir die Werke genauer anzuschauen. Schon immer haben Bücher eine ganz eigene Faszination auf mich ausgeübt. Beherzt ziehe ich einen der Schinken heraus und blättere darin herum. Es scheint sich um eine Niederschrift über magische Kräuter zu handeln.

Alicia ist also nicht nur Bardin, sondern auch Alchemistin.

Interessant ...

»Tsss, steckt seine Nase in fremde Sachen«, erklingt plötzlich eine schnarrende Stimme zu meiner Rechten und ich wirble erschrocken herum.

Es hat wie ein Mädchen geklungen, oder eine Frau?

Allerdings kann ich keine Sprecherin ausmachen.

»Wer war das?«, frage ich vorsichtig.

»Ihr könnt mich hören?« Die Stimme klingt verblüfft.

»Natürlich. Wo seid Ihr?«

»Dann werdet Ihr mich auch sehen können!« Hoffnung schwingt in ihr mit. »Schaut nach unten.«

Als ich den Blick senke, fällt dieser auf eine weiße Schlange, die sich zu meinen Füßen einringelt. Den Hals hat sie etwas in die Höhe gestreckt, die Zunge schnellt immer wieder hervor.

»Ihr ... Ihr könnt sprechen?«, frage ich zweifelnd.

»Ihr doch auch«, erwidert die Schlange und tatsächlich öffnet sie den Mund, während sie redet.

»Das ... Wie ist das möglich?« Fasziniert starre ich sie an.

»Nennt man wohl Stimmbänder.« Das weiße Tier legt den Kopf schief.

»Aber Schlangen haben nicht ...«

»Woher wollt Ihr das wissen?« Nun gewahre ich ein Funkeln in ihren schwarzen Augen, die gruselig erscheinen.

»Hm ...« Ich sehe stirnrunzelnd auf sie hinunter. »Na gut, dann könnt Ihr eben sprechen, warum auch nicht.«

»Eben.«

»Wie ist Euer Name?«, hake ich nach.

»Spiegel.«

»Spiegel?«

»Exakt.« Die Schlange nähert sich meinen Füße und beginnt, ein Bein hinaufzukriechen. Dabei schlingt sie sich in einer Spirale nach oben. »Und Ihr seid Davyan, richtig?«

»Der bin ich. Woher kennt Ihr meinen Namen?«

»Die Herrin erwähnte ihn. Sie redet oft von Euch.«

»Oh?«

Als sie sich um meinen Bauch gewunden hat, richtet sie sich soweit auf, dass sie mir in die Augen sehen kann. »Nun weiß ich, was sie an Euch so faszinierend findet«, meint sie und legt abermals den Kopf schief, während sie mich begutachtet.

Dann lehnt sie sich etwas nach vorne und ihre Zunge tippt mehrmals kitzelnd meine Nase an, was mich zurückweichen lässt.

»Sie ... Alicia findet mich faszinierend?«, frage ich verblüfft.

Bisher hatte ich eher das Gefühl, sie fände mich blöd, überflüssig oder nervig. Auf jeden Fall nicht gut genug für Sombren.

»Nun ja.« Die Schlange schlingt sich um meinen Nacken und verweilt mit dem Kopf an meinem Ohr. Züngelnd tastet sie über meine Ohrmuschel, was mir einen Schauer beschert. »Das ist doch offensichtlich.« Ihr Kopf erscheint wieder in meinem Sichtfeld. »Ihr seid nicht der, der Ihr vorgebt zu sein. Das macht neugierig.«

»Wie bitte?« Ich starre sie verdattert an. »Ich bin Davyan. Ehemaliger Knecht und Arenakämpfer.«

»Oh, Ihr seid noch so viel mehr als das.« Sie mustert mich, dann lässt sie mich mit einem Mal los und fällt zu Boden. »Folgt mir.« Sie schlängelt kurzerhand davon.

»Wohin geht Ihr?« Ich laufe verwundert hinter ihr her durch den Raum und aus der Höhle hinaus.

Gezielt gleitet sie durch die Gänge zu der Nebenhöhle, die leer war. Auch jetzt ist da nichts außer Felsen, wenngleich der Boden ebenso mit Steinplatten belegt ist wie in den anderen Räumen.

»Wir brauchen einen Spiegel«, erklärt die Schlange, ohne langsamer zu werden.

Sie steuert auf eine der Felswände zu. Bevor sie dort ankommt, stimmt sie eine Melodie an, die mir bekannt vorkommt. Es ist dieselbe, die ich im Thronsaal vernahm. Lieblich und klar, mit einem Hauch Wehmut darin.

Die Wand vor uns beginnt zu vibrieren und die Schlange verstummt, gleitet nun mühelos durch den Stein.

»Kommt!«, höre ich sie dumpf von der anderen Seite.

Zögernd strecke ich die Hand aus und nachdem sie durch den Felsen gedrungen ist, als bestände dieser aus Luft, stelle ich fest, dass es sich dabei nur mehr um eine Illusion handelt. Wahrscheinlich hat das Lied der Schlange dazu geführt, dass der Durchgang nun passierbar ist.

Kurz hadere ich mit mir und schaue mich um, ob niemand in der Nähe ist, aber weder die Zwerge noch Alicia sind zu sehen.

Entschlossen trete ich durch die scheinbare Wand.

Dahinter eröffnet sich ein Raum, der ungefähr zehn auf zehn Schritt misst. Er ist karg eingerichtet, nur ein roter Teppich bedeckt den Boden, und ich sauge die Luft scharf ein, als mein Blick ihm folgt. Denn er führt direkt auf einen hohen Spiegel zu, der genau so aussieht wie jener, den ich in meinem Traum gesehen habe. Wenngleich die Glassärge rechts und links fehlen.

Die weiße Schlange gleitet, ohne zu zögern, darauf zu und wendet sich zu mir um. »Kommt her«, sagt sie auffordernd.

Ich lege die Stirn in Falten, gehorche aber. Als ich bei ihr angekommen bin, bemerke ich, dass die Oberfläche des Spiegels milchig ist. Sie zeigt nur schemenhaft meine Umrisse.

Was nützt ein Spiegel, der kein Spiegelbild hat?

»Stellt Euch davor, schneidet ein Stück meines Schwanzes ab und esst es«, weist mich die Schlange an, als wäre es das Selbstverständlichste der Welt.

Mit großen Augen mustere ich sie. »Was? Ich soll Euch verletzen? Und … essen?«

»Ach, der Schwanz wächst wieder nach. Das tut er immer«, meint sie abwiegelnd.

Dann isst Alicia auch regelmäßig von der Schlange? Wie widerlich.

»Ihr möchtet wissen, wer Ihr seid, oder?« Die weiße Schlange legt den Kopf schief. »Ich kann es Euch zeigen.«

»Wie das?«

»Ein Spiegel kennt die Wahrheit. Esst von mir und Ihr findet es heraus.«

Ich muss ihr recht geben. Seit ich erfahren habe, dass ich ein Prunati bin und diese seltsamen Kräfte in mir schlummern, möchte ich wissen, wer ich wirklich bin. Wo ich herkomme. Wer mein Vater ist oder war.

»Woher weiß ich, dass Ihr mich nicht veralbert?«, hake ich skeptisch nach.

Die Schlange könnte mir schließlich irgendetwas zeigen und behaupten, dass es der Wahrheit entspricht.

»Ich kann nicht lügen«, antwortet sie. »Spiegel lügen nämlich nie.«

Na gut, da ist was Wahres dran …

Meine Neugierde ist geweckt. Wenn es stimmt, werde ich vielleicht endlich erfahren, was es mit meinen Kräften auf sich hat.

Obgleich mir überhaupt nicht wohl bei dem Gedanken ist, sträube ich mich nicht länger und hole meinen Dolch hervor. Zögernd knie ich mich hin.

»Seid Ihr ganz sicher?«, frage ich noch einmal.

»Ganz sicher.« Die Schlange nickt und schließt die Augen. »Macht schon. Das Warten ist immer das Schlimmste.« Ihr Schwanz zuckt in meine Richtung.

»Also gut.«

Mit einem sauberen Schnitt trenne ich ein winziges Stück ihres Schwanzes ab. Die Schlange zischt dabei, als hätte sie Schmerzen, doch sobald ich das Fleisch entfernt habe, beginnt es auch schon nachzuwachsen.

Groteskerweise windet sich das Stückchen in meiner Hand, als wäre es weiterhin lebendig.

»Esst«, fordert die Schlange und sieht mich erneut an. »Der Zauber verweilt nicht ewig darin.«

Ich muss mich überwinden, das Stück in den Mund zu schieben. Selbst auf der Zunge windet es sich noch und ich beiße fest drauf, damit es nicht direkt in meinen Hals gleitet. Der Geschmack ist eigenartig neutral, als ich zwei-, dreimal darauf kaue. Ein bisschen wie Pergament.

»Schluckt es herunter und schaut in den Spiegel«, weist mich die Schlange an.

Sie kriecht wieder zu mir und schlängelt sich meine Beine hoch, bis sie auf Augenhöhe mit mir ist. Dann legt sie sich sanft um den Nacken, während ich das Fleisch herunterschlucke und den Dolch in der Scheide an der Hüfte verstaue.

»Schaut hin«, flüstert sie nahe an meinem Ohr.

Ich betrachte den Spiegel vor mir und mit einem Mal gewinnt das Bild an Konturen. Wie Nebelschwaden gleitet die milchige Oberfläche zur Seite und enthüllt mein Spiegelbild. Ich bin zwar immer noch ich, aber … mein Gegenüber scheint ein Eigenleben entwickelt zu haben. Es bewegt sich anders als ich, hebt die Hände und legt sie ans polierte Glas.

»Tut es mir gleich«, fordert es mich mit der Stimme der Schlange auf. »Ich weiß, was in Euch schlummert und kann Euch einen Teil davon zeigen.«

Vorsichtig lege ich meine Handflächen an seine.

Und dann … beginnen sich unzählige Geräusche um mich herum zu entfalten. Es ist ein Flüstern, ein Wispern, wie der Wind, der durch Mauerritzen pfeift. Meine Nackenhärchen stellen sich auf, als ich Stimmen erkenne. Dutzende von Stimmen.

»Was ist das?«, flüstere ich.

»Eure Magie«, erklärt die Schlange. »Ihr könnt die Gedanken anderer Lebewesen hören, wenn Ihr Euch darauf konzentriert.«

»Ich kann … was?«

»Oh, das ist nur ein kleiner Teil Eurer Kräfte«, flüstert sie. »Ihr vermögt noch viel mehr als das. Doch dafür müsst ihr die Wahrheit kennen. Die ganze Wahrheit. Eure Herkunft.«

Ich starre entgeistert in die ungleichen Augen meines Spiegelbildes. »Sprecht Ihr von meinem Vater?«, hauche ich.

Der Davyan im Spiegel nickt.

»Kennt Ihr ihn?« Ich kann mich nicht von seinem Gesicht losreißen. Es ist so vollkommen anders als meines und dennoch gleich.

»Nein«, antwortet mein Spiegelbild. »Doch ich kann in Eurer Erinnerung forschen. Eurem körperlichen Gedächtnis. Ihr seid ein Teil von ihm.«

»Was muss ich dafür tun?« Mein Herz klopft wie wild.

Endlich habe ich die Gelegenheit, mehr über meinen leiblichen Vater zu erfahren!

»Esst nochmals ein Stück von mir«, antwortet die Schlange. »Aber nicht heute. Ich brauche eine Weile, um zu regenerieren.«

Stirnrunzelnd lenke ich den Blick auf die Schlange, die auch mein Spiegelbild um den Hals trägt. »Ihr möchtet, dass ich … Aber ich tue Euch weh damit.«

»Schmerz geht immer mit Verlust einher«, meint sie gleichmütig. »Doch ich schenke Euch etwas, also ist es gleichzeitig ein Gewinn und damit Heilung.«

»Warum tut Ihr das?«

»Weil es richtig ist.« Sie gleitet langsam an meinem Körper entlang nach unten, bis sie wieder auf dem Boden ist. Kaum dass sie diesen berührt, wird die Spiegeloberfläche so milchig, wie sie es zu Beginn war. »Kommt morgen noch mal her«, sagt sie und schaut von unten zu mir hoch.

»Sollte Alicia mich sehen, würde das wahrscheinlich ziemlichen Ärger bedeuten«, gebe ich zu bedenken. »Sie mag mich nicht.«

»Das ist kein Wunder«, meint die Schlange und legt den Kopf schief. »Ihr seid tausendmal schöner als sie.«

»Schöner?« Ich lache leise. »Mitnichten.«

Alicia ist von einer Anmut, wie ich sie selten bei einem Menschen sah – nicht einmal ihre Tochter Jala besaß diese Grazie.

»Ich erwähnte doch, Spiegel lügen nie«, erwidert die weiße Schlange. »Ich sage nur, was ich sehe. Was ich in Eurem *Inneren* sehe.«

Nachdenklich schaue ich sie an, nicht sicher, wovon sie spricht.

»Wenn Ihr morgen nicht zu mir kommen könnt, dann eben über-morgen. Ich bin hier, habe Zeit«, fährt die Schlange fort und gleitet in Richtung Felswand.

»Wartet«, halte ich sie auf. Sie wendet sich noch mal zu mir um. »Wisst Ihr etwas von Glassärgen? Ich … Ich hatte eine Art Vision. Also …«

»Stellt mir diese Frage übernächstes Mal«, sagt die Schlange ge-heimnisvoll. »Eine Wahrheit pro Besuch, mehr kann ich Euch nicht schenken.«

Damit schlängelt sie sich durch die Wand und ich bleibe allein in dem Spiegelraum zurück.

Die Stille hier drin ist mehr als unheimlich, daher beeile ich mich, ihr zu folgen, bevor ich nicht mehr herauskomme.

Zudem … habe ich gerade eine Menge erfahren, über das ich nachdenken muss.

35

NICHT UNTERBRECHEN

SOMBREN

»Ihr scheint in Gedanken zu sein«, sagt mein Gegenüber und wiegt den Weinkelch in seiner Hand.

»Ich … Keine Ahnung.« Fahrig streiche ich mir über das Gesicht.

Da war gerade eine Empfindung tief in mir drin, die ich nicht ganz zu deuten vermag. Als würde eine fremd gelenkte Macht an mir ziehen, mich drängen, zurück zu Davyan zu gehen.

Ist er in Gefahr? Ist etwas geschehen?

Mit Müh und Not konzentriere ich mich wieder auf Karakal. Er sitzt an der anderen Seite des Tisches, der mit einer Karaffe mit Wein und Köstlichkeiten überladen ist. Er hat mich in seine Gemächer geführt, die unglaublich protzig sind. Wo man hinschaut, gibt es kostbare Gemälde, Vasen und Truhen, in denen ich noch mehr Schätze vermute. Dass man seinen Reichtum so sehr zur Schau stellen muss, widert mich an – wie eigentlich alles an diesem Kerl.

Dennoch bemühe ich mich, sein Spiel mitzuspielen und mir nicht anmerken zu lassen, wie sehr ich ihn verabscheue.

Karakal hat mich über den Magierzirkel von Fayl ausgefragt. Nichts Verdächtiges, er schien einfach nur Interesse daran zu haben, mich näher kennenzulernen. Ich gab ihm gerade so viel Auskunft, dass er nun meint, ich wäre ein paar Jahre als Lehrer dort gewesen, ehe es mich zurück in die Talmeren zu meiner Mutter zog.

»Ist der Wein nicht gut?«, fragt er stirnrunzelnd.

»Der Wein ist hervorragend«, beeile ich mich zu sagen. »Aber ich denke, ich sollte zurück zu meiner Mutter, sie macht sich bestimmt schon Sorgen.«

»Alicia und Sorgen machen?« Karakal stößt ein heiseres Lachen aus. Es ist das erste Mal, dass ich ihn lachen höre, und ich verspüre eine Gänsehaut dabei. Doch keine von der guten Sorte – sein Lachen mutet wie das einer Hyäne an.

»Woher kennt Ihr sie überhaupt?«, hake ich nach in der Hoffnung, das Gespräch auf etwas anderes als mein Leben im Zirkel zu lenken. Und auch um zu verhindern, dass er genauer nachbohrt, warum ich mich gerade so seltsam verhalten habe.

Dennoch werde ich das ungute Gefühl nicht los, das in meinem Inneren tobt. Ich muss zurück zu Davyan, etwas ist geschehen, das spüre ich. Doch jetzt aufzustehen und zu gehen, käme einem Affront gleich. Karakal ist kein Mann, den man einfach sitzenlässt.

»Das Talmerengebirge mag groß sein, es gibt hingegen nur wenige Bardinnen wie Eure Mutter«, beantwortet er meine Frage. »Das wisst Ihr bestimmt bereits.«

Ich habe Mutter noch nie singen gehört, nicke allerdings, als wäre mir klar, wovon er spricht. »Sie ist besonders.«

Damit lüge ich nicht einmal. Denn ja, Mutter ist tatsächlich besonders.

Besonders gerissen, besonders kaltherzig …

Mir fällt gerade auf, dass ich sie überhaupt nicht mag. Aber das ist kein Wunder, so wie sie sich Davyan gegenüber verhält.

»Ich danke Euch für Eure Gastfreundschaft«, starte ich einen weiteren Versuch, mich aus dem Gespräch zu verabschieden. »Wenn es möglich ist, werde ich morgen noch einmal herkommen.«

»Das klingt, als hätten wir eine Verabredung.« Karakals dunkle Stecknadelaugen blitzen auf. »Nur wir zwei. Ohne Eure Mutter.«

Ich kann nicht ganz deuten, was ich in seinem Blick für eine Regung erkenne.

Ist es Gier? Oder Verschlagenheit?

Dieser Kerl führt etwas im Schilde und ich werde noch herausfinden, was. Aber nicht jetzt – ich muss hier weg.

Ich erhebe mich und deute eine Verbeugung an. »Sehr gern«, bestätige ich bemüht ruhig, obwohl ich mich fühle, als müsste ich gleich losrennen. »Wie gelange ich in Eure Arena? Mutter besitzt ein Artefakt, mit dem sie den Eingang enthüllen kann. Diese Art der Magie ist mir jedoch verwehrt.«

Warum, behalte ich für mich und Karakal scheint zum Glück keinen Verdacht zu schöpfen.

»Ich weise meine Männer an, Euch zu mir zu führen, sobald Ihr vor dem Eingang steht«, sagt er und bestätigt damit Davyans Vermutung, wie nichtmagiebegabte Menschen hierhergelangen.

Ich nicke ihm zu. »Danke. Dann bis morgen.«

Er sieht mich für zwei viel zu lange Sekunden schweigend an, ehe er ebenfalls nickt. »Bis morgen, Sombren.«

Damit bin ich entlassen und gehe eilig aus seinen Gemächern. Erst, als ich wieder im Eingangsbereich der Arena bin, atme ich auf. Es fühlt sich an, als wäre ich dem Bau eines Löwen entkommen.

»Da bist du ja!«, ertönt die Stimme meiner Mutter und ich wende mich zu ihr um.

Sie kommt mit großen Schritten durch die Höhle auf mich zu. Wüsste ich es nicht besser, würde ich Erleichterung auf ihrer Miene erkennen.

Hat sie sich tatsächlich Sorgen gemacht?

»Wo warst du?«, fragt sie, als sie bei mir angekommen ist. »Nachdem Karakal aufstand, kaum dass du gegangen bist, habe ich das Schlimmste befürchtet.«

»Wir hatten eine … interessante Unterhaltung«, sage ich und lasse es zu, dass sie sich bei mir unterhakt. »Gehen wir und ich erzähle dir alles.«

»Du hast also morgen eine weitere Verabredung«, meint Mutter, nachdem wir das Portal, das die Zwerge für uns erschufen, durchschritten haben und zurück in ihrer Höhle sind.

»Ganz genau«, bestätige ich. »Und ich denke, es wäre gut, wenn ich daher morgen allein in die Arena gehe.«

»Bist du sicher?« Sie sieht mich zweifelnd an.

»Sehr sicher. Karakal wird mich hineinlassen, das hat er mir gesagt.« Ich lege ihr eine Hand auf die Schulter. »Wir haben ihn so weit, er hat Interesse an meiner Gesellschaft. Jetzt muss ich nur noch herausfinden, wo er Davyans Freund versteckt hält und mir dann überlegen, wie ich ihn befreie.«

»Nur noch«, wiederholt sie skeptisch.

Ich schmunzle unwillkürlich. »Danke, dass du mich begleitet hast. Ich gehe dann mal zu Davyan.«

Alles drängt mich dazu und es fällt mir schwer, überhaupt noch hier zu stehen und mit Mutter zu reden.

Sie nickt und ich löse mich von ihr, schenke Fingolfar und Berin, die gerade das Portal schließen, ein dankbares Nicken und gehe eiligen Schrittes in Richtung unserer Gemächer.

Etwas ist geschehen, das spüre ich, je näher ich der Nebenhöhle komme, die uns als Schlafzimmer dient.

Etwas ist anders …

Kaum dass ich sie betreten habe, fällt mein Blick auf Davyan, der auf dem Bett liegt, die Hände hinter dem Kopf verschränkt und zur Decke hochschauend.

»Davyan«, stoße ich erleichtert aus.

Wenigstens ist er hier. Und soweit ich das erkennen kann, unversehrt.

Er zuckt bei meiner Stimme zusammen und setzt sich ruckartig auf. Als sich unsere Augen begegnen, bin ich nicht sicher, ob es Freude oder Angst ist, die ich in seiner Miene lese.

Nein. Davyan hat nie Angst, ich muss mich täuschen.

Mit ein paar großen Schritten bin ich bei ihm und setze mich auf den Bettrand. »Was ist passiert?«

Verwundert legt er den Kopf schief. »Warum fragst du das?«

»Ich habe etwas gespürt«, erkläre ich. »Etwas hat sich verändert.«

»Nicht nur etwas.« Er seufzt leise und lässt sich zurück aufs Bett fallen. »Götter, du wirst mir nicht glauben, was ich erlebt habe.«

»Versuch's«, fordere ich ihn auf.

Er betrachtet mich zögernd, dann holt er leise Luft. »Ich kann die Gedanken von Lebewesen hören – nun ja, daran arbeite ich noch, ist nicht so einfach, diese neuen Kräfte zu beherrschen.«

»Du kannst ... was?!« Ich starre ihn entgeistert an.

»Ich sagte ja, du wirst es nicht glauben«, meint er schulterzuckend.

»Davyan.« Ich lege ihm eine Hand auf die Brust und warte, bis er mir den Kopf zuwendet. »Was hast du in meiner Abwesenheit getan?«

»Sag du mir lieber, ob du Mauryce finden konntest«, erwidert er.

»Nein. Und jetzt erzähl!« Zur Unterstreichung meiner Worte kralle ich die Finger in sein Hemd.

Er hebt die Brauen. »Du hast Mauryce nicht gefunden?«

»Noch nicht.« Ich schüttle den Kopf und fixiere ihn mit den Augen. »Hör auf, mir auszuweichen. Was sind das für Kräfte, von denen du sprichst?«

Davyan richtet sich erneut auf und stützt seine Unterarme ab. »Ich habe eine weiße Schlange kennengelernt«, beginnt er.

»Eine weiße Schlange?«, wiederhole ich verdattert. »Wann? Wo?«

»Unterbrich mich nicht und ich erzähle dir alles haarklein«, meint er und ein Schmunzeln zupft an seinen Lippen.

Er scheint es zu genießen, mich auf die Folter zu spannen – und leider gelingt ihm das gerade viel zu gut.

Ich nicke stumm und bedeute ihm mit einer Handbewegung, fortzufahren. Dabei lasse ich sein Hemd los.

»Also«, beginnt er gedehnt. »Diese Schlange heißt Spiegel und sie bewohnt das Laboratorium deiner Mutter.«

»Meiner … du hast …«

»Nicht unterbrechen«, sagt er mahnend und schüttelt den Kopf. »Ja, ich weiß … Ich hätte da nicht einfach reingehen und schon gar nicht rumschnüffeln sollen.«

Ich nicke bestätigend und schiebe die Brauen zusammen zum Zeichen, dass ich ihm in diesem Punkt voll und ganz zustimme.

»Eigentlich wollte ich nur mal wieder den Himmel sehen«, fährt er entschuldigend fort. »Doch dann bin ich in dieses Laboratorium gestolpert und habe die weiße Schlange getroffen. Sie besitzt magische Kräfte und kann sprechen. Und wenn man von ihr isst, vermag sie einem zu zeigen, wer man ist.«

»Du hast von ihr gegessen?!«, stoße ich entgeistert hervor.

»Sie hat es so gewollt«, erwidert er unbefangen.

»Sie hat es … Davyan!« Ich warte, bis er mich erneut ansieht. »Du hast eine Schlange getötet, weil sie … es so gewollt hat?!«

Er hält meinem Blick stand, ohne mit der Wimper zu zucken. »Ich habe sie nicht getötet, bloß einen Teil ihres Schwanzes gegessen. Der wuchs direkt wieder nach.«

Ich schnaube leise. »Hörst du dich eigentlich gerade selbst reden? Das klingt alles an den Haaren herbeigezogen.«

»Dennoch hat es sich genau so abgespielt«, beharrt er und setzt sich nun richtig auf. »Das habe ich mir nicht eingebildet, Sombren.«

»Das behaupte ich ja auch gar nicht«, wiegle ich ab, da ich merke, dass ich ihn mit meinen Worten gekränkt habe. »Es ist nur ... Du sprichst mit einer Schlange und isst dann auch noch von ihr?«

»Wenn du *das* schon seltsam findest, warte, bis ich fertig erzählt habe«, meint er mit einem vielsagenden Gesichtsausdruck.

»Fahr fort«, murmle ich seufzend.

»Also, die Schlange führte mich in einen Raum.«

»Jetzt sag bloß, dass dort drin sieben Glassärge und ein Spiegel standen«, brumme ich.

»Nicht unterbrechen«, wiederholt er mit erhobenem Zeigefinger. »Ich bin der Schlange also in diesen Raum gefolgt und da war tatsächlich ein Spiegel – aber keine Särge.«

»Immerhin.«

Er sieht mich tadelnd an für meinen Einwurf, dann holt er tief Luft. »Nachdem ich von der Schlange gegessen habe, spürte ich diese neuen Kräfte in mir. Die, mit denen ich die Gedanken anderer Lebewesen hören kann.«

»Aller Lebewesen?«

»Aller.« Er nickt bestätigend. »Auch deine, aber das ist wie gesagt noch nicht ganz ausgereift. Es ist schwierig, die Stimmen zu unterscheiden und ich muss mich darauf konzentrieren. Daher ...«, er wedelt mit der Hand vor meinem Gesicht herum, »ist da noch nicht viel.«

»Wie beruhigend.« Ich setze mich so, dass ich mich nun ebenfalls an der Wand, an der das Bett steht, anlehnen kann.

»Jedenfalls«, meint Davyan. »Hat sie mir gesagt, dass das nur ein Teil meiner Kräfte sei. Ich müsse meinen Vater kennen, damit sich meine ganze Macht entfalten kann.«

»Deinen leiblichen Vater?«

»Genau den. Sie kann mir dabei helfen, herauszufinden, wer er ist.«

Ich betrachte ihn unverwandt. »Sie kann … deinen Vater ausfindig machen?«

»Exakt.« Davyan schenkt mir ein leichtes Lächeln. »Aber dafür muss ich erneut von ihr essen. Das wiederum ist erst morgen möglich.«

Fahrig streiche ich mir mit der Hand über das Gesicht. »Das sind … unglaubliche Neuigkeiten«, murmle ich.

»Nicht wahr?« Er winkelt ein Bein an und schlingt den Arm darum. »Wenn du also morgen nochmals mit deiner Mutter in die Arena gehst, werde ich erneut ihr Laboratorium aufsuchen und mit der Schlange …«

»Mutter wird morgen nicht mit mir kommen«, unterbreche ich ihn.

»Oh.«

Ich kaue auf meiner Unterlippe herum. »Karakal will mich allein treffen.«

Erschrocken sieht er mich an. »Das klingt nicht gut.«

»Tut es nicht«, bestätige ich. »Aber ich werde dennoch hingehen.«

»Sombren.« Mit einem Mal lese ich Anspannung in seiner Miene. »Karakal ist durchtrieben. Wenn er dich allein treffen will, hat das einen bestimmten Grund.«

»Das denke ich auch.« Ich seufze und lege eine Hand auf Davyans Schulter. »Ich werde auf mich aufpassen. Mein Vorteil ist, dass ich ihn kenne – er mich allerdings nicht. Das kann ich zu meinen Gunsten nutzen.«

»Hoffen wir's«, murmelt er.

Ich atme tief durch, dann sehe ich ihn aufmunternd an. »Ich habe Hunger und du hast mir ein leckeres Abendessen versprochen.«

»Ja, ich …« Davyan schüttelt den Kopf, als wollte er seine Gedanken damit loswerden. »Wir haben uns so richtig ins Zeug gelegt, die Zwerge und ich.«

»Gibt es Fleisch?« Ich hebe eine Augenbraue.

»Rehbraten.« Endlich erscheint ein Lächeln auf seinen Lippen. »Ich dachte, nach all dem Gemüse könntest du etwas Herzhaftes vertragen.«

»Wie gut du mich schon kennst, mein Aschenprinz.« Schmunzelnd lehne ich mich zu ihm rüber und drücke ihm einen Kuss auf die Wange. »Dann komm, gehen wir essen. Ich sterbe vor Hunger.«

36

DER GOLDENE KAMM

DAVYAN

Noch lange liege ich wach und starre in die Dunkelheit. Sombren ist neben mir bereits in einen ruhigen Schlaf gefallen und ich lausche seinen regelmäßigen Atemzügen.

Meine Gedanken kreisen um die weiße Schlange, die Arena und den morgigen Tag. Mir ist nicht wohl bei der Vorstellung, dass Sombren allein zu Karakal geht. Dennoch ist es wichtig, dass er sein Vertrauen gewinnt – und wie es scheint, ist er auf einem guten Weg dahin. Nichtsdestotrotz wäre es mir lieber, seine Mutter wäre dabei. Obgleich ich Alicia nicht traue, so ist es immer noch besser, als wenn Sombren sich allein in die Höhle des Löwen begibt.

Seufzend schließe ich die Augen und horche in mich hinein, um nach den neuen Kräften zu tasten, die durch die Schlange erweckt wurden. Sie sind sofort da, ich höre Flüstern um mich herum, wie von weit entfernten Stimmen. Doch was sie sagen, kann ich nicht verstehen. So war es schon die ganze Zeit, seit ich die Nebenhöhle mit dem Spiegel verlassen habe. Auch beim Abendessen konnte ich keine Gedanken hören, nur dieses Wispern, das sofort verstummt, wenn ich mich nicht explizit darauf konzentriere.

Sollte ich diese Kräfte irgendwann beherrschen, werden sie mir allerdings von großem Vorteil sein. Niemand wird mich mehr anlügen können, ich werde stets die Wahrheit hinter den Gedanken und Absichten anderer kennen. Und damit werde ich nie wieder in Situationen geraten, die mir in der Vergangenheit zum Verhängnis geworden sind.

Ob die Magie des Gedankenhörens auf meine Prunatikräfte zurückzuführen ist? Oder haben sie mit meinem leiblichen Vater zu tun?

Die Vorstellung, morgen oder vielleicht übermorgen zu erfahren, wer er ist, lässt mich erschaudern.

Solange habe ich mich gefragt, woher ich stamme – und nun … nun könnte ich endlich eine Antwort erhalten. Womöglich sogar mehr über meine Mutter herausfinden.

Irgendwann muss mich die Müdigkeit übermannt haben, denn als ich aufwache, spüre ich Sombrens Lippen auf meinen.

»Guten Morgen, Schlafmütze«, raunt er an meinem Mund und schenkt mir ein amüsiertes Schmunzeln, das seine Iriden funkeln lässt.

»Tu nicht so, bloß weil du einmal vor mir wach bist«, brumme ich und schlinge die Arme um seinen Nacken, damit er sich nicht direkt wieder aufrichten kann.

»Du standest nicht in Flammen, daher nehme ich an, du warst nicht im Saal?«, fragt er und küsst mich auf die Nasenspitze.

»Nein, hab tief und fest geschlafen – als ich endlich mal eingeschlafen bin.«

Seine Augen gleiten über mein Gesicht. »Vielleicht solltest du heute einfach hier in unseren Gemächern bleiben. Somit läufst du nicht Gefahr, Mutter zu begegnen und kannst dich ausruhen. Deine Augenringe sprechen Bände.«

»Gar nicht wahr«, behaupte ich und lasse ihn los, um ihm gegen die nackte Brust zu boxen.

Sombren lacht sein dunkles Lachen, ehe er die Decke zurückschlägt und sich erhebt. »Bleib ruhig im Bett, ich hole uns Frühstück. Mal sehen, ob es noch etwas von dem gestrigen Braten gibt.«

Ich beobachte, wie er sich zur Waschschüssel begibt, die ich gestern noch mit frischem Wasser gefüllt habe, und sich mit einem Lappen notdürftig wäscht. Dabei kann ich nicht umhin, seinen stattlichen Körper und das Muskelspiel an seinem Rücken zu bewundern, als er Hose sowie Hemd anzieht. Anschließend schlüpft er in die Stiefel.

»Bis gleich«, ruft er mir zu, bevor er die Höhle verlässt.

»Bis gleich«, murmle ich und kuschle mich nochmals in die Decke. »Danke.«

»Gern«, vernehme ich seine Stimme von draußen und lächle in mich hinein.

Wieso kann nicht jeder Morgen genau so sein? Ich hoffe, dass es nur der Vorgeschmack auf unsere Zukunft im Zirkel ist. Einer Zukunft, in der wir nicht täglich neuen Herausforderungen gegenüberstehen, sondern einfach unser Glück ein wenig genießen können.

Hungrig fallen wir über den Blumenkohl und kalten Rehbraten her, die Sombren etwas später aus der Küche mitbringt. Es schmeckt noch immer hervorragend und ich seufze zufrieden, als ich mit etwas Wasser nachspüle.

Danach wasche ich mich ebenfalls und ziehe mich an, um Sombren zu den Zwergen zu begleiten, die bereits im Portalraum, wie ich die Ankunftshöhle inzwischen nenne, bereitstehen. Dieses Mal werden Fingolfar und Rialdo ihn zur Arena bringen. Sogar Alicia ist anwesend und sie sieht alles andere als glücklich aus.

Offenbar behagt es ihr ebenfalls nicht, dass ihr Sohn allein zu Karakal gehen will.

»Solltest du bis zum Abend nicht zurück sein, werde ich selbst in die Arena kommen und dich rausholen«, meint sie, ehe sie sich von ihm verabschiedet.

»Keine Sorge, Mutter. Ich kehre wohlbehalten zurück«, verspricht Sombren mit ernstem Blick. Dann wendet er sich an mich. »Bis später«, sagt er und beugt sich zu mir herunter, um mich zu küssen.

»Bis später«, murmle ich an seinen Lippen. »Willst du nicht wenigstens eine Waffe mitnehmen?«

»Das würde Karakal vermutlich misstrauisch machen«, erwidert er leise.

»Pass auf dich auf, ja?«

»Immer.« Er schenkt mir ein schiefes Lächeln.

Mein Herz zieht sich unwillkürlich bei dem Gedanken zusammen, dass es vielleicht das letzte Mal ist, dass ich ihn küssen durfte.

Wer weiß, was Karakal im Schilde führt. Und trotzdem ist es wichtig, dass Sombren sich sein Vertrauen erschleicht. Auf einem anderen Weg werden wir Mauryce nicht befreien können, das ist mir klar.

Sombren hat mir erzählt, dass sogar die Öffnung, durch die wir damals mit der Harpyie geflohen sind, mittlerweile verbarrikadiert ist. An eine erneute Flucht, wie Mauryce und ich sie hinter uns haben, ist also nicht zu denken.

Seufzend sehe ich Sombren nach, als er durch das Portal tritt, das bald darauf verschwindet, da die Zwerge es von der anderen Seite schließen.

Etwas verloren stehe ich nun mit Alicia da und eine unangenehme Stille breitet sich aus.

»Ich …«, beginne ich, nicht sicher, was ich überhaupt zu ihr sagen soll. Daher kaue ich unverrichteter Dinge auf meiner Unterlippe herum und begegne ihrem Blick, als sie sich mir zuwendet.

»Ich bin in meinen Räumen. Stör mich nicht«, sagt sie, ehe sie sich umdreht und mich einfach stehen lässt.

»Wir sprechen uns also nicht mehr förmlich an, was für ein Fortschritt unserer Beziehung«, murmle ich so leise, dass sie mich nicht hören kann, und schenke ihrem Rücken einen verärgerten Blick. »Dumme Kuh.«

Grummelnd gehe ich in meine Höhle zurück und setze mich aufs Bett. Leider haben Sombren und ich sehr lange gefrühstückt, sodass die anderen Zwerge bereits in den Stollen sind. Damit kann ich mich ihnen nicht anschließen, denn allein komme ich dort nicht hinein, dafür muss man dieses Stampf-Ding machen, das ziemlich sicher Zwergenmagie beinhaltet.

Nach einer Weile beschließe ich, in die Höhle mit den Trainingsgerätschaften zu gehen, um meine Schwertübungen zu machen. Damit vertreibe ich mir zwei volle Stunden, ehe ich schweißüberströmt zurück in die Gemächer kehre und mich nochmals gründlich wasche.

Gerade habe ich die Hose angezogen und greife nach dem Hemd, da vernehme ich ein Räuspern beim Eingang. Verwundert drehe ich mich in die Richtung und erstarre mitten in der Bewegung.

Denn dort steht Alicia. Sie trägt ein hellblaues Gewand, das sie heute bei Sombrens Aufbruch noch nicht anhatte, sowie einen feinen Goldreif in ihrer roten Mähne. Wie sie so dasteht, muss ich einmal mehr feststellen, wie schön sie ist.

Von wegen, ich bin tausendmal schöner als sie, wie die weiße Schlange behauptete …

Ungeachtet der Tatsache, dass ich erst Hose und Stiefel trage, betritt sie die Höhle und kommt auf mich zu.

»Tut mir leid, dass ich dich vorhin so schroff behandelt habe«, sagt sie mit einem leichten Lächeln, das mich verblüfft die Luft einsaugen lässt.

Alicia und sich entschuldigen? Das passt so gar nicht zusammen.

»Ich mache mir nun mal Sorgen um meinen Sohn«, fährt sie fort, als ich nichts tue, außer sie anzustarren.

Eine Armlänge vor mir bleibt sie stehen und ihr Blick gleitet über meinen nackten Oberkörper. Schnell ziehe ich mir das Hemd über und knöpfe es zu.

Sie beobachtet mein Tun, dann greift sie in eine Tasche ihres Kleides. »Hier, ein Versöhnungsgeschenk.«

Ich mustere den Gegenstand, den sie zutage befördert. »Ein Kamm?«, frage ich verwundert.

Er ist aus Gold gefertigt, mit türkisen Edelsteinen, die darin eingelassen sind. So etwas Kostbares habe ich noch nie gesehen, geschweige denn besessen.

Als ich ihr wieder in die Augen sehe, erkenne ich eine Freundlichkeit, wie ich sie noch nie bei ihr sah.

»Sieh es als Neuanfang, was meinst du?«, sagt sie noch immer lächelnd.

Will sie sich wirklich mit mir versöhnen?

Ich konzentriere mich auf meine neuen Kräfte, aber da ist nur ein leises Wispern. Worte, die zusammenhangslos sind und keine Sätze ergeben. Geschweige denn, dass ich sie Alicia zuordnen könnte.

Ich muss mich also auf meinen Instinkt verlassen, und der rät mir zur Vorsicht. Gleichzeitig möchte ich Sombrens Mutter nicht vor den Kopf stoßen, sollte sie es ehrlich meinen. Unser Start war beschissen, aber das ging nicht von mir aus, sondern von ihr. Wenn sie ihren Fehler nun einsieht und einen Neuanfang will, wie sie es nennt, sollte ich vielleicht ebenfalls einen Schritt auf sie zugehen. Jeder hat eine zweite Chance verdient – selbst Schwieger-Drachen.

»Du hast schönes Haar«, meint Alicia, als ich weder nach dem Kamm greife noch eine Antwort gebe. »Das solltest du auch entsprechend pflegen.«

»Aber ich …« Unvermittelt fahre ich mir in die Locken, die nicht ungepflegt sind, im Gegenteil. Ich wasche sie bei jeder Gelegenheit und kämme sie mit den Fingern, um Knoten zu vermeiden. Sombren hat sich noch nie beschwert, dass ich mein Haar vernachlässigen würde.

»Lass mich dir zeigen, wie es geht«, meint Alicia.

Dass sie mit einem Mal mein Haar kämmen will, lässt mich noch mehr stutzen.

Doch da ist nur dieses Flüstern in der Luft, als ich erneut versuche, ihre Gedanken zu hören. Genaue Worte kann ich nicht herausfiltern, es mutet an, als gäbe es zu viele Stimmen.

Zweifelnd sehe ich sie an. »Ich kann mein Haar alleine kämmen.«

»Das weiß ich doch.« Ihr Lächeln wird noch einnehmender. »Aber ich zeige dir eine Technik, die dein Haar so richtig glänzen lässt.«

»Hm.« Ich runzle die Stirn.

»Sombren wird begeistert sein«, fügt sie hinzu.

»Sombren?« Ich hebe die Brauen. »Ich dachte, du seist nicht einverstanden mit unserer Beziehung?«

»Ach, das sind nur die Sorgen einer Mutter«, erklärt sie abwiegelnd. »Wie ihr euch vorhin verabschiedet habt … Ich habe nun verstanden, dass er dich liebt und will euch nicht im Wege stehen. Lass uns nochmals von vorne beginnen, in Ordnung?«

Ich verenge die Augen und mustere sie, kann aber beim besten Willen weder Verschlagenheit noch sonst eine hinterhältige Absicht in ihren blauen Iriden erkennen. Vielmehr sieht sie mich so freundlich und offen an wie noch nie.

»Also gut«, lenke ich ein.

Wenn sie mir schon etwas schenken möchte und sich zum ersten Mal für mich interessiert, wäre es falsch, sie zurückzustoßen. Es bringt nichts, ständig mit ihr zu streiten, das treibt nur einen Keil zwischen Sombren und mich.

»Wunderbar.« Ihr Lächeln wird breiter und sie tritt hinter mich. »Dreh dich so.« Sie legt die Hände an meinen Kopf und ich folge dem Druck, den sie auf mich ausübt. »Und nun …«

Sanft beginnt sie, meine Locken zu kämmen. Es ist ein ungewohntes Gefühl. Noch nie im Leben hat irgendjemand mein Haar gekämmt.

Weil … Weil ich niemanden hatte, der dies für mich getan hätte. Der sich um mich gekümmert hätte. Ich war stets auf mich alleingestellt und mütterliche Zuneigung, wie Alicia sie mir gerade zuteilwerden lässt, war mir fremd.

Eine Gänsehaut überkommt mich, als ich spüre, wie schön das ist. Wie schön es gewesen wäre, das auch als Kind gehabt zu haben.

Alicia beginnt leise zu singen und ich schließe reflexartig die Augen, da sich eine Wärme in meinem Herzen ausbreitet, wie ich sie nicht für möglich gehalten hätte.

Götter, ich fühle mich … Ich fühle mich tatsächlich geborgen. Umsorgt.

Wäre es so gewesen? Meine Kindheit mit einer Mutter, die mich liebt?

Alicias Stimme ist betörend und ich lausche ihr voller Verzückung. Mit einem Mal bin ich mir sicher, dass wir einen Draht zueinander finden können. Vielleicht sogar Freunde werden können.

»Gut?«, fragt sie, als sie ihren Gesang kurz unterbricht.

»Mehr als das«, flüstere ich versonnen, ohne die Augen zu öffnen.

»Dann wird dir auch das hier gefallen.«

Plötzlich spüre ich einen scharfen Stich, der meine Kopfhaut durchfährt. Wie eine Nadel, die ins Fleisch dringt.

Ich schreie erschrocken auf, doch da merke ich schon, wie mein ganzer Körper zu kribbeln beginnt. Rasend schnell breitet sich diese Empfindung aus, als stände alles in mir unter Strom.

So sehr ich es will, ich schaffe es nicht, auch nur einen Muskel zu bewegen, bin wie zur Säule erstarrt.

Alicias Gesicht erscheint in meinem Blickfeld. Das Lächeln, das vorhin noch warm und mütterlich war, ist zu einer Fratze geworden und ihre Augen sind kälter als Eis.

»Tut mir leid«, sagt sie mit falschem Bedauern. »Es liegt nicht an dir, sondern an meinem Sohn.«

Verständnislos schaue ich sie an, unfähig, etwas zu sagen.

»Sombren hat mir das Liebste genommen, das ich hatte«, fährt sie fort und streicht mir fast schon zärtlich mit der Hand über die Wange.

Das Perfide ist, dass ich alles wahrnehme. Ihre Berührung, gar ihren Duft nach Veilchen oder etwas Ähnlichem.

»Das Schönste«, säuselt sie. »Du bist ebenfalls schön, Davyan. Sehr schön.« Ihre Finger streichen unentwegt über meine Haut, dann hält sie mit einem Mal mein Kinn fest, drückt ihre Nägel ins Fleisch. »Und genau das ist dein Verhängnis. Glaubst du im Ernst, ich hätte nicht sofort gewusst, wer du bist? Einen Mann wie dich vergisst man nicht so rasch, mein Hübscher. Du hast in der Arena wie kein zweiter gekämpft, ich habe dich bewundert. Als du dann mit meinem Sohn auftauchtest ...«, sie tätschelt meine Wange, »da wusste ich, dass das alles kein Zufall sein konnte. Umso mehr, als Sombren mir gestand, dass er meine Tochter getötet hat. Da war mir mit einem Schlag klar, was die Götter von mir verlangen. Sie wollen Rache. Genugtuung. Ebenso wie ich.«

Sie macht eine bedeutungsschwere Pause und ihre blauen Augen glänzen, als würde der Irrsinn darin toben.

»Ja, ich hätte dich an Karakal ausliefern können. Doch wo bliebe da der Spaß? Nein.« Sie schüttelt den Kopf und sieht mich fast schon zärtlich an. »Ich habe es verdient, dich selbst zu töten. Ohne Zuschauer, nur du und ich. Nie wird Sombren dich besitzen. Nie wieder deine Stimme hören. Wenn er deinen Namen in Zukunft sagt, wird dies mit ebenso viel Schmerz verbunden sein, wie wenn ich den meiner Tochter ausspreche. Du«, sie bringt ihr Gesicht nahe vor meins, »du bist der Schlüssel zu meiner Rache.«

Nun senkt sie den Kopf und ihre Lippen fahren hauchzart über die meinen, gleiten von dort über meine Wange. Ich spüre, wie sie ihre Nase in meinem Haar vergräbt, höre, wie sie tief einatmet. Am liebsten hätte ich geschrien, sie von mir gestoßen. Aber ich bin hilflos, gefangen in meinem eigenen Körper, unfähig zu einer Reaktion.

»Ich werde ihm sagen, es sei ein bedauerlicher Unfall gewesen«, flüstert sie nahe an meinem Ohr und ich erschaudere innerlich. »Ich habe dich leblos in meinem Laboratorium gefunden. Du hast dort herumgeschnüffelt und einen meiner Tränke gekostet – leider jenen, der ein äußerst starkes Gift beinhaltet.« Sie küsst mich auf die Ohrmuschel und Übelkeit steigt in mir hoch. »Er wird mir glauben, dass ich dich niemals töten könnte. Ich kann sehr überzeugend sein, weißt du? Oder hättest du mir das zugetraut?«

Dann bringt sie endlich wieder Distanz zwischen uns und schaut mich selbstgefällig an. Ihre Hand gleitet von meinem Kinn zu meiner Kehle, drückt zu, aber nicht so stark, dass irgendwelche Spuren bleiben würden.

»Das Gift wird schnell wirken, keine Sorge. In wenigen Sekunden werden deine Lungen versagen. Dann dein Herz. Doch ehe es zu schlagen aufhört, werde ich es dir herausschneiden und essen, denn damit erhalte ich deine Kräfte. Oh, ja, ich weiß, dass da mehr ist, als du vorgeben willst. Und ich werde mir deine Macht einverleiben. Wortwörtlich. Wusstest du das? Dass man die Macht seiner Feinde essen kann?«

Sie lacht schallend. Schier wie im Wahn. Dann zückt sie einen Dolch, sticht sich damit probehalber in die Fingerkuppe und ein Blutstropfen perlt daraus hervor, den sie genüsslich ableckt.

Götter … diese Frau ist durchgedreht!

Aber noch viel mehr als diese Tatsache beschäftigt mich gerade die Angst, was geschieht, wenn ich sterbe und sie mir das Herz rausschneidet. Werde ich wiedergeboren? Wird es mir ein weiteres Mal gelingen?

Und falls ja … werde ich mich rechtzeitig an alles erinnern können, bevor sie mich nochmals tötet? Wird Sombren mir zur Hilfe eilen?

Verdammt … Vielleicht sterbe ich gleich zum letzten Mal!

Ich merke, wie mir die Luft abgeschnürt wird und mich nackte Panik überkommt.

Ich sterbe … jetzt!

So sehr die Lungen auch brennen, sie schaffen es nicht mehr, meinen Körper am Leben zu halten.

Ich werfe einen letzten Blick auf Alicia, die den Dolch auf mein Herz gerichtet hat.

Schon schließen sich meine Lider und ich werde von Dunkelheit umgeben. Dann … spüre ich einen brennenden Schmerz in der Brust.

Alicia schneidet gerade mein Herz heraus …

Das ist der letzte Gedanke, den ich habe, ehe sich alles um mich in Flammen auflöst.

37

ALLES AUF EINE KARTE

SOMBREN

Zwei Stunden zuvor …

»Es ist gut, dass Ihr allein hergekommen seid«, meint Karakal, als ich ihm ein weiteres Mal gegenüber in seinen Gemächern sitze.

Am liebsten hätte ich gefragt ›Warum?‹, stattdessen beiße ich mir auf die Zunge und nicke. »Es ist mir eine Ehre.«

Karakals dunkle Augen begutachten mich und er fährt sich gedankenversunken mit den Fingern über den Spitzbart. »Ihr tragt viele Geheimnisse in Euch, liege ich richtig?«

»Jeder Mensch besitzt Geheimnisse«, erwidere ich ausweichend und nippe an dem Wein, den er mir eingeschenkt hat. »Mir scheint, Ihr seid ebenfalls nicht unbescholten, was das angeht.«

Ein fast spitzbübisches Grinsen bildet sich auf seinen Lippen und er lacht leise. Dann wird er wieder ernst und sein Blick fixiert mich. »Sagt mir, Sombren«, beginnt er langsam, »warum jetzt? Warum seid Ihr gerade jetzt in meine Arena gekommen? Ihr seid ein Magier … Wer weiß, wie lange Ihr bereits lebt, solltet Ihr Euch verjüngen können. Es hätte bestimmt früher schon Gelegenheiten gegeben, mich aufzusuchen, nicht wahr?«

Ich hole Luft und halte seiner Musterung stand. »Ich hatte Verpflichtungen in der Hauptstadt«, erkläre ich, so unbefangen wie ich kann. »Daher war es mir erst vor Kurzem möglich, zurück zu meiner Mutter zu reisen.«

»Hmmm.« Er legt den Kopf schief. »Ihr seid gut im Lügen, aber nicht gut genug.«

Mist, dass er mich so schnell durchschaut, hätte ich nicht gedacht.

Karakal legt die Fingerspitzen aneinander, ohne mich aus den Augen zu lassen. »Ihr wollt etwas von mir, oder?« Noch immer betrachtet er jede meiner Regungen. »Was ist es? Gold? Ablenkung? Unterhaltung? Ruhm und Ehre?«

Ich muss an Davyan denken, der wegen dieses Mannes so viel Leid erfahren hat, und kann nicht umhin, mit den Kiefern zu mahlen. »Nichts davon«, presse ich hervor.

Karakal hebt eine Augenbraue und streicht sich durch das schwarze Haar, wirft es mit einer geübten Bewegung über die Schulter, ehe er sich zu mir beugt. Dabei mutet er an wie ein Raubtier, das sich auf die Lauer legt. »Nichts davon?«, wiederholt er leise. »Das kann ich nicht glauben. *Jeder*, der herkommt, will etwas von mir.«

›Nicht jeder‹, würde ich gerne sagen, während ich erneut an Davyan denke, der vollkommen unfreiwillig hergebracht wurde. Aber auch das verkneife ich mir.

Verdammt, Karakal wird nicht aufhören, nachzubohren, bis ich ihm einen Grund genannt habe.

Warum nicht so nahe bei der Wahrheit bleiben wie möglich? Vielleicht beißt er ja an …

»Ich bin hier wegen einer Eurer Kämpfer«, sage ich, ohne mit der Wimper zu zucken.

Karakal lehnt sich ein wenig zurück und sieht mich forschend an. »Fahrt fort.«

»Die Zeiten sind angespannt«, erkläre ich. »Gerade, wenn man ein Zirkelmagier ist. Venero hat mich hergeschickt, damit ich einen Leibwächter für ihn finde.«

»Der Zirkelleiter persönlich hat Euch geschickt?«, fragt er mit hochgezogenen Brauen.

Ich nicke. »Mir ist bewusst, dass Ihr mir das nicht glauben könnt – ist der Zirkel doch im Grunde an der Schließung der Arena und deren Aktivitäten interessiert. Venero allerdings ist ein Mann mit Voraussicht. Er weiß, dass es zu Unruhen kommen wird, sollte das mit der Unterdrückung der nichtmagischen Menschen noch lange weitergehen. Und er möchte vorbereitet sein.«

Ich hoffe inständig, dass sich in den vergangenen hundert Jahren die Situation der nichtmagischen Menschen in Altra in die Richtung verändert hat, die ich stets habe kommen sehen. Der tyrannische Herrscher Lesath unterdrückt jeden, der kein Magier ist, verlangt hohe Opfer in Form von Gold und Leben. Immer wieder gab es Aufstände gegen die magischen Zirkel und deren Zirkelleiter, die unter Lesaths Kontrolle stehen. Es ist kein Geheimnis, dass viele diese konzentrierte Macht der Magie nicht gutheißen. Und es ist nur eine Frage der Zeit, bis das ohnehin schwankende Gleichgewicht in Altra aus den Fugen gerät.

Offenbar habe ich ins Schwarze getroffen, denn Karakal runzelt die Stirn und sieht mich nachdenklich an. Eine ganze Weile schweigt er, bevor er mir antwortet. »Venero möchte also einen Leibwächter. Warum wendet er sich nicht an eine Kämpfergilde? Wieso die Arena?«

»Ihm war klar, dass Ihr sein Begehren infrage stellen werdet«, sage ich betont gelassen. »Venero ist ein mächtiger Mann, er könnte mit einem Fingerschnippen zwanzig Leibwächter einstellen. Aber er hat es auf einen ganz besonderen abgesehen.«

»So?« Karakals Lippen zucken.

Ich nicke bestätigend. »Ihr beschäftigt einen jungen Mann«, fahre ich fort und spüre, wie die Galle in meinem Hals aufsteigt. Doch ich setze alles auf eine Karte. »Schwarzes Haar, ungleiche Augen.«

Karakal sieht mich regungslos an. »Dieser Kämpfer ist unverkäuflich«, erwidert er mit fester Stimme.

Interessant … er erwähnt nicht, dass Davyan geflohen ist.

»Warum?«, hake ich nach.

»Weil ich es sage«, entgegnet er in eisigem Tonfall.

Nun muss ich aufpassen. Karakal fühlt sich in die Enge getrieben, da er sich keine Blöße geben will. Aber ich habe ihn genau dort, wo ich ihn haben will. Womöglich wird er Mauryce an Davyans Stelle herausrücken, nur schon, um sein Gesicht zu wahren.

Ich verenge die Augen. »Wenn dieser Kämpfer unabdingbar ist, dann vielleicht jemand anderes? Ich habe von einem zweiten gehört, der zwar nicht Veneros Ansprüchen genügen wird, da es sich bei ihm um einen Elfen handelt, aber Hauptsache, ich komme nicht mit leeren Händen zurück.«

Für ein paar Sekunden sagt Karakal nichts, bevor er sich erhebt. »Folgt mir«, weist er mich an.

Verwundert stelle ich den Weinkelch ab und komme seiner Aufforderung nach.

Karakal bringt mich durch mehrere Gänge und ich merke, dass wir uns auf die Arena zubewegen. So gut kenne ich mich mittlerweile hier unten aus, dass ich die Richtung einschätzen kann.

Bei einer Gruppe Soldaten hält er an und sagt etwas im Flüsterton zu ihnen, was diese mit einem raschen Nicken kommentieren, ehe sie davoneilen.

Ich schaue ihnen stirnrunzelnd hinterher.

Was hat das zu bedeuten?

Karakal gibt mir einen wortlosen Fingerzeig, ihm weiter zu folgen, und führt mich durch weitere Gänge.

Wir steigen eine Treppe hinauf und ich bin nicht überrascht, als diese an einer Tür endet, hinter der sich sein Balkon befindet. Der Balkon, auf dem er den Kämpfen beiwohnt.

»Es dauert nicht lange«, meint er, als wir auf die Arena hinunterblicken.

Mit einem mulmigen Gefühl im Magen stehe ich da und bemerke, wie sich die anderen Zuschauerreihen in Windeseile füllen. Offenbar hat Karakal die Soldaten angewiesen, alle Gäste der Arena zusammenzutrommeln.

»Ihr wolltet meinen besten Kämpfer sehen?«, fragt Karakal an mich gerichtet. »Das werdet Ihr.«

Hat er etwa nach Mauryce geschickt?

Mein Herzschlag beschleunigt sich.

Das ist die Gelegenheit, auf die ich gewartet habe.

»Der Elf?«, hake ich nach und versuche, meine Stimme so gelassen wie möglich klingen zu lassen.

»Wartet's ab.« Er bleckt die Zähne wie ein Wolf.

Angespannt beobachte ich das Treiben auf den Tribünen. Ob die Zuschauer Bescheid wissen?

Es dauert eine gefühlte Ewigkeit, bis Karakal endlich die Stimme erhebt, die er erneut magisch verstärkt, sodass sie durch die Arena hallt.

»Willkommen in Karakals Reich!«, ruft er und breitet die Arme aus. »Heute werde ich Euch einen ganz besonderen Leckerbissen präsentieren. Der Kämpfer glaubte, sich gegen mich stellen zu können. Er glaubte, er sei schneller, stärker, gewitzter als ich. Aber lasst Euch eines gesagt sein: Niemand ist mächtiger als Karakal! Und das musste auch dieser Elf einsehen. Führt ihn herein!«

Ich halte die Luft an, als mein Blick auf einen schlanken Mann fällt, der in die Arena geführt wird, von sechs Soldaten flankiert.

Er trägt nur einen Lendenschurz, sodass Dutzende von Striemen und anderen Fleischwunden an seinem Körper zu sehen sind.

Der Mann wurde gefoltert – auf bestialische Weise. Er humpelt, scheint sich kaum aufrecht halten zu können.

Auch ohne dass er sich zu uns umdreht, weiß ich sofort, dass es Mauryce ist. Das lange braune Haar, das ihm zottig ins Gesicht fiel, als ich ihn im Schloss sah, ist jedoch weg, sein Schädel wurde kahlrasiert.

»Seht ihn Euch an!«, ruft Karakal mit einem gehässigen Lachen. »Das geschieht, wenn man glaubt, sich gegen mich auflehnen zu können!«

Die Menge jubelt, derweil ich alle Mühe habe, Karakal nicht die Faust ins Gesicht zu rammen. Ich balle die Hände und atme so ruhig wie möglich, während ich beobachte, wie der Kämpfer nun mitten auf dem Platz positioniert wird. Die Wachen ziehen sich zurück.

Mauryce steht schwankend da, den Kopf gesenkt, die Arme fallen schlaff an seinen Seiten nach unten.

Karakal spricht weiter, verhöhnt ihn auf jede erdenkliche Art, aber ich höre nicht wirklich hin, da sich alles um mich herum dreht.

Dort unten steht Davyans Freund und er wird sich definitiv nicht lange in einem Kampf halten können, so wie er zugerichtet ist. Ich muss es irgendwie schaffen, ihn hier herauszubekommen.

Fieberhaft sehe ich mich in der Arena um. Die Öffnung oben wurde verbarrikadiert, das ist also kein Fluchtweg. Aber womöglich könnte ich von hier herunterspringen und ihn über einen der Balkone wegtragen?

»Ein Kampf auf Leben und Tod!«

Karakals Worte durchbrechen meine wirbelnden Gedanken und ich starre ihn fassungslos an. »Ihr wollt ihn töten?«

Er zuckt mit den Schultern. »Wenn er den Kampf überlebt, gehört er Euch. Wenn nicht …« Er lässt den Satz unbeendet, bloß seine schwarzen Augen funkeln.

Ich knirsche mit den Zähnen, erwidere jedoch nichts.

»Lasst den Kampf beginnen!«

Mit bangem Herzen beobachte ich, wie Mauryce sich in Kampfposition begibt, obschon da kaum mehr Kraft in ihm ist und er keine Waffe besitzt. Es mutet fast an, als hätten Karakals Worte einen Prozess in ihm freigesetzt, der sich in den vergangenen Jahrzehnten in seine Muskeln eingebrannt hat.

Die Tore werden geöffnet und zwei massige Krieger stürmen daraus hervor. Sie tragen dunkle Lederrüstungen und sind mit Dolch und Schwert bewaffnet. Viel ungleicher könnte ein Kampf nicht sein.

Doch Mauryce hat die Fäuste in die Höhe gehoben und sieht ihnen nun so ruhig entgegen, dass ich ihn bewundernd betrachte. Schien vorhin kaum noch Leben in ihm zu sein, so wird er nun jeden Funken davon verteidigen, das sehe ich ihm an.

Atemlos beobachte ich, wie die Krieger bei ihm ankommen, die Waffen zum Schlag erhoben. So rasch, dass ich es kaum mitverfolgen kann, springt Mauryce zur Seite, rempelt einen der Männer an und das so stark, dass dieser zu Boden fällt. Der andere stolpert über ihn, kann sich aber gerade noch fangen.

Schon ist Mauryce neben dem Ersten und entwindet ihm blitzschnell das Schwert. Im nächsten Augenblick rammt er es ihm in die Brust und vollführt eine Hechtrolle, die ihn aus der Reichweite des zweiten Kämpfers bringt, der sich verdattert zu ihm umdreht.

Die Menge tobt und brüllt vor Begeisterung.

Auch ich bin verblüfft, wie wendig der Elf trotz seiner vielen Verletzungen ist. Welches Schauspiel muss er erst geliefert haben, als er bei Kräften war?

Plötzlich bin ich froh, dass er Davyans Lehrer war. Einen Besseren hätte er nicht haben können.

Mauryce und der verbliebene Krieger umkreisen sich. Ließ sein Gegner sich beim ersten Mal noch überrumpeln, so hütet er sich nun, den Elfen zu unterschätzen.

Stattdessen scheint er jede Bewegung von ihm zu studieren und nach einer Lücke in dessen Deckung zu suchen. Aber auch Mauryce behält seinen Widersacher im Auge, passt seine Schritte den seinen an und wirbelt das Schwert in der Hand, als wäre es ein Spielzeug.

Ich weiß, was er da tut. Er provoziert den Kämpfer, damit dieser einen Fehler begeht.

Seit ich hier bin, habe ich noch nie bei einem Kampf so mitgefiebert wie bei diesem. Das wird mir klar, als ich spüre, wie sich meine Fingernägel in die Handflächen bohren und ich die Fäuste lockere, um mir nicht selbst Wunden zuzufügen.

Mauryce muss als Sieger hervorgehen …

Mit einem Mal prescht sein Gegner vor und Mauryce pariert den Hieb geschickt, der auf seine Flanke gezielt hat. Stattdessen vollführt er seinerseits drei Angriffe mit dem Schwert, die den anderen in ihrer Wucht beinahe aus dem Gleichgewicht bringen.

Die Art, wie Mauryce das Schwert schwingt, ist von Eleganz und Brachialität gleichermaßen gezeichnet. Nie habe ich jemanden auf diese Weise kämpfen sehen – und ich habe viele ausgebildet in meiner Zeit als Lehrer der Kampfkunst im Magierzirkel. Ich lehrte meine Schüler nicht nur Kampfmagie, sondern auch den Umgang mit Schwert, Schild, Speer und anderen Waffen. Denn wenn ein Kampfmagier eines nicht sein darf, dann hilflos, sollten seine Kräfte je unterdrückt werden.

Der Elf dort unten weiß genau, was er tut. Selbst *ich* könnte mir von ihm noch den einen oder anderen Tipp holen, das wird mir klar, je länger ich ihm zuschaue.

Bewunderung reift in mir heran für den Mann, der trotz der vielen Wunden das Schwert führt, als wäre es schlicht und ergreifend eine Verlängerung seines Armes.

Obgleich sein Gegner alles gibt und ihm den Kampf so schwer macht, wie er nur kann, wird er schließlich von Mauryce überwältigt, der ihm wie bei dem anderen Krieger die Klinge in die Brust treibt, als er zu Boden fällt. Noch einmal zuckt der Körper des Widersachers, dann bleibt er leblos in der Blutlache liegen, die sich rasend schnell unter ihm bildet.

Mauryce richtet sich auf. Er atmet nicht einmal rascher als sonst, scheint vollkommen in sich zu ruhen, während er mit regungsloser Miene den Kopf hebt und zu uns hochsieht. Als seine Augen auf meine treffen, registriere ich darin Stolz. Oder Trotz? Doch Letzterer gilt nicht mir, sondern Karakal, der noch immer neben mir steht und zu dem nun Mauryces' Blick schwenkt.

Erst jetzt vernehme ich wieder die Geräusche in der Arena. Den Jubel, den Beifall, der ohrenbetäubend ist. Ich erhasche Rufe wie »Er ist zurück!«, »Zeig's ihnen!«, »Du bist der Beste!«, »Weiter so!«, »Du bist unbezwingbar!«.

Rufe, die auch Davyan jahrelang hörte – und mit einem Schlag verstehe ich, was er meinte, als er mir gestand, dass es Tage gab, an denen er die Kämpfe genossen hat. Ja, dieser Applaus kann süchtig machen in einem Leben, in dem es ansonsten nichts gibt, für das es sich zu kämpfen lohnt.

38

Angriff ist die beste Verteidigung

Sombren

»Er hat gewonnen«, sage ich mit rauer Stimme und wende mich an Karakal, der mit stoischer Miene zu Mauryce hinuntersieht. Dort werden soeben die Leichen der beiden Krieger weggeschafft.

»Noch nicht«, erwidert er schlicht und hebt die Hand.

»Was?« Ich starre ihn entgeistert an. »Er hat diese beiden Männer dort unten gerade getötet!«

»Das war erst der Anfang.« Jetzt erscheint ein hämisches Lächeln auf seinen Zügen.

Ich drehe mich zur Arena und ziehe scharf die Luft ein, als sich zwei weitere Tore öffnen.

Beim Geräusch zuckt Mauryce kaum merklich zusammen und ich glaube, ihn nicken zu sehen. Mehr zu sich selbst – als hätte er damit gerechnet, dass sein erster Kampf nach seiner erneuten Gefangennahme nicht so rasch vorbei sein würde.

Dann wirbelt er herum und begibt sich blitzschnell in Kampfpose. Immerhin haben sie ihm das Schwert gelassen.

»Wie könnt Ihr …« Die Worte bleiben mir im Halse stecken, denn da preschen auch schon drei Geparde aus den Käfigen.

Mauryce vergeudet keine Zeit, stellt sich den Tieren entgegen, die fauchend und knurrend auf ihn zu halten.

Geschmeidig weicht er dem Ersten aus und stößt ihm, ohne zu zögern, das Schwert in die Seite. Es geht so rasch, dass ich den Hieb erst registriere, als das Tier noch im Sprung zu bluten beginnt und auf die Seite fällt, nachdem es gelandet ist. Es zuckt und zappelt mit den Beinen, schafft es aber nicht mehr, sich zu erheben.

Die beiden anderen Geparde ziehen sich daraufhin zurück und umkreisen Mauryce mit gefletschten Zähnen. Das Knurren, das sie ausstoßen, hallt in der Arena wider.

Doch der Elf lässt sich nicht aus der Ruhe bringen. Er dreht sich an Ort und Stelle langsam im Kreis, die beiden Geparden stets im Auge.

Die Tiere ändern ihre Taktik, teilen sich so auf, dass Mauryce nur noch einen von ihnen beobachten kann. Der Gepard vor ihm springt ihn ohne Vorwarnung an, aber es ist nur eine Finte, wie ich sie diesen Kreaturen nicht zugetraut hätte. Auch der Elf scheint das zu erkennen, denn er lässt sich nicht aus der Ruhe bringen.

Plötzlich attackieren sie ihn gleichzeitig und nun muss Mauryce sich auf eines der Tiere konzentrieren. Dabei schafft er es nicht, einem Prankenhieb des anderen auszuweichen. Die Krallen reißen seine Haut am Rücken auf, der ohnehin schon von Peitschenstriemen übersät ist.

Ein Brüllen entfährt Mauryce' Kehle und aus den Zuschauerreihen sind erschrockene Rufe zu hören.

Doch schon hat der Elf sich wieder gefangen und geht seinerseits zum Angriff über.

Er merkt offenbar, dass er die Tiere, loswerden muss, so rasch es geht, wenn er von ihnen nicht gerissen werden will.

Pfeilschnell springt er auf den ihm näher stehenden Geparden zu, der zu spät zurückweicht und dadurch von Mauryce' Schwert am Rücken getroffen wird. Die Klinge schneidet eine tiefe Wunde, das Tier schreit qualvoll auf und zieht sich humpelnd zurück. Mauryce wirbelt indes herum und ich sehe Blutspritzer, die aus seiner Verletzung am Rücken durch die Luft fliegen, als er sich auf den verbliebenen Geparden stürzt.

Dieser schlägt mit den Pranken nach ihm, aber der Elf weicht aus, stößt ihm sein Schwert in die Seite und rollt sich über den Rücken des Tieres hinweg ab.

Keuchend kommt er auf die Knie und hebt eilig den Kopf, um sich zu versichern, dass beide Geparden verwundet sind, sodass sie ihn nicht länger angreifen. Stattdessen schleppen sie sich zum Tor zurück, wo einer von ihnen leblos zusammenbricht, ehe er sich dahinter verkriechen kann.

Wieder johlt die Menge und feuert Mauryce an, der sich auf die Beine rappelt.

Mich indes überkommt eine Gänsehaut. Das war viel zu einfach. Es sollte wohl bloß ein Vorgeschmack auf das sein, was noch kommt.

Leider behalte ich recht, denn auf einen Wink Karakals preschen im nächsten Moment zwei Bären aus weiteren Luken. Ihr Brüllen übertönt fast schon das der Zuschauer, als sie das Blut wittern, das bereits vergossen wurde.

Mauryce' Brustkorb hebt und senkt sich nun viel stärker als vorhin, doch er begibt sich abermals in Kampfpose.

»Ihr werdet ihn töten«, erkenne ich und höre selbst, wie heiser meine Stimme vor unterdrücktem Zorn ist.

»Nicht, wenn er durchhält«, meint Karakal schulterzuckend.

Ich wende mich ihm zu. »Gebt ihn mir. Jetzt. Er hat sich bereits bewährt.«

Seine dunklen Augen sind unergründlich, als er mich anschaut. »Verteidigt ihn.«

»Was?«

»Ihr habt mich richtig verstanden.« Er betrachtet mich, ohne mit der Wimper zu zucken. »Geht da runter und verteidigt ihn.«

»Ohne Magie?« Ich starre ihn fassungslos an.

»Ohne Magie.«

Mein Blick gleitet zur Arena, wo die Bären gerade Mauryce alles abverlangen.

Dieser weicht ihren Attacken aus, versucht, einen Treffer zu landen, aber seine Kräfte verlassen ihn mehr und mehr. Seine Bewegungen werden träger, er blutet bereits aus zwei weiteren Wunden, die ihm die Bären zugefügt haben.

»Dann … gebt mir wenigstens ein Schwert«, knurre ich.

»Keine Waffe. Keine Magie.« Karakal schenkt mir ein höhnisches Grinsen.

»Ihr wollt mich ebenfalls tot sehen«, stelle ich fest.

Er sieht mich regungslos an. »Was ich will, ist vor allem eines: Unterhaltung. Liefert sie mir und ich lasse Euch ziehen. Verwehrt sie mir und Ihr seid des Todes.«

Scheiße noch mal … Was soll ich tun? Hier stehen und zusehen, wie Mauryce dort unten von den beiden Bären zerfleischt wird? Der Elf hält nicht mehr lange durch. Selbst wenn er gegen die Bären siegt, wird Karakal ihm die nächsten Gegner auf den Hals hetzen, das ist mir klar. So lange, bis er Mauryce in die Knie gezwungen hat.

Ich atme tief durch, dann nicke ich. »Also gut. Ich gehe da runter.«

»Wachen!« Karakal gibt einen Wink, ohne mich aus den Augen zu lassen.

Sofort sind sechs Männer zur Stelle, die mich packen. Womöglich handelt es sich um dieselben Krieger, die Mauryce in die Arena geführt haben.

Am liebsten würde ich diesem Arschgesicht entgegenspeien, was ich von ihm halte, aber ich darf jetzt keinen Fehler machen. Wenn ich ihn provoziere, ist mein Leben schneller zu Ende, als ich Arena sagen kann, das ist mir bewusst.

Während die Soldaten mich unsanft vom Balkon weg und durch die Gänge führen, bete ich zu allen mir bekannten Göttern, dass Mauryce durchhält, bis ich bei ihm bin. Gleichzeitig überlege ich fieberhaft, wie ich es ohne Magie oder Waffe zustandebringen soll, uns zu verteidigen.

Ich könnte mich in die Bestie verwandeln. Nur wird mir das Problem daran sofort bewusst. Wenn Karakal erst sieht, was ich zu tun vermag, wird er mich niemals gehen lassen. Ich wäre seine nächste Trophäe.

Daher muss ich das tunlichst vermeiden und mich stattdessen auf mein Kampfgeschick verlassen.

Ich bin so in Gedanken vertieft, dass ich gar nicht recht mitbekomme, wie die Wachen mich zum Tor bringen, von dem aus die Arena betreten werden kann.

Als es sich öffnet, bin ich erleichtert, dass Mauryce noch auf den Beinen steht. Wenngleich er immer stärker von den Bären bedrängt wird, die ihn ohne Unterbrechung attackieren.

Aus den Zuschauerreihen sind überraschte Rufe zu vernehmen, als sie mich entdecken. Aber ich blende ihre Stimmen aus, auch das Geräusch des Tores höre ich kaum, als es sich hinter mir schließt. Stattdessen gehe ich auf Mauryce und die Bären zu.

Der Elf rennt gerade quer durch die Arena, um Distanz zu den Tieren zu schaffen, und ich sprinte los, um an seine Seite zu gelangen. Dabei hebe ich die Hände zum Zeichen, dass ich keine Gefahr für ihn darstelle.

Was er jedoch nicht zu begreifen scheint, denn nun geht er mit dem Schwert auf mich los.

Scheiße, ich werde keine Chance gegen ihn haben.

»Nicht!«, rufe ich und weiche mehr schlecht als recht seinem ersten Hieb aus. »Ich bin ein Freund!«

»Was?«, fragt Mauryce verstört. In seiner Miene lese ich, dass er mir kein Wort glaubt. Wahrscheinlich meint er, es wäre ein weiterer Trick Karakals.

»Ich werde an Eurer Seite kämpfen«, erkläre ich und so leise, dass nur er es hören kann, ergänze ich. »Für Davyan.«

Seine Augen werden groß, aber er hakt nicht weiter nach. Stattdessen nickt er kaum merklich.

»Stellt Euch neben mich«, sagt er und ich tue wie geheißen. »Er hat Euch keine Waffe gegeben?«, fragt er.

»Keine Waffe, keine Magie«, wiederhole ich Karakals Worte.

»Dann muss es ohne gehen.«

»Muss es wohl.« Ich presse die Kiefer zusammen, als ich den Bären entgegenschaue, die nun auf uns zu preschen.

»Lenkt sie ab, rennt nach rechts«, fordert Mauryce und ich gehorche ihm, ohne zu zögern. Wenn ich etwas gelernt habe in den vergangenen Minuten, dann, dass dieser Mann genau weiß, was er tut. Er kämpft seit Jahrzehnten in der Arena und kennt die Kreaturen besser als ich.

Der Elf stößt ein lautes Brüllen aus und die Bären, die mir folgen wollten, scheinen einen Moment irritiert zu sein. Einen Moment, den Mauryce für sich nutzt. Er stürzt sich auf das ihm näher stehende Tier, wie ich aus dem Augenwinkel feststelle, und springt auf dessen Rücken.

Der Bär bäumt sich zwar auf, aber da hat ihm der Elf bereits das Schwert in den Schädel gerammt. Leblos sackt die Kreatur zusammen, ohne noch einen Laut von sich zu geben.

Das alles bekomme ich nur am Rande mit, da ich damit beschäftigt bin, vor dem zweiten Bär wegzurennen, der meine Verfolgung aufgenommen hat. Leider ist er um einiges schneller als ich und holt mit jeder Sekunde auf.

»Zu mir!«, ruft Mauryce und ich schlage einen Haken, flitze auf ihn zu.

Der Elf steht breitbeinig da, bereit, das Schwert in die Brust des Bären zu stoßen. Als wir auf gleicher Höhe sind, ruft er »nach rechts« und ich beschreibe einen Bogen. Hinter mir höre ich es Brüllen, dann keuchen. Aber der erste Laut stammte nicht vom Bären.

Ich bremse ab und wirble herum. Mauryce liegt unter dem Tier auf dem Rücken, das ihn kurzerhand umgestoßen hat. Obwohl das Schwert aus seiner Schulter ragt, scheint der Bär noch genügend Kraft zu besitzen, ihn mit den Pranken zu attackieren. Dieser weicht den Hieben zwar aus, wird aber immer wieder getroffen. Er hat die Arme nach oben gerissen, um sein Gesicht zu schützen, und tiefe Wunden zeichnen bereits seine Haut.

Ich verliere keine Sekunde, renne auf den Bären zu und ramme ihn mit der Schulter. Doch das Tier ist so schwer, dass ich keine Chance habe, es von Mauryce herunterzubekommen. Es wendet mir den Kopf zu und ich sehe pure Mordlust in seinen Augen.

Es will mich töten.

39

BRAVO!

SOMBREN

Ich greife nach den Bestienkräften in mir und stoße die Klaue, zu der meine Hand geworden ist, in die Seite des Tieres. Sie dringt mühelos durch Pelz, Fleisch und Knochen, direkt zu seinem Herzen, das ich ebenfalls durchbohre.

Ein Laut der Überraschung entfährt dem Bären, dann fällt er leblos in sich zusammen.

Schnell ziehe ich die Hand zurück, die nun wieder menschlich ist, und starre keuchend auf das tote Tier.

Wir haben es geschafft, wir haben gesiegt.

Der Gedanke wiederholt sich, bis ich ihn schließlich begreife.

»Mauryce.« Ich helfe dem Elfen, den Kadaver von sich zu schieben, reiche ihm die blutverschmierte Hand und ziehe ihn auf die Beine.

Er sieht mitgenommen aus, blutet aus vielen klaffenden Wunden, die mit Sand und Dreck verunreinigt sind, aber er lebt.

Ich richte meinen Blick zum Balkon, wo Karakal noch immer steht.

Dieser hebt die Hand und plötzlich ist es still in der Arena. Das Brüllen und die Schreie der Menge, die uns anfeuerte und bejubelte, verstummen auf einen Schlag.

»Gebt ihn frei!«, rufe ich, so laut ich kann.

»Nein«, kommt es schlicht von Karakal.

»Ihr habt mir Euer Wort gegeben!«

»Habe ich das? Ich habe Euch nur gesagt, dass Ihr ihn verteidigen dürft.« Er lächelt zuckersüß. »Das habt Ihr getan. Bravo!«

»Er hat sich die Freiheit erkämpft!«, knurre ich ungehalten.

Heißer Zorn brodelt in mir auf und ich spüre, wie das Biest sich in mir regt. Es wäre eine Freude, ihm nachzugeben, über Karakal herzufallen und ihn in Stücke zu reißen.

Dieser Kerl ist die eigentliche Bestie in der Arena. Ich habe genug! Genug davon, dass er sein Unwesen treibt!

Gerade will ich etwas ergänzen, da entdecke ich wieder dieses schattenhafte Wesen, das von seinem Balkon nach unten gleitet.

Ich schaudere, als es direkt auf uns zukommt.

»Seht Ihr das auch?«, raune ich Mauryce zu, der sich mehr schlecht als recht neben mir auf den Beinen hält.

»Was?« Er scheint es nicht zu bemerken.

»Egal.«

Ohne zu zögern, bücke ich mich und greife nach dem Schwert, das der Elf fallen gelassen hat. Dann gehe ich auf den Schatten zu. Als ich davor stehe, ramme ich die Klinge in den Boden, direkt da, wo er sich befindet.

Ein bestialisches Kreischen erfüllt die Luft.

Das Wesen zuckt und windet sich – und von Karakals Balkon vernehme ich einen erstickten Schrei.

Als ich den Kopf hebe, erkenne ich, dass da eine dunkle Aura um ihn herum ist, die ihn immer stärker umgibt. Aber sie stammt nicht von ihm selbst, so wie er mit den Händen wedelt.

Hatte ich also recht.

Das Schattenwesen ist ein Dämon ... *der* Dämon, der Karakals Arena beschützt hat.

Sprachlos starre ich auf den Schatten, der sich unter meiner Klinge wie eine Schlange hin und her bewegt und doch nicht vom Fleck kommt.

Wieso auch immer es mir gelang, ihn mit einem einfachen Schwert zu durchbohren ... Anscheinend hat der Dämon nicht damit gerechnet, dass jemand ihn wahrnehmen kann.

Wie lange es mir möglich sein wird, ihn in Schach zu halten, weiß ich nicht. Ich will es auch nicht herausfinden.

Stattdessen trete ich mit den Füßen auf das, was ich als seinen Kopf wähne. Immer und immer wieder. Das Kreischen schwillt an, wird zu einem schrillen Geschrei, das aus Tausenden von Kehlen zu stammen scheint.

Mit jedem meiner Tritte wird es lauter, bis ich mit einem Mal einen schwarz gekleideten Mann in der Arena erkenne. Nicht Karakal. Der Mann, der gerade auf mich zu schlendert, als wäre er auf seinem täglichen Spaziergang durch den Garten, strahlt eine Macht aus, die mich erschaudern lässt.

Der Totengott.

Ich sehe mich verdattert um und bemerke, dass alles um mich herum eingefroren zu sein scheint. Die Zeit steht still, nur er und ich bewegen uns.

»Gut gemacht, danke schön«, sagt er mit seiner tiefen Stimme, als er bei mir angelangt ist und seine pechschwarzen Augen funkeln, während ein leichtes Lächeln an seinen Lippen zupft. »Oder wie Karakal sagen würde: Bravo!«

Was genau er meint, wird mir klar, als er sich bückt und den Schatten mit Daumen und Zeigefinger aufhebt, als würde er nicht mehr als eine Maus wiegen. Das Kreischen, das dieser dabei ausstößt, geht mir durch Mark und Bein.

»Du kommst mit mir«, sagt er tadelnd zu dem Wesen, das nun erschlafft in seinen Fingern hängt. »Und du …«, er sieht mich direkt an, »solltest zusehen, dass du hier verschwindest, solange du kannst.«

Ich will etwas erwidern, doch da hat er sich bereits in Luft aufgelöst und die Geräusche um mich herum setzen so stark wieder ein, dass ich mir die Ohren zuhalten will ob des Lautstärkenunterschieds.

Die Zuschauer rufen wild durcheinander, scheinen nicht zu verstehen, was gerade geschieht. Karakals Balkon ist weiterhin in schwarze Nebelschwaden gehüllt und Panik breitet sich rasend schnell bei den Besuchern aus.

Das alles registriere ich mit einem einzigen Blick, dann wirble ich zu Mauryce herum.

»Kommt!«, rufe ich ihm zu und renne zum Tor der Arena. Zu meiner Erleichterung stelle ich fest, dass mir der Elf ohne Widerrede folgt.

Ich mobilisiere meine Bestienkräfte und schlage das Tor ein, hetze weiter. Keine einzige Wache versperrt uns den Weg, sie sind damit beschäftigt, die Menge unter Kontrolle zu halten und Karakal aus dem Nebel zu befreien.

Immer wieder vergewissere ich mich, dass Mauryce mit mir Schritt hält.

»Wo ist der Ausgang?«, rufe ich über die Schulter.

»Den Gang entlang weiter, dann durch zwei Türen, aber …«

»Keine Zeit!«, unterbreche ich die Einwände, die ihm wohl auf der Zunge liegen.

So schnell ich kann, haste ich durch die Gänge, schlage Türen ein und schmettere Wachen nieder, die sich uns nun doch in den Weg stellen wollen.

Zugegeben, unsere Flucht ist nicht gerade unauffällig, aber Hauptsache, wir kommen hier raus. Innerlich schwöre ich mir, dass ich diese Arena – und alle Orte, wo Karakal je sein Unwesen trieb, dem Erdboden gleichmachen lasse, sobald ich zurück im Zirkel bin und die Mittel dazu habe.

Ich werde eine ganze Truppe Kampfmagier hierherschicken, die alles einäschert. Jetzt, da der Dämon ihn nicht mehr beschützen kann, wird es ein Leichtes sein, Karakal zu vernichten.

Immer mehr Leute schließen sich uns an, fliehen aus der Höhle im Eingangsbereich, die wir mittlerweile erreicht haben. Sie geben uns gleichzeitig den notwendigen Schutz, denn in der Menge können wir problemlos untertauchen.

Die Lungen brennen und meine Seite sticht. Doch erst, als wir in die kühle Luft der Talmeren hinausrennen und ein großes Stück zwischen uns und die Arena gebracht haben, halte ich an.

Mauryce keucht mindestens so sehr wie ich. Er hat nicht nur einen schlimmen Kampf hinter sich, sondern auch qualvolle Tage voller Folter. Dass er überhaupt noch Kräfte hatte, so weit zu sprinten, gleicht einem Wunder.

Wir brauchen einige Minuten, ehe wir wieder zu Atem kommen.

»Wie geht es Euch?«, frage ich ihn und betrachte besorgt die vielen Wunden.

Wäre Davyan hier, könnte er sie mühelos heilen.

»Geht schon«, antwortet der Elf und richtet sich ein wenig auf, um mich nun in Ruhe zu mustern. »Wer seid Ihr?«

»Sombren. Ein Freund«, erwidere ich.

»Von Davyan?«

»Von Euch.« Ich verziehe den Mund unwillkürlich zu einem Lächeln. »Davyan ist … Er ist viel mehr als nur ein Freund für mich. Aber das erkläre ich Euch in Ruhe. Jetzt müssen wir hier erst mal weg.«

»Und wohin?« Er fährt sich über das kahle Haupt und ich bemerke, dass er zittert. Es ist eiskalt und er trägt nur einen Lendenschurz.

»Hier.« Ich schnalle meinen Umhang ab und werfe ihn ihm über die Schultern.

Er zuckt zwar zusammen, als der Stoff seine klaffenden Wunden berührt, nickt dann aber dankbar.

»Wir gehen zu Davyan«, sage ich.

»Wo ist er?«

»Etwa eine Wegstunde von hier gibt es ein Portal. Das bringt uns zu ihm«, erkläre ich. »Folgt mir.«

Während wir uns in Bewegung setzen, schicke ich ein Dankesgebet zu den Göttern. Auch zum Totengott, der so unverhofft in der Arena auftauchte.

Verdammt noch eins, ich habe es geschafft … Ich habe tatsächlich Mauryce befreien können. Nun werden Davyan und ich endlich nach Fayl in den Zirkel zurückkehren und dort das Leben leben, das uns zusteht. Zusammen.

40

DIE GLÄSERNEN SÄRGE

DAVYAN

Zur gleichen Zeit …

Ich starre die rothaarige Frau vor mir an, die mindestens so entgeistert aussieht, wie ich mich fühle.

Ich bin gestorben und wurde wiedergeboren. So viel weiß ich. Auch hallt die Stimme meiner Mutter in mir nach, die mich drängte, zurück in die Welt der Lebenden zu kehren.

Aber wer ist die Frau? Hat sie mich getötet?

Sie hält einen blutverschmierten Dolch in der Hand.

Und wo bin ich überhaupt?

Ich kann mich an das Weingut erinnern, doch nur vage. Ich war ein Knecht, oder? Es ist alles so verschwommen und ich habe das Gefühl, etwas wirklich Wichtiges vergessen zu haben. Etwas Bedeutsames.

»Du … Du warst tot!«, ruft die Fremde entsetzt. »Wie ist das möglich?«

Sie spricht mich nicht förmlich an, ich gehe also davon aus, dass wir uns kennen.

Sind wir Freunde? Oder Feinde? Ist das *mein* Blut an der Klinge?

Ich bemerke, dass ich nichts am Leib trage und greife nach der Bettdecke hinter mir, die durch die Asche auf meiner Haut sofort grau wird.

»Ich bin nicht so schnell zu töten«, sage ich mit fester Stimme.

Mit einem Mal blitzt etwas in ihren blauen Augen auf.

Wut? Nein. Es ist mehr als das. Blanker Hass sprüht mir entgegen.

Und ich höre Stimmen … Es ist bloß ein Flüstern, dann ein Raunen. Schließlich scheint es, als ob sie in meinem Kopf weiterspricht.

›Stirb, du kleine Ratte!‹

Schon hat sie einen Dolch gezückt und stürzt auf mich zu.

Damit hat sich die Frage nach Freund oder Feind geklärt.

So behände, dass ich selbst überrascht bin, springe ich zur Seite und sie wird von ihrem Schwung aufs Bett befördert.

Sofort bin ich über ihr und drehe ihren Arm auf den Rücken, entwinde ihr den Dolch. Dass ich dabei nackt bin, da die Decke von meinem Leib rutscht, ignoriere ich, als ich mich auf sie setze und sie mit meinem Gewicht fixiere.

»Du willst mich tot sehen?«, knurre ich ihr entgegen.

Ich möchte mich nur vergewissern, ob ich nicht gleich einen Fehler begehe.

»Runter von mir!«, zischt sie erbost. »Ich werde dich töten!«

»Mehr muss ich nicht wissen«, sage ich so ruhig, dass ich selbst eine Gänsehaut verspüre.

Etwas in mir ist es gewohnt, zu töten, das erkenne ich in diesem Moment. Wieder tauchen Bilder vor meinem inneren Auge auf. Von unzähligen Kämpfen, die ich in der Arena ausfocht und ein aufs andere Mal für mich entschied.

Ein Leben zu nehmen, ist mir nicht fremd.

Ohne zu zögern, ramme ich den Dolch in den Rücken der rothaarigen Frau. So schnell, dass ihr nicht einmal ein Keuchen entfahren kann.

Ihr Körper zuckt noch ein einziges Mal, dann liegt er still unter mir und ihr blaues Kleid verfärbt sich dunkel an der Stelle, wo die Klinge sitzt.

»Das hätten wir«, murmle ich und erhebe mich, steige vom Bett herunter.

Wer war die Frau bloß? Wieso hat sie mich töten wollen? Ich bin sicher, ich werde es bald erfahren.

Aber ein Schritt nach dem anderen. Erst muss ich etwas zum Anziehen finden.

Suchend schaue ich mich um.

Ich befinde mich eindeutig in einer Höhle, die Felsen sind zumindest in Stein geschlagen. Wie bin ich hergekommen?

Mein Blick fällt auf verschwitzte Kleidung, die neben dem Bett liegt.

»Besser als nichts«, murmle ich, ehe ich beginne, mich anzuziehen.

Hose und Hemd passen nicht wirklich, dafür aber die Stiefel. Des Weiteren finde ich einen schwarzen Umhang, den ich ebenfalls überwerfe.

Neben dem Bett lehnt außerdem ein goldenes Schwert in einer Scheide an der Wand. Als ich die Klinge herausziehe, ertönt eine wundersame Melodie, die mir bekannt vorkommt.

»Schwertlied«, sage ich leise.

Etwas zupft an meiner Erinnerung, doch es ist gleich wieder weg, als ich mich darauf konzentrieren will. Kurzerhand schnalle ich mir die Scheide um und fühle mich gleich viel besser.

So, und nun muss ich herausfinden machen, wo ich bin.

Mit gezücktem Schwert verlasse ich die Höhle. Vorsichtig setze ich einen Schritt vor den anderen, lausche jedem Geräusch, das an mein Ohr dringt. Doch die Höhle scheint leer zu sein. Und vor allem riesengroß. Alles wird von türkis leuchtenden Kristallen in sanftes Licht getaucht, wie ich es noch nie gesehen habe.

Mein Weg führt mich durch mehrere Räume, die allesamt mit Teppichen und Möbeln eingerichtet sind.

Wer wohnt hier?

Ich passiere weitere Gänge, komme an einem Apfelbaum mit weißen Äpfeln vorbei, bis ich zu einem Raum gelange, in dem mehrere Gerätschaften und alchemistische Utensilien stehen.

Ein Laboratorium? Bin ich in das Lager einer Kräuterhexe geraten?

»Da seid Ihr ja, ich dachte schon, Ihr kommt nicht mehr«, ertönt eine weibliche Stimme, die mich zusammenfahren lässt, da ich keine Person hier drin sah.

Die Stimme stammt aber auch nicht von einer Person …

Ich starre fassungslos die weiße Schlange an, die sich soeben an meinem Bein hinaufwindet.

»Oh«, sagt sie, als sie mir ins Gesicht schaut. »Ihr erinnert Euch nicht. Das ist nicht gut …«

»Woran soll ich mich denn erinnern?«

»An alles.« Sie seufzt leise. »Aber das lässt sich korrigieren, sobald Euer Seelengefährte wieder da ist.«

»Mein … Seelengefährte?« Ich blinzle verdattert.

»Sombren.« Sie nickt vehement. »Er holt gerade Euren Freund und ist auf dem Weg hierher.«

»Ich verstehe nicht …«

»Kein Problem, ich zeige Euch derweil das, was Ihr zu sehen begehrtet. Vielleicht hilft das Spiegelbild Eurem Gedächtnis auf die Sprünge.«

Stumm nicke ich, nicht sicher, was sie damit meint.

»Folgt mir«, sagt sie und lässt sich kurzerhand zu Boden fallen, ehe sie aus der Höhle schlängelt.

Stirnrunzelnd setze ich mich in Bewegung. Die Schlange scheint mich zu kennen und sie wirkt mir nicht feindlich gesinnt. Also werde ich ihr vorerst Glauben schenken.

Zu meiner Verblüffung führt sie mich in eine leere Nebenhöhle und hält vor einer Wand an.

Dort stimmt sie ein Lied an, das mir unter die Haut geht.

Mit einem Mal flimmert der Felsen vor ihr und das Tier gleitet hindurch.

»Kommt!«, höre ich es von der anderen Seite.

Warum habe ich das Gefühl, dass ich das bereits einmal erlebte?

Vorsichtig gehe ich ebenfalls durch die Wand und finde mich in einem quadratischen Raum wieder, in dem ein roter Teppich am Boden liegt. Ein Spiegel ist das Einzige, was sich hier drin befindet. Seine Oberfläche ist jedoch milchig.

»Stellt Euch davor«, weist die Schlange mich an.

Ich stecke das Schwert ein und tue wie geheißen, während sie sich wieder um meinen Körper windet, bis sie sich um den Hals legen kann. »Und nun esst von mir.«

»Wie bitte?« Ich starre sie entgeistert an.

»Ihr habt das schon einmal getan«, sagt die Schlange gleichmütig und ihr Schwanz erscheint in meinem Sichtfeld. »Ihr müsst ein Stück hiervon abschneiden.«

»Nein. Das kann ich nicht«, widerspreche ich und weiche einen Schritt zur Seite. Dann noch einen. Ich bringe so viel Distanz wie nur möglich zwischen mich und den Spiegel.

Das muss eine Falle sein, oder?

»Los, ziert Euch nicht«, fordert mich die Schlange auf.

»Nein!«, sage ich vehement und merke, dass ich an der gegenüberliegenden Wand des Raumes angekommen bin. Doch statt eines Felsens ist da … nichts. Und ich stolpere nach hinten, falle zu Boden.

»Oh, nein«, höre ich die Schlange leise sagen, die sich neben mir einringelt. »Das ist nicht gut.«

»Das sagtet Ihr schon einmal«, murmle ich und rapple mich auf.

Dann sehe ich mich erstaunt um. Ich befinde mich in einer angrenzenden Höhle. Auch hier liegt ein roter Teppich, doch mein Blick wird von sieben gläsernen Särgen angezogen, die in einem Kreis angeordnet sind.

»Wo sind wir?«, hauche ich verblüfft, derweil ich auf die Beine komme.

Ich bemerke, dass die Särge leer sind. Bis auf einen.

»Nicht …«, protestiert die Schlange, aber ich beachte sie nicht weiter.

Stattdessen nähere ich mich dem Sarg und keuche leise auf, als mein Blick darauf fällt.

Dort drin liegt eine wunderschöne rothaarige Frau, die derjenigen, die mich angegriffen hat, wie aus dem Gesicht geschnitten ist.

»Wer ist das?«, frage ich verblüfft.

»Das ist Alicias Tochter«, erklärt die Schlange. »Alicia hat sie hierhergebracht und hofft, sie durch die Wärmesteine irgendwie wieder zum Leben erwecken zu können.«

»Sie ist … tot?« Ich betrachte das Gesicht der jungen Frau, die wirkt, als würde sie schlafen.

»Ja, sie wurde von einem Biest getötet.«

»Aber ich erkenne keinerlei Wunden«, bemerke ich stirnrunzelnd.

»Alicia hat ihren Körper wiederherstellen lassen«, erläutert die Schlange.

Nun wende ich mich verdutzt dem Tier zu. »Das geht?«

»Mit der richtigen Magie, ja«, bestätigt sie. »Doch das Leben konnte sie ihr nicht zurückgeben. Denn dafür benötigt es ein großes Opfer und Alicia ist alles, nur nicht opferbereit.«

Verwundert sehe ich die Schlange an. »Wie redet Ihr über Eure Herrin?«

»Sie ist nicht meine Herrin. Niemand ist das.«

»Hm.« Ich betrachte die Schlange nachdenklich.

Sie atmet tief durch. »Ich bitte Euch … stellt mir keine weiteren Fragen. Ich kann nicht lügen.«

»Warum solltet Ihr mich anlügen?« Ich hebe eine Augenbraue.

Sie windet sich hin und her, während ihre Zunge immer wieder nervös aus dem Maul zuckt. »Weil ihr das, was hier ist, nicht sehen solltet. Nie. Das endet nicht gut, ich weiß es.«

»Wieso sagt Ihr so was?«

»Bitte.« Ihre Stimme ist flehend. »Hört auf, nachzufragen.«

Ich verschränke die Arme vor der Brust. »Ihr wisst schon, dass ich jetzt umso mehr Fragen stelle.«

Bedauernd senkt die Schlange den Kopf. »Ich weiß.«

»Also, dann erzählt mir, was hier los ist«, fordere ich.

Sie blinzelt mich resigniert an und seufzt. »Alicia hält die sieben Zwerge und mich gefangen.«

»Hielt. Sie ist tot«, sage ich energisch.

»Tot?« Die Augen der Schlange werden groß.

»Tot«, bestätige ich. »Ich habe ihr ihren eigenen Dolch, mit dem sie mich umbringen wollte, in den Leib gerammt.«

»Oh.« Sie sieht mich eine Sekunde lang sprachlos an. »Das ist also der Grund, warum ich plötzlich diese Höhle betreten kann. Somit könnten wir tatsächlich entkommen. Wenn es den Zwergen gelingt, mich wieder zu sehen, dann …«

»Die Zwerge sehen Euch nicht?«

»Nein, Alicia hat einen Zauber auf mich gewirkt.«

»Deswegen bleiben die Zwerge, von denen ihr gesprochen habt, hier?«, hake ich nach.

Die Schlange schüttelt den Kopf. »Nicht nur deswegen. Sie brauchen Alicia. Ihr gelang es, mit meiner Hilfe herauszufinden, wo die Zwergenstadt ist, die sie verloren haben.«

»Sie suchen nach ihrem Zuhause?«

»Genau.« Die Schlange nickt heftig. »Und im Gegenzug halfen sie Alicia mit den Wärmesteinen. Sie ahnten nicht, dass Alicia sie bloß für ihre Zwecke missbraucht hat. Sie hatte nie vor, ihnen den Weg nach Hause zu zeigen und führte sie ab und an nur ziellos durch die Talmeren, um ihnen das Gefühl zu geben, die Belange der Zwerge wären in ihrem Interesse.«

»Das ist … grausam. Dann ist es besser, dass ihre Tochter nicht auch wieder lebt.«

»Oh, Jala ist ganz anders«, erwidert die Schlange schnell.

»Ach ja?«

»Ja.« Sie schaut den Sarg an. »Es ist eine Schande, dass sie tot ist. Ihr Bruder macht sich deswegen die schlimmsten Vorwürfe.«

»Ihr Bruder?«

»Sombren, Euer Seelenverwandter.« Sie sieht mich unergründlich an. »Er war es, der sie getötet hat. Allerdings war das nicht er selbst, sondern ein Biest.«

Jäh überkommt mich unendliche Traurigkeit. Woher, weiß ich nicht genau. Vielleicht ist es eine Erinnerung, die in mir hochsteigt? Sind meine Gefühle so tief, dass sie nicht gänzlich verloren gingen?

Warum habe ich das Bedürfnis, diesem Sombren zu helfen, obwohl ich ihn nicht kenne?

»Bitte, lasst uns von hier verschwinden, ehe es noch zu einem Unglück kommt«, sagt die Schlange flehend.

»Warum sollte es zu einem Unglück kommen?«, hake ich verdattert nach.

»Weil ich Euch kenne, Davyan. Das hier endet nicht gut, wenn wir nicht schleunigst gehen!« Sie klingt nun fast schon panisch.

Mein Blick gleitet wieder zu der rothaarigen Frau im Sarg. »Wenn es Sombrens Schwester ist, müssen wir sie hier herausschaffen. Wir müssen ihr helfen«, murmle ich.

»Nein! Seht Ihr? Da! Es beginnt schon.« Hätte die Schlange Hände, würde sie sie wohl über dem Kopf zusammenschlagen. »Bitte. Lasst uns gehen.«

»Wie kann ich ihr helfen?«, frage ich, ohne auf ihr Flehen einzugehen.

»Was?« Die Schlange sieht mich entgeistert an. »Nein. Das dürft Ihr mich nicht fragen, bitte.«

»Wie kann ich ihr helfen?«, wiederhole ich energischer.

»Ihr … Ich …«

Ich mustere sie eindringlich. »Ihr könnt nicht lügen, oder? Dann sagt mir jetzt, wie ich ihr helfen kann. Ihr habt von einem Opfer gesprochen.«

Für einen Moment wirkt es, als wollte sie etwas erwidern, anschließend lässt sie seufzend den Kopf hängen. »Ihr müsst einen weißen Apfel holen«, flüstert sie den Boden an. »Einen vom Baum des Lebens.«

»Einen weißen Apfel?«

»Genau.« Sie hebt den Blick und ihre Augen sind glasig, als würden Tränen darin schimmern. »Das dürft Ihr nicht tun …«

Ich beschreibe eine unwirsche Geste. »Und dann?«

»Dann … Bitte, zwingt mich nicht, es Euch zu sagen …«

»Sagt es!«

»Dann … müsst Ihr …« Sie atmet tief durch und setzt erneut an. »Ihr müsst Euch in einen der Särge legen und in den Apfel beißen. Sobald ihr die Frucht esst, werdet Ihr sterben … und Jala wieder leben.«

»Gut, somit machen wir das jetzt«, beschließe ich und verlasse, ohne zu zögern, die Höhle mit den Särgen.

»Tut es nicht!«, ruft die Schlange, die mir eilig folgt.

»Warum nicht? Ihr sagt, dieser Sombren macht sich Vorwürfe, weil er seine Schwester umgebracht hat. Wenn ich sie zum Leben erwecke, wird er …«

»Er wird außer sich sein vor Trauer!«, erwidert die Schlange dagegen, die sich bemüht, mit mir Schritt zu halten.

»Ich *kann* nicht sterben«, erkläre ich. »Ich bin ein Prunati und werde mich wiederbeleben, sobald ich in Flammen aufgehe. Lasst es mich versuchen.«

»Nein, Ihr werdet sterben, versteht doch …!«

»Wie gesagt, ich kann mich wiederbeleben«, falle ich ihr ins Wort.

Was sie daraufhin sagt, ignoriere ich, stattdessen steuere ich auf den Baum mit den weißen Äpfeln zu. Kurzerhand pflücke ich einen davon und kehre zurück, überhole die Schlange, die noch immer fleht und bettelt.

Mit schnellen Schritten gehe ich zum Raum mit den Särgen und registriere, dass die Schlange wohl aufgegeben hat. Sie folgt mir nicht weiter.

Als ich bei den Särgen ankomme, stelle ich mich vor einen und hebe den Deckel an.

Reinlegen, in den Apfel beißen, sterben, wiederbeleben.

Jala ist frei, Sombren glücklich.

Klingt einfach.

Ich schnalle das Schwert ab und lehne es gegen den Sarg, dann steige ich hinein und bemerke, dass die Schlange ebenfalls wieder in die Höhle zurückgekehrt ist. Bevor sie mich weiter mit ihrem Flehen bedrängen kann, beiße ich in den Apfel und erkenne zu meiner Verblüffung, dass sein Inneres blutrot ist.

Ich kaue den Bissen und spüre, wie die Magie, die in ihm wohnt, sich meines Körpers bemächtigt. Die Atmung wird langsamer, meine Muskeln gehorchen mir nicht länger.

»Dort! Schnell!«, höre ich die Schlange rufen.

Die Lider wollen mir zufallen, doch ich blinzle dagegen an. Mein letzter Blick fällt auf vier Gestalten, die hinter der Schlange in die Höhle treten.

Zuvorderst ist ein breitschultriger, dunkelhaariger Mann und als sich unsere Augen treffen, bemerke ich, dass ich gerade den größten Fehler meines Lebens begangen habe.

Das ist Sombren. *Mein* Sombren!

Scheiße!

Aber es ist zu spät … mein Körper geht erneut in Flammen auf.

41

AUF EWIG TOT

SOMBREN

»Davyan! Nein!«

Mein Schrei hallt durch die Höhle und ich renne zum gläsernen Sarg, dessen Inneres in Flammen steht.

Verflucht noch mal, er hatte die ganze Zeit recht!

Kaum dass wir durch das Portal getreten waren, das Fingolfar und Rialdo für Mauryce und mich erschaffen hatten, kam uns eine aufgeregte weiße Schlange entgegen. Fingolfar schien sie zu erkennen, er rief »der Spiegel!«, aber die Schlange hatte nur Augen für mich.

»Schnell!«, hatte sie gerufen. »Davyan ist in Gefahr!«

Ohne zu zögern, bin ich ihr gefolgt, durch zwei Wände, die nur Illusionen waren. Doch ich kam zu spät, wie ich erkannte, als ich Davyan in diesem Sarg sah. In seinen Augen blitzte Erkenntnis auf, ehe sie sich schlossen und er in Flammen aufging.

»Schließt den Deckel!«, ruft eine weiße Schlange, die sich am Boden windet. »Rasch! Sonst stirbt Davyan für immer!«

Sofort komme ich ihrer Anweisung nach und schlage den Deckel zu.

»Verdammt!«, fluche ich und starre auf Davyans Körper, der noch immer in Flammen steht.

Allerdings verbrennt nur seine Kleidung, er selbst bleibt unversehrt, scheint in diesem Zustand gefangen zu sein.

Ein Schaudern überkommt mich, als ich das Glas berühre. Entgegen meiner Erwartung ist es eiskalt, obwohl darin Davyans Feuer brennt.

»Wir müssen ihn da rausbekommen«, sage ich verzweifelt.

»Das ist nicht möglich«, erwidert die Schlange, die nun auf den Sarg kriecht und sich darauf einrollt. Sie senkt den Kopf und betrachtet Davyans Gesicht. »Sobald Ihr ihn öffnet, wird er sterben.«

»Aber Davyan kann sich wiederbeleben«, erkläre ich aufgebracht. »Er ist ein Prunati!«

»Seine Kräfte wirken in diesen Särgen nicht.« Die Worte stammen nicht von der Schlange, sondern von Fingolfar, der mit trauriger Miene neben mich tritt. »Die Särge wurden von uns Wüstenzwergen erschaffen«, fährt er bedauernd fort. »Sie gewähren uns ewige Ruhe, wenn die Zeit gekommen ist. Alicia hat sie ebenso wie den Spiegel vor uns verborgen und damit erpresst. Ein Wüstenzwerg, der nie zur ewigen Ruhe finden kann, wird für immer in der Dunkelheit wandeln. Das wusste sie leider.«

»Wie kam Alicia verdammt noch mal an diese Särge?«, frage ich entgeistert.

»Wir haben sie immer in unserer Nähe.« Fingolfar sieht zu mir auf und seine dunklen Augen sind fast schwarz vor Trauer. »Alicia fand mich, als ich auf einer Erkundungstour verwundet war, und brachte mich mithilfe von Earic in unseren Unterschlupf. Meine Freunde und ich haben hier einen Posten errichtet.« Er macht eine allumfassende Bewegung mit der Hand. »Nur für ein paar Jahrzehnte eigentlich, in denen wir neue Erdvorkommen untersuchen wollten. Doch Alicia riss alles an sich und unterwarf unseren Spiegel, mit dem wir zurück in die Zwergenstadt reisen konnten. Sie behauptete, er sei kaputt gegangen.«

»Ihr sprecht nicht von der Schlange?«, hake ich nach.

»Nein. Ich spreche von dem Spiegel, der dort draußen steht. Er ist ein Portal in unsere Zwergenstadt. Nun können wir nach Hause zurückkehren. Die weiße Schlange war unsere Begleiterin.«

»Und was wird aus Davyan?«, frage ich entgeistert.

»Wir … können nichts für ihn tun, tut mir leid.«

»Das nehme ich nicht einfach so hin!«, rufe ich erbost. »Wieso hat er sich überhaupt in diesen Sarg gelegt?!«

»Sombren?«, ertönt eine weibliche Stimme hinter mir und ich fahre zusammen.

Als ich herumwirble, fällt mein Blick auf eine Frau, die ich nie mehr glaubte, wiederzusehen.

»Jala«, stoße ich krächzend hervor.

Sie steigt gerade aus einem der anderen Särge und sieht sich verblüfft um. »Wo bin ich?« Dann bemerkt sie Davyans Sarg und ihr entfährt ein lautes Keuchen. »Götter! Was …«

Weiter kommt sie nicht, denn da habe ich bereits meine Arme um sie geschlungen und presse sie fest an mich. »Jala!«, flüstere ich in ihre rote Mähne. »Du … Du bist hier, du lebst!«

»Ja, ich … Da war … Dunkelheit. Viel Dunkelheit. Und dann … war da ein Licht.« Sie löst sich etwas von mir und sieht mir in die Augen. »Sombren, wo sind wir?«

»Im Talmerengebirge. Wir müssen Davyan retten.«

Wieder fällt ihr Blick auf den Sarg, in dem die Flammen toben, und ihr Gesicht wird von Bestürzung gezeichnet, als sie versteht. »Er ist da drin?«, haucht sie.

»Ist er. Das ist sein Feuer«, bestätige ich. »Er muss raus.«

»Wie?«

»Keine Ahnung. Wir werden einen Weg finden.«

»In Ordnung.« Sie nickt und scheint meine Begleiter erst jetzt zu bemerken. »Und wer sind die?«

»Das sind Fingolfar und Rialdo«, stelle ich die Zwerge vor. »Und Mauryce.«

Der Elf verneigt sich vor ihr.

»Warum bist du eigentlich hier?«, frage ich Jala verblüfft.

»Alicia hat ihren Körper nach ihrem Tod wiederhergestellt«, erklärt die Schlange an ihrer Stelle. »Sie brachte sie hierher und wollte sie wiederbeleben.«

»Dann … ist es also doch möglich, dem Sarg zu entkommen?« Ich spüre, wie Hoffnung in mir aufkeimt.

»So einfach ist das leider nicht«, erwidert Fingolfar bedauernd. »Jala starb nicht in diesem Sarg, sondern wurde erst nach ihrem Tod hineingelegt. Damit hat sich der Sarg nicht mit ihr verbunden, er hielt sie bloß in diesem Zustand, in dem sie in ihn kam. Davyan jedoch war in Begriff, im Sarg zu sterben. Wäre es ihm gelungen, wäre er nun auf ewig tot. Das ist der Grund, warum wir Wüstenzwerge diese Glassärge erschaffen haben. Wenn unsere Zeit naht, legen wir uns hinein, um für immer im Totenreich wandeln zu können. Denn niemand stört die Ruhe derjenigen, die in diesen Särgen gestorben sind.«

»Aber wieso wurde dann Jala wieder zum Leben erweckt?«, hake ich verwirrt nach.

»Das ist mir ebenfalls ein Rätsel«, erklärt der weißhaarige Zwerg nachdenklich. »Womöglich hat der Totengott Davyans Seele als Tausch angenommen, auch wenn sie ihm noch nicht ganz gehört?«

Das klingt so gar nicht nach dem Gott, den ich kennengelernt habe, aber im Moment ist mir alles recht …

»Es ist also möglich, mit dem Totengott zu verhandeln«, erkenne ich. »Gut, somit lege ich mich in einen der Särge und Davyan kann leben.«

»Nein, *ich* werde es tun«, entgegnet Mauryce mit schwacher Stimme.

»Keiner von Euch wird es tun«, widerspricht Fingolfar. »Weil es nichts bringen würde. Davyan schwebt in einem Zustand zwischen Leben und Tod. Er gehört dem Totengott noch nicht vollständig, daher wird es nicht möglich sein, seine Seele gegen eine andere auszutauschen. Wenn sich einer von Euch in den Sarg legt und stirbt, ist er auf ewig tot. Ich bezweifle, dass es das ist, was Ihr wollt. Zumal es Davyan nicht zurückbringt.«

»Scheiße noch mal«, knurre ich niedergeschlagen.

Ich merke, wie mir mit jeder Sekunde, die vergeht, die Kraft entzogen wird, als wäre ein Ventil geöffnet worden. Taumelnd schwanke ich und Jala hält mich geistesgegenwärtig davon ab, zu Boden zu fallen.

»Kommt«, sagt Fingolfar und stützt mich ebenfalls. »Ich bringe Euch von hier weg.«

»Nein!«, widerspreche ich. »Ich muss bei ihm bleiben!«

Ich reiße mich los und stürze zurück zu Davyan.

»Lasst ihn«, sagt Fingolfar hinter mir. Wahrscheinlich sind die Worte an Jala gerichtet, denn sie seufzt leise. »Kommt mit, Ihr habt bestimmt einige Fragen.«

Ich höre, wie sich Schritte entfernen, dann spüre ich eine Hand auf meiner Schulter und zucke zusammen, da ich dachte, sie wären alle gegangen.

»Tut mir leid«, vernehme ich Mauryce' Stimme.

Ich nicke stumm, ohne den Blick von Davyan zu lenken.

Tränen wollen mir die Sicht verschleiern, doch ich blinzle sie unwirsch weg. Tränen vergießt man nur für Tote. Davyan ist nicht tot! Und ich werde verhindern, dass er stirbt!

»Sombren, wir sollten los«, ertönt Jalas Stimme hinter mir und ein sanftes Rütteln an meiner Schulter lässt mich hochfahren.

Ich liege neben Davyans Sarg, bin wohl eingeschlafen.

Fahrig nicke ich. Seit drei Tagen wache ich an seiner Seite, hoffe auf ein Zeichen, eine Veränderung. Doch sein nackter Körper brennt noch immer.

Ich kann sein Gesicht zwischen den Flammen erkennen, das schwarze Haar. In der Hand hält er den weißen Apfel, der vom Feuer ebenso unangetastet bleibt wie er. Der ihn in diesen Zustand beförderte, wie die Schlange mir erzählte.

Er liegt dort wie ein Toter und doch schwebt er in der Zwischenwelt.

Sein Schwert, das er abgeschnallt hat, lehnt am Sarg. Hätte er es dabei, könnte ich vielleicht sogar im Traum auf ihn treffen. So aber bleibt mir selbst das verwehrt. Es juckt mir in den Fingern, den Sarg zu öffnen und ihm zumindest das Schwert hineinzulegen. Die Schlange sagte allerdings, sobald der Deckel angehoben wird, sterbe er für immer. Daher wage ich es nicht, dies zu tun.

Er gab sein Leben für Jala. Wieso bloß hat er das getan?

Und was ist zwischen ihm und meiner Mutter geschehen? Ich fand sie tot auf unserem Bett vor, im Rücken einen Dolch.

Der weißen Schlange zufolge hat Davyan sie getötet, als Mutter ihn seinerseits attackiert hatte.

Mutter hat Davyan umgebracht, daher erinnerte er sich an nichts.

Nur langsam kann ich den Gedanken, dass Alicia zu einer solchen Gräueltat fähig war, überhaupt zulassen. Viel schwerer noch begreifen. Auch Jala war erschüttert, als sie davon erfuhr. Sie weinte bitterlich, während ich sie in meinen Armen hielt.

Ich habe keine Ahnung, was es bedeutet, dass Jala von den Toten auferstanden ist. Der Totengott war sehr klar damals, dass ihre Seele ihm gehöre.

Und nun ... will er Davyans Seele an ihrer Stelle.

»Die Zwerge bringen den Sarg hier raus«, fährt Jala fort und reißt mich aus meinen Gedanken.

Ich nicke erneut und erhebe mich schwerfällig. Meine Gliedmaßen knacken, da ich so lange in derselben Position verharrte.

Stumm greife ich nach Davyans Schwert und lasse mich von Jala aus der Höhle führen. Mein Inneres ist taub vor Schmerz und Qual.

Wir gehen auf das Portal zu, das die Zwerge für uns erschaffen haben.

»Es tut uns leid«, sagt Fingolfar, der davor steht, und um dessen Hals die weiße Schlange liegt.

»Muss es nicht«, raune ich mit heiserer Stimme, während ich mir die Schwertscheide um die Hüfte schnalle.

»Das Portal bringt Euch direkt in die Nähe des Magierzirkels von Fayl«, erklärt der weißhaarige Zwerg. »Wir helfen Euch mit dem Sarg.«

»Danke.«

»Ich werde mit Euch kommen«, sagt Mauryce, der neben uns tritt.

Er sieht besser aus, die Zwerge haben ihm Heiltränke gegeben und seine Wunden versorgt. Ein leichter Flaum ziert bereits wieder seinen rasierten Schädel, zudem trägt er nun die Robe, die Davyan anhatte. Bei dem Anblick muss ich die Augen abwenden.

»Ihr wollt in den Magierzirkel?«, frage ich tonlos.

»Das möchte ich, wenn Ihr es erlaubt«, bestätigt er. »Davyan hat dafür gesorgt, dass ich keine weiteren hundert Jahre in der Arena sein muss. Es ist das Mindeste, dass ich seinen Sarg bewache. So lange, bis wir eine Lösung gefunden haben.«

»In Ordnung.« Ich nicke langsam.

Es wird mir schon irgendwie gelingen, Vater davon zu überzeugen, dass er den Elfen im Zirkel duldet. Das ist im Moment meine kleinste Sorge.

Als Berin, Tarran, Earic, Valerius, Rialdo und Lirron mit Davyans Sarg herkommen, muss ich mich mit aller Kraft zusammenreißen, um nicht von der Verzweiflung übermannt zu werden.

Ich hoffe, Vater weiß, wie wir Davyan befreien können. Er ist nicht nur ein Schwarzmagier, er wurde von Lesath auch in die dunkelsten Geheimnisse der Magierzirkel eingeweiht. Womöglich kennt er einen Weg. Zumindest ist mir bekannt, dass Schwarzmagier Nekromantie wirken und damit Tote zum Leben erwecken können.

Der Abschied von den Zwergen fällt kurz aus, ich bin viel zu sehr in Gedanken, um mich gebührend zu bedanken. Was mir in jedem anderen Moment meines Lebens unangenehm gewesen wäre, jetzt ist da nur … Leere.

42

WENN DAS ZUHAUSE KEIN ZUHAUSE MEHR IST

SOMBREN

Jala, Mauryce und ich treten durch das Portal, bevor die Zwerge mit dem Sarg folgen.

Als wir hindurch schreiten, fällt mein Blick auf unzählige Weinreben, die im warmen Licht der Abendsonne vor mir liegen.

Das sind die Weinberge des Zirkels, wie ich sofort erkenne. Vaters Weinberge.

»Götter«, stößt Jala neben mir aus und ihre Stimme zittert. »Wir sind zu Hause.«

Zu Hause … nein. Das ist kein Zuhause mehr. Nicht wenn Davyan nicht an meiner Seite ist.

Ich bin unfähig, etwas zu sagen, stattdessen blicke ich auf den Sarg, den die Zwerge neben uns abstellen.

Sie verneigen sich stumm, bevor sie durch das Portal gehen, das kurz darauf verschwindet.

Nun sind nur noch Jala, Mauryce und ich da.

»Wartet hier. Ich werde in den Zirkel gehen und jemanden holen, der uns mit dem Sarg hilft«, bietet meine Schwester an.

Ich nicke wortlos und sinke neben Davyans Sarg nieder, lege eine Hand darauf, da ich gerade etwas brauche, woran ich mich festhalten kann.

Wie lange ich so da knie, weiß ich nicht, da höre ich Stimmen, die auf uns zukommen, und hebe den Blick. Mauryce steht noch immer neben mir, sieht in Richtung des Zirkels.

Ich kann eine Gruppe Menschen ausmachen, zuvorderst Jala und Vater.

Eigentlich sollte ich mich darüber freuen, dass der Zirkelleiter wohlauf zu sein scheint, aber da ist einfach nichts in mir. Gar nichts.

Als sie näher kommen, entdecke ich mehrere Diener, die Jala in aller Eile zusammengetrommelt hat.

»Sombren!«, stößt Vater aus und kommt mit großen Schritten auf mich zu. »Und …« Er erstarrt mitten in der Bewegung, als seine Aufmerksamkeit auf den brennenden Sarg und Mauryce fällt. »Was bei den …«

Ich bemerke, dass sich Spuren von Tränen auf seinen Wangen befinden. Wahrscheinlich fiel er aus allen Wolken, als mit einem Mal Jala vor ihm stand. Und auch mein Anblick scheint ihn aus der Fassung zu bringen.

Nie habe ich Vater emotional erlebt – immer hatte er seine Gefühle unter Kontrolle. Aber heute hat er all diese Mauern eingerissen, stürzt auf mich zu und nimmt mich in seine Arme.

»Wo warst du?«, fragt er mit erstickter Stimme und blinzelt weitere Tränen weg, die sich in seinen dunklen Augen bilden.

Er sieht genauso aus wie damals, als ich ihn vor hundert Jahren verließ. Das dunkle Haar, das wie meines einen leichten Rotstich besitzt, hat er zu einem Pferdeschwanz zusammengebunden. Das bleiche Gesicht wirkt jedoch kantiger und eingefallener, als ich es in Erinnerung habe.

»Lange Geschichte«, winke ich ab, dann deute ich zum Elfen, der neben mir steht. »Das ist Mauryce, ein Freund von mir.«

Vater sieht zu Mauryce hoch, der sich vor ihm verneigt. »Ein Elf?«, fragt er und erhebt sich vom Boden.

»Ein Elf«, bestätige ich und stehe ebenfalls auf. »Wir brauchen deine Hilfe.«

»Ich werde nicht mit Elfen verhandeln.« Nun ist seine Miene wieder so verschlossen wie eh und je.

Ich unterdrücke ein Augenrollen ob seiner Engstirnigkeit. »Du sollst auch nicht mit Mauryce verhandeln, sondern helfen«, brumme ich. »Davyan und mir.«

»Davyan?« Er legt verständnislos die Stirn in Falten.

»Der Mann, der dort drin liegt«, präzisiere ich und zeige zum Sarg.

Entgeistert starrt Venero diesen an. »Götter«, haucht er, als er Davyan zwischen den Flammen erblickt.

»Kennst du diesen Zauber?«, hake ich nach. »Er hält Davyan zwischen Leben und Tod.«

»Tut mir leid, mein Sohn«, sagt Venero leise. »Aber so etwas habe ich noch nie gesehen.«

Mutlos lasse ich die Schultern hängen und schließe kurz die Augen. »In Ordnung. Das wäre auch zu leicht gewesen.«

»Komm mit, gehen wir in den Zirkel«, sagt Venero und legt eine Hand auf meinen Oberarm. »Dann erzählt ihr mir in Ruhe, was geschehen ist.«

Einige Zeit später sitzen wir in Veneros Gemächern und schildern ihm unsere Geschichte, wobei Jala nur einen Teil davon kennt.

Davyans Part übernimmt Mauryce.

Ich halte mich so knapp wie möglich, da mir jedes Wort, das ich über Davyan und mich verliere, in der Seele schmerzt.

Wieder und wieder wandert mein Blick zum gläsernen Sarg, den die Diener neben das Sofa gestellt haben, auf dem ich sitze.

Davyan …

Unser Ziel war es, zusammen in den Magierzirkel zu gelangen.

Aber nicht … so.

»Es scheint, als hätte die Schlange recht«, meint Vater, als ich ihm alles erzählt habe. »Sobald der Deckel angehoben wird, verfliegt der Zauber, der ihn aktuell noch am Leben hält – und der Mann stirbt.«

»Das werde ich nicht zulassen«, knurre ich. »Es muss ein Schlupfloch geben. Es gibt immer eines!«

»In diesem Fall offenbar nicht«, erwidert Vater bedauernd.

Unwirsch stoße ich ein Schnauben aus. »Ich werde nicht ruhen, bis ich einen Weg gefunden habe, Davyan zu befreien.«

Jala und Vater wechseln einen kurzen Blick, der mir nicht entgeht.

»Was?!«, zische ich. »Es gibt noch Hoffnung für ihn!«

»Bestimmt«, beeilt sich Jala zu sagen.

»Lass den Sarg in meine Gemächer bringen«, beschließe ich. »Ich nehme an, ich habe noch Gemächer hier im Zirkel?«

»Dein Zimmer ist noch genau so, wie du es verlassen hast«, erklärt Vater in sachlichem Tonfall. »Ich habe nichts verändert, da ich stets daran glaubte, dass du zurückkehrst.«

»Danke.« Ich erhebe mich. »Ich werde mich etwas hinlegen. Mauryce?«

Der Elf sieht mich verwundert an.

»Du kommst mit mir«, sage ich entschlossen.

Er neigt den Kopf und folgt mir stumm aus dem Zimmer.

»Erst versorgen wir deine Wunden richtig«, erkläre ich und dirigiere ihn in Richtung Heiltrakt.

Er wirft mir einen unergründlichen Blick zu.

»Was?«, frage ich stirnrunzelnd.

»Ich habe noch immer nicht ganz verdaut, dass Ihr die Bestie im Schloss wart«, gesteht er.

»Die Betonung ist auf ›wart‹ und sprich mich bitte nicht so förmlich an. Wir sind Freunde, oder?«

»Sind wir.« Er nickt bestätigend. »Ich verdanke sowohl Euch … dir als auch Davyan mein Leben.«

»Na also, geht doch.« Ich führe ihn weiter durch den Zirkel.

Die Schüler, die uns entgegenkommen, starren uns verdattert an, da die wenigsten von ihnen je einen leibhaftigen Elfen gesehen haben, aber ich ignoriere sie. Stattdessen gehe ich zielstrebig zum Erdzirkel und weise die Heiler an, sich um Mauryce zu kümmern.

Kurz darauf besitzt er keine einzige Verletzung mehr, sogar die Narben haben ihm die Erdmagier entfernt.

»Das ist beeindruckend«, murmelt Mauryce, der seinen Körper prüfend abtastet. »Ich wurde in der Arena auch oft zusammengeflickt, aber nie … so.«

»Willkommen im Magierzirkel«, sage ich und hebe freudlos einen Mundwinkel. »Und nun zeige ich dir, wo du in der nächsten Zeit unterkommen wirst. Meine Gemächer sind groß genug, du kannst bei mir schlafen. Das ist besser, als wenn du ein eigenes Zimmer hast, zumal es dir als Elf schwerfallen dürfte, dich unauffällig durch den Zirkel zu bewegen.«

»Dem ist wohl so«, meint Mauryce seufzend.

»Komm mit«, sage ich und gehe voran. »Auf dem Weg dorthin besorgen wir dir noch anständige Kleidung in der Schneiderei. Die Robe, die du trägst, passt dir hinten wie vorne nicht.«

Zudem erinnert sie mich viel zu sehr an Davyan, das behalte ich jedoch für mich.

Kurz darauf betrete ich mein Zimmer, das ich all die Jahre so sehr vermisst habe. Ich hatte mir immer ausgemalt, wie es wohl wäre, mit Davyan hierherzukommen.

Nun liegt er allerdings bereits im Sarg, den die Diener auf Vaters Anweisung hergebracht haben. Er steht mitten im Wohnbereich.

Bei seinem Anblick gefriert mein Herz.

Götter ... Davyan ... ich gebe dich nicht auf.

»Ich lasse dir ein Bett bringen«, wende ich mich an Mauryce, der sich staunend umsieht. Die Schneider haben ihm eine passende Hose sowie ein Hemd gegeben, zudem leichte Stiefel.

»Nicht nötig, ich schlafe auf dem Boden«, entgegnet der Elf abwinkend.

»Das wirst du nicht«, widerspreche ich vehement.

Er will etwas einwenden, nickt aber ergeben. »In Ordnung. Solange ich in der Nähe des Sarges sein kann, ist es mir recht.«

»Danke.« Seine grünblauen Augen sehen mich fragend an. »Dass du so gut auf Davyan aufgepasst hast und es immer noch tust«, präzisiere ich.

»Er ist besonders«, sagt er gedehnt.

»Das ist er.« Ich merke, wie ein leichtes Lächeln an meinen Lippen zupft. Das Erste seit Tagen. »Ich rufe einen Diener, der dir ein Bett bringt, dann lege ich mich hin.«

»Tu das.«

»Ach du Scheiße!«, höre ich in dem Moment eine mir bekannte Stimme und drehe mich zur Tür.

Im Türrahmen steht Niclas. Der attraktive Wassermagier sieht noch genauso aus, wie ich ihn in Erinnerung habe. Sein dunkelblondes Haar fällt ihm verspielt bis zum Nacken, der breitschultrige Körper steckt in einer blauen Robe mit Goldstickereien.

»Als Venero erzählte, dass du und Jala wie von Zauberhand zurückgekehrt seid, wollte ich es erst nicht glauben«, stößt er aus und kommt mit einem Grinsen auf mich zu, die Arme ausgebreitet. »Komm her, Großer! Du hast mir gefehlt.«

»Von wegen«, knurre ich, lasse mich aber in eine Umarmung ziehen.

»Stimmt es? Das mit …« Er lässt seinen Satz unvollendet, starrt stattdessen auf den gläsernen Sarg. »Heiliger Bärendreck! Ist das da Dav…«

»Davyan, ja.« Ich folge seinem Blick und die Trauer überkommt mich erneut.

»Verflucht«, haucht er und nähert sich dem Sarg. »Wie ist er …? Was ist das für ein Zauber?«

»Zwergenmagie. Sie hält ihn am Leben sozusagen«, erkläre ich.

»Und wie kriegen wir ihn da raus?« Er wendet sich zu mir um.

»Das werde ich herausfinden«, sage ich grimmig. »Und wenn es das Letzte ist, das ich tue.«

»Doch erst ruhst du dich etwas aus«, sagt Mauryce und Niclas scheint den Elfen erst jetzt zu bemerken.

Verblüfft betrachtet er ihn, dann mich. »Wer ist das?«

»Mauryce«, stelle ich ihn vor. »Ein Freund.«

»Ich seh schon, du hast eine Menge zu erzählen«, meint Niclas mit einem vielsagenden Blick. »Aber ich gebe Mauryce recht: Erst solltest du dich eine Runde aufs Ohr hauen. Du siehst beschissen aus – und das, obwohl du gleichzeitig umwerfend anziehend bist.«

»Wirklich? Nach all den Jahren versuchst du immer noch, mich zu umgarnen?« Ich seufze resigniert.

Er zuckt gleichmütig mit den Schultern. »Tja, alte Gewohnheiten legt man nicht so schnell ab.«

»Vergiss es«, brumme ich. »Ich bin jetzt mit Davyan zusammen und werde nie – niemals nie! – mit dir irgendeine Affäre eingehen.«

»Verstanden.« Er verengt die hellbraunen Augen ein wenig. »Obschon es mir schwerfallen wird, die Vorstellung aus dem Kopf zu schlagen.«

»Wenn du Hilfe dabei brauchst, sag es ruhig.«

Niclas lacht leise. »Beim ›Aus dem Kopf schlagen‹?«

»Exakt.«

»Hach Sombren, du bist noch immer der Alte. Das ist schön zu wissen.« Er verneigt sich überschwänglich. »Somit will ich euch nicht länger stören. Wir sehen uns und dann retten wir Davyan!«

Damit verlässt er das Zimmer und ich sehe ihm mit zusammengeschobenen Augenbrauen hinterher.

»Reizender Kerl«, bemerkt Mauryce trocken.

43

ASCHE

SOMBREN

Wenn Zeit eines ist, dann nicht hilfreich. In den kommenden Wochen versuche ich alles, um einen Weg zu finden, Davyan aus dem Sarg zu befreien.

Ich wälze stundenlang Bücher in der Bibliothek, wobei mir Niclas und sogar Jala Gesellschaft leisten.

So sehr Niclas auch nerven kann, er tut sein Bestes, mich zu unterstützen. Er bot sogar an, mit seiner Wassermagie zu versuchen, in den Sarg einzudringen, um das Feuer zu löschen.

Jedoch erwies sich diese Idee als Fehlschlag. So sehr sich Niclas auch bemühte, er schaffte es nicht und gab schließlich mit Tränen in den Augen auf. Tränen, die mir zeigten, wie sehr er sich wünscht, Davyan und mir zu helfen.

Womöglich ist Niclas neben Mauryce zu meinem einzigen Freund im Zirkel geworden .

»Der Kleine liegt dir am Herzen«, bemerkt er einmal, als wir uns in die große Bibliothek der Stadt begeben, um weitere Bücher über Zwerge, Magie und wiederbelebende Zauber zu finden.

»Viel mehr als das«, murmle ich und spüre diesen Stich in meiner Brust wie immer, wenn ich an die gemeinsame Zeit mit Davyan denke.

Niclas sieht mich unergründlich an, ehe er langsam nickt. »Ich hatte in der Zeit, als du weg warst, auch die eine oder andere Liebschaft«, meint er dann. »Aber nie so etwas, wie du es offenbar bei Davyan fühlst. Das ist … einzigartig. Daher möchte ich dir helfen, dieses Etwas wiederzubekommen.«

»Danke.« Mehr kann ich nicht dazu sagen, aber ich lege all meine Empfindungen in dieses Wort.

»Nicht dafür«, winkt Niclas ab und schenkt mir eines seiner breiten Lächeln, das seine Augen zum Funkeln bringt.

Ich drehe mich ab, ehe noch einer seiner blöden Sprüche meine Meinung über ihn ändert, und wende mich den Schriftrollen zu, die in hohen Regalen gestapelt sind. Leider ist auch dieser Besuch nicht mit dem erwünschten Erfolg verknüpft.

Mauryce verbringt indes Tag und Nacht beim Sarg, spricht ab und zu leise mit Davyan. Was genau er ihm erzählt, kann ich nicht verstehen, aber ich weiß, dass der Elf sein Versprechen halten wird und so lange den Sarg bewacht, bis wir eine Lösung finden.

Hoffentlich nicht für immer …

Als auch in der Hauptstadt die ersten Schneeflocken fallen, ertappe ich mich immer öfter beim Gedanken, dass Davyan womöglich auf ewig in diesem Sarg gefangen sein könnte. Ein Gedanke, den ich so gut es geht von mir schiebe, doch er bleibt wie ein stetes Flüstern in meinem Kopf.

Eines Abends sitze ich neben dem Sarg, auf dem mittlerweile Davyans Schwert liegt, und betrachte wie schon unzählige Male zuvor seinen brennenden Körper. Durch die Flammen kann ich bloß ab und an sein anmutiges Gesicht ausmachen, das wirkt, als würde er schlafen.

»Wieso nur hast du das getan?«, flüstere ich mit erstickter Stimme.

Natürlich erhalte ich keine Antwort – ich würde sie aber ohnehin kennen.

Für mich.

Die weiße Schlange erzählte mir, dass Davyan sich an nichts erinnern konnte – und trotzdem wollte er mir helfen.

Gehen seine Gefühle für mich so tief, dass er sogar nach seiner Wiederbelebung noch den Drang verspürte, mir beizustehen?

Eine Gänsehaut gleitet über meine Unterarme und ich fröstle unwillkürlich, als ein kühler Wind ins Zimmer fegt. Als ich den Kopf hebe, bemerke ich, dass die Balkontür offen steht, die Vorhänge wehen sanft hin und her. Kleine Schneeflocken haben sich den Weg in meine Gemächer gebahnt und ich erhebe mich, um die Tür zu schließen.

Bei den hohen Fenstern angelangt, fällt mein Blick auf Mauryce, der draußen im Schneegestöber steht und die Arme ausgebreitet hat, als wollte er den Winter umarmen.

»Mauryce, komm rein, es ist kalt«, murmle ich.

Der Elf wendet sich nicht zu mir um, sondern legt den Kopf in den Nacken. Sein braunes Haar ist mittlerweile etwa eine Fingerlänge nachgewachsen und wird vom Wind nach allen Seiten zerzaust.

Ein paar Sekunden betrachte ich stumm, wie seine lange dunkelgrüne Robe, in die er seinen schlanken Körper gekleidet hat, immer mehr von den Schneeflocken bedeckt wird.

»So lange habe ich keinen Schnee gesehen«, sagt er mit einem Mal. »Ich habe irgendwann vergessen, wie er aussieht, wie er riecht, wie er schmeckt …«

Mit einem Seufzen schlinge ich die Arme um mich und trete zu ihm hinaus auf den Balkon, stelle mich neben ihn.

Sofort werde auch ich von den Schneeflocken umringt, die auf meiner schwarzen Kleidung einen starken Kontrast bilden.

Mauryce hat die Augen geschlossen und ein wehmütiger Ausdruck liegt auf seinen ebenmäßigen Zügen. In den vergangenen Wochen hat er sich gut erholt, seine Wangen sind nicht mehr eingefallen und seine Haut wirkt weniger blass.

»Du musst sie vermissen«, sage ich leise. »Deine Heimat.«

»Das tue ich.« Mauryce öffnet die Lider und dreht den Kopf zu mir.

»Ich weiß, du hast mir ein Versprechen gegeben.« Ich mustere ihn von der Seite. »Aber ich verstehe es, wenn du in die Wälder von Zakatas aufbrichst, um dein Volk wiederzusehen.«

Seine grünblauen Augen gleiten nachdenklich über mein Gesicht, ehe er die Lippen zusammenpresst. »Nein«, erwidert er leise. »Ich habe Davyan schon einmal im Stich gelassen, ein zweites Mal werde ich es nicht tun.«

»Ich ließ dir keine andere Wahl im Schloss«, halte ich dagegen.

»Jetzt aber schon. Und ich wähle Davyan«, sagt er bestimmt. »Zudem … Wenn wir ihn aus dem Sarg befreit haben, wird er meine Unterstützung dabei benötigen, seine Elfenkräfte beherrschen zu lernen. Ich kann ihm ein Lehrer sein.« Er atmet tief durch. »Zumindest für die nächsten Jahre. Danach …« Sein Blick wandert über die schneeverschneite Landschaft, die hinter den Zirkelmauern liegt, und er muss den Satz nicht beenden, damit ich weiß, was er sagen will.

»Danke, mein Freund«, raune ich und lege ihm eine Hand auf die Schulter.

So stehen wir eine Weile da, bis ich mich fröstelnd zurück in die Gemächer begebe. Mauryce hingegen bleibt noch etwas länger auf dem Balkon, da er als Elf weniger schnell friert.

Und ich habe in den vergangenen Wochen gemerkt, wie gern er an der frischen Luft ist und in den Himmel blickt. Etwas, das ihm so viele Jahrzehnte verwehrt war.

Es ist bereits tiefer Winter, als Vater mich eines Abends aufsucht. Selbst wenn er zu Beginn wenig Hoffnung hatte, so hat auch er sich umgehört und sich mehr denn je zuvor um mich gekümmert. Ich würde sogar behaupten, dass wir uns noch nie so nahe gewesen sind wie in der Zeit nach meiner Rückkehr. Obschon wir nicht viel miteinander reden, spüre ich die Verbindung zu Venero, wann immer wir uns sehen. Er steht, ebenso wie meine Schwester, hinter mir. Und das gibt mir zusätzliche Kraft, um nicht aufzugeben.

Mauryce zieht sich diskret zurück, als der Zirkelleiter die Gemächer betritt.

Wie so oft findet er mich neben Davyans Sarg sitzend vor. Inzwischen habe ich zwei bequeme Sessel dort hinstellen lassen, in denen Mauryce und ich stundenlang schweigend verweilen, während wir in die Flammen starren.

»Heute ist dein Geburtstag«, sagt Vater, als er sich in den zweiten Sessel sinken lässt.

Ich hebe den Kopf und sehe ihn verwirrt an. Meinen Geburtstag habe ich komplett vergessen – aber es erklärt, warum Jala mich heute früh umarmt und kaum mehr losgelassen hat. Zudem hat sie mir ein paar neue Stiefel geschenkt, ich habe mir darüber nicht weitere Gedanken gemacht.

»Es tut mir leid«, murmelt Venero nach einer Weile, als ich nichts weiter getan habe, als in die Flammen zu starren. »Dass du ein solches Schicksal durchleben musst.«

»Ich liebe ihn«, flüstere ich, ohne den Blick von Davyan zu nehmen.

»Ich weiß.« Er seufzt leise. »Jala hat mir viel über ihn erzählt, er muss ein bemerkenswerter Mann sein.«

»Das ist er«, bestätige ich und wende ihm nun doch den Kopf zu.

»Hör zu, Sombren«, meint Vater gedehnt. »Ich habe mich mit einem alten Magier getroffen, der schon allerlei gesehen hat. Aber selbst er hatte keinen Rat, wie wir Davyan aus dem Sarg befreien können, ehe er stirbt.«

Ich nicke wortlos und schaue zurück zu dem Mann, dem für immer mein Herz gehört. »Danke. Dass du es zumindest versucht hast.«

Vater legt mir eine Hand auf den Arm und so bleiben wir eine Weile stumm sitzen, ehe er sich schließlich erhebt und meine Gemächer wieder verlässt.

Derweil bröckelt die Hoffnung in mir wie die Fassade einer Mauer ein Stück weiter ab.

Die Wochen gehen ins Land und der Winter zieht an uns vorbei, ohne dass wir weiterkommen. Als der Schnee taut, bemerke ich, wie mein anfänglicher Eifer immer größerer Frustration weicht. Stundenlang sitze ich neben Davyans Sarg, betrachte sein Gesicht, das zwischen den Flammen aufblitzt, und schwelge in Erinnerungen.

Warum bloß dürfen wir nicht glücklich sein? Wieso legen uns die Götter diese Steine in den Weg, die mit jedem Mal größer anmuten als zuvor?

Die Verzweiflung, die mich innerlich zerfrisst, schmerzt so sehr, dass ich manchmal kaum Luft holen kann, ohne einen Stich zu verspüren.

Zumal ich es den anderen ansehe ... Sie geben die Hoffnung nach und nach auf. War Niclas zu Beginn fast täglich für einen kurzen Besuch hier, so lässt er sich nur noch einmal in der Woche blicken. Selbst Mauryce bezieht irgendwann ein Zimmer direkt neben mir, um sich zurückziehen zu können, wenn ich an seiner statt am Sarg wache. Und auch Jala scheint ihr neues Leben im Zirkel wiederaufgenommen zu haben. Ebenso wie Vater, der einfach nur froh ist, dass seine Kinder zu ihm zurückgekehrt sind.

Am Rande bekomme ich mit, dass Jala sich wohl in einen nicht-magischen Menschen verliebt hat und zu ihm in die Stadt zieht. Sie will ihn sogar heiraten, aber das alles interessiert mich nicht. Es gelingt mir nicht einmal, Freude für meine Schwester aufzubringen.

Die einzige Person, die mir am Herzen liegt, ist Davyan.

Und der ist anscheinend für immer in diesem verdammten Sarg gefangen.

Eines Abends, als ich allein mit ihm bin, da Mauryce im Heiltrakt aushilft, wie er es in letzter Zeit öfters tut, klopft es an meine Tür.

Ich erhebe mich stirnrunzelnd und öffne sie, in Erwartung, dass es Jala, Niclas oder Vater ist. Die einzigen Menschen neben den Dienern, die ich überhaupt hereinlasse.

Als ich den Besucher betrachte, erkenne ich einen jungen Bediensteten, der unsicher zu mir aufblickt.

»Herr, da ist ein … Zwerg«, sagt der blonde Mann und verneigt sich eilig, da er dies in der Aufregung vollkommen vergessen hat.

»Ein Zwerg?« Ich runzle die Stirn.

»Ja, Herr. Ich …«

»Fingolfar!«, rufe ich überrascht, als ich den unerwarteten Gast bemerke, der nun vortritt. »Und … Spiegel?«

Tatsächlich trägt der weißhaarige Zwerg die Schlange um den Hals, als wäre sie ein Tuch.

»Kommt herein.« Ich trete eilig zur Seite, ehe ich dem Diener bedeute, sich zurückzuziehen.

»Danke«, sagt Fingolfar und geht an mir vorbei, derweil ich die Tür schließe.

»Ich habe eine Lösung!«, ruft die Schlange, ohne mich zu begrüßen. Dabei verrenkt sie sich, sodass sie mich weiterhin anschauen kann.

»Für Davyan?« Mein Herz beginnt schneller zu schlagen.

Die Schlange nickt bestätigend. »Genau. Wir öffnen den Sarg.«

»Was? Nein!« Ich stelle mich so, dass ich mit meinem Körper den Sarg verdecke.

»Doch.« Sie sieht mich fest an. »Davyan muss ein letztes Mal sterben, nur so wird er leben können.«

»Das lasse ich nicht zu!«, widerspreche ich energisch.

»Ihr werdet mir vertrauen müssen.«

»Sie hatte eine Vision«, erklärt Fingolfar mit schief gelegtem Kopf. »Und wenn Spiegel eine Vision haben, sollte man darauf hören. Daher sind wir hergekommen.«

»Ich werde Davyan nicht sterben lassen«, entgegne ich vehement.

»Aber er *muss* sterben«, hält die weiße Schlange dagegen. »Nur so gelangt er zum Totengott. Und nur so wird dieser seine Seele freigeben. Denn er wird ihn nicht bei sich behalten, das würde die ganze Welt ins Ungleichgewicht stürzen. Ich habe es gesehen.«

Stirnrunzelnd mustere ich sie. »Was, sollte Jala stattdessen sterben? Und der Totengott ihre Seele wiederhaben wollen?«

»Das wird nicht geschehen«, erwidert die Schlange zuversichtlich. »Los, öffnet den Deckel und lasst Davyan sterben. Dann erhaltet Ihr ihn wieder.«

Nachdenklich drehe ich mich um und betrachte den Sarg, in dem die Flammen toben.

Falls die Schlange recht hat und der Totengott nicht an Davyans Seele interessiert ist, könnte es tatsächlich funktionieren. Aber was, sollte sie sich täuschen?

Götter … Davyan … Was, wenn ich dich gleich für immer verliere?

Mein Herz zieht sich schmerzhaft zusammen bei diesem Gedanken und ich schließe die Augen.

Es nützt nichts. Die vergangenen Monate haben mir gezeigt, dass es keinen Weg gibt, ihn zu retten. Und wenn ich ihn nicht retten kann, dann … führt seine Freiheit womöglich über den Tod.

Mit einem tiefen Atemzug trete ich an den Sarg, blicke für mehrere Herzschläge darauf hinunter.

Ich merke, wie stark meine Finger zittern, als ich nach dem goldenen Schwert greife, das ich darauf deponiert habe. Sorgfältig lege ich es neben mir auf den Boden.

»Tut es«, sagt die Schlange ermutigend.

Noch einmal zögere ich, dann hebe ich den Deckel an.

Die Flammen schlagen mir siedend heiß entgegen und ich taumle zurück, bedecke mit dem Unterarm reflexartig mein Gesicht.

Ein wahres Inferno tobt vor mir und für einen Moment befürchte ich, dass das Feuer auf mein Zimmer übergreift und alles darin verschlingt.

Doch dann hört es abrupt auf und als ich den Sarg wieder ansehe, erkenne ich nur noch Asche darin.

Der Mann, den ich liebe, ist zu Asche verbrannt …

Selbst der Apfel, den er die ganze Zeit in der Hand hielt, ist nun Davyans Feuer zum Opfer gefallen.

»Und was jetzt?«, sage ich mit belegter Stimme.

»Jetzt warten wir«, erklärt die Schlange. »Wenn alles so läuft, wie ich es mir erhoffe, wird er nochmals auferstehen.«

»Wie Ihr es Euch … erhofft?!« Ich wirble entgeistert zu ihr herum.

Die Schlange zieht sich enger um Fingolfar, der den Sarg begutachtet. »Schreit mich nicht an, das ist auch für *mich* neu. Aber es sollte klappen.«

»Wenn nicht, drehe ich Euch beiden den Hals um!«, knurre ich unwirsch.

44

DER PREIS FÜRS LEBEN

DAVYAN

Es ist alles schwarz um mich herum und die Erkenntnis überkommt mich mit siedender Gewissheit: Ich bin tot.

Aber es ist nicht der Tod, den ich kenne. Da ist kein Rauch, kein fernes Licht, keine Stimme meiner Mutter, die mit mir spricht.

Da ist … nichts.

Einfach nichts.

Dafür ist in meinem Kopf ganz viel. Ich kann mich wieder erinnern. An *alles* erinnern. Und genau das lässt Panik über mir hereinbrechen.

Ich erinnere mich an Sombren, unsere Zeit zusammen. Das Schloss im ewigen Schnee, die Wüstenzwerge, die weiße Schlange … Jala, die ich durch meinen Tod befreit habe.

Scheiße, was hat das zu bedeuten?

Normalerweise vergesse ich nach einem Tod alles, was schön oder bedeutsam war. Aber jetzt …

Das ist nicht gut.

Mit einem Mal bemerke ich, dass ich nicht stehe oder sitze, sondern liege.

Als ich die Hände tastend ausstrecke, stoßen sie direkt vor mir auf Glas. Auch rechts und links von mir sind Glaswände.

Bin ich immer noch in dem Sarg gefangen? Und wenn ja, werde ich jetzt hier auf ewig liegen?

Die Panik, die ohnehin dabei gewesen ist, mich zu erfassen, steigert sich und ich beginne blindwütig, mit den Fäusten gegen mein Gefängnis zu schlagen.

»Hilfe!«, rufe ich hektisch. »Holt mich hier raus!«

Alles, was mir antwortet, ist unendliche Stille.

»Hilfe!«, wiederhole ich und trommle gegen das Glas, strample mit den Beinen.

Aber so sehr ich mich auch wehre, es nützt nichts.

Eine Weile versuche ich, mich irgendwie zu befreien, dann gebe ich auf und spüre, wie Tränen über meine Wangen rinnen.

»Sombren«, hauche ich erstickt. »Es tut mir so leid …«

Verzweifelt schließe ich die Augen und sehe sein Gesicht vor mir, höre seine Stimme, fühle seine Berührungen.

Doch es wird nie wieder so sein … Er und ich, das ist Vergangenheit.

Wie lange ich daliege, weiß ich nicht, Zeit hat keine Bedeutung. Doch irgendwann öffne ich die Lider und fahre mir über das tränenüberströmte Gesicht. Als ich blinzle, bemerke ich, dass da ein feiner Lichtstrahl ist. Nur ganz sacht, aber er ist eindeutig da.

Der Sargdeckel, er steht einen Spalt offen!

Hektisch drücke ich mit den Händen gegen das Glas, stemme es mit aller Kraft auf.

Und plötzlich schwingt der Deckel zur Seite.

Ich schnelle in die Höhe und springe aus dem Sarg. Meine Füße landen in weichem Gras und der Duft von Rosen dringt mir in die Nase.

Stirnrunzelnd sehe ich mich um und stelle fest, dass ich mich in einem wunderschönen Rosengarten befinde, in dem eine weiße Blumenpracht zwischen niedrigen Hecken blüht.

So viele weiße Rosen habe ich noch nie gesehen. Und alles wirkt so gepflegt, dass ich staunend die Luft einziehe.

Götter, wo bin ich?

»Du solltest nicht so leichtfertig mit deinem Leben umgehen«, höre ich eine tiefe Stimme sagen und wirble herum.

Meine Aufmerksamkeit fällt auf eine Laube, die ein paar Schritt entfernt steht, wo ein Mann sitzt, die Füße auf den Tisch gelegt, den Blick auf mich gerichtet. Er trägt ein dunkles Gewand, mustert mich aus pechschwarzen Augen.

Alles an ihm wirkt erhaben.

Göttlich.

»Seid Ihr der Totengott?«, flüstere ich und werde mir erst jetzt meiner Nacktheit bewusst. Das Feuer hat die Kleidung verbrannt, sodass ich nun verlegen mit den Händen meine Scham bedecke.

»Wie erfrischend, dass mich jemand direkt erkennt«, meint er und schenkt mir ein breites Lächeln. »Aber von dir hätte ich nichts anderes erwartet, Davyan.« Er greift nach einer Weintraube, von denen sich einige vor ihm auf einem Teller befinden, wirft sie in die Luft und fängt sie mit dem Mund auf. »Herrlich«, murmelt er, ehe er genüsslich kaut.

»Dann … bin ich tot.« Es ist keine Frage, sondern eine Feststellung.

»Ja, das bist du«, bestätigt er nickend und lehnt sich noch etwas mehr im Stuhl zurück.

Ich bleibe an Ort und Stelle stehen. So sehr ich mir auch Kleidung herbeiwünsche, es gibt zu viele Fragen, die ich ihm stellen muss. »Aber ich bin ein Prunati«, erkläre ich ihm etwas, das er bestimmt weiß. »Warum kann ich mich noch an alles erinnern?«

Ein beinahe mitfühlender Ausdruck erscheint auf seinem attraktiven Gesicht. »Weil du tot-tot bist, kleine Seele.« Er beschreibt eine Handbewegung durch die Luft, die seinen Garten einfassen soll.

»Du bist in meinem Reich. Etwas, was ihr Prunati eigentlich gar nie sein solltet.« Beim letzten Satz zieht er die schwarzen Augenbrauen zusammen.

»Wie kam ich hierher?«, will ich wissen. »Warum kann ich nicht wiederauferstehen?«

»Weil die Särge dieser Wüstenzwerge eine ganz eigene Magie beinhalten. Sie nehmen mir einen großen Teil der Arbeit ab, indem sie ihren Seelen ewigen Frieden schenken. Bloß ...«, er lässt seinen Blick über meinen Körper schweifen, »du *bist* kein Zwerg. Und der Sarg war auch nicht für dich bestimmt. Tja, jetzt haben wir den Salat.«

Stirnrunzelnd sehe ich ihn an, begreife nur nach und nach, was er mir sagen will. Ich bin also wirklich tot. Werde nie zu Sombren zurückkehren. Nie. Die Erkenntnis trifft mich wie ein Schlag in die Magengrube und meine Beine sacken unwillkürlich zusammen. Nur am Rande registriere ich das weiche Gras an meinen Beinen, das den Sturz auffängt.

»Nein«, flüstere ich, während weitere Tränen über meine Wangen rinnen.

Tränen, die ich um unsere Liebe weine. Um unser Leben. Um das, was hätte sein können.

»Nicht weinen, kleine Seele«, murmelt der Totengott nahe vor mir.

Als ich den Kopf hebe, erkenne ich, dass er lautlos zu mir getreten ist. Ich habe gar nicht bemerkt, wie er aufstand. Er legt mir eine Hand unter das Kinn und ich schaudere, da seine Haut eiskalt anmutet. Doch mit jeder Sekunde, die er mich berührt, werden seine Finger wärmer. Als ob er sich an mir aufwärmen würde.

Ich blicke in seine unnatürlich schwarzen Augen, die mir Ruhe und Frieden versprechen. Der Rosenduft um mich herum wird stärker, dringt in meinen Körper, tief in mich hinein.

Da geht eine Magie von dem Mann aus, die mich ganz und gar von sich einnimmt, meine Trauer verschwindet langsam, der Schmerz in meiner Brust versiegt.

»So ist es gut«, raunt der Totengott mit einem leichten Lächeln auf den fein geschwungenen Lippen. »Lass sie ziehen, die Empfindungen, die dich quälen.«

Ich atme tief durch, auch wenn ich das wahrscheinlich gar nicht mehr tun müsste. Ich bin tot, werde nie wieder Luft benötigen.

»Ist … Ist Jala wenigstens durch mein Opfer frei?«, flüstere ich mit erstickter Stimme.

»Jala ist frei, ja«, bestätigt er leise. Noch immer hält er mein Kinn fest, streift mit dem Daumen sanft darüber. »Aber nicht durch dein Opfer, kleine Seele. Ich hätte sie ohnehin freigegeben.«

»Was?«, hauche ich verwirrt.

»Tja, das nennt man wohl ein ziemlich dummes Missverständnis.« Der Totengott lässt mich los und richtet sich auf. »Dein Sombren hat mir einen großen Gefallen erwiesen in der Arena. Daher wollte ich mich revanchieren und habe ihm ein kleines Geschenk gemacht.«

»Ihr … Ihr hättet sie ohnehin …«

»Wie gesagt, blöder Zufall.« Der Totengott zuckt mit den Schultern. »Tja, Davyan, jetzt sitzen wir in der Bredouille, nicht wahr?« Er blickt stirnrunzelnd auf mich herunter. »Noch ist deine Zeit nämlich nicht gekommen, du hast noch eine wichtige Aufgabe zu erfüllen. Verzwickte Sache. Hm.« Er fährt sich gedankenversunken über das Kinn. »Mir sind die Hände gebunden, wenn es um unerwartete Tode geht«, sagt er dann. »Meine Brüder und Schwestern können da ziemlich pingelig sein …« Seine dunklen Augen treffen auf meine. »Irgendwelche Vorschläge?«

»Lasst mich gehen, bitte«, flehe ich.

»Zurück zu deinem Sombren?« Er hebt eine Braue. »Du hast vom Baum des Lebens gegessen, mein Lieber. *Meinem* Baum. Er war für die Wüstenzwerge bestimmt.«

»Das … Es tut mir leid«, sage ich schnell. »Wenn ich es rückgängig machen könnte …«

»Kannst du aber nicht, nicht wahr?« Er legt den Kopf schief.

»Nein«, flüstere ich.

»Der Preis fürs Leben ist sehr hoch«, fährt er warnend fort. »Und deiner ist noch höher. Vor allem, weil ich es irgendwie vor den anderen Göttern rechtfertigen muss, sollte ich dich gehen lassen.«

»Ich gebe Euch alles, was Ihr wollt.«

»Alles? Da ist sehr viel«, meint er und verschränkt die Arme vor der Brust. »Aber gut, ich werde dein Angebot annehmen.«

»Welches Angebot?« Ich schaue ihn verständnislos an.

»Das, welches du mir eben gemacht hast«, erläutert er. »Dein Leben für deinen Tod.«

»Mein … was?«

»Ich schenke dir Zeit mit Sombren. Du wirst weiter ein Prunati sein, wirst dich weiter wiederbeleben können, bis der Tag gekommen ist, da du deine Aufgabe erfüllt hast. Doch dann … gehört dein Tod mir. Du wirst hierher zurückkehren, ohne Widerrede oder Zaudern. Das ist der Preis für dein Leben.«

Auch wenn ich glaube, dass es einen Haken gibt, so kann ich ihn nicht erkennen. Der Totengott schenkt mir ein Leben als Prunati, ich werde an Sombrens Seite sein können. Und irgendwann ebenso wie alle anderen Menschen sterben.

Das klingt … fair, oder?

»Abgemacht«, sage ich und erhebe mich vom Boden, auf dem ich gekauert habe. Dabei verdecke ich meine Leistengegend wieder mit den Händen.

»Das musst du nicht tun«, erklärt der Totengott lächelnd und deutet auf mein Becken. »Ich weiß, wie du aussiehst.«

»Ich … Es fühlt sich komisch an, nackt vor Euch zu stehen«, sage ich peinlich berührt.

»Dabei ist es die Form, in der ihr geboren werdet«, bemerkt er und grinst. »Doch die Scham ist es, die euch von Tieren unterscheidet, daher lasse ich sie euch.«

Der Rosenduft nimmt wieder zu.

»Also, mein lieber Davyan«, sagt der Totengott feierlich. »Hiermit entlasse ich dich aus meinem Reich. Du wirst dich an nichts mehr erinnern, auch nicht an mich. Aber wenn die Zeit da ist, wirst du meinen Kuss spüren, der dich zu mir bringt. Bis dahin …«, er beschreibt eine formvollendete Verbeugung, »leb wohl.«

45

ZURÜCK BEI DIR

DAVYAN

Mit einem Mal umgibt mich schwarzer Nebel, der so dicht ist, dass ich die Hand vor Augen nicht mehr erkenne.

Ich weiß nicht, ob ich noch stehe, liege oder sitze. Mein Körper scheint mit dem Nebel zu verschmelzen und doch eigenständig zu bleiben. Alles schmeckt nach Asche – ich *bin* Asche.

Nein.

Ich bin mehr als das.

Ein Windhauch hebt mich in die Luft, wirbelt mich herum und ich spüre, wie sich mein Leib neu bildet. Arme, Beine, Hände, Füße, Kopf … Alles wird von der Asche geformt, wird zu Haut, Nägeln, Haaren …

Etwas Kaltes drückt sich gegen meinen Rücken und es braucht einen Moment, bis ich feststelle, dass ich liege.

›*Öffne die Augen*‹, höre ich eine tiefe Stimme in meinem Kopf.

Sie kommt mir bekannt vor und dennoch weiß ich nicht, woher.

Als ich ihr gehorche und meine Lungen mit einem tiefen Atemzug fülle, registriere ich Hände an meinen Schultern.

»Davyan!« Die Stimme, die mich anschreit, gehört eindeutig zu Sombren und ehe ich mich versehe, wird mein Oberkörper angehoben und an seine Brust gerückt. »Du … lebst …«, raunt er bebend.

Sein Duft nach Holz und Asche dringt mir in die Nase, vermischt sich mit meinem eigenen. Ich spüre die Wärme seines Körpers, den weichen Stoff seiner Kleidung. Er hält mich so fest, dass es fast schon schmerzhaft ist.

»Bald nicht mehr, wenn du mich so erdrückst«, nuschle ich gegen seine Brust.

Sofort lässt Sombren mich los und seine Finger tasten über meine nackte Haut, als wollte er sich vergewissern, dass ich tatsächlich zurück bin. Alles an mir ist mit Asche bedeckt wie immer, wenn ich aus dem Feuer wiedergeboren werde.

»Wie geht es dir?«, fragt er atemlos.

Tränen glitzern in seinen dunklen Augen, als ich ihm endlich ins Gesicht schauen kann. Er sieht müde aus, abgemagert und noch bleicher als ohnehin schon. Aber da ist ein Glanz in seinem Blick, der von der alten Stärke zeugt. Als hätte jemand ein Licht darin entzündet.

Ich vernehme ein Flüstern, ein Raunen um mich herum und weiß, dass das die neuen Kräfte sind, die ich in mir trage. Doch statt mich darauf zu fokussieren, versuche ich, sie wegzudrängen. Ich möchte jetzt keine Gedanken hören, das würde mich gerade viel zu sehr überfordern, denn dafür fehlt mir die Konzentration.

»Mir geht es gut.« Ich schenke ihm ein zaghaftes Lächeln. »Sehr gut sogar.«

»Götter«, murmelt Sombren bewegt. »Ich dachte, ich hätte dich für immer verloren.«

»Es hat etwas länger gedauert als üblich, mich wiederzubeleben«, bemerke ich und sehe mich um. »Wo bin ich? Und wo ist mein Schwert?«

»Du bist im Zirkel. Bei mir.« Sombren reicht mir die Hand. »Dein Schwert ist hier.« Er deutet auf den Boden, wo meine Waffe liegt, ehe er auffordernd die Finger nach mir ausstreckt. »Bitte, komm aus diesem Sarg raus, Davyan. Ich halte diesen Anblick keine Sekunde länger aus.«

Ich lasse mich auf die Beine ziehen und er legt kurzerhand die Arme unter meine Oberschenkel, sodass er mich hinausheben kann. Als dabei mein Gesicht nahe vor seinem ist, beugt er sich zu mir und ich spüre im nächsten Moment seine Lippen auf meinen.

Reflexartig schließe ich die Augen, versinke in dem Kuss und schlinge die Hände um seinen Nacken, klammere mich regelrecht an ihm fest.

Ein leises Räuspern lässt mich zusammenzucken und ich löse mich von ihm, sehe überrumpelt um Sombren herum, der mich noch immer auf den Armen trägt.

Irgendwie hatte ich angenommen, dass wir allein sind, daher fällt erst jetzt mein Blick auf den Zwerg, um dessen Hals sich eine weiße Schlange gelegt hat.

»Fingolfar und Spiegel!«, rufe ich überrascht. »Was macht Ihr denn hier?«

»Willkommen zurück«, sagt der Zwerg und deutet eine Verbeugung an.

»Sie haben dich befreit«, erklärt Sombren.

»Nun ja, so schwer war das nicht, Ihr musstet bloß richtig sterben«, ergänzt die weiße Schlange.

Stirnrunzelnd wende ich mich zu Sombren und warte auf eine Erklärung, aber er schmunzelt bloß. »Komm, ich bringe dich ins Schlafzimmer, dort kannst du dich erst mal waschen und anziehen.«

Ohne auf meine Antwort zu warten, trägt er mich zu einer Tür, die von dem Zimmer abgeht.

»Sind bald zurück«, ruft er über die Schulter zu Fingolfar und der Schlange.

Dann öffnet er die Tür mit dem Ellbogen und erst, als er sie hinter sich verschlossen hat, lässt er mich auf den Boden.

Kaum haben meine Füße den weichen Teppich berührt, nimmt Sombren auch schon mein Gesicht erneut in seine Hände und küsst mich so stürmisch, dass ich zusammenzucke.

»Davyan«, raunt er gegen meine Lippen. »Verdammt noch mal, ich kann's noch gar nicht recht glauben …«

Wieder versinken wir in einem hungrigen Kuss und es kostet mich viel Überwindung, mich von ihm zu lösen.

»Warte«, keuche ich hektisch. »Ich starb doch in dem Sarg bei den Zwergen. Wie kam ich hierher? Was ist geschehen?«

»Das ist eine lange Geschichte«, sagt Sombren, ohne mein Gesicht loszulassen. »Ich erzähle sie dir nachher in Ruhe.«

»Nach was?«

»Nachdem ich dich fertig geküsst habe.«

Ehe ich etwas erwidern kann, bedeckt er meine Lippen wieder mit seinen und drängt mich in eine Richtung, in die ich vorhin aus dem Augenwinkel ein Bett gesehen habe.

Als meine Oberschenkel dagegen stoßen, gibt er mir einen Schubs und ich falle lachend auf die weiche Matratze.

»Sombreeen«, sage ich tadelnd. »Wir können doch nicht … während …«

»Oh, und wie wir können«, knurrt er und beugt sich über mich.

Er küsst sich über mein Gesicht, meinen Hals zu meiner Brust und ich merke, wie mir das Blut in die Lenden schießt.

»Sombren«, murmle ich widerstrebend. »Ich bin voller Asche.«

»Das ist mir scheißegal«, knurrt er gegen meinen Bauch und schon spüre ich seine Zunge an der Stelle, die sich nach ihm verzehrt. »So was von scheißegal«, murmelt er, bevor er über meine Männlichkeit leckt.

Ich stöhne leise und kralle die Hände in das Laken unter mir, versinke in der Zärtlichkeit, die er mir zuteilwerden lässt.

»Götter«, stoße ich keuchend hervor und drücke den Hinterkopf auf das Bett, als sich mein Becken unwillkürlich aufbäumt.

Es kommt mir wie eine Ewigkeit vor, seit Sombren und ich uns so nahe waren.

Die Blitze, die durch meinen Unterleib jagen, werden immer heftiger, Sombrens Leidenschaft fährt wie ein Tornado über mich hinweg, hinterlässt nichts als Kribbeln und Schauer.

Sein heißer Atem, seine Zunge, seine Lippen, seine Hände … Sie sind überall, treiben mich zu einer Ekstase, die ich mit einem Schrei ins Kissen, das ich mir vors Gesicht drücke, ersticken muss. Sonst hätten mich Fingolfar und die weiße Schlange nebenan gehört.

Als ich heftig atmend unter Sombren liege, der noch komplett angezogen ist, blinzle ich ihn liebevoll an.

»Das war die schönste Wiedergeburt bisher«, sage ich lächelnd.

»Es soll auch verdammt noch mal die Letzte gewesen sein«, erwidert er und schiebt die Brauen zusammen. »Wirklich, Davyan. Du solltest nicht so leichtfertig mit deinem Leben umgehen.«

Wieso kommen mir diese Worte bekannt vor?

Ich schüttle den Kopf ob dieses Gedankens und schaue in Sombrens dunkle Augen. »Ich werde mich bemühen.«

Noch einmal legen sich seine Lippen auf meine, fährt seine Zunge sanft in meinen Mund.

Seine Bartstoppeln schaben über mein Kinn, als ich ihn so tief küsse, wie es mir möglich ist.

»Ich liebe dich«, hauche ich, als wir den Kuss beenden.

»Ich liebe dich auch«, raunt er. Dann richtet er sich auf. »Und jetzt solltest du dich waschen und anziehen.«

»Und das da?« Ich deute auf seinen Unterleib, wo sich eindeutig sein Verlangen abzeichnet.

»Darum kümmern wir uns später«, meint er mit einem schiefen Lächeln.

»Ich freue mich schon darauf.«

Nachdem ich kurze Zeit darauf gewaschen bin, reicht mir Sombren ein Hemd und Hose von sich. Beides wird mir zu groß sein, doch besser als nackt herumzulaufen ist es allemal. Auch er hat sich umgezogen, da seine Kleidung voller Asche war nach unserer spontanen … Wiedersehensfeier.

»Nicht so gut wie deine schwarze Rüstung, aber wir werden dir neue Kleider besorgen«, sagt er schmunzelnd, während ich die Sachen anziehe.

»Danke«, sage ich lächelnd.

»Auch Schuhe.« Er deutet auf meine nackten Füße.

»Das wäre nicht schlecht«, bemerke ich mit einem Blick aus dem Fenster, wo ein bisschen Schnee liegt.

Sombren hat mir mittlerweile erzählt, dass es der vierzehnte Tag des zweiten Monats im neuen Jahr ist.

Ich war fünf Monate in diesem Glassarg gefangen – kaum vorstellbar …

»Komm«, meint Sombren und reicht mir die Hand. »Wir sollten zu Fingolfar und der weißen Schlange zurückkehren. Ich habe ein schlechtes Gewissen, sie so lange allein gelassen zu haben.«

»Tja, aber aus einem guten Grund«, sage ich mit vielsagendem Augenbrauenwackeln und schlinge meine Finger um seine.

»Entschuldige, mich hat die Leidenschaft übermannt«, murmelt er und wirkt beinahe schon betreten.

Ich lache leise. »Da gibt es gar nichts zu entschuldigen und ich bin sicher, dass die beiden Verständnis dafür haben, dass wir etwas Zeit für uns brauchten.«

»Mhm.«

Er geht mir voran aus dem Schlafzimmer in den Wohnbereich, wo Fingolfar es sich auf dem Sofa gemütlich gemacht hat. Doch mein Blick bleibt nicht an ihm haften, sondern an einem schlanken Mann, der ihnen Gesellschaft leistet und sich erhebt, als Sombren und ich den Raum betreten.

»Davyan«, haucht er und auch wenn sein Haar kürzer ist, als ich es gewohnt bin, und er weniger ausgemergelt wirkt, erkenne ich ihn sofort.

»Mauryce!« Ich lasse Sombren los und eile auf ihn zu, ziehe ihn in eine herzliche Umarmung. »Götter, wie schön es ist, dich wiederzusehen!«

»Du … Ich …« Der Elf scheint keine Worte zu finden, die auch nur annähernd die Gefühle ausdrücken, die ich in seinen grünblauen Iriden gewahre.

Stattdessen drückt er mich noch einmal an sich, legt eine Hand an meinen Hinterkopf und hält mich fest, während ich seinen Herzschlag gegen meine Brust hämmern spüre.

Als er sich von mir löst, glänzen Tränen in seinen Augen und in diesem Moment weiß ich, dass ich in ihm einen wahren Freund gefunden habe.

»Ich wusste nicht, dass du hier bist.« Ich merke, dass meine Stimme zittert.

»Es gibt noch so einiges, das ich dir erzählen sollte«, erklärt Sombren, der hinter mich tritt und nun sanft einen Arm um meine Taille legt.

»Ich zuerst!«, ertönt es hinter ihm und im nächsten Moment schlängelt sich Spiegel an ihm vorbei, mein Hosenbein hinauf. »Ihr erinnert Euch wieder, oder?«, fragt sie, als sie mir ins Gesicht blicken kann. »Daran, was ich Euch zu zeigen versprach?«

»Ja, ich …« Fahrig streiche ich mir über die Augen. »Ihr sagtet, Ihr könntet mir verraten, wer mein leiblicher Vater ist.«

»Genau das.« Ihre Zungenspitze hüpft tastend über meine Nase. »Dafür brauchen wir bloß einen Spiegel.«

»Irgendeinen?«

»Irgendeinen«, bestätigt sie.

»Es befindet sich einer in meinem … *unserem* Schlafzimmer«, kommt Sombren zur Hilfe. Als ich seinem Blick begegne, sieht er mich voller Wärme an. »Wenn du das auch willst, versteht sich.«

»Hier bei dir wohnen?« Ich sehe ihn unverwandt an.

Er nickt stumm.

Ein Lächeln breitet sich auf meinen Lippen aus. »Nichts lieber als das.«

»Dann komm.« Er ergreift meine Hand und führt mich zurück ins Nebenzimmer.

Dass die Laken mit Asche bedeckt sind und die Unordnung eindeutig von dem zeugt, was wir hier vor wenigen Minuten noch miteinander getan haben, sollte mir peinlich sein. Aber die Neugierde, was die weiße Schlange mir zeigen will, überwiegt.

Daher stelle ich mich vor den Spiegel, zu dem Sombren mich führt. Er ist mannshoch und der Davyan, der mir daraus entgegenschaut, wirkt angespannt.

Die Schlange legt sich um meinen Nacken, betrachtet mich über das polierte Glas. »Ihr wisst, was jetzt kommt«, sagt sie leise.

Ich seufze und betrachte sie im Spiegel. »Wollt Ihr tatsächlich, dass ich nochmals ein Stück von Euch esse?«, frage ich zweifelnd.

»Ja.«

»Also gut, ich brauche …«

»Hier.« Sombren reicht mir einen Dolch, den er aus einer Kommode zutage befördert.

Mit einem tiefen Atemzug greife ich danach und vergewissere mich noch einmal, dass es für die Schlange tatsächlich in Ordnung ist. Dann schneide ich ein kleines Stück ihres Schwanzes ab, was sie mit einem Zischen kommentiert.

»Esst«, befiehlt sie, während die verwundete Stelle bereits nach-
wächst.

Zögernd stecke ich mir den Bissen, der sich in meiner Hand windet, in den Mund und als ich kaue und herunterschlucke, strömt
pure Energie durch mich hindurch. Es mutet an, als würde ich vom
Boden abheben, als wäre mein ganzer Körper schwerelos.

Der Schlange entfährt ein Laut, der wie ein wohliges Seufzen
klingt.

»Das ist so gut«, flüstert sie und schließt die Lider.

»Was?«

»Eure Macht zu spüren.« Sie blinzelt und sieht mich über den
Spiegel an.

»Legt die Hände ans Glas.«

Nun ist es wieder mein Spiegelbild, das zu mir spricht, was seltsam genug ist. Auch Sombren saugt neben mir scharf die Luft ein,
da der Davyan dort drin gerade die Hände an die Oberfläche legt,
obwohl mein echtes Ich noch den Dolch hält.

»Gib ihn mir«, sagt der Feuermagier mit rauer Stimme.

Ich reiche ihm die Waffe zurück und lege dann zaghaft die Hände
auf den Spiegel. Sofort merke ich, dass mich eine Kraft durchflutet,
die meine Beine gegen den Boden drückt. Als hätte jemand einen
Magneten unter mich gelegt.

»Schließt die Augen und denkt an nichts«, weist die Schlange mich
an.

»An nichts denken?«, frage ich verwirrt.

»Je weniger Ihr Euch ablenkt, desto einfacher ist es, in Eurem Kör-
pergedächtnis zu stöbern«, erklärt mein Spiegelbild. »Und zu Euren
Wurzeln zu finden.«

Mit aller Macht versuche ich, jegliche Gedanken aus meinem Kopf
zu entfernen. Was gar nicht so einfach ist, denn irgendwie denke ich
die ganze Zeit an irgendetwas.

»Seht mir in die Augen«, fordert mich mein Spiegelbild auf.

Als ich die Lider öffne, ist alles um mich herum verschwommen. Es wirkt, als hätte ich eine andere Ebene betreten, nur mein Spiegelbild ist noch deutlich wahrzunehmen.

Ich richte den Blick auf mich selbst, betrachte die schwarze und die goldfarbene Iris.

Noch immer mag ich meine unterschiedlichen Augen nicht so wirklich, wenngleich Sombren schon viele Male gesagt hat, dass er auch das an mir liebt.

Mit einem Schlag verändert sich das Schwarz, wird ebenfalls golden.

Erschrocken will ich die Hände sinken lassen, doch da höre ich das Rauschen von Wellen.

Was ist das?

»Sieh mich an.«

Das sagt nicht das Spiegelbild, sondern jemand anders. Es war eine Frauenstimme, die mir bekannt vorkommt, doch ehe ich mich erinnern kann, wo ich sie schon einmal hörte, verändert sich das Spiegelbild. Er zeigt nicht länger mich, nun schaue ich tatsächlich über einen riesigen See.

Oder gar das Meer? Sieht so das Meer aus?

Das Wellenrauschen nimmt zu, ich bin nicht ich, sondern jemand anders. Ein Mann, vor dem eine wunderschöne schwarzhaarige Frau steht. Sie besitzt pechschwarze Iriden und hat ein gütiges Lächeln auf den Lippen, mit dem sie mich gerade ansieht.

Liebe, da ist pure Liebe in ihrem Blick.

Sie gilt mir.

Nein, dem Mann, den sie vor sich sieht.

Gleichzeitig merke ich allerdings mit schmerzhafter Gewissheit, dass ich – der Mann – diese Liebe nicht verdient habe.

Sie ist nicht die Eine. Sie ist nicht die Richtige.

Ich habe mich geirrt.

Warum? Wieso suche ich mit aller Macht nach etwas, von dem ich nicht einmal weiß, was es ist? Was geschah bloß, an das ich mich nicht erinnern kann?

Ich stelle fest, dass ich die Gedanken des Mannes höre, als wären es die meinen.

Als die Frau ihre Lippen öffnet und einen Namen sagt, erstarre ich innerlich.

Jetzt weiß ich, woher ich ihre Stimme kenne.

Es ist … es ist die meiner Mutter.

Das … das IST meine Mutter.

Und der Name lässt alles in mir gefrieren, denn ich kenne ihn – *jeder* in Altra tut das.

46

DAVYANS VATER

SOMBREN

»Davyan?«, frage ich besorgt und gehe ihm hinterher.

Er hat stumm den Spiegel angestarrt und sich dann plötzlich abgewandt, ist einfach mit der Schlange um den Hals aus dem Zimmer gelaufen.

Fingolfar, der im Wohnbereich mit Mauryce zusammen wartet, tauscht einen überraschten Blick mit mir aus.

»Wo willst du hin?«, hake ich nach, während ich Davyan quer durch den Raum folge.

»Muss überlegen«, murmelt er gedankenversunken.

»Darf ich …«, beginne ich, werde jedoch von ihm unterbrochen.

»Nein.« Er wendet sich zu mir um und in seinen ungleichen Augen zeigt sich deutliche Überforderung. »Bitte, ich brauche kurz Zeit für mich.«

»In Ordnung.« Ich deute auf das Schlafzimmer. »Du solltest nicht allein im Zirkel rumlaufen, zumal du nicht mal Schuhe anhast. Geh dort rein und nimmt dir so viel Zeit, wie du benötigst. Ich warte auf dich.«

Er nickt fahrig und kehrt zurück ins Schlafgemach. Dabei scheint er nicht einmal zu bemerken, dass die weiße Schlange von seinen Schultern gleitet.

Stirnrunzelnd starre ich auf die Tür, die er hinter sich geschlossen hat.

»Was habt Ihr ihm gezeigt?«, frage ich die Schlange, die auf Fingolfar zukriecht.

»Die Wahrheit«, antwortet sie. »Er wird sie Euch erzählen, sobald er sie selbst verdaut hat.«

»Hm.« Ich mustere sie mit schmalen Augen.

»Ich glaube, meine Aufgabe ist damit erfüllt«, bemerkt Fingolfar und lenkt meine Aufmerksamkeit auf sich. »Wenn Ihr es gestattet, kehre ich zu meinem Volk zurück.«

»Ja, ich …« Zerstreut kratze ich mich am Hinterkopf, indes mein Blick auf Mauryce fällt, der ebenso wie ich Davyan hinterhergesehen hat. Dann schaue ich wieder zum Zwerg. »Danke. Für alles.«

»Nicht dafür«, wiegelt er ab. »Dank Euch haben wir unsere Zwergenstadt wiedergefunden.«

»Dank der Schlange«, korrigiere ich ihn.

»Spiegel ist äußerst nützlich«, sagt er. »Wollt Ihr sie behalten?«

»Ich gehöre niemandem«, erklärt die Schlange hoheitsvoll. »Und ich werde mit Euch zurück zu den Wüstenzwergen gehen. Dort wird meine Gabe mehr gebraucht.«

»In Ordnung.« Fingolfar tätschelt die Schlange, die sich wieder um seinen Hals legt.

»Ihr könnt hier ein Portal hervorrufen, wenn Ihr möchtet«, schlage ich vor.

»Das wäre sehr freundlich.« Fingolfar holt einen Wärmestein hervor. »Ich habe es nicht gewagt, mich direkt in den Magierzirkel hineinzuteleportieren. Weiß ja nicht, was Ihr Menschen für Abwehrzauber kennt.«

»Das hätte tatsächlich ins Auge gehen können«, bestätige ich. »Aber meine Gemächer sind sicher. Ihr könnt von hier aus weg.«

»Sehr schön.« Er legt den Stein auf den Boden und murmelt einige Worte.

Kurz darauf flirrt die Luft.

»Macht's gut, mein Freund. Vielleicht sehen wir uns irgendwann wieder«, sagt er, ehe er auf das Portal zugeht.

»Es wäre mir eine Ehre«, erwidere ich und verneige mich zum Abschied.

Fingolfar dreht sich nochmals winkend um, bevor er durch die flimmernde Luft verschwindet.

Ich starre auf das Portal, das sich nach wenigen Sekunden schließt, dann zur Tür, hinter der sich Davyan befindet.

Was auch immer er erfahren hat, es muss ihn aus der Bahn geworfen haben. Aber ich werde ihm Zeit geben, über alles nachzudenken. Denn auch mir schwirrt der Kopf von all dem, was hier in der vergangenen Stunde geschah.

»Ich muss kurz an die frische Luft«, sage ich an Mauryce gewandt. »Würdest du ... Wenn er ...«

»Sicher.« Er nickt verständnisvoll. »Ich warte.«

»Danke.« Damit verlasse ich meine Gemächer und trete auf den Gang.

Doch ich komme gerade mal einen Schritt weit, denn neben der Tür lehnt ein dunkelblonder Magier, der mir nur allzu bekannt ist.

»Niclas«, brumme ich. »Hast du hier herumgelungert?«

»Was? Ich? Nein!« Seine ertappte Miene straft ihn Lügen.

»Spanner«, knurre ich und will an ihm vorbeigehen.

Er hält mich allerdings am Arm zurück. »Ach komm schon, Sombren. Man sieht nicht jeden Tag einen weißhaarigen Zwerg mit einer weißen Schlange in den Zirkel marschieren«, meint er. »Was will er von dir?«

»Geht dich nichts an«, erwidere ich zugeknöpft.

»Wo ist er jetzt?«

»Weg.«

»Weg? Aber …«

»Er ist weg und jetzt lass mich allein.« Ich reiße mich von ihm los.

Niclas hebt abwehrend die Hände. »Ist ja gut, ist ja gut. Meine Güte, dein Temperament hat sich in all den Jahren nicht verändert. Ziemlich attraktiv, zugegeb…«

»Verschwinde!«, belle ich.

Ich habe jetzt absolut keinen Nerv für ihn und seine dämlichen Sprüche. Zudem werde ich ihm ganz bestimmt nichts von Davyans Wiedergeburt erzählen. Das würde nur dazu führen, dass Niclas in meine Gemächer stürmt, ungeachtet der Tatsache, dass Davyan jetzt erst mal seine Ruhe braucht.

Niclas wird davon erfahren. Zur gegebenen Zeit – und die ist sicher nicht jetzt.

Eine Weile irre ich ziellos im Zirkel umher, versuche, die Gedanken zu ordnen und zu begreifen, dass Davyan tatsächlich in meinen Gemächern auf mich wartet.

Das ist so surreal …

Irgendwann halte ich es nicht länger aus und kehre zurück. Mauryce sitzt noch immer auf dem Sofa und rückt etwas zur Seite, als ich neben ihm Platz nehme.

»Und?«, frage ich.

»Ist noch dort drin«, sagt der Elf, ohne die Tür aus den Augen zu lassen.

»Scheiße«, murmle ich.

»Hm.« Mauryce streckt die Arme über den Kopf und lässt seine Gelenke knacken.

»Du …« Ich wende mich ihm zu. »Du kannst sonst gern schlafen gehen, wenn du möchtest. Ich warte auf Davyan.«

Er gähnt verhalten. »Das wäre mir ganz recht. War ein ereignisreicher Abend.«

»Das war es«, murmle ich.

Als er unvermittelt einen Arm um meine Schulter legt und mich an sich zieht, versteife ich mich.

»Was?«, frage ich überrascht.

»Gib ihm das von mir«, sagt Mauryce lächelnd und zieht mich in eine Umarmung. »Schlaft gut«, sagt er dann nahe an meinem Ohr.

Daraufhin erhebt er sich vom Sofa und verlässt meine Gemächer.

Mir bleib nun nichts anderes übrig, als zu warten.

Es dauert eine ganze Stunde, bis sich die Tür öffnet und Davyan heraustritt. Sofort hebe ich den Kopf, gehe ihm allerdings nicht entgegen, sondern warte ab, was er als Nächstes tun möchte.

»Entschuldige«, sagt er, als er auf mich zu schlendert.

»Du musst dich nicht entschuldigen«, sage ich sanft und bin froh, als er sich neben mich setzt. Zärtlich lege ich den Arm um ihn. »Möchtest du reden?«

Seine ungleichen Augen gleiten rastlos über mein Gesicht. »Ja, aber … erst brauche ich etwas zu essen. Und ich habe ziemlichen Durst.«

»Alles, was du willst.« Ich drücke ihm einen Kuss auf die Wange, dann stehe ich auf, um nach einer Dienerin zu rufen.

Nachdem ich sie angewiesen habe, uns Essen und Getränke zu bringen, verschwindet sie mit einem Knicks.

»Das ist alles so ungewohnt«, murmelt Davyan, als ich zu ihm aufs Sofa zurückkehre.

»Was?«, frage ich und lege die Stirn in Falten.

»Der Zirkel. Die Diener …« Er seufzt und schüttelt den Kopf.

Ja, das wird alles ganz neu für ihn werden. Dinge, die für mich selbstverständlich erscheinen, da ich es mein Leben lang nicht anders kannte, werden ihm womöglich schwerfallen. Wie Diener um etwas zu bitten, zum Beispiel.

Es wird dauern, bis er sich eingelebt hat, das wird mir in diesem Moment bewusst. Und dennoch weitet sich mein Herz bei der Vorstellung.

Eine Weile sitzen wir schweigend nebeneinander, dann erscheint die Dienerin mit einem Krug Wein und Blätterteiggebäck. Sie stellt alles auf einen kleinen Tisch und zieht sich diskret zurück.

»Bedien dich«, fordere ich Davyan auf.

Ich selbst habe keinen Hunger, da ich bereits gegessen habe, ehe Fingolfar und Spiegel mich besuchten. Stattdessen nehme ich den Krug und schenke uns zwei Gläser ein.

Wein kann ich jetzt gut gebrauchen …

Davyan greift zu und ich warte, bis er alles aufgegessen hat, lehne mich zurück, derweil ich ihn beobachte.

Götter … Er ist tatsächlich hier. An meiner Seite.

»Was?«, fragt er und trinkt einen Schluck Wein, nachdem er sich die Hände an einer Serviette abgewischt hat.

»Ich liebe dich«, sage ich aus vollem Herzen.

Sein Blick wird wärmer. »Ich dich …«

»Nein. Ich liebe dich.«

Er nickt. »Verstehe.«

Dann gleitet mit einem Mal ein schelmisches Lächeln über sein Gesicht und die Erleichterung, dass er wieder lächeln kann, spüre ich im ganzen Körper.

»Möchtest du wissen, was mir die Schlange verraten hat?«, fragt er und das Gold seines linken Auges funkelt mich verschmitzt an, während das Schwarz des rechten ein vielversprechendes Glänzen annimmt.

»Wenn du es erzählen willst?«, sage ich vorsichtig.

»Das will ich.« Sein Lächeln wird breiter. »Es hat etwas gedauert, das zu verdauen, aber jetzt … Es ergibt so viel Sinn. Und … du wirst es mir nicht glauben.«

»Wahrscheinlich schon«, murmle ich und trinke einen Schluck Wein. Mittlerweile habe ich mir bereits das dritte Glas eingeschenkt.

Davyan nippt ebenfalls an seinem Kelch und sieht mich forschend an, als wollte er jede Regung meinerseits wahrnehmen. »Hast du je von diesem legendären Elfenkapitän gehört? Dem, der über die Meere segelt und ein Abenteuer ums nächste erlebt?«

Ich nickte stirnrunzelnd. »Natürlich. Du sprichst von diesem Kapitän Maryo Vadorís?«

Zur Antwort sieht mich Davyan vielsagend an und genehmigt sich nochmals einen langen Schluck.

»Was?«, hake ich nach, als er nicht weiterspricht. »Willst du etwa sagen, dass …« Den Rest des Satzes wird vom Kloß aufgefangen, der sich in meinem Hals bildet.

»Genau das«, bestätigt Davyan nickend und schwenkt seinen Weinkelch hin und her. »Dieser Elfenkapitän ist der weißen Schlange zufolge mein Vater. Nun ja, eher mein Erzeuger, denn ein Vater kümmert sich um seine Kinder.«

»Bist du … sicher?«, frage ich perplex. »Also ich meine …«

»Nein«, fällt er mir ins Wort. »Aber es ist ein Anhaltspunkt, oder? Und würde erklären, warum ich Elfenkräfte in mir trage.«

»Elfen können aber nicht die Gedanken anderer Lebewesen hören, soweit mir bekannt ist«, gebe ich zu bedenken.

»Dann … sind das vielleicht Prunatikräfte, keine Ahnung.« Er zuckt mit den Schultern. »Auf jeden Fall scheine ich tatsächlich ein Halbelf zu sein.«

»Halbelfen gibt es nicht«, wende ich automatisch ein.

»Jetzt schon.« Er schenkt mir ein Lächeln. »Ich bin halb Elf, halb Prunati. Elfen können zwar mit Menschen keine Kinder zeugen, aber anscheinend mit Prunati.« Dann wird sein Tonfall wehmütiger. »Weißt du, ich habe mich so lange gefragt, woher ich komme. Und nun … nun sind da mit einem Mal Antworten. Ich habe meine Mutter gesehen. Und weiß, wer mein leiblicher Vater ist. Das ist so viel mehr, als ich mir je erhofft habe.«

Ich bemerke, dass sich Tränen in seinen Augen gebildet haben bei den letzten Worten.

Nicht einmal ansatzweise kann ich mir vorstellen, wie es sein muss, seine leiblichen Eltern nicht zu kennen, da ich nie in dieser Lage steckte.

Ich weiß genau, wer meine Mutter und mein Vater sind. Woher ich komme, wo meine Wurzeln liegen.

Davyan jedoch … Er wuchs bei Menschen auf, die ihn wie Dreck behandelten. Ohne einen Anhaltspunkt zu haben, woher er wirklich stammt. Warum er so langsam altert, wieso da diese seltsamen magischen Kräfte in ihm sind.

Und mir wird mit einem Schlag klar, wie stark ihn diese Ungewissheit all die Jahre belastet haben muss.

Wortlos schlinge ich einen Arm um ihn und ziehe ihn an mich, spüre, wie sein Körper erbebt, da es genau das ist, was er jetzt von mir braucht.

Jemanden, der das alles mit ihm teilt, der zuhört und für ihn da ist. Und der sich mit ihm darüber freut, dass endlich ein großer Teil seiner Vergangenheit aufhört, ein schwarzes Loch zu sein.

EPILOG

MARYO

Fünf Monate zuvor, an der Küste Westends …

»Bei den Göttern, deine Laune war aber auch schon mal besser, Kapitän«, meckert mein Quartiermeister Temi, als ich den Steuermann Marck kurzerhand zur Seite schubse und das Steuerrad meines Schiffs selbst in die Hand nehme.

»Schnauze«, knurre ich und fixiere das Meer, über das wir gerade mit meiner Cyrona segeln.

Innerlich muss ich ihm natürlich recht geben. Meine Laune ist im Keller, dabei war ich heute früh noch so guter Dinge, da wir endlich Westend hinter uns gelassen haben.

Westend, diesen vermaledeiten Ort, an dem diese vermaledeite Vergangenheit ist, an die ich mich verflucht noch mal nicht erinnern kann!

Es kommt mir vor wie ein Pulverfass, das jederzeit hochgehen kann, wenn ich eine falsche Bewegung mache. Daher flutete mich pure Erleichterung, als wir dieser Ortschaft den Rücken kehren konnten.

»Ist es wegen der kleinen Magierin?«

Leider hat Temi im Gegensatz zu Marck, der den Rückzug ange-
treten hat, kein Gespür dafür, wann ich in Ruhe gelassen werden
will. Oder doch – und er geht mir absichtlich auf die Nerven.

Auf jeden Fall habe ich ganz und gar keine Lust, daran erinnert zu
werden, dass ›die kleine Magierin‹ vorhin fast mein Schiff mit einem Funkenelementar in Brand gesetzt hätte.

»Wie blöd kann man eigentlich sein, ausgerechnet mit Feuer her-
umzuexperimentieren, während man sich auf einem Schiff befindet?!«, stoße ich grollend hervor, froh darum, gerade ein Ventil für
meine überschäumenden Emotionen gefunden zu haben.

»Nun, sie ist alles, aber sicher nicht blöd«, erwidert Temi und lehnt
sich mit verschränkten Armen gegen die Reling. Dabei wird sein
kurzes schwarzes Haar vom Wind verwuschelt. »Wenn es nach
Zaron geht, dann …«

»Zaron kann mich mal kreuzweise!«, fauche ich und umfasse das
Steuerrad fester.

»Oha, deine Laune sinkt noch weiter, hätte nicht gedacht, dass das
möglich ist«, kommentiert mein Quartiermeister ungerührt und
präsentiert grinsend seine Zahnlücke. »Dabei nahm ich an, es sei
eine Erlösung für dich, endlich in Richtung Chakas segeln zu können.«

»Aye, das ist es auch«, presse ich hervor und knirsche mit den
Zähnen.

*Chakas … Ich erhoffe mir von dort so viel. Vor allem aber eines: Antwor-
ten.*

»Mit Verlaub, du wirkst alles andere als erleichtert, Kapitän.«
Seine klugen blauen Augen mustern mich vielsagend.

»Bei allen räudigen Seehunden, würdest du dich verflucht noch
mal um deine eigenen Angelegenheiten kümmern?!«, belle ich ihn
an.

Endlich scheint meine finstere Miene Wirkung zu zeigen, Temi
hebt die Hände in die Höhe zum Zeichen, dass er aufgibt. »Schon

gut, schon gut«, sagt er in einem Tonfall, den man anschlägt, wenn man ein trotziges Kind beruhigen will. *Ganz so falsch ist das in diesem Moment nicht, zugegeben ...* »Bin dann mal in der Kombüse und sorge dafür, dass das Abendessen rechtzeitig auf den Tisch kommt.«

»Aye. Der erste kluge Satz, den du heute von dir gibst«, brumme ich, aber er kann mich nicht mehr hören, da er die Kommandobrücke bereits verlassen hat.

Ich vergewissere mich, dass die Cyrona auf Kurs ist, dann schließe ich die Augen und lausche den Geräuschen meines Schiffes, dem Gelächter und den Rufen der Mannschaft – und dem Rauschen des Meeres.

Der Wind zieht an meinem dunkelbraunen Haar, das ich wie so oft offen trage und das mir bis über den Rücken fällt. Ich mag es, wenn die Böen darin wühlen und wie die Finger einer Geliebten sanft daran zerren. Dann bin ich frei, ungebunden. Alles wird leichter, selbst die Sorgen.

Tief sauge ich die salzige Luft in die Lungen, schmecke sie auf meiner Zunge, als ich mir über die Lippen fahre.

Die See ist der Ort, an dem ich zur Ruhe komme. Meistens.

Was für einen Elfen wie mich schlicht und ergreifend komisch anmutet, aber ich habe aufgehört, zu hinterfragen, warum ich mich auf dem Meer und den Planken der Cyrona so wohlfühle wie sonst nirgendwo.

Endlich schaffe ich es, die Emotionen zu zügeln, die in mir toben.

Nein, ich bin nicht sauer auf meinen Quartiermeister, einen meiner ältesten Freunde. Und auch nicht wegen der ›kleinen Magierin‹, wie Temi eine der beeindruckendsten Frauen bezeichnet hat, die ich bisher kennengelernt habe. Wenngleich ich die Standpauke bitterernst meinte, die ich Alia vorhin gehalten habe, nachdem sie nur zwanzig Schritt von der Cyrona entfernt ein Funkenelementar über dem Wasser beschworen hat. »Zur Übung«, wie ihr Begleiter Zaron verteidigte.

Jap, das war verdammt dämlich von ihnen, dennoch hätte ich in einem anderen Moment wohl nicht derart überreagiert und sie angebrüllt. Zwar sagt man mir nach, mehr Launen als die See zu haben, doch normalerweise habe ich diese ziemlich im Griff.

Normalerweise …

Heute ist nichts normal. Vorhin, nachdem wir Kurs auf Chakas genommen haben, habe ich mich in meine Kapitänskabine verzogen und aufs Ohr gelegt. Die vergangenen Tage waren anstrengend. Gut, das ist untertrieben – ich wäre beinahe gestorben. Ich, der sich stets unsterblich wähnt.

Daher habe ich mir einen kurzen Mittagsschlaf gegönnt, den ich vor allem mit Meditation verbrachte. Hätte ich gewusst, dass mich dabei eine Erinnerung heimsucht, die einer Vision gleichkommt, hätte ich mir das allerdings erspart.

So lange habe ich nicht mehr an sie gedacht und nun, mit einem Mal, schien es, als hätte sich etwas in der Welt verändert. Als hätte ein Puzzlestück an seinen Platz gefunden, und ich habe noch keine Ahnung von dem großen Ganzen, das es damit darstellt.

Wie ich es hasse, wenn ich im Dunkeln tappe!

Ich sah sie wieder, hörte sogar ihre Stimme.

»Sieh mich an.«

Das war hier. Genau an dieser Stelle. Als ich sie auf mein Schiff einlud, um ihr die Welt zu zeigen – und gleichzeitig merkte, dass das der größte Fehler meines Lebens werden würde.

»Sieh mich an, Maryo Vadorís.«

Ich *habe* sie angesehen. Aressa, die Frau mit dem schwarzen Haar, die ich vor so vielen Jahren einfach sitzenließ.

»Du willst das nicht, oder?«, hat sie gesagt und gewartet, bis mein Blick an ihren pechschwarzen Augen hängen blieb, die mich so faszinierten.

»Was?«, habe ich bemüht gelassen erwidert und versucht, meine Stimme nicht noch heiserer klingen zu lassen, als sie es ohnehin schon ist.

»Mich dabeihaben«, hat sie präzisiert. »Bei dir.«

Ich habe gezögert. Eine Sekunde zu lange, denn ihr Nicken glich einem Dolchstoß.

In ihr Herz, in mein Herz.

Nein. Ich habe sie nicht sitzenlassen. Sie hat *mich* verlassen. Weil ich nicht gut genug für sie war. Weil sie merkte, dass ich sie niemals so lieben könnte wie sie mich.

Keine Ahnung, warum ich geglaubt habe, in ihr die Eine zu finden, die endlich den sicheren Hafen darstellt, in den ich immer wieder einfahren will. Sie war eine Menschenfrau, zumindest hat sie mir das weismachen wollen. Doch ich habe ihre Kräfte gespürt, in den Nächten, in denen wir uns leidenschaftlich liebten. Etwas stimmte nicht mit ihr, daher war ich beinahe froh, dass es zu einem Ende kam, ehe das zwischen uns zu verbindlich werden konnte.

»Verdammt«, murmle ich und umfasse das Steuerrad wieder fester.

Aye, es mag über hundert Jahre her sein, aber vergessen habe ich Aressa nie. Denn zum ersten Mal, seit ich mein Gedächtnis verlor, und ziellos über die Weltmeere segelte, glaubte ich, bei jemandem Frieden zu finden.

Diese Unruhe in mir bringt mich öfter zur Weißglut, als gut für mich ist.

Womöglich sollte ich doch einfach meinem Herzen folgen, das mir mit aller Vehemenz befiel, zurück nach Westend zu segeln.

Zu …

Ich stoße ein unwirsches Schnauben aus und schelte mein Herz Lügen, während ich die Augen aufreiße und meinen Blick über das Hauptdeck gleiten lasse. Mit zusammengepressten Lippen verfolge ich meine Männer, die brav ihren Aufgaben nachgehen.

Nein. Wenn ich schon nicht für Aressa bestimmt war, dann bin ich es ganz sicher nicht für eine Elfenprinzessin.

Besser, ich tue das, was ich am besten kann: zusammen mit meiner Mannschaft Abenteuer erleben, die Welt erkunden und dabei an alles denken, nur nicht an die Liebe. Denn die … hält immer Schmerz für mich bereit. Das ist mein Schicksal und meine Verdammnis.

Das sollte ich verdammt noch mal endlich akzeptieren!

Über die Autorin

C. M. Spoerri wurde 1983 geboren und lebt in der Schweiz. Ursprünglich aus der Klinischen Psychologie kommend, schreibt sie seit Frühling 2014 erfolgreich Fantasy-Jugendromane (›Alia-Saga‹, ›Greifen-Saga‹) und hat im Herbst 2015 zusammen mit ihrem Mann den Sternensand Verlag gegründet. Weitere Fantasy- und New-Adult-Projekte sind dabei, Gestalt anzunehmen.

Kontakt:

Homepage: www.cmspoerri.ch

E-Mail: info@cmspoerri.ch

Facebook: www.facebook.com/c.m.spoerri

Instagram: www.instagram.com/c.m.spoerri

TikTok: www.tiktok.com/@c.m.spoerri

NACHWORT UND DANK

So, jetzt ist es gelüftet: das Geheimnis, das ich seit vielen Jahren mit mir trage. Unser Lieblingselfenkapitän Maryo hat also einen Sohn – und weiß nichts davon. Ob sich das noch ändern wird? Wir werden sehen. :-)

Wer ›Die Legenden von Karinth‹ gelesen hat, denkt nun wahrscheinlich direkt an eine gewisse andere schwarzhaarige Frau, die in Maryos Leben eine wichtige Rolle spielte. So viel kann ich verraten: Sie und Davyans Mutter sind nicht dieselbe Person (man beachte die Augenfarbe). Aber ja, Maryo hat ein gewisses Beuteschema … und dass er nicht nur mit Elfen Kinder zeugen kann, hat mit seiner Herkunft zu tun. Mehr verrate ich euch jetzt an dieser Stelle nicht. ;-)

Davyan existierte seit einer halben Ewigkeit in meinem Kopf und ich konnte es kaum erwarten, seine Abenteuer auf Papier zu bringen. Jedoch war mir auch bewusst, dass ich dafür den richtigen Moment brauchte. Nicht nur, um mir selbst vieler Details klar zu werden, sondern auch, weil seine Geschichte nun mal bunter ist – was bei einigen Lesern leider immer noch auf Ablehnung stößt.

Umso mehr freue ich mich, dass du nun gerade diese Zeilen liest, denn das bedeutet, dass du Davyan bis hierher begleitet hast.

Natürlich darfst du ihn noch weiter begleiten, wenn du möchtest, denn es gibt da noch so einiges, das ich dir über ihn zu erzählen habe. Könnte auch sein, dass Kapitän Maryo Vadorís bald einen noch größeren Teil der Geschichte einnimmt … wer weiß das schon. :-D Ich? Mitnichten. Oder doch? Nun, ich bin mir sicher, du wirst es herausfinden.

Davyan hat im Venera-Universum eine bedeutende Aufgabe, doch noch ist er nicht so weit. Sein volles Potential wird erst in Laylas Geschichte zutage kommen (dieser Name hat mit der ›Alia-Reihe‹ zu tun), die in meinem Kopf immer mehr Formen annimmt. Aber erst, wenn ich auch das letzte Puzzleteil kenne – und davon gibt es noch einige, die es zu entdecken gilt –, werde ich mich daran machen können, Laylas Abenteuer zu erzählen.

Nun ist erst mal das Rätsel um Davyan an der Reihe, denn ja, es geht weiter. Mindestens 1-2 Bände werden noch folgen – Davyan steht noch ganz am Anfang davon, seine Kräfte zu beherrschen. :-) Ich bin sehr gespannt, wie er sich zu dem Mann entwickeln wird, den ich bereits vor mir sehe. Den ich für seine Stärke und Geradlinigkeit bewundere und dem ich nur das Beste wünsche.

Es wäre mir eine Ehre, wenn du mich wieder in meiner Fantasie besuchst.

Schließlich möchte ich von Herzen denjenigen danken, die mir mit unverminderter Kraft den Rücken stärken.

Ganz zuvorderst meinem Mann Andi, ohne ihn wäre kein Abenteuer so, wie es am Ende zwischen den Buchdeckeln zu finden ist, da er mir stundenlang zuhört, mit mir Gedanken weiterspinnt und als Allererster meine Geschichten liest.

Danke auch wieder an Alexander Kopainski, dass du Davyan so wundervolle Cover designt hast!

Zudem danke ich meinem Lektor Matti und meiner Korrektorin Beate, wie auch natürlich meiner Testleserin Jasmin, dass ihr mich auf dieser Reise unterstützt.

Und natürlich DIR! Danke für deine Lesezeit und deine Liebe zu meinen Büchern.

Bis bald in Venera!
Eure Corinne

ZEITSTRAHL

Hier liste ich euch die Reihenfolge auf, in der die bisher erschienenen Abenteuer im High-Fantasy-Universum Venera spielen – allesamt unabhängig lesbar:

Titel	Zeit (Jahr der ersten Epoche)	Charaktere, die eine Rolle spielen
Der Rote Tarkar (Einzelband)	10 840	Der Rote Tarkar, Beragor
Die Legenden von Karinth (4 Bände)	10 856	Maryo, Amyéna, Der Rote Tarkar, Edana, Beragor
Davyan (4-5 Bände)	11 150	Davyan, Sombren, Lucja, Maryo
Alia (5 Bände)	11 245	Alia, Reyvan, Zaron, Maryo, Cilian, Schatten, Lucja (uvm.)
Greifen-Saga (3 Bände)	11 251	Mica, Cassiel, Léthaniel/Néthan, Cilian, Maryo
Das Juwel der Talmeren (3 Bände)	11 255	Léthaniel/Néthan, Gabriella, Elderion, Schatten, Lucja, Damaris, Davyan, Sombren
Damaris (4 Bände)	11 256	Damaris, Cilian, Maryo, Mica, Cassiel, Beragor, Elderion, Gabriella, Léthaniel/Néthan

GLOSSAR

Altra – Land, das von den fünf magischen Zirkeln sowie dem Herrscher Lesath im Süden des Landes regiert wird

Ardras – Vogel, der mit dem besser bekannten Phönix verwandt ist. Wie dieser wird er aus Asche geboren und ist damit unsterblich. Jedoch unterscheidet er sich von seinem kleineren Artgenossen durch seine Größe und Angriffslust. Sein ganzer Körper besteht aus Feuer und er ist ein äußerst aggressiver Zeitgenosse, dem man besser aus dem Weg geht.

Arganta – Region südöstlich von Lormir mit der gleichnamigen Hauptstadt Arganta. Der Leiter des magischen Zirkels ist Rangan.

Aufnahmezeremonie in Gilden – Mit dreizehn Jahren können sich die Kinder in Altra, die eine Element- oder gar Magiebegabung entwickelt haben, für eine der vier Elementgilden oder die Magiergilde bewerben. Die Aufnahmezeremonie findet alljährlich zur Sommersonnenwende statt.

Aufnahmezeremonie in Magierzirkel – Die Lehrlinge werden nach drei Jahren Unterricht vollständig in den Magierzirkel aufgenommen. Dieses Ritual ist ein Geheimnis, das von allen Magiern streng gehütet wird. Von dem Zeitpunkt an sind sie Jungmagier und erhalten weitere drei Jahre lang Unterricht, bis sie fertig ausgebildet sind. Als Jungmagier dürfen sie den Zirkel an ihren freien Tagen verlassen – ein Privileg, das die Lehrlinge noch nicht haben.

Chakas – Region südwestlich von Lormir mit der gleichnamigen Hauptstadt Chakas. Der Leiter des magischen Zirkels von Chakas ist Roís.

Drachen – Auch wenn sie nur selten vor die Augen der Menschen treten, gibt es sie. Sie sind kluge, uralte Wesen, leben verborgen in den Bergen und bevorzugen meist die Einsamkeit. Drachen bedienen sich einer eigenen Sprache, können jedoch über Gedanken auch mit Zwergen, Menschen und Elfen kommunizieren. Sie können anhand der Elemente unterschieden werden: Es gibt Luft-, Feuer-, Wasser- und Erddrachen.

Elemente – Sie wurden von den vier Göttern, an welche die Menschen glauben, den menschlichen Bewohnern Altras geschenkt. Jeder trägt ein anderes Element in sich. Die Elementbegabungen manifestieren sich vor dem dreizehnten Lebensjahr.

Element Feuer – Menschen mit der Begabung Feuer sind gute Schmiede und Kämpfer. In Zusammenhang mit Magie kann das Feuer beherrscht werden. Zudem sind diese Magier besonders geschickt in der Kampfmagie. Beispiele für Kampfmagie-Elemente: Inferno, Meteorregen, Feuerpfeil, Feuerball, Feuerwelle, Beschwören eines Feuer-Dämons. Angehörige dieses Elements verehren den Gott Ignas.

Element Wasser – Menschen mit der Begabung Wasser sind gute Fischer, Seefahrer und können tagelang ohne Trinkwasser auskommen. Im Zusammenhang mit Magie kann das Wasser beherrscht werden, diese Magier sind in der Lage, Wasser zu finden, und können zudem Regen entstehen lassen. Beispiele für Kampfmagie-Elemente: Wasserwelle, Eispfeil, Eisregen, Beschwören eines Eis-Dämons. Angehörige dieses Elements verehren den Gott Aquor.

Element Luft – Menschen mit der Begabung Luft sind gute Jäger und können Gedanken von anderen erahnen. Im Zusammenhang mit Magie können das Wetter sowie die Gedanken anderer beeinflusst werden. Beispiele für Kampfmagie-Elemente: Sturm, Illusionen, Hervorrufen einer Panik, Beschwören eines Luft-Dämons. Angehörige dieses Elements verehren den Gott Aurel.

Element Erde – Menschen mit der Begabung Erde sind hervorragende Farmer und können sich um Menschen und um Tiere gleichermaßen kümmern. Sie sind daher dazu bestimmt, sowohl versorgende Berufe als auch heilende Berufe zu erlernen. Im Zusammenhang mit Magie können Erdbeben erzeugt, aber auch Lebewesen vollständig geheilt werden. Beispiele für Kampfmagie-

Elemente: Erdbeben, Giftpfeil, Giftwolke, Beschwören eines Golems. Angehörige dieses Elements verehren den Gott Tellos.

Elfen – Ihr Körperbau ist athletisch und ihre Schönheit legendär. Angehörige dieses Volkes können Tausende von Jahren alt werden und sind damit beinahe unsterblich. Elfen sind hervorragende Jäger, beherrschen Magie und haben noch viele andere verborgene Talente, die jedoch den wenigsten Menschen bekannt sind. Denn sie hüten ihre Geheimnisse und bleiben meist unter sich in den Wäldern.

Fayl – Region im Osten von Altra mit der gleichnamigen Hauptstadt Fayl. Der Leiter des magischen Zirkels von Fayl ist Venero.

Ferys – Gott der Elfen

Gorkas – Volk, das nach eigenen Aussagen mit dem Volk der Elfen verwandt ist. Ihr Körperbau gleicht dem des Menschen, sie sind jedoch größer und muskulöser. Wenn überhaupt, würde man sie wohl am ehesten dem Element Feuer zuordnen, da sie gute Kämpfer sind und tödliche Waffen herstellen können. Sie leben zurückgezogen in Wäldern.

Greife – Diese Wesen können sehr alt (meist mehrere hundert Jahre) werden. Ihr Körper ähnelt dem eines Löwen, ihr Kopf sowie die Flügel denen eines Adlers. Ihre Länge kann bis fünf Schritt betragen und ihre Flügelspannweite gar fünfzehn Schritt. Sie leben in den Bergen. Falls sie sich bedroht fühlen, greifen sie auch Menschen an, leben sonst aber friedlich außerhalb von menschlichen Siedlungen.

Hundertjähriger Krieg – Dieser dauerte von 10 753 bis 10 853 der ersten Epoche und wurde durch die Gründung der Magierzirkel im Jahr 10750 ausgelöst. Dadurch fühlten sich die Elfen, Zwerge, Drachen und Gorkas bedroht und es kam zu einer Zeit voller Kämpfe zwischen den Völkern in ganz Altra. Erst im Jahre 10 753 gelang es Lesath, an die Macht zu kommen und einen Friedenspakt mit den Elfen zu schließen. Daraufhin verkrochen sich diese ebenso wie die Gorkas in ihren Wäldern, während sich die Zwerge und Drachen in die Berge zurückzogen.

Ilfaren – Diese gemütlichen, großen grauen Tiere kommen vor allem im Süden von Altra vor. Ihre Beine sind stämmig und behaart, während der Rücken mit Knochenplatten besetzt ist. Durch ihre

Stärke werden sie von den Menschen gerne als Lasttiere eingesetzt, da sie mit ihren langen Rüsseln und ihren Stoßzähnen mühelos schwere Dinge transportieren können. Sie sind aber ebenfalls für den Krieg geeignet, da sie mit der knöchernen Keule, die sie am Ende ihres langen Schwanzes haben, todbringende Schläge austeilen können.

Kampfmagie – Diese Art von Magie wird nur von einem Teil der Magier tatsächlich gelernt und ausgeübt. Sie ist verbunden mit mächtigen Verteidigungs- und Angriffszaubern, die meist mehrere Magier gemeinsam wirken müssen.

Kelmen – Tiere, die vor allem in der Wüste anzutreffen sind. Sie kommen tagelang ohne Wasser aus, da sie in ihren vier Höckern, zwischen denen man gemütlich sitzen kann, massenweise Wasser speichern können. Sie gleichen in ihrem Aussehen – abgesehen von den vier Höckern und den Klauen – weißen Pferden.

Lormir – nördlichstes Gebiet von Altra mit der gleichnamigen Hauptstadt Lormir. Der Leiter des magischen Zirkels von Lormir ist Xenos.

Magie – Ein kleiner Teil der altrischen Bevölkerung hat zusätzlich zu der Elementbegabung eine Magiebegabung. Solchen Kindern wird in den magischen Zirkeln beigebracht, wie sie ihre Magie beherrschen können. Allgemein wird Magie durch die Eigenwärme des Körpers gewirkt. Es braucht jedoch viel Übung, bis ein Magier sein Element vollständig beherrscht.

Magierzirkel – Es existieren fünf Magierzirkel in Altra, die jeweils von einem Zirkelleiter geführt werden. Alle fünf Zirkel unterstehen jedoch dem Herrscher Lesath, der in Merita regiert.

Maße – In Altra herrscht ein eigenes Maßsystem, das sich wie folgt aufbaut: 1 Fingerbreit = Breite eines Fingers; 1 Handbreit = 4 Fingerbreit; 1 Fuß = 16 Fingerbreit; 1 Elle = 1,5 Fuß; 1 Schritt = 2,5 Fuß

Menschen – Die Lebenserwartung der Menschen in Altra beträgt etwa sechzig Jahre. Die meisten haben bis zum dreizehnten Lebensjahr eine Begabung in einem der vier Elemente entwickelt. Einige davon haben sogar eine Magie-Begabung und können für die

Aufnahme in einen der fünf Magierzirkel in Altra kandidieren. Menschen leben in Dörfern und Städten.

Nanos – Gott der Zwerge

Merita – Region im Süden von Altra mit der gleichnamigen Hauptstadt Merita. Hier herrscht der Tyrann Lesath, der ganz Altra über die Magierzirkel kontrolliert.

Nehil – Bezeichnung eines Menschen, der keine Elementbegabung bis zu seinem sechzehnten Lebensjahr entwickelt hat. Nehile kommen in Altra höchst selten vor und falls doch, werden sie als Diener in die Magiergilde geschickt.

Oshema – Region im Südosten von Altra mit der gleichnamigen Hauptstadt Oshema. Der Leiter des magischen Zirkels von Oshema ist Waris.

Schwarze Magie – Wenn die Wärme eines anderen Wesens zur Magiewirkung verwendet wird, bezeichnet man dies als schwarze Magie. Diese Form der Magie ist streng verboten und wird üblicherweise mit dem Tode bestraft.

Succubus – Halbdämonin, die sich gern unter die Menschen mischt, um sie zu verführen. Ihr Oberkörper ist menschlich, der untere Teil gleicht dem einer Ziege, die auf zwei Beinen geht. Succuben können ihre Flügel, Hörner und den löwenartigen Schwanz mit einem Tarnzauber verbergen und verfügen auch sonst über mächtige Magie.

Zwerge – Diese Rasse, deren Lebenserwartung etwa zweihundert bis dreihundert Jahre beträgt, lebt vorwiegend in den Bergen. Ihr Körperbau ist stämmig und sie sind etwa eineinhalb Schritt groß und kräftig. Sie beherrschen Zwergenmagie. Zwerge verstehen es wie keine andere Rasse, Waffen zu schmieden.

Weitere Bücher aus demselben Universum

*Alle Geschichten sind
unabhängig voneinander lesbar!*

Die Alia-Reihe (5 Bände)

C. M. Spoerri

Als Taschenbuch, im Schuber oder E-Book

Klappentext:
Alia beherrscht keines der vier Elemente. Jeder in Altra trägt Wasser, Feuer,
Luft oder Erde in sich – sie nicht. Da sie demnach zu keiner angesehenen Arbeit
taugt, wird sie an ihrem sechzehnten Geburtstag als Dienerin in den Magierzirkel von Lormir geschickt. Dort soll sie den Rest ihres Lebens verbringen. Einen
Tag vor ihrer Abreise erfährt sie allerdings von ihrer Mutter ein Geheimnis,
das ihr Leben verändern wird.

Der rote Tarkar

C. M. Spoerri

Einzelband

Als Taschenbuch, Hardcover oder E-Book

Klappentext:
Vom wohlhabenden Mann zum Sklaven.
Von grenzenloser Macht zum Kampf ums Überleben.
Erlebe die Geschichte des ›roten Tarkars‹ und wie er zu einer Legende von Karinth wurde.

Als mächtiger Magier und Sohn des Bürgermeisters gehört Arkan zur privilegierten Oberschicht der Hauptstadt Karinth. Doch als er sein Herz an ein Sklavenmädchen verliert, bedeutet dies nicht nur das Ende seines wohlhabenden Lebens, sondern auch den Beginn einer abenteuerlichen Reise, die ihn an die Grenzen seiner Kräfte bringt. Und ihm aufzeigt, dass die wirklich wichtigen Dinge im Leben nicht mit Gold gekauft werden können.

Die Legenden von Karinth (Reihe)

C. M. Spoerri

Abgeschlossene Reihe

Als Taschenbuch, im Schuber oder E-Book

Klappentext:

»Bringt die Prinzessin zurück!« So lautet der Befehl der Elfenkönigin, nachdem ihre Tochter aus der Elfenstadt geflohen ist. Für Leibwächter Maryo Vadorís eine auf den ersten Blick nicht unlösbare Aufgabe. Allerdings soll er den frisch-gebackenen Gemahl der Prinzessin mitnehmen, den er zutiefst verachtet. Als sein Weg auch noch den der Magierin Edana kreuzt, stellt der Elf fest, dass die Suche nach seiner Prinzessin doch nicht so einfach wird wie anfangs vermutet. In Edana steckt mehr, als sie ihm zunächst weismachen will, und womöglich könnte ihr Geheimnis Maryo sogar helfen, denn seine Reise verschlägt ihn auf einen unbekannten Kontinent: Karinth.

Greifen-Saga (Trilogie)

C. M. Spoerri

Abgeschlossene Reihe

Als Taschenbuch, im Schuber, Hörbuch oder E-Book

Klappentext:

Die sechzehnjährige Mica ist es gewohnt, für das zu kämpfen, was sie zum Überleben auf der Straße braucht. Sie steht am Rande der Gesellschaft von Chakas. Ihr Leben ist geprägt von Armut, Hunger und Angst. Doch nicht zuletzt dank ihrer magischen Kräfte, die nach und nach in ihr erwachen, kann sie es meistern. Alles, was ihr etwas bedeutet, ist ihr jüngerer Bruder Faím. Das Schicksal stellt sie jedoch auf eine harte Probe, als Faím von ihr getrennt wird, während sie selbst dem geheimnisvollen Dieb Cassiel in die Hände fällt, der sie in seine Gilde mitnimmt. Ist es der Beginn eines besseren Lebens? Wird es Mica gelingen, sich in den Kreisen der Diebe eine Stellung zu erkämpfen? Und wie soll sie ihren Bruder wiederfinden, der gerade selbst das Abenteuer seines Lebens erfährt?

Damaris (4 Bände)

C. M. Spoerri

Abgeschlossene Reihe

Als Taschenbuch oder E-Book

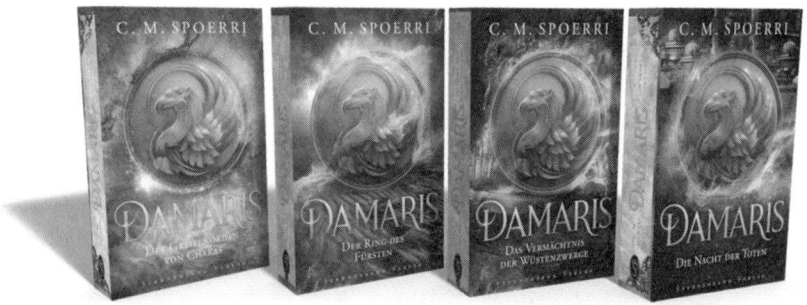

Klappentext:

Hätte Greifenreiterin Damaris ihrer Schwester nicht versprochen, drei Jahre lang im Magierzirkel von Chakas ihre Wassermagie beherrschen zu lernen, wäre sie wohl bereits am ersten Tag zurück ins Talmerengebirge geflogen. So aber versucht sie, sich der neuen Situation anzupassen. Dass Cilian, der Leiter des Greifenordens, eine starke Anziehungskraft auf sie ausübt, ist dabei ebenso wenig hilfreich wie die Hänseleien der Mitschüler. Und da wäre noch der mürrische Greifenreiter Adrién, der mehr über Magier und deren Intrigen zu wissen scheint, als er preisgibt. Doch Damaris wäre nicht Damaris, wenn sie nicht ihre ganz eigene Art fände, mit den Widerständen zurechtzukommen. Nicht ahnend, dass sie sich dabei auf ein gefährliches Terrain begibt …

Das Juwel der Talmeren (Trilogie)

C. M. Spoerri

Abgeschlossene Reihe

Als Taschenbuch oder E-Book

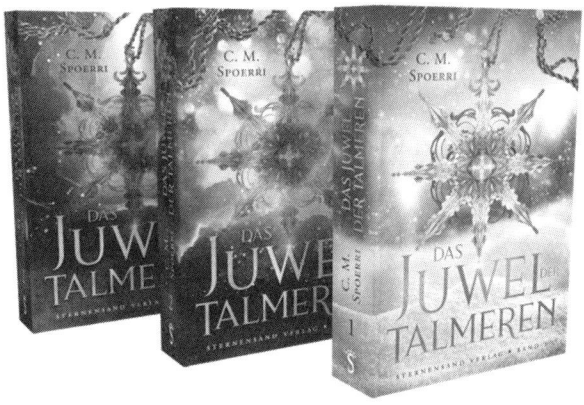

Klappentext:

Als Greifenreiter Léthaniel die Aufgabe erhält, durch das Talmerengebirge zu reisen, um im Namen der Herrscherin Altras mit dem Zirkelleiter von Fayl zu verhandeln, ist ihm bewusst, dass dieses Unterfangen Gefahren birgt. Aber er und sein Kumpel Steinwind haben noch nie zu einem Abenteuer Nein gesagt. Léthaniel nimmt die Mission also kurz entschlossen an, obwohl ihm neben seinem Freund bloß ein ehemaliger Assassine sowie eine Wassermagierin mit diplomatischem Geschick zur Seite stehen. Was die vier Gefährten im Hochgebirge erwartet, übersteigt indes ihre kühnsten Vorstellungen. Nicht nur, dass die Gruppe sich früher als gedacht in einer lebensbedrohlichen Lage befindet, sie stößt obendrein auf ein uraltes Relikt, welches für Altra von großer Bedeutung sein könnte: das Juwel der Talmeren.

Besucht uns im Netz:

www.sternensand-verlag.ch

www.facebook.com/sternensandverlag

www.instagram.com/sternensandverlag